the
origin
of
species

이 도서의 국립중앙도서관 출판시도서목록(CIP)은 서지정보유통지원시스템 홈페이지(http://seonji.nl.go.kr)와 국가자료공동목록시스템(http://www.nl.go.kr/kolisnet)에서 이용하실 수 있습니다. (CIP제어번호: CIP2016011099)

종의 기원

the origin of species

정유정
장편
소설

은행나무

차례

프롤로그 7

1부　어둠 속의 부름　13
2부　나는 누구일까　101
3부　포식자　219
4부　종의 기원　289

에필로그　373
작가의 말　379

일러두기
* 소설에 등장하는 특정 질병에 대한 묘사는 모두 허구이며, 사실과 다를 수 있습니다.

프롤로그

　태양이 은빛으로 탔다. 5월의 여울 같은 하늘 아래로 띠구름이 졸졸 흘러갔다. 성당 안뜰을 에워싼 설유화 꽃가지들 속에선 휘파람새가 울었다. 나와 형은 자신의 세례명이 적힌 촛불을 들고 장미나무 아치문 안으로 들어섰다. 성가대 축가에 발을 맞추면서 십자고상 밑에 마련된 야외 제단으로 나란히 걸어갔다.

　사랑의 예수님
　내 모든 삶을 참 아름답게 만드시네.
　사랑의 손길로
　내 모든 삶을 참 아름답게 만드시네.

　흰 복사 옷에 붉은 모자를 쓴 소년들과 흰 드레스에 설유화 화관을 쓴 소녀들이 둘씩 짝을 지어 나와 형의 뒤를 따랐다. 제단 앞에선 주임신부와 보좌신부가 행렬의 도착을 기다리고 있었다. 축복의 날이었다. 성모

성월의 마지막 주일이었다. 성당 안뜰에서 야외 미사가 열린 아침이고, 첫영성체 의식이 시작되던 순간이었다. 열 살인 형과 아홉 살인 나와 스물두 명의 아이들이 의식의 주인공이었다.

미사에 참석한 사람들은 모두 뒤돌아서서 주인공들의 입장을 지켜보았다. 나와 형의 대부인 외할아버지는 앞자리에서 환하게 웃고 있었다. 가족석에 자리한 어머니와 아버지의 눈길은 주인공들의 대표인 형의 걸음걸음을 따라 움직였다. 가끔 어머니가 나를 봤으나, 내가 촛불이 흔들릴 정도로 떨고 있다는 사실은 눈치 채지 못했다. 시선은 무심하게 왔다가 형에게 곧장 되돌아갔다.

전날부터 나는 몸이 좋지 않았다. 이상하게 춥고, 두통이 나고, 밤새 나쁜 꿈을 꾸었다. 아침이 되자 목이 퉁퉁 부어 물 한 모금 넘기기가 힘들었다. 성당으로 오는 차 안에선 기어코 열이 오르기 시작했다. 고질병인 편도염 증세 같았으나 어머니에겐 알리지 않았다. 실은, 필사적으로 멀쩡한 표정을 짓고 있었다. 아픈 걸 들켜서 득 될 게 없었다. 알게 되는 즉시, 어머니는 차를 돌려 병원 응급실로 내달릴 테니. 이후 일어날 일에 대해선 수차례의 경험으로 익히 짐작할 수 있었다. 피를 뽑거나 가슴 사진을 찍거나 주사를 맞거나. 최악의 경우 해열제가 섞인 링거액을 몇 시간씩 꽂고 있어야 하겠지. 첫영성체 의식은 내가 있든 말든 예정대로 진행될 테고. 이는 나 홀로 낙오해 1년 후를 기약해야 한다는 의미였다. 교리 공부와 성경 필사와 새벽 미사와 시험까지, 고달픈 6개월간의 여정을 다시 시작해야 한다는 뜻이기도 했다. 어디 그뿐이겠는가. 어렵사리 차지한 형의 짝꿍 자리를 다른 사람에게 내주어야 했다. 고지가 코앞인데, 까다로운 관문들을 형과 동급으로 통과한 마당에, 고작 편도염 따위로.

심상찮은 조짐들이 나타난 건 입장을 시작한 직후부터였다. 댓 발짝도 못 가 돌연한 한기가 몰려들었고, 절반도 가지 않아 온몸을 바들바들 떠는 지경이 되었다. 서너 발짝을 남겨둔 지점에선 다리 힘이 쭉 빠져나갔다. 비틀거리다 복사 옷 끝자락을 밟는 바람에 금방이라도 고꾸라질 것처럼 허리가 꺾였다. 형이 잽싸게 팔꿈치를 잡아주지 않았다면, 나는 맨땅을 이마로 들이박으며 엎어져버렸을지도 모른다.

"왜 그래?"

형이 입술만 움직여 소리 없이 물었다. 대답 대신 자세를 바로잡고 남은 걸음을 뗐다. 와중에 시선은 가족석으로 건너갔다. 휘둥그레진 어머니의 눈이 나를 응시하고 있었다. 형과 같은 말을 묻는 눈이었다. 왜 그러니.

눈을 내리뜨며 고개를 저었다. '반드시 첫영성체를 받지 않아도 된다고 엄마가 약속해준다면, 지금 당장 쓰러지고 싶어요', 라고 말할 수는 없는 노릇이었으므로. 할 수 있다 해도 때가 늦었다. 우리는 벌써 제단 앞에 다다라 있었다. 주임신부가 손을 내밀었다. 형이 먼저 촛불을 건넸다.

"한유민 미카엘."

주임신부는 형의 초를 받아 제단 밑에 내려놓았다. 나도 촛불을 내밀었다.

"한유진 노엘."

주임신부는 떨리는 내 손을 한번 감싸 쥔 후, 초를 받았다. 시선은 내 눈을 살피고 있었다. 겁먹은 강아지를 어르는 눈이었다. 애야, 긴장하지 마라.

뺨이 따끔거리고 살갗이 팽팽하게 땅기는 느낌이었다. 나는 몸을 돌리고 정해진 자리로 가서 형 옆에 섰다. 곧 두 번째 쌍이 주임신부에게 촛불을 건넸다. 이후 열 쌍이 더 들어오기까지의 기다림이 미치도록 길었다. 미사는 한량없이 느리게 진행됐다. 한여름 뙤약볕 속에서 8차선 고속도로를 횡단하는 새끼 두꺼비가 된 기분이었다. 가다 돌아보면 그 자리, 가다 돌아봐도 그 자리. 휘파람새 소리는 아득하게 멀어졌다가 귓가로 돌아오기를 수없이 반복했다.

"모세가 백성에게 말하였다. 너희는 나의 이 말을 너희 마음과 너희 정신에 새기고, 너희 손에 표징으로 묶고 이마에 표지로 붙여라……."

문득 눈을 들어보니 주인공들의 '가족 대표'인 아버지가 단상에 서서 '제1독서'를 읽고 있었다. 평소라면 묵직하게 깔릴 굵은 목소리가 자주 흔들리거나 갈라졌다. 널찍한 어깨는 로봇처럼 뻣뻣하게 굳어 있었다. 뺨에 남은 면도 자국은 멍 든 것처럼 파르스름해 보였다. 나는 고개를 돌려 통로 건너편 가족석을 넘어다봤다. 지금껏 나만 보고 있었던 것처럼, 어머니의 눈이 곧장 나를 맞아들였다. 한마디만 하면, 그길로 통로를 뛰어넘어올 듯한 표정이었다. 실수로 넘어질 뻔한 게 아니라, 내 상태가 이상하다는 걸 눈치 챈 기색이었다. 내 뺨이 모자만큼이나 시뻘겋게 달아오른 모양이었다. 아니면 평퍼짐한 복사 옷 속에서 남몰래 떨고 있는 내 몸을 봤든가.

"보아라, 내가 오늘 너희 앞에 축복과 저주를 내놓는다. 내가…… 너희에게 명령하는……."

아버지의 목소리가 귓등에서 뚝뚝 끊겨나갔다. 생각이 띄엄띄엄 잘려나갔다. 시간이 듬성듬성, 사라졌다. 휘파람새 울음이 등 너머로 획획, 멀어졌다.

"뭐해. 자냐?"

형의 목소리가 정신을 깨웠다. 눈 뜨고 보니, 성체와 포도주 잔을 든 주임신부와 보좌신부가 제단 앞에 나와 서 있었다. 일어나 앞으로 나가야 한다고 생각하고 보니, 이미 그 앞에 나와 서 있었다. 주임신부의 손은 죽은 나뭇가지처럼 검고 기다랗게 휘어져 있었다. 그 끝에 포도주에 적신 둥근 성체가 보름달처럼 걸려 있었다.

"그리스도의 몸."

아멘. 형이 혀를 내어 성체를 받았다. 나도 고개를 들었으나 입이 열리지 않았다. 목구멍이 지글지글 타고 있었다. 살이 타고, 눈이 타는 기분이었다. 시야에선 부연 흙먼지가 소용돌이치고 사물들은 이상한 형태로 바뀌었다. 십자고상이 거꾸로 서고, 제단이 이마 위로 떠오르고, 안뜰을 에워싼 설유화 꽃가지들이 뼈만 남은 사람의 손가락으로 보였다. 나는 발부리가 천천히 위로 들리는 것을 느꼈다. 이윽고 세상이 왈칵 뒤집혔다. 내 몸은 와르르 무너져 내렸다.

"유진아."

몽롱한 머릿속으로 어머니의 날카로운 비명이 파고들었다.

"눈 떠. 유진아, 눈 떠봐."

닫히는 눈꺼풀을 어렵사리 들어올렸다. 가느다랗게 벌어지는 시야로 하얗게 질린 어머니의 얼굴이 나타났다.

"유진아, 어디 아파?"

나는 어머니의 팔에 안긴 채 제단 앞에 드러누워 있었다. 새까맣게 벌어진 어머니의 눈동자는 내 얼굴 위에서 요동치듯 흔들리고 있었다. 추워요, 라고 말하고 싶었으나, 나는 입술을 움직일 수가 없었다.

"더위 먹은 거 아냐? 119 부를까?"

암벽처럼 크고 검은 그림자가 내 이마 위로 다가서며 다급한 소리로 물었다. 빛을 등지고 있어 얼굴이 보이지 않았지만, 나는 아버지라고 생각했다. 어머니가 "빨리"라고 소리친 걸로 봐서 틀림없을 것이다. 그 옆에 서 있는 가느다란 그림자는 형일 테지. 형의 어깨 너머에선 먹빛 구름이 들불처럼 번지고 있었다. 아득한 곳에서 휘파람새가 포르릉포르릉, 울었다. 어둑해오는 하늘 한복판에선 태양이 붉게 탔다.

1부   어둠 속의 부름

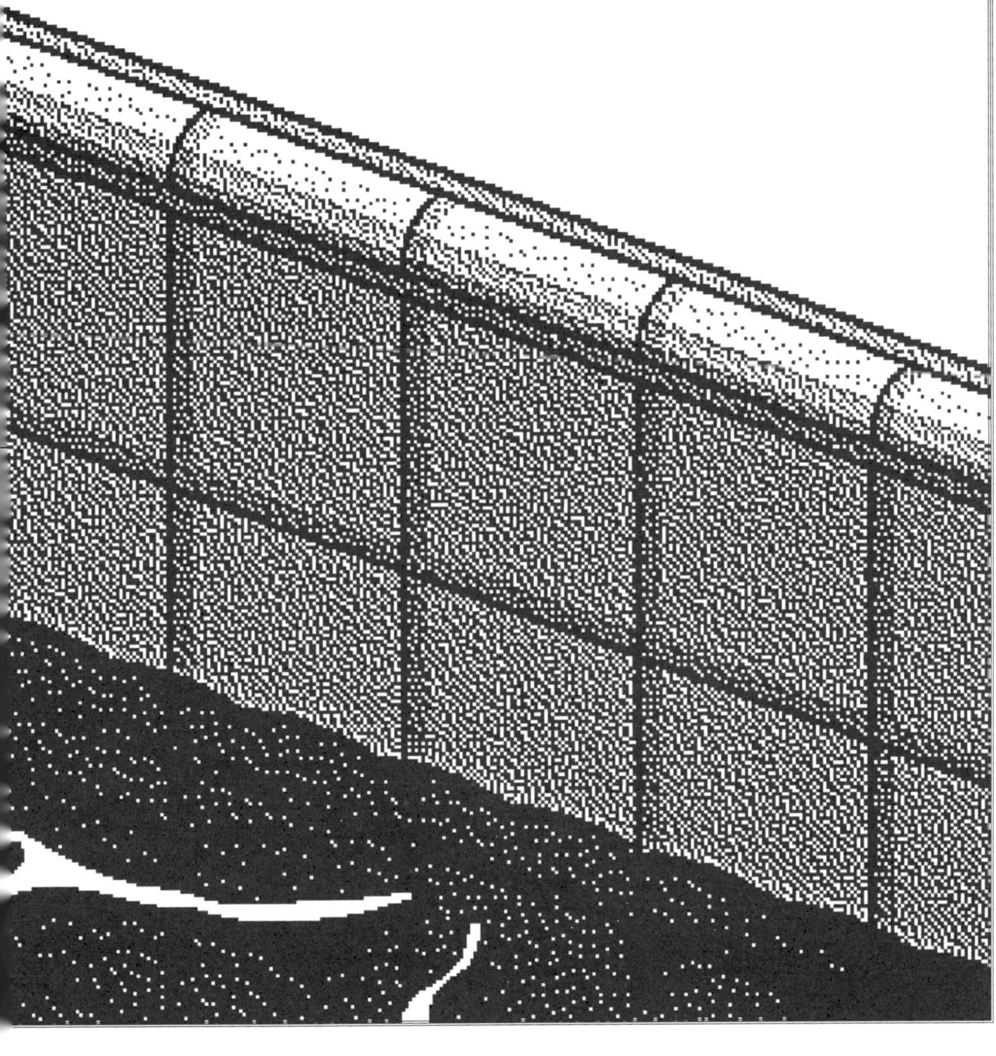

피 냄새가 잠을 깨웠다. 코가 아니라 온몸이 빨아들이는 듯한 냄새였다. 공명관을 통과하는 소리처럼 내 안에서 되울리고 증폭되는 냄새였다. 시야에선 기이한 삽화들이 표류하고 있었다. 안개 속에 늘어선 가로등의 부옇고 노란빛, 발아래로 소용돌이치며 흐르는 강물, 비에 젖은 차도 위를 구르는 진홍빛 우산, 바람에 펄럭거리는 공사장 사립막 비닐. 미리 위 어디쯤에선 발음이 어눌한 남자의 노랫소리가 울리고 있었다.

잊지 못할 빗속의 여인.
그 여인을 잊지 못하네…….

무슨 일인지 이해하는 데 그리 긴 시간이 걸리지 않았다. 무슨 일이 일어날지 예측하는 데 천재적인 상상력이 필요치도 않았다. 이것은 현실이 아니었다. 꿈의 잔상도 물론 아니었다. 머리가 몸에게 보내는 신호였다. 움직이지 말고 누워 있어. 지금부터 대가를 치러야 하니까. 발작억제제를 멋대로 끊어버린 대가.

'약 끊기'는 사막 같은 내 삶에 스스로 내리는 단비였다. 매번 그런 건 아니지만, 단비의 비용으로 발작이라는 후폭풍을 치러야 한다. 지금 자각하는 현상들은 폭풍의 임박을 알리는 전령사였다. '발작전구증세'라 통칭되는 어수선한 환각이었다.

폭풍을 피할 항구 같은 건 없다. 도착을 기다리는 것 말고는 할 수 있는 일도 없다. 폭풍의 시간은 암흑의 시간이고, 나는 무방비 상태로 거기에 던져진다. 지금까지의 경험에 따르면, 과정을 기억하지도 못한다. 의식이 스스로 깨어날 때까지 길고도 깊은 잠을 잔다. 일련의 과정은 육체노동과 비슷하다. 단순하고 격렬하다는 점에서 그렇다. 힘의 소모가 크고 피곤하다는 점에서도 그렇다. 결과를 예상하고 저지른 짓이라는 점에선 자업자득일 것이다. 결과를 감수한 반복 행위라는 점에서 중독이다.

약물중독자들은 대부분 환상을 좇느라 약을 먹는다. 내 경우는 반대다. 환상을 얻으려면 약을 끊어야 한다. 끊은 지 얼마 후면 마법의 시간이 열린다. 약물 부작용인 두통과 이명이 사라지고 오감이 내 젖꼭지도 딸 수 있을 만큼 예리해진다. 후각이 개같이 예민해진다. 머리는 그 어느 때보다 기민하게 돌아가고, 생각 대신 직관으로 세상을 읽어들인다. 내가 내 인생을 지배하고 있다고 느낀다. 인간이 만만해진다.

물론 사소한 불만이야 있다. 어머니와 이모가 여전히 '만만' 권역에 들어오지 않는다는 것. 내 인생은 두 여자가 깔고 앉은 방석이나 다를 바 없었다. 숨 막히는 그 궁둥이를 치워달라는 부탁 같은 건 통하지 않는다. 내가 발작하는 꼴을 어머니가 보게 된다면, 아마도 다음과 같은 일이 벌어질 것이다.

어머니는 내가 깨어나는 즉시 이모에게 끌고 간다. 내 주치의이자 저명한 정신의학자이며 미래아동청소년병원 원장님인 이모는 나와 눈을 맞추고, 상냥한 어조로 말이 되는 말을 들을 때까지 조곤조곤 묻는다. 약을 왜 끊었니? 솔직하게 말해야 내가 도울 수 있지. 솔직히 말해 '솔직'은 나의 장점이 아니다. 추구하는 가치도 아니다. 내가 좋아하는 건 실용성이며, 당연히 그에 입각한 답을 내놓을 것이다. 어쩌다 약 먹는 걸 까먹었는데, 까먹은 걸 다음 날 또 까먹었으며, 기왕 까먹은 김에 지금까지 쭉 까먹었노라고. 가만히 앉아 천지를 꿰뚫어 보는 이모는 '중독성 투약 중단'이라는 판결을 내린다. 집행관인 어머니는 매일 매 끼니, 당신 보는 데서 약을 먹으라고 명령한다. '기분 째지는 며칠'의 대가가 어떤 것이었는지, 과거 역사를 거듭 복습시킨다. 이런 짓을 벌이는 한, 너는 영원히 내 궁둥이를 벗어나지 못하리라고 각인시킨다.

'유진아.'

불쑥, 눈 뜨기 전에 들었던 어머니의 목소리가 기억났다. 꿈결에 부는 바람처럼 나직했으나, 손목을 잡아채는 것처럼 분명한 부름이었다. 잠을 깬 지금은 어머니의 기척조차 감지되지 않는다. 주변이 너무도 고요해 귀가 먹먹할 지경이었다. 방 안이 어두운 걸로 보아 날이 밝기 전인 듯도 했다. 어쩌면, 아직 5시 30분이 되지 않았다면, 어머니는 잠들어 있을지도 몰랐다. 그렇기만 하다면, 예고된 발작을 어머니 몰래 시작하고 끝낼 수 있을 것이다. 바로 어젯밤에 그리했듯이.

자정 이쪽저쪽이었던 걸로 기억한다. 방조제 횡단보도 부근에서 거친 숨을 몰아쉬고 있었던 것이. 군도해상공원 내 은하수전망대까지 전속력으로 달려갔다 오는 길이었다. 흔히들 하는 말로 '벌떡증', 내 식으로 말하면 힘이 남아돈 나머지 근육이 부릉부릉 시동을 걸 때마다 집을 뛰쳐나가 벌이는 '개병'이었다. 어제처럼, 종종 야밤에도 뛴다는 점에서 '지 랄'이라는 수식어를 붙여도 무리가 없겠다.

한밤의 방조제가 늘 그렇듯, 도로는 텅 비어 있었다. 횡단보도 옆 노점, '용이네 호떡집'도 문을 닫았다. 방조제 아래 나루터는 어둠에 파묻혀 있었고, 활주로에 가까운 6차선 차도는 짙은 안개가 집어삼켰다. 바닷가 도시의 겨울밤답게 바람이 거칠고 매서웠다. 한여름도 아니건만, 폭우에 가까운 비가 쏟아졌다. 굳이 규정하자면 '악천후'라 부를 만한 날씨였으나 내 몸은 햇살에 올라탄 공기처럼 가벼웠다. 집까지 훨훨 날아갈 수 있겠다, 싶을 만큼 기분이 좋았다. 바람을 타고 날아든 피 냄새만 아니었다면 완벽했을 텐데.

비릿하면서 쇠 맛이 나는 단내였다. 맞바람처럼 정면에서 뻗어오는 냄새였다. 지금처럼 맹렬하진 않았으나 발작 경고 신호로 충분한 수위였다. 저 앞에선 안산행 마지막 버스에서 내린 여자가 내 쪽으로 다가오고 있었다. 우산을 펴들고 바람을 등진 채 펭귄 걸음으로, 종종종. 나는 정말로 집까지 날아와야 했다. 생면부지 여자에게 구운 오징어가 돼 나뒹구는 꼴을 보여주고 싶지 않았다.

이후 필름이 끊겼다. 내 방에 들어서자마자 옷도 벗지 않고 침대에 누웠으리라는 짐작만 가능하다. 아마도 생애 세 번째 발작을 치르고 코를 골며 잠들었을 것이다. 이전의 발작과 차이가 있다면, 잠에서 깨자마자 2차 발작이 예고됐다는 점이다. 냄새의 밀도나 양상에서도 이전과는 차원이 달랐다. 포연 속에 드러누운 것처럼, 살갗이 따끔거리고, 코가 얼얼하고, 정신이 알딸딸했다. 다시 올 발작이 그 어느 때보다 격렬하리라 예측되는 대목이었다.

'격렬'에 대한 불안 같은 건 없었다. 가랑비나 장대비나 몸이 젖는다는 점으론 매한가지일 테니. 다만 기왕지사 이리 된 거 한시라도 빨리 왔으면, 싶었다. 어머니가 깨어나기 전에 후다닥 처러버리게.

나는 준비하고 기다리는 자세로 눈을 감았다. 발작 중 올지 모를 호흡장애를 방지코자 고개는 모로 눕혔다. 몸에서 힘을 빼고 숨을 깊이 들이마셨다. 오그라들고 뒤틀릴 내 몸뚱어리를 동정하며 입속으로 수를 셌다. 하나, 둘……. 다섯을 셌을 때, 침대 협탁 위에서 무선전화기가 울기 시작했다. 어찌나 느닷없고 요란했는지 귓바퀴가 발딱 뒤집히는 것 같았다. 아래층 거실에서 동시에 울어댈 전화를 떠올리자 몸까지 움찔거렸다. 나처럼 움찔해서 눈을 뜰 어머니를 떠올리자 짜증이 치밀었다. 대체 어떤 무식한 인간이 이 껌껌한 새벽에…….

전화벨 소리가 그쳤다. 바통을 이어받듯, 거실 괘종시계가 울렸다. 한 번. 설마 새벽 1시는 아니겠지. 한 번 울리는 괘종시계 소리는, 특별한 경우가 아니면, 잠을 깬 직후에 듣게 되는 세상의 첫 소리였다. 선수로서 수영을 시작한 초등학교 시절부터 들인 습관이었다. 몇 시에 잠이 들든, 새벽 훈련 한 시간 전에 눈을 뜨도록. 그러니까 지금은 밤이 아니라 새벽 5시 30분이었다. 어머니는 안방 피아노 책상 앞에 앉아 있을 것이다. 어머니가 어머니의 어머니인 성모마리아에게 성모송을 세 번 바치는 시각이었으므로.

은총이 가득하신 마리아님 기뻐하소서.
주님께서 함께 계시니 여인 중에 복되시며
태중의 아들 예수님 또한 복되시나이다…….

기도가 끝나면 어머니는 욕실로 들어가 샤워를 할 터였다. 나는 아래층으로 귀를 기울였다. 의자를 끄는 소리나 물소리가 들릴까, 해서. 귀에 걸린 건, 시끌벅적하게 울리는 전화벨 소리였다. 내 휴대전화 소리였다. 벨이 울린 순서로 짚어봤을 때, 집 전화 역시 내게 걸려온 것이 아닌가 싶었다.

나는 머리 위로 손을 밀어올려 베개 주변을 쓸어봤다. 기억상, 전화는 거기 있어야 했으나 아무것도 손에 걸리지 않았다. 혹시 책상에 뒀던가, 아니면 욕실에……. 머릿속으로 전화를 찾아다니는 사이 벨 소리가 끊겼다. 잠시 후, 집 전화기가 다시 울기 시작했다. 펄쩍 뛰어오르다시피 머리를 들고 잽싸게 전화기를 낚아챘다. "여보세요" 하자마자 어디서 많이 들어본 목소리가 물어왔다.

"여태 자냐?"

해진이었다. 맥이 쭉 빠지는 기분이었다. 그럼 그렇지. 이 뜬금없는 시각에 나를 찾을 인간이 아래층 문간방 주인 말고 또 누가 있을까.

"깼어."

나는 대답했다.

"어머니는 뭐 하셔?"

전화한 시각만큼이나 뜬금없는 물음이었다. 영화사 사람들을 만난다더니 집에 들어오지 않은 것인가. 확인을 해봤다.

"너 지금 집에 있는 거 아냐?"

"잠이 덜 깼냐? 집에 있으면서 집에다 전화를 왜 걸어. 여기 상암동이야."

외박 사유인즉 이러했다. 지난여름 해진이 연출부 스태프로 참여했던 〈과외〉라는 영화의 감독이 새 일거리를 붙여주었고, 일거리 계약서를 쓴 기념으로 술집에서 막걸리를 좀 마셨으며, 낮에 찍은 환갑잔치 동영상을 편집해야 해서 선배네 작업실에 갔는데, 방이 지나치게 따뜻했던 관계로 깜박 잠이 들어버렸다.

"금방 일어나서 확인해보니까 어머니가 밤중에 전화를 하셨더라고. 그래서 전화한 거야. 주무실 시간인데 좀 이상해서."

지금쯤은 모두 일어났겠지, 싶었는데 아무도 전화를 안 받아 더 이상했다고 했다.

"집에 무슨 일 있는 거 아니지?"

나는 번뜩 한쪽 손을 눈앞으로 끌어올렸다. 뒤늦게 깨달은바, 손 전체에 뻣뻣하면서도 바스락거리는 무언가가 들러붙어 있었다. 그리고 보니 눈, 코, 입, 구멍 다섯 개가 모여 사는 동네에도 '무언가'가 말라붙어 있었다. 만지지 않아도 알 수 있는, 일가친척 중 가장 가방끈이 긴 이모의 어법으로 하자면, 촉각소체의 자극 없이도 자각되는 또렷한 이물감이었다.

"그럴 일이 뭐 있어."

건성으로 대꾸하면서 머리칼을 만져봤다. 같은 느낌의 '무언가'가 머리털과 뒤엉킨 채 딱딱하게 굳어져 있었다.

"그래? 근데 왜 전화 안 받으시지? 휴대전화, 집 전화 다 울렸을 텐데."

해진이 물었다.

"기도 중이겠지. 아니면 욕실이나 베란다나, 뭐 그런 데서 볼일을 보느라 벨 소리를 못 들었든가."

가슴팍과 배와 다리를 차례차례 더듬었다. 지난밤 입고 나간 옷차림 그대로인 듯했으나 감촉이 전혀 달랐다. 부드럽고 나긋나긋해야 할 스웨터가 석 달 열흘 뙤약볕에서 말라비틀어진 걸레처럼 뻣뻣했다. 바지는 무두질하기 전의 소가죽처럼 딱딱했다. 누운 채로 양발을 들어올려 한쪽 양말을 만져봤다. 스웨터와 촉감이 비슷했다.

"그런가?"

해진이 혼잣말처럼 반문했다. 고개를 갸웃하는 모습이 보이는 것 같았다.

"정말 아무 일 없는 거지?"

해진은 재차 확인을 해왔다. 나는 성가셔하며 고개를 끄덕였다. 무슨 별일이 있겠냐. 금방 확인한바, 내가 진흙탕에 풍덩 빠졌다 나온 꼴 같다는 것 말고.

"그렇게 걱정되면 이따 엄마한테 다시 전화하든가."

"아냐. 어차피 곧 집에 들어갈 건데 뭐."

"지금 올 거야?"

물어놓고 생각해봤다. 밤사이에 흙투성이가 될 일이 뭐가 있을까. 집까지 날아오는 사이 넘어지거나 자빠진 적이 있었던가. 기억나지 않았다. 설령 그랬다 치더라도 진흙탕을 뒤집어쓸 만한 곳이 없었다. 동네 안쪽에 있는 아파트 공사장 부근으로 돌아서 왔다면 또 모를까. 아니면 아파트 화단을 뛰어넘다 미끄러졌든가.

"나 샤워하고 출발할게. 늦어도 9시 안엔 집에 들어갈 거야."

해진은 전화를 끊었다. 나는 몸을 일으키고 앉았다. 협탁에 전화기를 세워놓고 침대 머리 쪽 벽에 붙은 리모컨 거치대에서 실내등 리모컨을 뽑아들었다. 파워 버튼을 누르자 머리 위에서 LED등의 백색광이 터졌다. 귓속에선 어머니의 비명이 터졌다.

'유진아.'

방 안을 돌아보는 순간, 숨이 목구멍에 턱 걸렸다. 침 한 사발이 기관지로 훌떡 넘어갔다. 사레가 들리고 기침이 터졌다. 나는 가슴을 두들기고 눈물을 찔끔거리면서 침대로 엎어졌다.

선수 시절, 한 수영대회에서 1,500미터 금메달을 딴 직후에, 어느 일간지 기자가 '너의 강점이 무엇이냐'고 물은 적이 있었다. 나는 어머니가 가르친 대로 겸손한 답을 내놓았다. 비교적 안정된 호흡이라고. 같은 질문을 받은 코치는 조금 덜 겸손한 태도로 "지금껏 가르친 애들 중 가장 비범한 흉통을 가졌다"라고 말했다. 이 세상에서 그 비범한 흉통을 틀어막을 수 있는 건, 나를 깔고 앉은 두 여자뿐이었다. 호흡이 뒤엉키는 일 같은 건, 목구멍에서 어뢰가 터지지 않는 한 일어날 수 없었다. 바로 그런 일, 어머니와 이모가 힘을 합해 내 목구멍으로 어뢰를 쏴야 가능할 사건이 방 안을 돌아보던 순간에 일어났다.

은색 대리석이 깔린 방바닥에 핏자국과 피 묻은 발자국 들이 엇박자로 찍혀 있었다. 발자국의 방향으로 봤을 때, 방문 앞에서 시작해 방을 길게 횡단한 후, 침대 발치에서 마침표를 찍은 것 같았다. 발의 주인이 뒷걸음질 친 게 아니라면, '시작 이전'은 방문 바깥에 있겠지. 침대에도 유혈이 낭자해서 침대보, 이불, 베개 할 것 없이 내 몸이 닿은 곳은 죄다 시뻘겠다. 뒤늦게야 내 몸을 내려다봤다. 검정 스웨터와 운동복 바지와 양말까지 선지처럼 응고된 핏물이 덕지덕지 들러붙어 있었다. 잠을 깨운 피 냄새는 발작 신호가 아니었던 셈이다. 진짜 피 냄새였다.

황당하고 혼란스러웠다. 저 발의 주인은 나인가. 방문 밖에서 대체 무슨 일이 벌어졌기에 피투성이가 됐을까. 발작이라도 일으켰을까. 발작이 너무나 격렬했던 나머지 혀라도 깨문 것일까. 온몸이 다 젖을 정도로? 그렇다면 이곳은 내 방이 아니라 저승이라야 했다. 차라리, 나한테 유감이 많은 어떤 놈이 발작 중인 내게 돼지 피를 한 바가지 뒤집어씌웠다는 쪽이 더 그럴싸했다. 아니면, 발작 중 무방비 상태에서 칼을 맞았거나.

나한테 유감이 많은 좀 전의 그놈한테. 몸 어느 한구석도 아프지 않다는 점에서 전혀 그런 것 같지는 않았지만.

문밖에서 '무슨 일'이 벌어졌을 때, 어머니는 어디에 있었을까. 나와 마주쳤을 가능성은 그리 높지 않았다. 아니 거의 없었다. 어머니는 규칙주의자였다. 식사, 배변, 운동, 그 외 대부분의 일에 규칙이 있었고, 규칙대로 움직였다. 수면 습관도 '대부분' 중의 하나였다. 특별한 경우를 제외하고, 밤 9시면 이모가 처방한 수면제를 먹고 잠자리에 들었다. 나는 그 안에 집에 들어와 있어야 했다. 어머니가 규칙을 어기는 '특별한 경우'는 내가 9시보다 늦게 귀가하는 경우가 유일했으므로.

함께 사는 가족이긴 해도, 해진에겐 적용되지 않는 규칙이었다. 어머니가 해명한 차별 사유는 이랬다. 해진은 밤늦게 거리에서 발작할 염려가 없다.

서글프긴 했지만 수긍하고 받아들일 수밖에 없는 사유였다. 사람들 앞에서 구운 오징어가 되거나, 지하철을 기다리다 선로로 떨어지거나, 도로에서 나뒹굴다 오가는 차에 깔려 죽는 것보다는 나았으니까. 어둠에 허기 든 사람처럼, 종종 야밤에 동네를 내달리는 건 그 때문이었다. 나갈 때마다 도둑놈처럼 옥상 철문으로 드나드는 것도 그 때문이고.

어젯밤 역시 이 패턴을 벗어나지 않았다. 사은회 중간에 빠져나와 집에 도착한 게 8시 55분이었다. 평소라면 입도 대지 않을 술, 그것도 '소맥'으로 서너 잔을 마셨고, 달아오른 얼굴을 식히고자 버스 승강장에서 집까지 비를 맞고 걸어온 참이었다. 덕택에 열기는 가셨으나 기분 좋은 취기는 남아 있는 상태였다. 아니, 어쩌면 기분 좋은 수위를 조금 넘었을지도 모르겠다. 현관문 도어 록 뚜껑이 올라가 있을 땐 내렸다 다시 올려야 작동한다는 사실을 깜박한 걸로 봐서. 그 바람에 무려 20분 동안, 대문과 대책 없는 대치를 벌였다. 바지 주머니에 양손을 찔러넣고, 먹통이 된 도어 록을 노려보면서. 그사이 코트 주머니에선 휴대전화 알람이 네댓 번쯤 울었다. 어머니가 보낸 문자라는 걸 보지 않아도 알 수 있었다. 내용 역시 구체적인 문구까지 짐작 가능했다.

'출발했니?'

'지금 어디쯤이니?'

'언제 도착하니?'

'비 오니까 걸어오지 마. 엄마가 버스 정류장으로 데리러 갈게.'

아니나 다를까, 마지막 알람이 울린 지 5초 만에 현관문이 열렸다. 야구모자, 흰 스웨터, 갈색 카디건, 스키니 진, 흰 운동화. 동네 슈퍼용 옷차림마저 우아하게 소화해내는 어머니가 자동차 키를 손에 쥐고 나타났다. 나는 입술을 오므려 붙이고 발끝을 내려다봤다. 정답을 맞히고도 기분 나쁜 경우랄까. 버럭 소리라도 지르고 싶었다. 아, 좀…….

"언제 왔니?"

어머니는 현관문을 반쯤 열어 스토퍼로 고정한 다음 그 틈새에 섰다. 순순히 들여보내줄 생각이 없다는 얘기였다. 나는 주머니에 찔러넣은 손을 슬쩍 곁눈질해 손목시계를 확인했다. 9시 15분.

"오기는 아까 왔는데…….."

말을 꺼냈다가 일순 멈칫했다. 발밑이 구덩이처럼 둥글게 파이고 있었다. 현관문은 만삭이 된 임신부의 배처럼 둥글게 부풀어 오르는 중이었다. 고개를 들자 등줄기가 휘청, 흔들렸다. 머리통이 술통처럼 무거웠다. 불이 붙듯 얼굴이 확 달아올랐다. 아마 잘 익은 토마토처럼 빨개졌을 것이다. 그걸 들킬까 봐 얼굴은 정면에 둔 채 눈동자만 어머니 쪽으로 돌렸다. 세상에서 가장 위험한 물건을 굴리듯 조심조심, 천천히. 어머니와 시선이 마주치자 허둥지둥 덧붙였다.
"문이 안 열려서 못 들어갔어요."
어머니는 도어 록을 흘끔 보더니 뚜껑을 탁, 소리 나게 내렸다가 다시 올렸다. 눈부시게 빠른 솜씨로 비밀번호 일곱 자리를 눌렀다. 도어 록 걸쇠가 삑, 소리를 내며 풀렸다. 어머니의 눈은 내게로 되돌아왔다. 뭐가 문제니?
"아아……"
문제가 없다는 걸 이해했다는 표시로 고개를 끄덕였다. 젖은 머리에서 물방울이 후드득 떨어졌다. 그중 하나가 미간을 지나 코끝에 대롱대롱 매달렸다. 후, 불어서 떨어뜨리고 보니 어머니의 눈이 내 이마에 붙박여 있었다. 정확하게 말하면, 이마 한중간에 있는 새끼손톱만 한 흉터를 쳐다보고 있었다. 입만 벌리면 나오는 거짓말이 모조리 거기서 만들어진다고 믿는 것처럼.
"술 마셨니?"
어머니가 물었다. 난처한 질문이었다. 이모에 따르면, 술은 강력한 발작 유도 물질이었다. '어머니의 규칙'에선 첫 번째 금기 사항이었다.
"조금요. 아주 쪼오끔."
나는 검지 끝 1센티 지점에 엄지손톱을 대 보였다. 어머니의 시선은 조금도 부드러워지지 않았다. 여전히 이마 흉터가 새부리에 쪼이듯 따가웠다. 상황을 호전시킬 수 있을까, 해서 한마디 더 덧달아봤다.
"맥주 딱 한 잔이요."
어머니는 눈을 한 번 깜박거렸다. 아아, 그렇단 말이지? 하듯.
"저는 안 마시려고 했는데요, 교수님이 권해서……"
변명하다 울컥해서 말을 멈췄다. 나이 스물여섯에 술 몇 잔 마신 걸로 어머니한테 야단을 맞다니. 모든 게 다 현관문 탓이었다. 본래 계획대로라면, 슬쩍 현관문을 열고 들어간 후 2층으로 달려 올라가며 "다녀왔습니다"라고 소리쳤을 것이다. 그랬다면 통금에 걸리지도 않았을 것이고, 어머니가 나를 체포하러 나오지 않았을 것이며, 술 마신 걸 들키지도 않았을 텐데. 다리에 힘이 빠지면서 왼쪽 무릎이 툭 꺾였다. 덩달아 몸 전체가 왼쪽으로 휘청 기울어졌다.

"유진아."

어머니가 다급한 소리를 지르며 내 팔꿈치를 붙잡았다. 나는 고개를 끄덕였다. 괜찮아요. 저 안 취했어요. 진짜 딱 한 잔 마셨다니까요.

"들어가서 얘기하자."

들어가고 싶었으나 얘기는 하고 싶지 않았다. 나는 어머니의 손을 내 팔꿈치에서 떼어냈다. 이번엔 오른쪽 다리가 휘청하면서 몸이 어머니 쪽으로 기울어졌다. 넘어진 김에 쉬어간다고, 엎어진 김에 어머니의 어깨를 담쏙 끌어안았다. 어머니는 숨을 훅, 들이마셨다. 작고 가느다란 몸은 일순간에 꼿꼿해졌다. 전에 없던 행동에 조금 놀란 기색이었다. 감격했거나 이상했거나, 그 밖의 다른 이유로. 나는 끌어안은 팔에 힘을 줬다. 우리 '얘기' 같은 건 하지 마요. 그래봐야 입만 아프잖아요. 술은 벌써 마셔버렸는데.

"너 왜 그러니?"

어머니는 내 팔에서 몸을 빼며 물었다. 빼는 즉시 감정을 수습하는 느낌이었다. 수습과 동시에 평소의 차분함을 되찾았다. 한숨에 김이 샜다. 나는 아직도 공중에 떠 있는 팔을 내리고 현관 안으로 들어섰다. 신발을 벗는 사이 어머니가 등 뒤에서 물었다.

"밖에서 무슨 일 있었니?"

돌아보지도 않고 고개를 저었다. 거실로 들어선 후에야 슬쩍 턱만 까닥여서 인사를 보냈다.

"안녕히 주무세요."

뭔가 이상하다고 느꼈을까. 어머니는 나를 붙잡지 않았다. 그저 "2층까지 데려다줄까?"라고 물었다. 나는 재차 고개를 저어 보였다. 서두르지도, 그렇다고 너무 느리지도 않게 2층 계단을 올라갔다. 방으로 들어오자마자 옷을 훌러덩 벗어던진 기억이 난다. 씻지도 않고 침대에 벌렁 드러누웠던 것도. 어머니가 안방 문을 닫고 들어가는 소리를 들었던 것도. 소리를 듣자마자 취기가 싹 가셨던 것도. 이후로 뭘 했더라. 천장을 올려다보며 빈둥빈둥 시간을 보냈을 것이다. 40여분 후, 개병이 나서 옥상 철문을 빠져나갈 때까지.

'금방 일어나서 확인해보니까 어머니가 밤중에 전화를 하셨더라고. 그래서 전화한 거야. 주무실 시간인데 좀 이상해서.'

퍼뜩 좀 전에 들었던 해진의 말이 떠올랐다. 그땐 넘겨들었던 말이 이제 와서 이상했다. 어머니는 왜 전화를 했을까. 내가 안 하던 짓을 한 게 이상했을까? 혹시 내가 옥상으로 나간 걸 알아차렸을까. 몇 시에 전화를 했기에 해진이 이상해했을까. 11시? 12시? 만약 해진에게 전화를 건 이후로도 깨어 있었다면 내가 돌아오는 걸 알아차리지 않았을까.

아니다. 알아차렸다면 어머니가 나를 그냥 뒀을 리 없었다. 붙잡아 앉혀놓고 캐물었겠지. 어린 시절 고백을 강요할 때마다 그랬듯이, 모든 걸 말할 때까지 잠을 재우지 않았겠지. 이 시간에 어딜 다녀오느냐, 언제 나갔느냐, 언제부터 몰래 나다녔느냐……. 어쩌면 까마득한 옛날에 졸업한 벌을 다시 받았을지도 몰랐다. 밤새도록 마리아상 앞에 꿇어앉아 성모송을 외우는 벌. 그때에도 내 몰골이 피투성이였다면 기도에서 그치지 않았을 것이다. 내가 내 방에서 깨어났다는 것 자체가 어머니와 만나지 않았다는 증거였다.

나는 침대에서 내려갔다. 어쨌거나 밖으로 나가봐야 했다. 그래야 뭐든 알지 않겠는가. 발자국을 밟지 않도록 주의하며 문 쪽으로 한 발짝씩 움직였다. 책상 앞에 이르자 몸이 저 알아서 걸음을 멈췄다. 책상 너머 테라스 유리문 안에 낯선 남자가 서 있었다. 염소 뿔처럼 곤두선 머리칼, 껍질이 홀랑 벗겨진 것처럼 시뻘건 얼굴, 흰자위만 불안하게 번득거리는 눈. 시각적 충격으로 정신이 다 아뜩해왔다. 저 시뻘건 짐승이 나라고……?

유리문 바깥쪽은 전혀 내다보이지 않았다. 바다에서 몰려온 안개가 장벽처럼 시야를 가로막고 있었다. 노란 불빛만 장벽 너머에서 흐릿하게 가물거렸다. 어머니가 전용 옥상에 정원을 만들면서 설치한 퍼걸러의 외등 빛이었다. 지난밤, 옥상 철문으로 나가면서 켜두었을 것이다. 습관대로라면 들어올 때 껐어야 맞건만.

반 뼘쯤 열려 있는 테라스 유리문도 같은 맥락에서 수상쩍었다. 유리문은 닫으면 잠기는 자동문이었다. 때문에 테라스로 나다닐 땐 문을 조금 열어둬야 했다. 2층 복도와 연결되는 '정식 출입문'으로 돌아 들어오지 않으려면. 반 뼘의 틈은 평소에 습관처럼 열어두는 딱 그만큼이었다. 그렇다면 이 역시 들어올 때 닫았어야 했다. 잠결이든 맨 정신이든, 닫았다가 다시 열지는 않았을 것이다. 지금은 한여름이 아니라 12월하고도 9일이었다. 더하여 내 방은 바닷가 신도시, 그중에서도 25층 복층 아파트의 옥탑 방이었다. 문을 열어 추위를 불러들일 하등의 이유가 없었다. 갱년기를 맞아 하루 몇 번씩 열불이 나는 어머니라면 또 모를까.

이치에 맞는 답은 하나뿐이었다. 어젯밤 나는 나갔던 문으로 들어오지 않았다. 현관문을 통해 들어왔을 것이다. 방에 찍힌 발자국의 방향을 봐서도 그렇고, 테라스 유리문이나 퍼걸러 외등을 봐서도 그랬다. 현관문으로 들어온 이유가 뭔지, 내 꼴이 왜 이런지, 방 안 풍경이 뭘 의미하는지에 대해선 아직 설명할 수 없지만.

나는 탁상시계를 확인했다. 검은 문자판에 빨간 숫자 세 개가 나란히 찍혀 있었다. 5 : 45. 물소리는 들리지 않았으나 어머니가 욕실에 들어갔으리란 짐작은 가능했다. 10분 후면 안방을 나와 부엌으로 들어가겠지. 그 안에 바깥 사정이 어떤지 알아봐야 했다.

방문을 당겨 열고 복도로 나갔다. 벽에 붙은 스위치를 눌러 불을 켰다. 핏자국과 발자국이 방문에서 복도를 지나 계단까지 쭉 이어져 있었다. 금붕어가 구름 속을 헤엄쳐 다니거나, 황금 파도가 일렁이는 바다를 보면 이런 기분이 들까. 나는 문짝에 등을 기대고 서서, 평소 '청군'이라 부르는 머릿속 낙관주의자의 속삭임을 들었다. 꿈이야. 아직 깨어나지 않은 거라고. 현실에서 이따위 일이 일어날 리 없잖아.

내키지 않는 심정으로 문에서 등을 뗐다. 멱살을 잡힌 것처럼 발자국을 따라 꾸역꾸역 전진했다. 컴컴한 계단으로 발을 내려딛자 머리 위로 센서 등 빛이 와르르 쏟아졌다. 발아래 풍경이 한 화면으로 시야에 잡혔다. 계단 벽에 붙은 안전 바를 움켜쥐듯 쓸고 올라온 핏빛 손자국, 계단 칸칸마다 찍혀 있는 발자국과 핏방울. 나는 계단참 벽에 흩뿌려진 핏물과 가닥가닥 흘러내린 핏줄기와 바닥에 고인 피 웅덩이를 몽유병자처럼 몽롱한 정신으로 내려다보았다. 손자국이나 발자국과 차원이 다른 흔적이었다. 만약 이것이 현실이라면 계단참은 무슨 일인가 일어난 '그곳'일 터였다.

나는 내 몰골을 재차 확인했다. 핏물에 담갔다 뺀 듯한 손, 피가 말라

붙어 뻣뻣해진 스웨터와 바지와 발. 내가 핏물벼락을 맞은 장소가 바로 '그곳'인가. 대체 누구한테? 의문이 커질수록 당혹감도 점점 커졌다. 머리가 너무 복잡한 나머지 아무 생각도 나지 않고, 아무 소리도 들리지 않고, 아무 느낌도 들지 않는 게 당혹감이 맞다면.

어기적어기적, 사람 탈을 쓴 곰처럼 계단을 내려갔다. 계단참 피 웅덩이를 지나 아래층을 향해 몸을 돌리고 섰다. 발아래 풍경이 득달같이 시야로 덤볐다. 또 헉, 소리가 튀어나왔다. 불과 몇 분 사이에 두 번째로 호흡이 뒤엉켰다. 이마를 돌멩이로 얻어맞은 것처럼, 머리를 뒤로 젖히며 한 발짝 물러섰다. 나도 모르게 눈을 질끈 감았다. 때를 놓치지 않고 머릿속 청군이 달착지근한 대안을 내놓았다. 아무 문제도 없어. 이건 진짜가 아냐. 그러니 어머니가 나오기 전에 방으로 돌아가. 침대에 드러누워 한숨 더 자라고. 자고 일어나면 평소와 같은 아침을 맞게 될 테니까.

안 되지. '백군'이라 부르는 머릿속 현실주의자가 입을 열었다. 상황을 그렇게 낙관적으로 호도하면 안 되지. 확인해야지. 이게 정말 꿈인지, 아닌지. 아니라면 아래에서 무슨 일이 벌어졌는지, 왜 이 모양 이 꼴로 잠에서 깨어났는지 알아내야지. 꿈이라면 그때 돌아가서 자도 늦지 않잖아.

나는 눈을 떴다. 아래층은 환하게 불이 켜져 있고, 주방과 계단을 가르는 칸막이벽 밑에는 피 웅덩이가 고여 있고, 웅덩이 안에 맨발 한 쌍이 놓여 있었다. 발꿈치는 은색 대리석 바닥에, 발부리는 천장 쪽으로 세우고 나란하게. 발목 위쪽은 칸막이벽에 가려 보이지 않았다. 흡사 발만 뚝 잘라다 조형물처럼 배치해놓은 것 같았다.

사람의 발일까. 인형의 발일까. 헛것의 발일까. 백군의 말이 옳았다. 계단참에서 내려다보는 걸로는 답이 나오지 않았다. 가서 확인하는 수밖에 없었다. 나는 바짝 마른 목구멍으로 침 한 모금을 욱여넘기고 남은 계단을 내려갔다. 위쪽 계단과 똑같이 핏자국과 발자국 들이 칸칸마다 찍혀 있었다. 더하여 계단참에서 흘러내린 핏줄기가 계단을 타고 거실 바닥까지 쭉 이어지고 있었다. 마지막 계단에 이르자, 피 묻은 맨발이 실재의 위엄을 갖추고 턱밑으로 들이닥쳤다.

뼈마디들이 불거진 발가락과 높고 좁은 발등, 피 웅덩이에 반쯤 잠긴 발꿈치, 왼쪽 발목에 걸린 발찌, 발찌에 달린 손바닥 장식. 딸꾹질이 튀어나왔다. 위장이 홀떡 뒤집히는 느낌이었다. 이제라도 몸을 돌려 내 방으로 올라가버리고 싶었다. 후회할 뭔가를 보게 되기 전에, 본 것을 후회하기 전에.

나는 우격다짐으로 발을 뻗어 거실 바닥에 내려섰다. 현관이 있는 오른쪽으로 머뭇머뭇 고개를 돌렸다. 계단 밑에서 주방 입구까지 핏물이 장방형 늪을 이루고 있었다. 그 복판에 여자가 있었다. 피 묻은 맨발을 계단 쪽으로, 머리는 현관 쪽으로 두고 반듯하게 누운 여자. 잠옷처럼 희고 펑퍼짐한 원피스를 입은 여자. 종아리를 젓가락처럼 가지런히 뻗고, 가슴 위에 양손을 모으고, 긴 머리채를 얼굴에 덮어쓴 여자. 정신병자의 망상에나 등장할 법한 여자.

한 발짝, 여자의 종아리 옆으로 다가섰다. 원피스 자락이 덮여 있는 허벅지 옆으로 다시 한 발짝. 팔꿈치 옆에 이르러 걸음을 멈췄다. 치켜든 여자의 목이 턱 밑을 따라 날렵하게 잘려나가 있었다. 왼쪽 귀밑에서 오른쪽 귀밑까지, 어느 힘센 손아귀가 예리한 칼로 한 동작에 그어버린 것처럼 보였다. 언월도 형상으로 벌어진 목의 속살은 아가미처럼 붉었다. 숨 쉬듯 펄떡거리는 착각마저 들었다. 흐트러진 머리칼 밑에선 새카만 눈동자가 시선을 맞대왔다. 내 눈을 쏜살같이 찔러오는 발톱 같은 눈이었다. 가까이 와, 라고 명령하는 눈이었다. 내 몸은 자동반사에 가깝게 명령을 받아들였다. 크레인처럼 뻣뻣해진 다리를 구부리고 여자 옆에 쪼그려 앉아 여자의 얼굴로 손을 뻗었다. 부들부들 떨면서, 저질러버리는 심정으로, 머리채를 홱 걷어냈다.

'유진아.'

다시 어머니의 음성이 들려왔다. 꿈속으로 들려오던 그 소리였다. 신음하듯, 목 안으로 꺼져드는 소리. 세 번째로 호흡이 틀어졌다. 머릿속에선 기차가 충돌하는 듯한 폭음이 울렸다. 시야는 물결치듯 뒤흔들렸다. 등에 힘이 빠지고, 발이 피 웅덩이 위로 쑥 미끄러지는 느낌이었다. 나는 바닥에 손을 짚고 나자빠지듯 주저앉았다.

놀란 고양이처럼 치뜬 눈, 길고 검은 속눈썹에 눈물처럼 맺힌 핏방울, 홀쭉한 뺨과 날카로운 턱선, 동그랗게 벌어진 입술. 여자는 손바닥 발찌의 주인이었다. 16년 전, 그 섬에서 남편과 맏아들을 잃은 여자였다. 16년 동안 나한테만 매달려 살아온 여자였다. 자기 유전자 절반을 내게 물려준 여자였다. 어머니였다.

눈앞이 어둑해왔다. 멀미가 났다. 몸을 움직일 수가 없었다. 숨을 쉴 수가 없었다. 폐 속에 뜨거운 모래가 가득 들어찬 기분이었다. 할 수 있는 일은 어머니 곁에 주저앉은 채로 기다리는 것뿐이었다. 암전된 머릿속에 불이 들어오기를. 그리하여 뭔가를 해볼 수 있기를. 아니, 사실은 모든 게 꿈이라고 우기는 청군의 우김질마저 꿈이기를 바랐다. 내 안의 시계가 알람을 울려 이 악몽에서 건져내주기를 기대했다.

시간은 지루하게 흘러갔다. 집 안은 몸서리나게 고요했다. 고요 속에서 괘종시계가 울기 시작했다. 눈을 뜬 이후 30분이 지났다고 알리는 소리였다. 어머니가 주방에서 움직이는 시각, 우유에 바나나와 잣과 호두를 넣고 갈아서 내 방으로 들고 올라오는 6시.

종소리가 멈췄으나 어머니는 내 무릎 밑에 그대로 누워 있었다. 나는 캄캄하고 무서운 절망에 사로잡혔다. 꿈이 아니었던가. 어머니는 실제로 나를 불렀던 것인가. 도와달라고, 혹은 살려달라고.

오금이 저려왔다. 아랫배가 갑작스레 묵직해왔다. 배꼽 아래로 바늘로 찌르는 듯한 통증이 느껴졌다. 잠시 후 방광이 살갗을 뚫고 나올 것처럼 땡땡하게 부풀어 올랐다. 급박하고도 격렬한 요의였다. 어린 시절, '기찻길 꿈'을 꿀 때마다 덮쳐오던 화물열차 같은 압박감이었다. 일어나야지, 하면서도 몸을 움직일 수 없었던 가위 같은 억눌림이었다. 나는 다리를 당겨 무릎을 꿇고 앉았다. 허벅지를 안쪽으로 맞붙이고 양손으로 힘을 주어 짚어 눌렀다. 식은땀이 났다.

\#

식은땀이 났다. 방금 저질러놓은 일이 너무도 한심스러워서. 흥건하게 젖은 이불과 침대보, 엉덩이와 등짝에 찰싹 들러붙은 잠옷, 진동하는 지린내. 3일 전 밤부터 되풀이해 저지르고 있는 실수였다. 어머니가 알면 버럭, 화부터 낼 일이었다. 네가 갓난애니. 갑자기 왜 이래? 형과 나를 나란히 꿇어앉히고 다그칠 일이기도 했다. 너희들, 솔직하게 말해봐. 그저께 학교 끝나고 어디 갔니? 무슨 일이 있었니.

형과 나는 신촌 부근에 있는 한 사립초등학교 1학년생이었다. 출판사 편집자였던 어머니는 매일 아침 우리를 차에 태워 학교 앞까지 데려다주고는 했다. 회사가 Y대 뒤에 있었기에 가능한 동선이었다. 학교가 끝난 후, 우리가 가는 곳은 어머니의 회사 근처 미술학원이었다. 말이 좋아 미술학원이지 우리의 방과 후 시간을 책임져주는 보육시설에 가까웠다. 학교와 가깝고 차량 코스도 마땅치 않아, 나와 형은 그곳까지 늘 걸어다

났다. 거리 구경도 하고, 이런저런 군것질도 하고, 한눈도 약간 팔면서. 어머니는 우리의 '한눈'이 노상 걱정이었다.
"기찻길에 가면 안 된다. 꼭 큰길로 다녀야 해."
"그렇게 할게요" 대답해놓고 우리는 그렇게 하지 않았다. 간간이, 사실은 자주, 잡초가 발목까지 자라난 경의선 철로를 따라 걷고는 했다. 당연한 말이지만 얌전히 걸어가지는 않았다. 우리는 즉석에서 이런저런 시합을 고안해내고, 고안한 시합으로 승부를 벌였다. 팔을 벌리고 고개를 뒤로 젖혀 하늘을 바라보면서 발끝으로 노면 레일을 더듬어 걸어야 하는 허수아비시합, 침목을 더 많이 건너뛰는 사람이 이기는 멀리뛰기시합……. 그중에서도 가장 좋아하는 건, 철로와 근처 황무지를 오가며 벌이는 서바이벌 게임이었다. 우리는 똑같은 무기를 갖고 있었고 결과는 늘 무승부였다. 어머니의 취향대로 고른 '소리만 요란한 따발총' 덕택에.
사흘 전 아침, 등교하는 우리의 가방에는 진짜 고글과 진짜 비비탄 총이 들어 있었다. 아버지가 미국 출장을 다녀오면서 사온 선물이었다. 어머니는 위험한 장난감을 사왔다고 싫어했시만 우리는 마냥 신이 났다. 고글도, 총알을 가져본 것도, 6연발로 쏠 수 있는 총도 처음이었다. 한시 빨리 쏴보고 싶어 안달 난 나머지, 4교시 수업이 지루하기 이를 데 없었다. 형도 나도 정신이 온통 경의선 신촌역에 가 있었다.
우리는 학교가 파하자마자 그곳으로 튀었다. 책가방을 등에 멘 채로, 철로와 황무지를 종횡무진하며 총을 쏘아댔다. 엄마의 걱정이나 미술학원 따위는 까맣게 잊어버렸다. 시간이 얼마나 흘렀는지도 몰랐다. 총알이 모두 떨어졌을 때, 우리는 신촌 역사가 넘어다보이는 황무지 귀퉁이에 마주 서 있었다. 무승부였으나 둘 다 결과를 받아들일 마음이 없었다. 우리는 달리기로 최종 승부를 가리는 데 합의했다. 골인 지점은 신촌 역사.

하나, 둘, 셋을 세자마자 나는 튕기듯 뛰쳐나갔다. 초반에는 형보다 한 발짝 앞서 달렸다. 중반쯤엔 나란히, 후반엔 두어 발짝 뒤로 처졌다. 최종 장애물인 기찻길에 다다를 무렵, 형은 벌써 철로 건너편 비탈로 뛰어내리고 있었다. 먼 지평선에선 기차가 달려오고 있었다. 이미 승부를 뒤집을 수 없는 상황이건만 나는 포기하지 않았다. 앞뒤 없이 몸을 날려 철로를 뛰어넘었고, 등에서 요동하던 책가방이 팔꿈치를 호되게 후려쳤다. 그 바람에 땀에 젖은 손아귀에서 총이 빠져나갔다. 그걸 알아차렸을 때, 내 몸은 이미 건너편 비탈에 굴러떨어지듯 착지하고 있었다.

나는 정신없이 몸을 일으키고 뒤를 돌아봤다. 총은 황무지 쪽 레일로 날아가 떨어졌다. 저 앞에선 아른아른 피어오르는 아지랑이와 함께 기차가 달려왔다. 놔두면 기차는 내 총을 가루로 만들어놓고 지나갈 터였다. 그러니 더 생각할 필요가 없었다. 땅을 박차고, 곧장 기찻길 위로 뛰어올랐다. 화물기차라는 걸 알아볼 만큼 가까운 거리였지만 총을 포기할 수가 없었다.

"유진아."

형이 무어라 소리 질렀으나 나는 뒷말을 듣지 않았다. 뿌뿌, 기적이 울렸지만 돌아보지도 않았다. 총만 바라보고 철로로 몸을 던졌다. 총을 움켜쥐고 비탈로 굴러떨어졌을 땐, 철컥거리는 기차의 굉음과 맹렬한 바람이 머리 위로 불어닥쳤다. 귀 뒤에선 형의 고함이 들려왔다.

"튀어."

나는 그렇게 했다. 행여 기관사가 기차를 세워놓고 나를 잡으러 올까 봐. 어딘가에서 상황을 지켜본 역무원이 경찰을 부를까 봐. 달리는 내내, 누군가가 뒷덜미를 잡아챌 것 같아 온몸이 찌릿찌릿했다. 가랑이가 터진 교복 바지에 흙투성이가 된 얼굴, 머리카락이 온통 곤두선 몰골로 형과 다시 만난 곳은 미술학원 앞이었다. 교복 바지와 얼굴 문제를 해결해준 이는 미술학원 선생님이었다. 물론 우리는 '무슨 일이 있었는가'에 대해 솔직하게 말하지 않았다. 끝까지, 일관되게 우겼다.

"운동장에서 달리기시합을 하다 넘어졌어요."

문제는 그날 밤부터 시작됐다. 잠이 들자마자 나는 기찻길 옆 황무지로 불려갔다. 사건을 복기하듯, 낮과 똑같은 상황이 반복됐다. 총을 집어 들고, 기차가 달려오면 어김없이 아랫배에 압박감을 느꼈다. 기차가 지나간 후 눈을 뜨면, 자고 일어난 자리도, 내 몸도 쑥대밭이 돼 있었다. 그것도 연달아 사흘째. 그러니 어째야 할까.

막막한 한편에서 여전히 졸음이 몽글거렸다. 잠시 후엔 모든 문제가 하찮게 여겨질 만큼 졸리기 시작했다. 나는 오줌물이 뚝뚝 떨어지는 잠옷을 벗어 침대에다 던져버렸다. 지린내 나는 알몸에 베개만 달랑 끌어안고 형의 방으로 들어갔다. 슬그머니 이불을 들추고 모로 누운 형의 등 뒤로 들어갔다. 몸을 붙이고 눕자 형에게서 황무지를 떠돌던 비릿한 풀냄새가 났다. 내 몸의 지린내는 거짓말처럼 사라졌다. 눈을 감자 다시 잠에 떨어졌다. 똑같은 꿈이 반복됐다. 그래도 같은 실수는 반복되지 않았다. 기찻길로 뛰어들기 직전, 형이 고함을 질러 나를 붙잡아줬기 때문일 것이다.

"기차야, 기차가 온다."

형의 방에서 자기 시작한 건 그때부터였다. 그해와 이듬해 내내, 형이 죽기 전인 열 살 봄까지 쭉 그랬다. 형 옆에 있으면 그 꿈을 거의 꾸지 않았다. 어쩌다 기찻길에 불려 가더라도 형의 목소리가 실수를 막아주었다. 그때처럼, 나는 형의 침대로 기어들고 싶은 충동을 느꼈다. 형 곁에 누우면 이 악몽을 무사히 넘길 수 있도록 도와줄 것 같았다.

형은 오래전에 죽었어. 머릿속 백군이 말했다. 네가 해결해야 해.

바람이 베란다 창을 텅, 소리 나게 치고 지나갔다. 소리의 파동이 한기처럼 귀밑으로 파고들었다. 눈 뒤편에서 피가 쿵쿵 울렸다. 나는 잇새에 고인 침을 눌러삼켰다. 그랬다. 형은 없었다. 요의를 억누르느라 다시 한 번 무릎을 조이고 자세를 고쳐 앉았다. 손을 들어올려 어머니의 얼굴로 가져갔다. 순간, 금방이라도 토할 것처럼 횡격막이 죄어들었다. 어깨에 힘이 들어간 나머지 팔꿈치도 펴지지 않았다. 손끝은 허공에서 바들바들 떨고 있었다. 몸 전체에 브레이크가 걸린 기분이었다. 얼굴까지의 두어 뼘 거리가 너무나도 멀어서 손이 도착하는 데 백만 년은 걸릴 것 같았다.

지금 어머니를 뜯어먹자는 게 아니잖아. 머릿속 백군이 버럭 성을 냈다. 단지 확인을 하자는 거잖아. 실제로 숨을 안 쉬는지, 실제로 심장이 멎었는지, 실제로 체온이 식었는지. 그러니까 당장 손을 뻗어서 어머니를 만져보라고.

후욱, 후욱 숨을 내불었다. 어머니의 코밑에 중지를 대고 잠시 기다렸다. 숨기척 비슷한 것도 감지되지 않았다. 암자색 핏자국으로 뒤덮인 뺨은 차갑고 건조하고 단단했다. 살이 아니라 굳어가는 찰흙덩이를 만지는 기분이었다. 손을 내려 가슴팍 한중간, 왼쪽 오른쪽을 차례차례 만져봤다. 12쌍의 갈비뼈 사이 어디에서도 심장박동은 감지되지 않았다. 체온도 느껴지지 않았다. 어머니는 정말로 죽은 모양이었다.

어깨가 축 늘어졌다. 허탈감이 안개처럼 내려앉았다. 나는 무엇을 바랐던 것일까. 아직 살아 있을지도 모른다고 기대했던가. 꿈일지도 모른다는 희망을 끝까지 버리지 않았던 것인가. 그렇다면 이제 최종 결론이 난 셈이었다. 이것은 꿈이 아니었다. 나는 살인 현장에 앉아 있었다.

'집에 무슨 일 있는 거 아니지?'

기억 속에서 해진의 목소리가 들려왔다. 무슨 일, 그것도 이런 유의 무슨 일이 있을 줄 알았더라면 해진이 올 때까지 침대에서 기어나오지 않았을 것이다. 물론 녀석이 온다 해서 '무슨 일'이 '없는 일'이 되진 않겠지. 그래도 지금처럼 어머니 시신 앞에 얼빠져 앉아 있지는 않았으리라. 바보 천치가 된 심정으로 뭘 해야 할지 몰라 막막해하지도 않았을 테고.

나는 고개를 들었다. 야무지게 닫힌 현관 중문이 정면으로 보였다. 문 앞에서 거실까지 이어지는 짧은 복도, 복도 왼편에 해진이 쓰는 문간방, 맞은편엔 해진이 쓰는 현관 욕실, 거실 건너편엔 보조 식탁과 미음자형 주방, 차단벽을 사이에 둔 주방 입구와 2층으로 올라가는 계단, 계단 옆으로 건넌방과 안방이 마주 보는 짧은 복도, 복도 끝에 놓인 모서리 장식장, 그 위에 놓인 작은 괘종시계, 바지런히 진자운동을 하는 시계추······. 수없이 눈에 밴 공간과 사물들이 갑자기 낯설고 한없이 생경해 보였다. 머릿속에선 몇 개의 질문들이 후렴구처럼 되풀이됐다. 누가 그랬을까. 언제 그랬을까. 왜 그랬을까.

가장 먼저, 집 안에 몰래 들어왔을 '누군가'에 대해 생각했다. 거의 자동으로 '요사이 군도신도시에 도둑 혹은 강도 들이 활개 친다'는 소문이 떠올랐다. 아주 신빙성이 없는 소문은 아니었다. 방금 내가 지어냈다는 사소한 약점이야 있었지만.

군도신도시는 입주가 시작된 지 얼마 되지 않은 곳이었다. 입주는 절반도 채 이뤄지지 않았다. 상권이나 교통, 공공시설 등 생활 인프라 역시 제대로 구축돼 있지 않았다. 치안 기관이라 해봐야 신시 1, 2지구를 통괄하는 지구대 하나뿐이었다. 당연히 별의별 도둑들이 설칠 것이다. 그 중에는 동 거주민과 함께 출입문을 통과한 후 옥상 문을 따고 들어오는 침입자도 있을 테고. 전용 옥상이 있는 아파트의 최상층들이 그들의 주요 타깃이겠지. 지난밤 우리 집에 바로 그 혹은 그들이 방문했다고 가정하고 상상을 더 전개시켰다.

그 혹은 그들은 옥상 철문을 통해 집 안으로 들어온다. 철문의 잠금장치를 따야 가능한 일이었으나 그리 어렵지는 않았을 것이다. 바로 몇 시간 전에 내가 그 문으로 나갔고, 그때 방범용 이중 빗장을 빼놓았으므로. 이후 집 안을 멋대로 들쑤시고 다녔으리라. 주인 없는 2층 방과 아래층 문간방, 거실, 건넌방. 수면제를 먹고도 노루잠을 자는 어머니는 그 기척에 눈을 떴겠지. 만인이 알아주는 영민한 직감으로 나나 해진이 아니라는 걸 알아차렸을 테고. 만약 그때 침대에서 일어났다면……

용감하게 방문을 열고 거실을 내다봤을까? 누구냐고 소리치며 거실로 나갔을까? 어쩌면 휴대전화를 집어 들고 내게 먼저 연락했을지도 모른다. 휴대전화를 놔두고 나간 탓에 나는 구조 요청 신호를 받지 못했다. 어머니는 다시 해진에게 전화를 했겠지. 그렇다면 해진이 받지 못했다는 지난밤의 전화가 설명이 된다.

바로 그때, 다른 곳을 다 뒤진 '누군가'가 안방을 털러 들어온다. 어머니는 어떻게 행동했을까. 자는 척했을까. 드레스 룸이나 욕실로 들어가 숨었을까. 아니면 유리문을 열고 베란다로 도망쳤을까. 그도 아니면 살려달라고 비명을 질렀을까. 식칼이라도 빼들고 대항하려고 주방으로 뛰어들어갔을까. 그러다 식탁 앞에서 붙잡혀 격투가 벌어진 것일까. 어찌 됐든 분명한 건, 주방과 계단의 차단벽 앞에서 사달이 났다는 점이다. 상황은 몇 분 내에 끝났으리라. 제아무리 어머니가 강단지다고 해도, '누군가'가 늙은 염소처럼 비실거린다고 해도, 여자와 남자는 물리적인 힘에서 상대가 되지 않는다.

내가 발작 직전의 좀비 상태로 집 앞에 도착한 건 그때였을지도 모른다. 어머니가 신음하듯 내 이름을 부르며 쓰러지던 그때, 내가 꿈이라고 기억하는 바로 그때. 나는 부름을 듣고 옥상 철문이 아닌 현관문으로 뛰어들어왔을 테다. 들어와보니 어머니는 이미 쓰러져 있고, '누군가'는 내게 칼을 겨누며 덤벼들었겠지. 잠깐, '누군가'와 격투를 벌이는 나를 상상해봤다. 상대가 '그들'이라면 모를까, '그'라면 나를 제압하기 어려웠을 것이다. 그는 옥상으로 도망치려다 계단참에서 내게 덜미를 잡혔겠지. 그다음엔 무슨 일이 벌어졌을까.

상상을 뒷받침할 기억이 전혀 없었다. 어젯밤 자정 이후의 시간은 깜깜한 공터나 다름없었다. 그래도 말이 되지 않는 상상은 아니었다. '그'를 제압한 후에 발작을 일으켰다면, 어찌어찌 침대까지 기어가 깊은 잠에 빠져버렸다면, 전후 몇 시간의 상황을 기억 못 할 수도 있지 않을까. 그렇다면, 나는 지금 뭘 해야 하나. 신고……. 그래 신고를 해야겠지.

거실 테이블까지 무릎걸음으로 기어갔다. 거치대에서 기세 좋게 전화기를 뽑아 들었다. 어디로 신고해야 할까. 119 구조대? 경찰서? 손가락이 자꾸 버튼에서 미끄러졌다. 숫자가 시야 초점에서 제멋대로 빗겨나갔다. 그 바람에 전화번호 안내원이 등장해서 "사랑합니다, 고객님" 했다. 목 안에서 끙인지, 응인지 모를 소리가 흘러나왔다.

나는 손을 허벅지에 문질러 닦고 다시 시작했다. 한 번에 버튼 하나씩, 또박또박 1, 1, 2. 조리 있게 신고할 수 있도록 말 순서를 준비하며 고개를 들었다. 순간, 백만 볼트 전기에 얻어맞은 것처럼 등이 꼿꼿해져버렸다. 베란다 유리문에 잠을 깬 후 처음 대면했던 남자가 꿇어앉아 있었다. 시뻘건 얼굴에서 흰자위만 번들거리는 남자. 뚜, 하는 신호음에 소스라쳐서 어머니를 돌아봤다. 경찰이 와서 보게 될 집 안 풍경이 한 방에 그려졌다. 목을 베이고 피 웅덩이에 쓰러져 죽은 여자, 그 옆에 전화기를 쥐고 넋 나간 얼굴로 꿇어앉아 있는 피투성이 아들.

"인천지방경찰청입니다. 무엇을 도와……."

나는 수화기 종료 버튼을 눌렀다. 무엇을 도와달라고 할지 다시 생각해봤다. 자고 일어나보니 어머니가 죽었고, 정황상 정체 모를 '그'가 살해한 걸로 보이며, 알 수 없는 이유로 내 몸이 피투성이고 내 방에는 유혈이 낭자하나, 나는 절대로 '그'가 아니니 믿어달라, 라고 할까. 경찰이 과연 믿어줄까? 머릿속 백군이 경찰 대신 대답했다. 차라리 어머니가 스스로 목을 잘랐다고 하지그래.

도둑 가설을 증명하려면 둘 중 하나가 있어야 했다. '그'나 그의 '시신'. 계단과 계단참에는 '그'의 흔적만 있었다. 나와의 격투 중 중상을 입었다면 '그'는 집 안에 있을 텐데. 중상을 입고 숨었다가 밤사이에 죽어버렸다면 '시신'이 있을 테고. 만약 그렇기만 하다면 거의 모든 게 설명된다. 내가 핏물을 뒤집어쓰고 깨어난 이유와 피 웅덩이가 계단참과 거실 두 곳에 고여 있는 이유와 어머니가 해진에게 전화를 건 이유와 내가 어젯밤 자정 이후를 기억하지 못하는 이유와 그 밖의 모든 의문들이.

수화기를 거치대에 꽂았다. 심장 안에서 피가 세차게 뛰었다. 추진력을 얻은 생각들이 스스로 나아가기 시작했다. 손발이 움찔거리고 암전돼 있던 신경회로에 시동이 걸리는 느낌이었다. 머릿속엔 '누군가'가 숨을 만한 곳들이 나열됐다. 몸을 눕힐 수 있을 따뜻한 공간, 외부 시야에서 차단돼 쉽게 발각되지 않을 은밀한 공간. 이 집 안엔 그런 곳이 열 군데쯤 있었다.

나는 몸을 일으켰다. 발소리를 죽이고, 숨기척도 죽이고 안방 문 앞으로 다가섰다. 혹시 있을지 모를 '그'의 기습에 대비해, 문손잡이를 돌리면서 문짝을 걷어차고 뛰어들어갔다. 다음 순간, 어리둥절해서 침대 옆에 멈춰 섰다.

　안방은 말끔했다. 있어야 마땅할 것들이 하나도 보이지 않았다. 핏자국, 발자국, 몸싸움의 흔적 같은 것들. 베란다 유리문에 드리워진 이중 커튼은 잘 닫혀 있었다. 유리문과 팔 하나 간격을 두고 나란하게 놓인 침대에는 사람이 누웠던 흔적조차 없었다. 반듯하게 세워진 베개, 주름 하나 없이 팽팽하게 당겨 덮어놓은 흰 양모 이불. 유리문과 침대 사이의 협탁에는 스탠드와 탁상시계가 놓여 있고 침대 발치 쪽 장의자엔 큼직한 사각 쿠션들이 나란하게 세워져 있었다. 잠을 깬 어머니가 정리를 끝낸 직후처럼 정갈하고 질서 있는 풍경이었다.

　흐트러져 있는 곳은 침대 건너편뿐이었다. 벽 앞에 놓인 피아노 책상 모서리에 볼펜 한 자루가 굴러가 있고, 등받이가 높은 가죽 의자는 뒤로 쑥 밀쳐진 상태였다. 그 밑에 갈색 무릎담요가 떨어져 있었다. 반듯하게 접힌 형태로 봐서 무릎에 덮었던 것이 아니라 의자 팔걸이에 걸려 있다 떨어진 것 같았다.

　나는 침대를 뛰어넘어가 베란다 커튼을 젖혔다. 아무것도 없었다. 커튼 뒤에도, 유리문 바깥 베란다에도. 붙박이장을 하나하나 열어봤다. 첫째 칸엔 베개와 쿠션, 커튼 들이, 가운데 칸엔, 수학여행단 10여 팀은 거뜬히 재우고 남을 침구와 담요들이, 세 번째 칸엔 자잘한 소지품을 담은 상자들이 쌓여 있었다. 드레스 룸 문을 열고 스위치를 올렸다. 건넌방과 안방 사이를 연결하는 통로에 불이 들어오자 안방과 비슷한 풍경이 나타났다. 빙상장처럼 하얗게 반들거리는 강박적인 대리석 바닥, 샘플 화장품까지 열을 세워둔 강박적인 화장대, 옷가지 귀를 일렬로 맞춰 정리한 강박적인 서랍장, 계절 옷 하나하나에 싸개를 씌워 걸어둔 강박적인 옷장. '그'의 흔적은 어디에도 없었다. 욕실도 마찬가지였다. 건식 마룻바닥은 얼룩 한 점 없이 깨끗하고, 고슬고슬한 공기에선 옅은 샴푸 냄새가 감돌았다.

건넌방 문을 열고 안으로 들어섰다. 아버지의 유품과 어머니의 책이 보관된 서재로, 역시나 별다른 게 없었다. 나는 거실로 통하는 서재의 문을 열고 나가 계단 앞을 통과한 후 주방으로 들어갔다. 마찬가지로 말끔했다. 발자국이나 핏자국은커녕 핏방울 하나 떨어져 있지 않았다. 기이하게도 어머니가 드러누운 주방 앞에만 피 웅덩이가 고여 있었다. 거기에서 사건이 벌어졌다면 영향권 안에 있는 것들, 거실 바닥, 주방 바닥, 아일랜드식 보조 식탁, 메인 식탁, 개수대, 그릇 수납장까지 죄다 핏물로 도배됐어야 맞지 않을까. 계단참처럼 '무슨 일인가 벌어진 그곳'이라는 걸 한눈에 알 수 있을 정도로.

나머지 공간들을 차례차례 돌아봤다. 부엌 뒤쪽 베란다와 현관 욕실, 문간방까지. 모두 말끔했다. 나는 방을 나가려다 문턱에서 멈춰 섰다. 고개를 돌리고 새삼스레 텅 빈 방 안을 둘러봤다. 해진의 침대와 대형 홈시어터, 옷장, 책상, 트레이닝 바지와 반팔 티셔츠를 걸쳐둔 의자.

아니다. 그게 아닐지도 몰랐다. 해진은 일이나 여행이 아니고는 좀처럼 외박을 하지 않았다. 영화사 사람들을 만나거나, 학교 선배들과 술자리가 있거나, 동영상 작업을 하는 날에도 잠만큼은 집에 들어와서 잤다. 어머니가 외박을 금지한 것도 아닌데 그랬다. 그런 놈이 하필 어젯밤에 외박을 한 거였다. 더하여 내가 잠을 깰 시간에 전화를 해서 '무슨 일이 있느냐'고 물었다. 무슨 일이 있는지 아는 것처럼. 혹은 나를 아래층으로 유도하는 것처럼.

머릿속에서 순식간에 시나리오 한 편이 씌어졌다.

내가 발작을 일으키고 잠든 사이, 해진이 집으로 돌아온다. '어떤 이유'로 어머니에게 덤벼든다. 어머니는 도망치려다 붙잡혀 살해된다. 녀석은 내게 범행을 뒤집어씌우기 위해 2층으로 올라와 바닥에 발자국과 핏자국을 남기고, 내 몸에 핏물을 뿌린다. 유유히 집을 빠져나간다.

뒷걸음질을 하듯, 허둥지둥 그 생각에서 물러났다. 문간방 문을 닫으며 그쪽 방면의 문도 완전히 닫아버렸다. 그건 시나리오가 아니라 미친 생각이었다. 나는 해진을 잘 안다. 10년 동안 함께 살아왔으니 그 세월만큼은 안다고 믿는다. 아는 바대로 판단하자면, 해진이 어머니를 죽일 확률은 어머니가 녀석을 죽일 확률보다 낮았다. 둘의 관계가 그렇다는 게 아니라 '김해진'이라는 인간 자체가 그랬다. 녀석이 제 인생에서 저지른 가장 큰 일탈은 중학교 졸업을 앞두고 미성년자 관람 불가 영화를 보러 간 것이었다. 그것도 어머니를 보호자로 앞세우고 나를 동행 삼아서.

나는 현관 중문을 열고 전실을 내다봤다. 발판 밑에 신발 네 켤레가 나라히 놓여 있었다. 어머니의 슬리퍼, 해진의 슬리퍼, 어머니의 흰 운동화, 흙탕물에 젖은 검은 러닝화. 러닝화는 내 것으로 현관에 두고 신는 신발이 아니었다. 내 방 욕실 천장에 숨겨뒀다가 옥상으로 나갈 때만 꺼내 신는 신발이었다. 옥상으로 들어왔다면 현관에 놓여 있을 수가 없었다. 지난밤 내가 현관문으로 들어왔다는 첫 증거가 나온 셈이었다.

한 가지 이상한 것은 어머니의 운동화도 젖어 있다는 점이었다. 물이 스며든 정도가 아니라, 물에 빠졌다 나온 것처럼 푹 젖어 있었다. 나는 어젯밤 사은회에서 돌아왔을 때를 떠올려봤다. 현관문과 대치 중이던 그때, 어머니가 신고 나온 신발이 저 흰 운동화였다. 그때도 젖어 있었던가? 거기까진 기억나지 않았다. 다만 상식적으로 생각했을 때, 어머니의 성격으로 봐서도, 젖은 운동화를 신고 나올 가능성은 거의 없었다.

그때 이후로 다시 외출을 했다면 모를까. 그것도 차를 몰고 나간 게 아니라, 나처럼 빗속을 뛰어다니다 돌아왔어야 한다. 저 정도로 함빡 젖으려면.

　나는 몸을 돌리고 현관 중문을 밀어 닫았다. 순간, 문 한쪽 끝에 놓여 있는 검은색 고어텍스 방수 재킷과 내피용 누비조끼가 눈에 들어왔다. 지난밤 내가 스웨터 위에 걸치고 나간 옷이었다. 젖은 운동화만큼이나 이해되지 않는 물건이기도 했다. 이게 왜 여기에 있나. 이해를 해보려고 꾸역꾸역 아귀를 맞춰봤다.

　어머니의 비명을 들은 내가 현관문으로 뛰어들어온다. 주방 앞에 피를 흘리고 쓰러진 어머니를 발견한다. 와중에 비에 젖은 재킷과 조끼를 벗어서 현관 중문 옆에 모셔두고 집 안으로 들어온다……. 말이 되지 않았다. 눈을 뜬 이래 무엇 하나 말이 되는 일은 없었으나, 그중에서도 가장 말이 되지 않았다.

　나는 허리만 굽혀서 재킷과 조끼를 집어 올렸다. 어디선가 음악 소리가 들려온 건 바로 그때였다. 〈라이언 킹〉의 주제곡 〈하쿠나 마타타〉였다. 내가 아는 바로, 최근에 바꾼 어머니의 휴대전화 벨 소리였다. 거실 소파 근처에서 울리는 것 같았다.

　허둥지둥, 재킷을 움켜쥐고 거실로 돌아갔다. 전화기는 찾을 필요도 없이 곧장 눈에 띄었다. 경찰에 전화를 걸면서도 보지 못했던 자리, 거실 테이블 끝에 놓여 있었다. 어머니가 오며가며 곧잘 놔두는 자리였다. 암전된 화면에는 예상치 못한 이름이 떠 있었다.

　혜원이

이모가 웬일일까. 그것도 하필 이런 일이 일어난 아침에. 전화는 대여섯 번 더 울리다가 끊겼다. 끊겼나 싶은 순간, 무선전화기가 울기 시작했다. 이번에도 이모였다. 수화기 화면에 표기된 시각은 6시 54분. 한 시간 반 간격을 두고 해진과 이모가 똑같은 짓을 하고 있는 셈이었다. 자연스럽게 질문 하나가 만들어졌다. 어젯밤, 이모도 해진처럼 어머니의 전화를 받았을까.

답을 얻고자, 어머니의 휴대전화를 집어 들었다. 화면을 여는 건 그리 어려운 일이 아니었다. 어머니가 나에 대해 아는 만큼 나도 어머니에 대해 알고 있었으므로. 확인 결과, 어머니가 해진에게 전화한 시각은 1시 30분이었고, '취소된 통화'로 표기돼 있었다. 이모에겐 1시 31분, 약 3분간 통화했다. 적어도 1시 34분까지는 어머니가 살아 있었다는 의미였다.

나는 기억을 어젯밤 자정으로 되돌렸다. 가장 명확하게 기억하는 시점, 기억의 마지막 지점, 안산행 막차에서 내린 여자를 본 방조제 횡단보도 앞으로 돌아갔다. 그곳에서 집까지 거리는 2킬로미터 남짓했다. 멀지도 가깝지도 않은 거리였다. 걸어서 20여 분, 걷다 뛰다 하면 15분, 줄곧 뛰면 10분쯤 걸리려나. 기억하는 대로 집까지 날아왔다면, 12시 10분경에 동 출입문을 통과했을 것이다. 계단을 뛰어올라오는 시간까지 합해 12시 15분이면 현관 앞에 도착했을 테고. 기억과 달리 걸었다고 해도 12시 30분을 넘기진 않았으리라.

12시 30분경에 거실로 들어오는 나, 1시 34분 이후 거실과 주방 사이에서 죽은 어머니.

머리가 뒤죽박죽으로 뒤엉겼다. 이상한 게임에 휘말린 기분이었다. 엇갈리는 시점, 모순되는 정황 단서로 인해 알량한 추론마저 더 진행되지 않았다. 지금껏 추적해온 '그'도 가시거리에서 사라져버렸다. 어쩌면 처음부터 놓친 것이 있는지도 몰랐다. 중요하지만 눈에 보이지 않는 것. 모든 게 말이 되도록, 하나로 꿰어줄 무언가.

재킷과 휴대전화를 손에 쥐고 어머니 쪽으로 돌아섰다. 피 웅덩이에 반듯하게 누운 어머니가 나를 맞았다. 잠든 것처럼 보이는……. 비로소 간과해버린 사실 하나가 눈앞에 떠올랐다. 어머니의 자세는 살해당한 시신으로서는 자연스럽지 않았다. 누군가에게 목을 베이고 피를 쏟아내며 쓰러진 사람이 스스로 머리채를 풀어 얼굴을 가리고, 손을 가슴에 모은 다음, 반듯하게 누워 죽을 가능성이 얼마나 될까.

어머니의 발꿈치 쪽으로 다가서자 지금껏 보지 못한 흔적이 눈에 들어왔다. 계단에서 흘러내린 핏자국 위에 무겁고 큰 물체를 끌고 내려온 자국이 남아 있었다. 구체적으로 상상하자면, 어머니의 시신이라든가. 같은 맥락으로 볼 수 있는 자국들이 추가로 눈에 띄었다. '끌려 내려온 자국' 옆으로 발자국들이 찍혀 있었다. 내려오고 올라간 발자국이었고, 지장처럼 선명한 형태로 말라붙어 있었다. 여기에 어머니의 자세와 현관 쪽으로 놓인 머리 위치를 조합하자 가설 하나가 자동으로 만들어졌다.

누군가 계단참에서 어머니를 살해한 후 끌고 내려와 저 자리에 저 자세로 눕혔다.

알맹이 없는 가설이었다. 여전히 '왜'와 '그'의 정체는 설명되지 않았다. 외부 침입자도, 해진도 아니라면 남는 사람은……. 곧바로 떠오른 답에 질겁해 어머니를 돌아봤다. 생각할 것도 없이 반사적으로 고개를 저었다. 고개를 젓자마자 머릿속 백군이 했던 말이 퍼뜩 떠올랐다. 차라리 어머니가 스스로 목을 잘랐다고 하지그래.

그랬다. 그랬을지도 몰랐다. '어떤 이유'로 계단참에서 스스로 목을 그었을지도 몰랐다. 나도 '어떤 이유'로 어머니의 자해를 막지 못한다. 발작이 목전에 와서 꼼작할 수 없었다든가, 그로 인해 겨울날 보행 동면하는 곰처럼 몽롱한 상태였다든가. 어머니는 바닥에 쓰러진 후, 계단 아래로 미끄러져 떨어진다. 나는 계단을 내려와 어머니를 지금의 위치로 옮겨둔다. '발작이 끝난 후 문제를 해결하겠다'는 요량으로 취한 최소한의 응급 조처겠지. 어머니를 잠든 자세로 만들어둔 이유는 '제정신이 아닌 상태'라는 전제에서 이해하면 될까. 그랬다면 습관처럼 밤 인사를 했을 수도 있겠다.

'안녕히 주무세요.'

머릿속 전구가 반짝 불을 켜는 것 같았다. 희망이 보이는 듯도 했다. '어떤 이유' 두 가지만 해결한다면, '의심받는다'는 불안 없이 경찰을 부를 수 있을 것 같았다. 소매 걷어붙이고 나서면, 이유 따위 해결하지 못할 것도 없었다. 해결하지 못하더라도 말이 되게 만들 수 있었다. 말이 되도록 그림을 손보는 건 타고난 나의 재능이었다. 어머니는 그걸 '거짓말'이라고 평가절하하곤 했지만.

나는 계단을 올라갔다. 바닥에 찍힌 흔적들을 건드리지 않으려고 애쓰면서 빠르게 뛰어올랐다. 계단참 바닥에는 아래층보다 훨씬 많은 양의 핏물이 웅덩이를 이룬 채 거대한 응괴가 돼가고 있었다. 찍혀 있는 발자국들은 지금껏 봤던 것과는 배열이 완전히 달랐다. 어딘가로 나아간 형태가 아니라, 전 방위를 향해 난잡하게 찍힌 발자국이었다. 서성대고 우왕좌왕한 흔적이었다.

'유진아.'

컴컴한 기억 속에서 어머니가 불렀다. 감정을 억누르는 듯한 나직한 음성이었다. 네, 라고 대답하게 만드는 고압적인 목소리였다. 나도 모르게 걸음을 멈추고 암자색 핏물로 뒤덮인 원목 벽을 돌아봤다. 무엇에 몰린 것처럼, 거기에 등을 기대고 선 내 모습이 어른거렸다. 나는 숨을 멈췄다.

'어디 갔다 오니.'

어느 시점에서 들려오는 소리인가. 어젯밤인가. 방조제에서 돌아오던 그때인가? 진흙탕 같은 의식 밑바닥에서 희미한 빛이 깜박거렸으나 그뿐이었다. 눈 한 번 깜박이고 나자 내 모습도, 빛도 사라져버렸다. 목소리 역시 더 들려오지 않았다. 나는 남은 계단을 마저 올라가 2층 복도로 들어섰다. 대리석 바닥에 찍힌 발자국과 나란히 걸었다. 발꿈치에 힘을 주고 내리찍듯 걷는데도 몸이 바닥 위로 획획 미끄러지는 느낌이었다. 피범벅이 된 문손잡이를 열고 방으로 들어가 침대 발치에 서자 다시 어머니가 튀어나왔다.

'거기 서.'

나는 마침표처럼 찍힌 마지막 발자국과 나란히 섰다. 발 크기가 완벽하게 일치했다. 머뭇머뭇 턱을 틀어 방 안을 둘러봤다. 반 뼘쯤 열린 유리문, 한쪽으로 젖혀진 블라인드, 안개 속에서 가물거리는 퍼걸러 외등 빛, 잘 정리된 책상, 집에서 입는 허드레 옷가지를 걸쳐둔 의자, 협탁에 세워둔 무선전화기, 피범벅이 된 베개와 이불. 손아귀에서 어머니의 휴대전화가 빠져나가 바닥에 툭 떨어졌다. 그제야 깨달은바, 지금껏 찾아낸 단서와 정황 증거 들은 한결같이 한 사람을 지목하고 있었다. '그'는 '나'라고.

침대 끝에 엉덩이를 걸치고 앉았다. 등을 꼿꼿하게 세우고 금방 깨달은 사실을 반박해보려 안간힘을 썼다. '그'가 나라면 '왜?'는 어떻게 설명해야 할까. 어젯밤 나는 12시 30분을 전후해 귀가했다. 그때 어머니와 만났다면, 꽤 오래 붙잡혀 있었을 공산이 컸다. 어딜 다녀오는지 다그치다 내가 발작 직전이라는 걸 눈치 챘을 수도 있겠다. 그랬다면 약을 먹지 않았다는 것도 알아차렸겠지. 어머니의 주특기인 '조곤조곤 야단치기'가 시작됐을 테고. 그렇기는 하나, 그것이 '왜?'를 충족시킬 만한 동기는 아니었다. 야단을 맞았다고 욱해서 살인을 저지른다면, 아들 손에 남아날 어머니가 세상에 몇이나 되겠는가.

등줄기가 흐물흐물 풀어졌다. 이것은 반박이 아니라 주장이었다. 지금으로 봐선, 아무도 믿어주지 않을 주장. 지금 내게 필요한 것은 이 주장을 믿어줄 사람이었다. 누가 뭐라 하든, 어떤 증거가 나오든 오로지 내 말만 믿어줄 사람. 얼굴 하나가 시야를 스쳐갔다. 나는 무의식중에 꽉 틀어쥐고 있는 재킷을 내려다봤다. 큼직한 후드가 달리고, 등에 '과외'라는 파란 활자가 찍힌 검은 고어텍스 재킷. 그럴까. 녀석이라면 나를 믿어줄까. 이 일을 해결하도록 나를 보호하고 도와줄까.

지난 8월, 어느 날이 기억 속에서 불려나왔다. 리트 시험(법학 적성 시험: Legal Education Eligibility Test : LEET)이 끝난 다음 날이었다. 나는 홀가분한 심정으로 목포행 기차를 탔다. 해진의 초대를 받고 길을 나선 참이었다.

당시 해진은 〈과외〉라는 영화의 연출부 스태프로 일하고 있었다. 촬영지는 신안 임자도였고 석 달째 그곳에서 머물고 있었다. 섬이라는 고립된 장소가 주는 외로움 때문인지, 녀석은 하루가 멀다 하고 전화를 해서 '뭐 하느냐'고 물었다. 술이라도 한잔하는 날엔, 한 시간 간격으로 전화를 걸어 "지금 뭐해?" 했다. 그때마다 시험이 끝나면 바로 내려오라는 말을 추신처럼 덧붙이고는 했다.

"너한테 꼭 보여주고 싶은 게 있어."

"뭘데?" 하고 물으면 "와보면 알아" 했다. 나는 알았다고 답하고도 제안을 진지하게 받아들이지 않았다. 지독한 두통에 시달리던 무렵이라 만사가 귀찮았다. 시험 준비로 바빠 임자도를 생각할 여유도 없었다. 무엇보다 어머니 눈치를 보기 싫었다.

스물여섯 살이 되도록, 나는 홀로 여행을 떠난 적이 없었다. 남들 다 간다는 배낭여행이나 어학연수는 더 말할 것도 없고. 심지어 어머니는 군대로 도망치려는 나를 주저앉혀 동사무소로 출퇴근시켰다. 이유는 '밤 9시 이후 통행 금지'와 같았다. 내가 낯모르는 곳에서 오징어가 될까 봐.

시험이 끝난 날 저녁, 나는 식탁 앞에서 해진의 전화를 받았다.

"내일이 마지막 촬영이니까, 꼭 와. 하룻밤 자고 모레 나랑 같이 올라가자."

나는 어머니 눈치를 살피며 어물어물했다. 눈치 빠른 녀석은 어머니를 바꿔달라고 말했다.

"내가 말씀드려볼게."

과연 해진의 '말씀'은 위력이 있었다. 어머니는 녀석의 말을 잠자코 듣고 있다가 '그러마' 했다. 물론, 잔소리까지 접은 건 아니었다. 약 먹는 거 잊지 마라, 술 마시지 마라, 남한테 폐 끼치지 마라……. 광명역으로 데려다주는 길엔 '깊은 물에 들어가지 말라'고 덧붙였다. 당신 아들이 한때 촉망받는 수영 선수였다는 걸 까맣게 잊어버린 얼굴이었다.

목포에 도착할 때까지는 즐거웠다. 신안 지도로 가는 시외버스에서도 별문제가 없었다. 이상 증세가 나타난 건, 점암 선착장에서 배를 탄 후부터였다. 임자도에 닿기까지 20여 분 동안, 극심한 비린내와 태양빛이 눈을 태우는 환각에 시달렸다. 발작전구증세인지, 아닌지는 확실치 않었다. 비린내는 피 냄새와 비슷했고 눈이 타는 환각은 일사병 증세와 구분되지 않았다.

사실 약만 먹고 있었더라면 두 증세를 구별하려 애쓸 필요가 없었을 것이다. 리트 시험을 이틀 앞두고 약을 끊어버린 게 문제였다. 임의로 투약을 중단한 건, 첫 발작을 일으킨 열여섯 살 이래 그때가 처음이었다. 애초엔 시험 당일까지만 끊을 계획이었다. 계획대로라면, 전날 저녁부터 약을 먹어야 했으나 해진의 전화를 받고 생각이 바뀌었다. 나는 임자도에서 돌아온 날부터 약을 먹기로 마음먹었다. 이틀 미룬다고 무슨 일이 나겠나, 싶었다. 금제에서 풀린 '나'를 조금 더 누리고 싶기도 했다.

배가 임자도 선착장에 도착할 무렵, 제대로 눈을 뜨지 못할 만큼 환각이 심해져 있었다. 배에서 내려 택시에 올랐을 땐 코끝에서 피 냄새가 폭발하고 있었다. 등에선 땀이 줄줄 흐르는데도 오한이 났다. 뒤늦게 발작을 확신했으나 이제와 돌아가기엔 집이 너무 멀었다. 최대한 빨리 목적지에 도착해서 해진의 숙소로 기어드는 것 말고는 도리가 없었다. 나는 기사에게 하우리 포구까지 날아가자고 말했다. 기사가 대답했다.

"그럼 그래봅시다."

차가 날아가는 내내 꾸벅꾸벅 졸았다. 어쩌면 순간순간 의식을 놓친 것 같기도 하다. 학생, 하고 부르는 소리에 눈을 떠보니 기사가 뒤로 몸을 돌려 내 무릎을 흔들고 있었다.

"하우리 다 왔소만."

차는 포구에 와 있었다. 나는 가까스로 몸을 움직여 택시에서 내렸다. 멀리 갈 것도 없었다. 포구가 바로 '촬영 현장'이었다. 테트라포드가 쌓인 방파제 위를 두 남자가 내달리고, 카메라가 그들을 따라가고, 뒤편에서 대형 살수차가 물을 뿌리고, 모니터 장비를 모아둔 곳에 몇몇 사람들이 앉거나 서 있었다. 통행 제한 표지판 바깥에는 동네 사람들이 모여들어 촬영 장면을 구경하고 있었다. 그들로부터 10여 미터 떨어진 지점에서 걸음을 멈췄다. 어딘가로 들어가 누워야 한다고 생각했으나 더 움직일 수가 없었다. 내 몸은 이미 뜨거운 백색광 속에 갇혀 있었다. 이윽고 세상이 사라지는 순간이 찾아왔다. 내가 마지막으로 들은 현실의 소리는 아마도 해진의 목소리였을 것이다.

"유진아."

눈을 떴을 때, 나는 어딘가에 반듯한 자세로 누워 있었다. 시야는 아직 흐릿했으나 나와 시선을 맞춰오는 갈색 눈동자의 주인이 해진이라는 걸 알아볼 정도는 되었다.

"정신 드나?"

해진이 물었다. 바짝 마른 목구멍에서 "응" 소리를 꺼내는 순간, 두통이 덮쳐왔다. 평소처럼 눈 뒤편을 날카롭게 찔러대는 것이 아니라, 머리 전체를 압박해오는 묵직한 통증이었다.

"나 보여?"

해진의 머리 위를 덮고 있는 비치파라솔이 보였다. 내 머리 뒤에 푹신한 방석이 받쳐져 있다는 것도 알 수 있었다. 잠시 후엔 아랫도리가 축축하다는 것을 알아차렸다. 그 위로 검은 재킷이 덮여 있다는 것도. 발작의 와중에 실수를 저지른 모양이었다. 내 실수를 제 재킷으로 덮어준 장본인은 곁에 쪼그려 앉아 내 몰골을 살피는 놈일 테고.

"어디 아픈 덴 없어?"

온몸이 뻐근했다. 이를 갈았는지 턱까지 아팠다. 발작이 심했으리란 짐작이 가능했다. 파라솔 바깥에선 사람들의 소리가 들려오고 있었다. 그들 앞에서 쓰러지는 내 모습이 머리를 스쳐갔다. 나를 발견하고 달려왔을 해진도. 시선 차단용 비치파라솔을 뽑아오고, 머리 받침용 방석을 찾고, 실수 은닉용 옷가지를 찾아오는 녀석의 모습도. 나는 집으로 돌아가고 싶었다.

"일어날 수 있겠냐?"

대답 대신 몸을 일으키고 앉았다. 해진의 숙소는 포구 앞 민박집이었다. 내가 욕실에서 몸을 씻고 바지를 갈아입는 사이, 해진은 짐을 꾸리고 택시를 불렀다. 나와 함께 집으로 돌아가겠다고 했다. 마지막 신 촬영은 내가 포구에 막 도착했을 때 끝났다고 했다. 남은 일정은 참석해도 좋고, 하지 않아도 상관없는 '쫑파티'뿐이라고 했다.

나는 해진에게 영화가 어떤 의미인지 잘 알고 있었다. 열세 살, 어쩌면 그 이전부터 꿈꿔온 미래였다. 주정뱅이 할아버지와 살 때에도, 할아버지마저 죽고 고아가 됐을 때에도, 삶이 흔들리지 않도록 붙잡아준 꿈이었다. 임자도에서의 석 달은 꿈의 무대로 가는 첫 관문이었다. 녀석은 섬에 남아 마지막 밤을 자축하고 싶었을 것이다.

알면서도 나는 해진을 말리지 않았다. 혼자 돌아가고 싶지 않았다. 방 밖으로 나가는 것조차 끔찍할 만큼 기분이 참담했다. 갈비뼈 밑에서는 이상한 냉기가 차올랐다. 감기가 든 것처럼 으스스 오한이 났다. 그런 이유로 택시가 올 때까지 방 한구석에 몸을 옹크리고 앉아 있었다. 덮어쓴 해진의 '과외' 재킷에선 그리운 냄새가 났다. 오래전, 오줌싸개였던 한 시절에 형에게서 맡았던 황무지의 풀냄새.

한 시간 후, 우리는 점암으로 가는 페리 갑판에 나란히 앉아 있었다. 간간이 해진이 "배 안 고파?" 물으면 고개를 젓고, "이제 괜찮아?" 물으면 고개를 끄덕이는 서먹서먹한 대화를 하면서. 뱃길 양편으로 점점이 박힌 돌섬들 사이엔 저녁 해가 걸려 있었다. 석양은 하늘을 오렌지 빛으로 뒤덮고, 바다에는 붉은 파도가 화염처럼 일렁거렸다. 배가 지나온 자리와 갑판 위로 튀어오르는 물보라와 불어치는 해풍마저 붉었다. 낡은 페리호는 화염의 바다를 가르며 쾌속정처럼 나아갔다.

"노을, 죽이지 않냐?"

해진이 물었다. 나는 몸을 일으키고 바다를 향해 섰다. 재킷 지퍼를 열고 뜨거운 바람을 폐부 깊이 들이마셨다. 가슴을 얼리던 한기가 서서히 가시는 것 같았다.

"너한테 꼭 보여주고 싶은 게 있다고 했잖아."

해진도 몸을 일으키고 바다를 향해 섰다.

"바로 이거였어."

내내 덮어쓰고 있던 재킷 후드를 벗고 해진을 마주 봤다. 녀석의 눈이 노을 속에서 배시시 웃고 있었다. 나는 그 미소가 나를 위한 선물이었다고 생각한다. 어머니가 하염없는 두려움을 내 핏속에 쏟아넣는 사람이라면, 해진은 내 심장에 노을 같은 온기를 불어넣는 사람이었다. 언제나 네 편이라고 말해주는 존재였다. 참담하고 추웠던 그날에 그랬듯이, 이번에도 그러리라 믿고 싶었다. 아니, 그렇게 믿었다.

엉덩이를 일으키고 협탁에 세워둔 무선전화기를 들었다. 열 자리 숫자를 천천히, 또박또박 눌렀다. 뚜, 하는 신호음이 가는 순간, 침대와 협탁 사이에 떨어져 있는 '무언가'가 눈에 들어왔다. 나는 수화기를 귀에 댄 채 허리를 굽혀 그것을 끌어냈다. 날을 일직선으로 편 외날 면도칼이었다. 긴 나무 손잡이와 날렵한 통짜 날엔 검붉은 핏물이 말라붙어 있었다.

"여보세요."

수화기 저편에서 해진의 목소리가 들려왔다.

#

"어머니세요?"

해진의 목소리가 아득하게 멀어졌다. 나는 비명을 지르는 심정으로 면도칼을 노려봤다. 그것이 내 발등에 찍힌 도끼였다고 해도 그토록 끔찍하지는 않았을 것이다.

"유진이냐?"

나는 엄지손톱으로 칼 손잡이 끝에 덮인 핏자국을 긁어냈다. 익히 알고 있던 자리에서 익히 아는 영문 이니셜이 나타났다.

H. M. S.

아버지의 이니셜이었다. 아버지의 칼이었다. 몇 년 전 서재에 둔 아버지의 유품 상자에서 발견해 가져온 물건이었다. 특별한 이유 같은 건 없었다. 굳이 명분을 대라면, 아버지와의 추억 때문이었다고 해야겠다.

내겐 아버지에 대한 기억이 거의 없다. 행동이나 말투는 말할 것도 없고, 얼굴마저 가물가물하다. 기억하고 있는 아버지와의 추억도 몇 가지 되지 않는다. 그중 하나가 산적 수염이 새카맣게 자란 얼굴과 매일 아침 욕실 거울 앞에서 이 면도칼로 수염을 밀던 모습이다. 변비가 심했던 나는 변기에 턱을 괴고 앉아 끙끙 힘을 주면서, 면도 거품과 함께 수염이 사라지는 광경을 지켜보고는 했다. 사각사각, 칼날이 살을 긁으며 미끄러지는 소리가 특히 더 좋았다. 면도칼로 면도를 하면 어떤 기분인지 물었던 적도 있었다. 명확하진 않지만 대충 이런 답을 들었던 것 같다.

살 속 뿌리까지 자르는 기분이고, 거무튀튀한 수염 자국이 남지 않아 개운하다. 제대로 사용하려면 상당한 기술이 있어야 하고, 숙련되기 전까진 턱이 성할 날이 없으며, 자주 날을 갈아주는 게 귀찮기는 해도, 면도 후의 깔끔한 맛은 다른 면도기와 비교가 안 된다.
 그때 내가 뭐라고 반응했는지는 명확하게 기억한다. 나중에, 아빠가 죽을 때 그 칼을 나한테 물려달라고 했다. 거품을 뒤집어쓴 아버지의 얼굴이 돼지 저금통처럼 변하던 것도 기억한다. 둥근 콧구멍에서 비눗방울이 벌렁거리고, 길쭉한 두 눈은 눈썹처럼 둥글어졌다. 당겨 문 입술 안에선 자갈 구르는 소리가 났다. 나는 아버지가 웃고 있다고 생각했다. 그에 힘입어 지금, 미리 약속해주면 안 되느냐고, 물었다. 아버지는 그러마, 했다. 언제 죽을지는 모르겠지만, 죽게 되면 반드시 네게 주겠다고 약속했다. 엄지를 내밀자 기꺼이 손도장을 찍어주었다. 어머니가 그날의 약속에 대해 알 리 없었다. 설명하기도, 뒤늦게 소유권을 주장하기도 귀찮았다. 나는 말없이, 흔히들 하는 말로, '몰래' 집어왔다.
 "여보세요. 여보세요?"
 수화기 저편에서 해진이 목청을 높이고 있었다. 나는 꽉 잠긴 목구멍에서 가까스로 소리를 끄집어냈다.
 "나야."
 "아, 새끼 난 또……."
 맥 빠지듯, 낮아지던 소리가 곧 성내는 소리가 되어 돌아왔다.
 "왜 대답을 안 해. 사람 놀라게."
 "듣고 있어. 말해."
 나는 나오는 대로 대답했다. 하, 하고 혀 차는 소리가 들려왔다.
 "말하긴 뭘 말해, 인마. 전화는 네가 걸어놓고."
 그렇지. 내가 전화를 걸었지. 궁지에 빠진 것 같으니 도와달라고 할 참이었지. 나는 칼을 쥐고 있는 손을 반듯하게 세웠다. 칼날도 내 턱 밑에 반듯하게 섰다. 면도를 하는 데는 한 번도 쓴 적이 없는 물건이었다. 스물두 살이 넘어서야 수염이 나기 시작했고, 아버지와 달리 전기면도기로 충분한 보통 수염이었다. 면도칼은 내게 사용하는 물건이 아니라 기억하는 물건이었다. 간수하는 물건이 아니라 어머니 눈에 띄지 않도록 욕실 천장에다 감춰두는 물건이었다. 어젯밤 '과외' 재킷 주머니에 담고 나가기 전까지는 몸에 지녔던 적도 없었다.

"한유진."

해진이 불렀다. 나는 갑자기 할 말을 잃어버렸다. 면도칼을 발견하기 전까지는 여러 가능성들이 열려 있었는데.

"지금 어디야?"

질문 하나가 가까스로 입안을 빠져나왔다.

"이제 막 전철역 들어왔어. 속이 좀 쓰려서 라면 하나 끓여 먹고 나오느라고."

하나가 아니라 둘이겠지. 해신에겐 술 먹은 다음 날 아침이면 라면을 두 개씩 끓여 먹는 습관이 있었다. 일주일에 일곱 날을 술에 취해 살던 제 할아버지에게서 물려받은 유산이었다. 나는 그 노인네의 유산을 고마워해야 할 모양이었다. 덕택에 녀석의 위치가 아직 상암동이었으므로.

"근데 왜? 무슨 일 있어?"

"아니"라고 대답한 뒤 한 박자 쉬었다가 "응"이라고 번복했다. 쉬는 사이에 한 번 더 생각을 해봤다. 시간을 버는 게 무슨 의미가 있겠는지. 아무 생각도 떠오르지 않았다.

"너한테 부탁 하나 하려고."

해진은 잠자코 있었다. 기다리는 기색이었다.

"엄마 생신 때 갔던 영종도 횟집 기억나?"

"아아……. 그 레옹인지 뭔가 하는 데?"

"아니 레옹은 커피 마셨던 집이고, 한 50미터 더 들어가면 바닷가 맨 끝에 꼬실이네라는 횟집이 있어."

해진은 다시 "아아……" 했다.

"어제 사은회 끝나고 거기 몰려가서 2차를 했거든."

평범한 인간은 시간당 평균 열여덟 번의 거짓말을 한다고 한다. '솔직'에 취약점이 있는 나는 평균보다 수치가 좀 높을 것이다. 수치의 우위만큼 솜씨도 능란하다. 마음만 먹으면 이야기는 자동으로 만들어진다.

"그 집에 휴대전화를 놓고 왔는데 내가 지금 움직일 수가 없어. 오전 내로 학과장한테 보내야 할 자료도 있고, 오늘 합격자 발표 날이라 게시판도 체크해야 하고."

"오늘이 벌써 발표 날이야?"

"응" 하자 해진은 바라는 답을 찾아서 들이밀었다.

"걱정 마. 내가 찾아가지고 들어갈 테니까."

"그 집 10시 넘어야 문 열 텐데."

"레옹에서 커피 마시면서 좀 기다리지 뭐."

나는 마지막으로 해진이 뭘 타고 올 것인지, 확인했다.

"피곤하면 택시로 움직이든가. 내가 택시비 줄게."

"미친놈, 영종도에서 집까지 거리가 얼만데 택시 타령이래."

버스를 열심히 갈아타겠다는 뜻이었다. 택시 얘기는 더 할 필요가 없었다.

"근데 어머니는 일어나셨어?"

전화를 끊으려는 참에 해진이 물었다. 나는 못 들은 척 종료 버튼을 눌러버렸다. 수화기를 내려놓고 거실에 누워 있는 어머니를 생각했다. 집 안의 핏자국들이 흔적이었다면 피 묻은 면도칼은 도구였다. 흔적들이 여러 방식으로 해석될 수 있는 단서였다면, 도구는 하나의 사실을 말하는 증거였다. 어젯밤엔 내 재킷에 들어 있었고, 오늘 아침엔 내 침대 밑에서 발견된 내 물건이라는 점에서 빼도 박도 못하는 물증이었다. 해진이 이 물증을 어떻게 받아들일지, 어떤 반응을 나타낼지 상상이 잘 되지 않았다. 어머니의 죽음을 어떤 감정으로 받아들일지도. 놀랄까, 슬퍼할까, 분노할까? 더하여 내가 봉착한 문제에 대해 알게 된다면……. 그때에도 나를 믿어줄까. 내 편을 들어줄까.

문득 11년 전 겨울, 그해 마지막 날이 기억났다. 해진의 할아버지가 돌아가시기 두 달 전이었다. 나는 열다섯, 해진은 열여섯, 우리는 중학교 졸업을 앞두고 있었다. 나는 어머니의 뜻에 따라 운동과 공부를 병행할 수 있는 인문계고교를 선택한 참이었다. 특목고도 너끈할 만큼 성적이 좋았던 해진은 전문계인 문화예술고교를 택했다. 담임의 만류를 뿌리치고 스스로 결정한 진로였다. 3년 장학금과 생활보조비 지급, 무엇보다 학교의 특성이 자신의 꿈을 이루는 데 보탬이 되리라는 기대가 마음을 움직인 듯했다. 사실 그것 말고는 달리 선택지도 없었을 것이다.

당시 해진은 소년가장이나 다름없었다. 양친은 네 살 때 교통사고로 죽었고, 자신을 거두고 길러준 할아버지는 몇 달째 병원 신세를 지고 있었다. 간경화에 신부전증까지 겹쳐 언제 퇴원할 수 있을지 기한조차 없었다. 그 바람에 해진은 세상에서 가장 바쁜 중학생이 되었다. 제 할아버지와 함께 병원에서 생활하면서 병수발을 들어야 했고, 학교에 나와 공부를 해야 했고, 밤이면 인근 주유소에 시급 2900원짜리 아르바이트를 하러 나갔다.

본래에도 넉넉한 형편은 아니었다. 할아버지가 기초생활수급자로 수

령하는 생계비와 폐지를 주워 번 몇 푼으로 근근이 살아오던 차였다. 그렇다고는 해도 녀석이 아르바이트에 나선 적은 없었다. 해진의 할아버지는 소문난 술꾼이었으나 밥벌이를 어린 손주에게 떠넘기는 파렴치한은 아니었다. 오히려 "니는 공부나 해라, 뒷바라지는 내가 다할 것인게"라고 큰소리를 치는 허풍쟁이에 가까웠다. 그러던 노인네가 쓰러지자 해진은 직접 밥벌이에 나설 수밖에 없었다.

나는 나대로 바빴다. 뉴질랜드에서 열리는 주니어선수권 출전을 앞두고 특별훈련을 하고 있었다. 그로 인해 우리는 좀처럼 만날 수가 없었다. 매일 수영장으로 찾아오는 어머니를 통해 소식을 전해 들었을 뿐. 해진의 일거수일투족을 꿰고 있는 걸로 봐서, 반찬이나 간식거리를 들고 매일 병원으로 찾아가는 눈치였다.

2005년 마지막 날, 코치는 오후 훈련을 생략하고 반나절의 휴가를 주었다. 집에 가서 엄마 젖 실컷 먹고, 새해 아침 9시까지 쌩쌩한 얼굴로 집합하라고 했다. 어떻게 소식을 알았는지, 어머니는 벌써 수영장 밖에서 대기 중이었다. 여느 때보다도 기분이 좋아 보였다. 어깨까지 늘어뜨린 생머리에, 한 번도 보지 못한 흰 코트, 화사하게 화장한 얼굴엔 설레는 표정이 감돌았다. 안전벨트를 매면서 슬쩍 물어봤다.

"어디 가세요?"

어머니는 "동숭동" 하며 차를 출발시켰다. 왜 가는지에 대해선 말하지 않았다. 도착한 곳은 해진의 할아버지가 입원한 병원 본관 앞이었다. 잠깐 의아해하는 사이, 건물 안에서 해진이 뛰어나왔다. 나는 차에서 내리려고 안전벨트를 풀었다. 상황을 그렇게 읽었다. 엄마는 동숭동에 가서 놀 테니 너는 해진이하고 놀아라.

"그냥 앉아 있어."

어머니가 나를 주저앉혔다. 해진은 나를 보고 씩 웃더니 곧바로 뒷좌석에 탔다.

"해피 뉴 이어."

어머니는 때 이른 새해 인사를 건넸다.

"어머니도요."

해진은 등 뒤에 감추고 있던 것을 어머니에게 내밀었다. 크기가 어머니 얼굴만 한 하트 모양의 막대사탕이었다. 빨간 하트 안엔 흰색 메시지가 박혀 있었다.

The apple of my eye

받아드는 어머니의 얼굴에 미소가 번졌다. 뺨은 발그레하게 물들고 내리뜬 눈에선 수줍어하는 기미가 느껴졌다. 내가 알기로 해진이 어머니를 '어머니'라고 부른 건 그때가 처음이었다. 그에 대한 감동인지, 하트 속 '소중한 사람'이라는 호칭이 좋았던 것인지, 둘 다였는지는 모르겠지만 내겐 한없이 낯선 표정이었다.

"근데 할아버지한테 허락은 받았니?"

어머니는 사탕을 계기반 위에 소중하게 눕혀두며 물었다. 해진은 이를 드러내고 소리 없이 웃었다.

"할아버지는 제가 일하러 나간 줄 아세요."

어머니도 백미러로 해진과 눈을 맞추고 웃었다. 모종의 공모라도 하는 것처럼, 차를 출발시킨 이후로도 둘은 종종 백미러로 눈을 마주치며 웃곤 했다. 어디로 가는지, 뭘 하러 가는지에 대해선 여전히 설명이 없었다. 나도 묻지 않았다. 동숭동에 간다고 했으니, 동숭동에 가겠지 했을 뿐. 종종 해진이 내게 합숙 생활이나 훈련에 대해 물었으나 단답형 대답으로 일관했다. 좋아, 아니, 응, 몰라……. 끊기는 대화는 어머니가 이어받았다. 대화의 내용은 할아버지 병세, 혹은 두 사람만 아는 책이나 영화에 대한 이야기가 주를 이뤘다. 그사이 차는 어마어마한 교통 지옥을 돌파해 대학로에 도착했다. 어머니는 공용주차장을 두어 바퀴 돈 끝에 가까스로 빈자리를 찾아 차를 세우고 말했다.

"가자."

우리는 루미나리에가 반짝이는 거리를 걷기 시작했다. 사람이 많아 나란히 걷기가 쉽지 않았다. 어머니는 몇 발짝 못 가 누군가에게 어깨를 밀리고 넘어질 뻔했다. 내가 손을 뻗었을 땐, 이미 해진이 어머니를 부축해서 몸을 받쳐주고 있었다. 두어 발짝 가다 다시 부딪히자 아예 한쪽 팔로 어머니의 어깨를 감싸 안고 걷기 시작했다. 나는 선택의 여지 없이 뒤로 처져야 했다.

잠시 후, 딴 세상처럼 조용한 어느 이탈리아 음식점에 도착했다. 그때까지도 나는 우리가 왜 동숭동에 왔는지 모르고 있었다. 그리 궁금하지도 않았다. 어머니가 주스 잔을 들고 당신이 한 살 더 늙은 것에 대해, 나와 해진이 한 살 더 자란 것에 대해 슬프고도 기쁘다고 했을 때, 올해 마지막 날을 기념해 밥을 먹으러 왔나 보다고 혼자 짐작하고 말았다. 음식 맛은 기억나지 않는다. 기억나지 않는 걸로 봐서 별로였을 것이다. 아니면 내 기분이 별로였거나.

참으로 이상한 일이었다. 단둘이 있을 때의 해진은 나와 가장 친한 것 같았다. 단둘이 있을 때 어머니 역시 그랬다. 오로지 나만 바라보며 사는 것 같았다. 세 사람이 함께 있으면 나는 늘 차 순으로 밀려나는 기분이었다. 그런 분위기가 아주 자연스럽게 형성된다는 점에서 기분이 썩 좋지 않았다. 그런 내가 쪼잔한 놈처럼 느껴져서 더 기분이 좋지 않았다.

식당을 나온 건 한 시간쯤 후였다. 두 사람은 좀 전보다 두어 배쯤 북적거리는 거리를 헤치고 어딘가로 나아갔다. 가는 와중에 노점에 들러 머플러를 사기도 했다. 어머니는 똑같은 체크무늬 머플러 두 장을 사서 나와 해진에게 둘러주었다. 내겐 초록색, 해진에겐 노란색. 새해 선물이라고 했다. 둘 다 잘 어울린다고 하면서도 시선은 시종 해진에게 가 있었다.

해진에 대한 어머니의 감정은 '아들 친구'를 넘어선 지 오래였다. 나와 해진이 친구가 된 중학교 1학년 때부터 그랬다. 내 생일을 축하하는 자리에서도, 녀석이 내 경기를 보겠다고 수영장에 찾아왔을 때에도, 녀석이 나를 끌어안고 우승을 축하할 때에도, 내가 주인공인 모든 순간마다, 어머니는 해진을 바라보고 있었다. 한없이 부드럽고 온화한 눈, 어린 시절 익히 봤던 눈, 죽은 형을 바라보던 바로 그 눈으로.

어머니와 해진은 예술영화관인 하이퍼텍 나다 앞에서 걸음을 멈췄다. 1층 입구에는 '나다의 마지막 프러포즈'라는 플래카드가 걸려 있었다. 어머니가 표를 끊으러 간 사이 나는 해진에게 물었다.

"여긴 왜 왔어?"

"뭐냐, 새끼. 여태 그것도 모르고 따라온 거야?"

해진은 쿡쿡 웃어댔다. 갑자기 목에 두른 목도리가 갑갑하게 느껴졌다. 주변 공기가 더워지는 것도 같았다. 나는 목도리를 풀어 손에 쥐고 의자에 앉았다. 내가 점쟁이냐. 아무도 말을 안 하는데 어떻게 알아?

'나다의 마지막 프러포즈'는 나다에서 진행되고 있는 영화제의 이름이었다. 올해 개봉한 영화 중에서, '흥행에 실패했지만 좋은 영화'를 모아 재상영을 하는 영화제라 했다. 총 스물네 편 중 그날 상영되는 작품은 〈시티 오브 갓〉이라는 브라질 영화였다. 보러 오자고 한 사람은 해진이었다. 개봉 당시 보고 싶었으나 미성년자 관람 불가인 탓에 포기했다가, 나다에서 재상영한다는 얘기를 듣고 어머니를 떠올렸다고 했다. 어머니가 보호자로 동행해준다면 볼 수 있으리란 기대를 품었다는 것이었다.

기대대로, 우리는 직원의 제지를 받지 않고 좌석에 안착할 수 있었다. 영화는 재미있었다. 지금까지의 시무룩한 기분을 잊어버릴 만큼 경쾌하고 신이 났다. 리우데자네이루의 빈민가 파벨라, 가난, 마약, 범죄, 갱들이 판치는 동네를 배경으로, 책 대신 총을 쥐고 끝장 보기 전쟁을 벌이는 어린 갱들의 이야기였다. 동시에, 각각 다른 행로를 걸으며 성장하는 두 소년의 이야기이기도 했다. 한 소년은 사진사로, 다른 한 소년은 거리의 지배자로.

닭이 등장하는 첫 장면부터 웃음이 터졌다. 이후로도 종종 키득거렸다. 제 패거리들을 속이고 호텔로 뛰어들어간 리틀 제가 신나게 총질을 해대는 장면에선, 낄낄 소리까지 내서 웃어댔다. 웃다 문득 웃는 사람이 나밖에 없다는 걸 깨달았다. 어머니가 고개를 돌려 나를 응시하고 있다는 것도 알아차렸다. 어둠 속에서 검은 물방울처럼 반짝이는 두 눈은 내게 묻고 있었다. 뭐가 우습니?

어머니는 기분이 좋지 않아 보였다. 영화가 끝난 후, 주차장으로 돌아오는 내내 침묵하고 있었다. 해진도 앞만 보며 걸었다. 나는 또 두 사람의 궁둥이만 보며 뒤따라갔다. 뭐가 문제인지 알 수 없어 골이 아팠다.

"찜찜하다."

어머니는 차에 도착해 시동을 건 후에야 입을 열었다.

"그게 실화라는 게 무섭고, 산다는 게 슬프기도 하고……"

비로소, 어머니가 영화관 안에서 나를 이상하게 쳐다본 이유가 이해됐다. 내겐 신나고 짜릿했던 영화가 사실은 찜찜하고 무섭고 슬픈 이야기인 모양이었다. 어느 지점에서 무서워하고 슬퍼해야 했는지는 여전히 짐작조차 되지 않았지만.

"행복한 이야기는 대부분 진실이 아니에요."

해진은 잠시 틈을 두었다가 대꾸했다. 나는 고개를 뒤로 돌려 해진을 봤다.

"희망을 가진다고 절망이 줄어드는 것도 아니고요. 세상은 사칙연산처럼 분명하지 않아요. 인간은 연산보다 더 복잡하니까요."

해진은 나와 시선을 맞대왔다. 그렇지?라고 묻는 눈이었으나 대답을 할 수가 없었다. 뭔 얘기를 하는 것인지 제대로 이해하지 못했으므로. 다만 녀석의 덩치가 나보다 두어 뼘쯤 커 보였다. 나와 불과 한 살 차이였건만, 열 살쯤 차이가 나는 형 같았다. 심지어 어머니와 대등해 보이기까지 했다.

"세상이 불공평하다고 생각하니?"

어머니가 물었다. 해진은 다시 시간을 두었다가 대답했다.

"그래도 한 번쯤 공평해지는 시점이 올 거라고 믿어요. 그러니까, 그러려고 애쓰면요."

해진은 창밖을 내다봤다. 어머니는 백미러로 해진을 물끄러미 바라보았다. 나는 고개를 앞으로 돌리고 앉았다. 어머니가 다시 입을 연 건 광화문 근처에서 신호에 걸렸을 때였다.

"영화는 어땠니?"

"타란티노가 〈대부〉를 찍으면 이런 영화가 될 거라는 영화평을 본 적이 있어요. 정말인지 궁금했는데……. 보고 나니까 뭔 말인지 알 것 같아요."

좋다는 말인가, 나쁘다는 말인가. 답변은 해진이 아닌 어머니가 했다.

"좋았구나."

해진은 "네" 했다. 영화의 여운을 음미하는지, 이후로는 말이 없었다. 신호가 떨어져 차가 다시 움직이기 시작할 무렵, 가까운 어딘가에서 종소리가 들려오기 시작했다. 계기반의 시계는 12시를 가리키고 있었다. 보신각 타종식이 시작된 모양이었다. 어머니는 차를 출발시켰다. 차 안은 고요했다. 병원 앞에 도달할 때까지 우리는 각자 생각에 잠겨 있었다.

"오늘 감사했습니다."

해진은 뒷좌석 문을 열며 말했다. 어머니는 해진을 따라 차에서 내렸다. 나는 앞좌석에 앉은 채 작별하는 두 사람을 잠자코 바라보았다. 해진은 어머니에게 머리를 숙여 인사하고, 어머니는 녀석에게 손을 내밀었다. 정식으로 악수를 청하는 느낌이었다. 열여섯 살 소년이 아니라, 아들 친구가 아니라, 성숙한 한 인격에게. 해진은 잠깐 머뭇대다 손을 맞잡았다. 두 사람이 말없이 눈을 맞대고 있었던 시간은 길어야 5초도 되지 않았을 것이다. 그 짧은 시간 속에서 두 사람은 확인하고 있는 것 같았다. 말로 표현되지 않는 것, 행동으로 확인되지 않는 것, 혹은 내가 알지 못하는 어떤 것을.

어머니는 차로 돌아왔다. 해진은 그 자리에 서 있었다. 녀석의 노란 머플러가 어둠 속에서 하느작거렸다. 그제야 나는 머플러가 없어졌다는 것을 깨달았다. 목에서 풀어 손에 쥐고 있다가 어느 순간에 놔버린 게 분명했다. 킬킬대고 웃다 어머니와 눈이 마주쳤던 순간에, 리틀 제가 삼바 리듬을 타며 신나게 방아쇠를 당기던 그 순간에. 라디오라도 튼 것처럼, 귓가에서 주인공 로켓의 대사가 되살아났다.

'규칙에는 예외가 있었고, 예외는 곧 규칙이 되었다.'

어머니에게 아들은 나 하나였다. 그것은 규칙이었다. 예외였던 해진은 이듬해 3월, 어머니의 양아들이 되어 형의 자리에 연착륙했다. 예외가 새로운 규칙이 된 셈이다.

나는 손에 쥔 면도칼을 다시 내려다봤다. '살인자가 누구인가'에 대한 단서는 곳곳에 널려 있고, '범행 도구'라는 결정적인 증거가 있으며, 아니라는 단서는 한 가지도 없는데, 당사자는 그와 관련된 기억을 갖고 있지 않은 이 상황을 해진은 어떤 식으로 받아들일까. 무얼 묻든, 녀석에게 내놓을 수 있는 내 답변은 딱 하나뿐인데. 수천 년 동안 수천 명의 범법자들이 애용해온 유서 깊은 변명, 아무것도 기억나지 않는다.

그 말을 믿어줄까. 아니면 신고를 할까. 어쩌면 자수를 권할지도 몰랐다. 나로서는 그렇게 할 수 없었다. 체포되든 자수하든, 그것은 나중 일이었다. 지금 필요한 건 생각할 시간이었다. 납득할 근거였다. 정녕 내가 저지른 일이라면, 적어도 나 자신에게는 설명할 수 있어야 하지 않겠는가. 무슨 일이 있었는지, 언제 그랬는지, 왜 그랬는지, 왜 아무것도 기억하지 못하는지.

'그때 끝냈어야 했어.'

어머니의 목소리가 다시 들려왔다. 머릿속이 아니라 등 뒤에서 울리는 소리였다. 나는 테라스 유리문 쪽으로 몸을 돌렸다. 문밖에 어머니가 서 있었다. 묶어서 등 뒤로 늘어뜨린 머리, 흰 수면 원피스, 발찌가 걸린 맨발. 죽기 전의 모습이었다. 피가 묻지도 않았고, 턱 밑이 잘리지도 않았다.

'너는……'

어머니는 불길이 일렁이는 눈으로 나를 쏘아봤다. 희다 못해 파르스름한 눈자위에선 선홍빛 핏대가 툭툭 불거지고 있었다.

'유진이 너는……'

나는 움찔해서 면도칼을 움켜쥔 채 침대 발치 쪽으로 한 발짝 물러났다.

'이 세상에 살아서는 안 될 놈이야.'

관자놀이에서 맥박이 똑딱거리기 시작했다. 면도칼을 쥔 손에 힘이 들어갔다. 나도 모르게 소리 내어 물었다.

"왜요. 내가 뭘 어쨌는데요."

어머니는 대답하지 않았다. 눈보라 같은 안개가 몰려와 어머니의 모습마저 뒤덮어버렸다. 내 앞에는 다시 희뿌연 유리문만 남았다. 나는 고개를 돌려 방 안을 둘러봤다. 핏자국, 발자국, 피 묻은 이불 들. 이것들은 어머니가 죽은 후에 찍힌 것들이었다. 조금 전의 저주는 살아 있는 어머니가 퍼부어댄 악담이었다. 언제, 왜, 무엇 때문에. 설마, 야밤에 어머니 몰래 나갔다 온 일로? 나는 그 정도 일도 해서는 안 된단 말인가? 그 정도 일이 나한텐 살아서는 안 되는 이유가 된단 말인가?

관자놀이의 맥박 소리가 지끈거리는 통감으로 변했다. 뒤통수로 열이 뻗쳐올랐다. 눈앞에서 검은 점이 왔다 갔다 했다. 꼭지가 홱 도는 느낌이었다. 나는 몸을 돌리고 욕실로 들어갔다. 면도칼을 세면기에 내던진 후 냉수 꼭지를 틀어 물을 받았다. 좌절하고 화내느라 생각이 흐트러지지 않도록, 열 받은 머리통을 찬물에 처박아 식혔다.

'엄마. 내일요, 내일 아침에 말할게요.'

이번엔 귓속에서 내 목소리가 들려왔다. 고개를 들자 거울 속에서 살인자일지도 모르는 남자가 눈을 마주쳐왔다. 내일 아침에 뭐? 캐묻는 심정으로 그 남자를 들여다봤다. 피 떡이 된 머리, 물에 녹아 온 얼굴을 적시면서 흘러내리는 수십 가닥의 핏줄기들. 세면기에는 선홍빛 핏물이 가득 차 있고, 물 밑에서 면도칼이 달그림자처럼 흔들렸다. 컴컴한 머릿속에선 어떤 생각 하나가 번득거렸다.

어쩌면…….

도리질하는 심정으로 면도칼을 내려다봤다. 이건 생각이 아니야. 미치광이 망상이지. 나는 눈을 깜박거려 흘러내리는 핏물줄기를 털어냈다.

그래도 어쩌면…….

차디찬 물속으로 손을 밀어넣어 면도칼을 꺼냈다. 핏물이 녹아내리는 손가락을 구부려 손잡이를 움켜쥐었다.

그래, 어쩌면…….

면도칼을 쥐고 욕실을 뛰쳐나갔다. 마음이 변하기 전에 방문을 열고 복도로 나갔다. 수를 세며 계단을 내려갔다. 가급적 느릿느릿, 하나, 둘, 셋. 시선을 발끝에 고정시키고 넷, 다섯, 여섯. 조급증을 제어하고, 잡념을 차단하는 데 효과를 봐온 방법이었다. 이번에는 전혀 통하지 않았다. 온몸이 교감신경의 지시에만 집중하고 있는 것 같았다. 이마에는 벌 떼가 붙은 것 같고, 생각은 산지사방으로 튀고, 가청주파수 전역에 걸친 소음이 일제히 귓속으로 집결했다. 강물이 소용돌이치며 흘러가는 소리, 물결 위로 물보라가 흩날리는 소리, 옥상 출입문을 흔들어대는 바람 소리, 신음하듯 나직하게 잦아드는 어머니의 목소리.

'유진아.'

면도칼을 던져버리고 내 방으로 돌아갈 수백 가지 이유가 생각났다. 피곤하고, 눈이 아프고, 머리가 지끈대고, 머릿속이 너무나 복잡하고, 미친 짓을 거듭하다 정말로 미쳐버릴까 봐 겁이 나고……. 나는 돌아서려는 내 몸을 계단으로 밀어붙였다. 숨도 쉬지 않고 남은 계단을 뛰어내려가 거실에 발을 디뎠다. 어머니가 좀 전과 똑같은 모습으로 나를 맞았다. 부릅뜬 눈, 동그랗게 벌린 입술, 피 얼룩이 진 홀쭉한 뺨과 턱, 피 응고가 뒤엉킨 목.

손아귀에서 미끄러지는 면도칼을 고쳐 쥐었다. 어머니의 어깨 옆에 무릎을 구부리고 꿇어앉았다. 한때 면도칼은 아버지를 추억하는 기념품이었으나 이제는 전혀 다른 의미를 가진 물건이 돼 있었다. 제자리에 꽂히기를 기다리는 어떤 문의 열쇠였다. 일단 꽂고 나면 돌이킬 수 없을 자폭 장치였다. 침 한 모금 욱여넘기자 목 안이 따끔따끔 아파왔다. 기침이라도 터질 것 같은 느낌이었다. 머릿속 백군은 깐죽대듯 물어왔다. 너 지금 떠는 거야?

그렇다. 목덜미를 압박하는 이 새파란 한기가 두려움이라면, 나는 분명 떨고 있었다. 그 한기에 숨이 막히고 등이 눌려 질식사해버리기 직전이었다. 세상의 가장자리로 내몰리는 기분이었다. 한 발짝 물러서고픈 유혹이 허기증처럼 볶아쳤다. 두통약과 진정제를 한 움큼 집어삼키고 벌러덩 나자빠져버리고도 싶었다. 의식 밖으로 멀어지는 현실을 향해 욕이나 한 바가지 퍼부어주고 싶었다. 씨발, 나더러 어쩌라고.

그럼 튀어. 머릿속 청군이 쉽고도 실용적인 답을 내놨다. 아직은 어머니의 죽음을 아는 사람이 없고, 거액의 현금을 인출할 수 있는 어머니의 카드가 어디 있는지 알고 있으며, 다년간 해온 은행 심부름 덕에 비밀번호까지 머릿속에 저장돼 있었다. 여권 시효도 1년 이상 여유가 있겠다, 당장 지구 끝으로 튀어도 막아설 사람은 없었다. 뒷일이야 내 알 바 아니고.

아니다. 알아야 했다. 단서들을 조합한 추리 같은 건 의미가 없었다. 오로지 나 자신에게 들어야 했다. 내 안에 나라고 믿는 나 말고 또 다른 '누군가'가 있는지, 그 '누군가'가 무슨 짓을 벌였는지 모르고는 세상 속에서 살아갈 길이 없었다. 아는 순간, 지옥문이 활짝 열린다 할지라도, 그로 인해 내 인생이 송두리째 엎어진다 해도.

무릎을 앞으로 움직여 어머니 어깨 옆에 붙어 앉았다. 눈을 마주치지 않으려 애쓰면서 턱 밑 상처를 살폈다. 왼쪽 귀밑에서 오른쪽 귀밑까지, 절개창 표면을 검붉은 피막이 뒤덮고 있었다. 손가락을 뻗어 막을 걷어내자 협곡처럼 길고 깊게 잘려나간 상처 안쪽이 드러났다.

질끈, 눈을 감았다. 들뛰는 숨을 누르며 그 옛날의 소년을 불렀다. 출발대에 허리를 굽히고 서서, 출발 신호를 기다리던 수영 선수 한유진을 끌어냈다. 이모나 어머니의 시선에서 완전히 벗어나, 오로지 뛰어들어야 할 하나의 점, 몸을 날리는 순간에만 집중하던 나를 앞에 세웠다. 종종걸음 치던 심장 리듬이 조금씩 느려지기 시작했다. 뒷덜미에 돋았던 소름이 잦아들었다. 턱에 걸렸던 숨이 목 밑으로 스르르 미끄러졌다.

이제 더 망설일 필요가 없었다. 눈을 뜨고, 왼손을 뻗어 어머니의 턱을 잡았다. 입꼬리가 시작되는 왼쪽 귀밑에 면도칼을 꽂았다. 칼날은 저항 없이 절개창으로 빨려들어갔다. 상처가 스스로 움직여서 칼날 양쪽을 착 맞무는 느낌이었다. 머릿속 잡소리들은 삽시에 사라졌다. 벽장 속 같은 고요가 찾아들었다.

손이 저절로 움직이기 시작했다. 머뭇대지도, 더듬대지도 않았다. 자를 대고 종이를 자르듯, 벌어진 상처 안쪽을 오차 없이 따라갔다. 느낌 하나하나가 완벽하게 익숙했다. 내 목덜미에 끼쳐오는 숨결의 비명 같은 떨림, 손아귀로 밀려드는 속살의 부드러운 저항, 근육을 가르고 혈관을 끊으며 전진하는 칼날의 거침없고 매끈한 움직임. 면도칼은 턱을 거쳐 오른쪽 귀밑까지 한 손질에 도달했다.

나는 양 관자놀이 옆으로 검은 암막이 드리워지는 걸 느꼈다. 시야는 손거울 크기로 줄어들었다. 거기에 비치는 건 파편적이고 부분적인 형상, 혹은 표정이었다. 출렁거리는 긴 머리칼, 일그러지는 뺨, 확대와 축소를 거듭하며 열리는 동공, 무언가 말하려 애쓰는 입술. 이윽고 현실의 시야가 완전히 닫혔다. 절벽처럼 까마득한 어둠이 사방에서 나를 압박하며 다가들었다. 발밑에선 그토록 완고하게 닫혀 있던 기억의 문이 열리고 있었다. 어머니가 문 안에서 불렀다.

'유진아.'

#

"유진아."

발밑 현관문간에서 어머니가 불렀다. 낮고 음조가 없는 목소리였다. 나는 옥상 철문 앞에 가만히 서 있었다. 대답은 하지 않았다. 기력이 바닥나 목소리를 낼 기운이 없었다. 탈진에 가까운 피로감이 온몸을 짓눌렀다. 선 채로 조는 것처럼 정신마저 몽롱했다.

"유진아."

두 번째 부름은 처음보다 두 음계 높았다. 거기 있는 거 알고 있으니 대답하라는 듯. 22층에선 헬로가 짖어대고 있었다. 내가 비상계단으로 오르내릴 때마다 안달하듯 쨍쨍거리는 개새끼.

"네."

나는 옥상 열쇠를 재킷 주머니에 담고 계단을 내려갔다. 어머니는 현관문간이 아닌 마지막 계단 밑에 서 있었다. 난간에 허리를 기대고, 뾰족한 가슴 밑으로 팔을 둘러 팔짱을 낀 채, 내려오는 나를 물끄러미 지켜봤다. 반쯤 열린 현관문은 스토퍼로 고정돼 있고, 현관 전실에서 뻗어나온 노란 불빛은 어머니의 옆모습을 사광으로 비추고 있었다. 22층 헬로는 점점 더 시끄럽게 왈왈거렸다.

"어디 갔다 오니?"

작고 얄팍한 어머니의 입술이 추위에 질린 것처럼 파랬다. 흰 원피스와 가느다란 맨다리, 슬리퍼 역시 추워 보였다. 나는 계단 네 칸을 남겨 두고 멈춰 섰다.

"달리고 왔어요."

내 목소리는 마취에서 막 깨어난 사람처럼 어눌했다.

"마스크 벗고 내려와서 다시 대답해."

잠자코 마스크를 벗어 재킷 주머니에 담았다. 양손도 주머니에 담았다. 후들거리는 발을 떼어 남은 계단을 내려갔다. 어머니의 눈은 내 머리부터 발끝까지 훑어 내렸다. 살 껍질 정도는 우습게 벗겨버릴 듯한 시선이었다.

"달리고 왔다고요."

나는 어머니를 내려다보며 섰다. 어머니는 입술을 얄따랗게 맞물고 나를 올려다봤다. 복잡한 시선이었다. 흥분한 것도 같고, 성이 난 것도 같고, 슬퍼하는 것도 같고, 괴로워하는 것도 같고, 냉정한 척하는 것도 같았다. 분명하게 읽히는 게 있다면 말이든 감정이든, 터지기 직전의 무언가를 꾹 누르고 있다는 느낌이었다.

"그런데 왜 그리로 들어가니?"

"엄마가 깰까 봐 그랬어요."

나로서는 최선의 대답이었다. 물론 그 정도에 어머니가 넘어가주리라는 기대는 없었다.

"안으로 들어가자."

입장 허가라기보다 입장 명령으로 들리는 말이었다. 흙탕물에 젖은 운동화 속에서 발가락들이 움찔거렸다. 허리 아래가 엉거주춤하게 내려앉는 느낌도 들었다. 어두운 거리를 뒤흔들던 어머니의 비명이 환청처럼 귀를 맴돌았다. 이 자리에서 도망쳐버리고 싶은 충동이 불끈불끈 일었다. 그토록 탈진해 있지 않았다면, 저체온증에 빠진 것처럼 극심한 오한에 시달리지 않았다면, 곧 발작이 닥쳐올지 모른다는 불안만 없었다면, 정말로 그렇게 했을지도 모른다.

"들어가지 않고 뭐하니."

어머니의 목소리가 한풀 부드러워졌다. 내 머릿속 갈등을 읽은 것처럼, 눈빛도 온화해졌다.

"헬로가 난리잖아."

그랬다. 놈의 시끄러운 주둥이를 닥치게 만들 방법은 우리가 집 안으로 사라지는 것뿐이었다. 나는 어머니 옆을 지나 현관문 안으로 들어섰다. 어머니가 내 등에 들러붙듯 따라 들어와 현관문을 닫았다. 딸깍, 잠금쇠 걸리는 소리가 뒤통수를 쳤다. 나는 반쯤 열린 현관 중문 앞에서 걸음을 멈췄다. 푹 젖은 채, 족쇄처럼 발목에 걸려 있는 신발을 벗느라 재킷 주머니에 넣고 있던 손을 뺐다. 그때, 무언가가 발밑에 톡 떨어지더니 또르르 굴러가는 소리가 났다. 내 주머니에서 빠져나온 것 같았으나 바닥을 살필 겨를이 없었다. 뜨뜻한 입김이 뒷덜미에 와 닿을 정도로 어머니가 가까이 붙어 있었다. 나는 떠밀리듯 중문을 들어섰다.

"거기 서."

문간방 앞에서 걸음을 멈췄다. 좀 전과는 어조가 완전히 달랐다. 싸늘하다 못해 스산할 정도로 낮은 목소리였다. 나는 뒤를 돌아봤다. 어머니는 중문 앞에 서서 나를 응시하고 있었다. 복잡한 표정들이 사라지고, 누구든 알 수 있는 한 가지 감정만 남은 눈이었다. 어머니는 화가 나 있었다. 그것도 엄청나게.

"윗도리 벗어라."

어머니가 손을 내밀었다. 나는 잠자코 재킷과 조끼를 벗어 건넸다. 달라는 이유를 물을 필요는 없었다. 재킷을 받자마자 어머니의 손이 곧장 주머니로 들어갔으니까. MP3와 이어폰, 마스크, 옥상 열쇠들이 끌려나왔다가 제자리로 들어갔다. 어머니는 재킷을 문 옆에 내려놓고 내 턱밑으로 성큼 다가와 섰다. 뿔을 세우고 돌진하는 염소처럼, 거칠고 공격적인 움직임이었다. 예상치 못한 움직임에 움찔했고, 나도 모르게 고개를 뒤로 젖혔다. 그사이 어머니의 양손은 내 바지 주머니로 쳐들어왔다가 곧장 빠져나갔다. 움직임이 어찌나 빨랐는지, 대응 같은 건 생각조차 해보지 못했다. 엇, 하며 손을 뻗었을 땐 이미 늦었다. 한 발짝 물러서는 어머니의 손아귀에 면도칼이 들어가 있었다.

"이리 줘요."

손을 뻗어 칼을 낚아채려 했으나 어머니가 더 빨랐다. 내 손을 팔로 후려치듯 뿌리치고 온몸을 던져서 나를 밀쳐버렸다. 이번에도 예기치 못한 공격이었다. 예상을 뛰어넘는 사나운 공세였다. 아들이 아니라 강간범과 싸우는 사람 같았다. 탈진한 데다 무방비 상태였던 나는 몸을 제대로 통제할 수가 없었다. 중심을 잃고 거푸 뒷걸음질을 하다가 급기야는 계단으로 볼썽사납게 나가떨어졌다. 목뼈가 뒤로 꺾이고, 뒤통수는 계단 가장자리에 내리찍혔다. 그 여파로 시야까지 새카맣게 뒤흔들렸다. 아파서 진땀이 나고 다급해서 숨이 찼다. 몸이 말을 듣지 않아 짜증이 났다. 몇 번씩 팔꿈치가 꺾인 끝에 어찌어찌 계단을 짚고 머리를 들었다. 동시에 어머니도 들여다보던 면도칼에서 눈을 떼고 머리를 들었다. 우리의 시선은 주방과 거실 사이 어디쯤에서 만났다.

엄마 그건……. 입을 열었으나 목소리가 나오지 않았다. 발성기관이 은행 금고처럼 단단하게 닫혀 있었다. 반대로 어머니의 검은 동공은 완전히 열려 있었다. 눈자위에선 새빨간 핏줄들이 피를 터트리듯 툭툭 불거지고, 눈두덩은 자줏빛으로 부풀어 올랐다. 어머니는 불붙은 나무처럼 활활 타오르고 있었다. 그 열기가 너무도 뜨거워 실내 공기마저 바삭바삭하게 마르는 것 같았다.

"엄마, 나는……."

가까스로 목이 열렸으나 어머니가 말을 막았다.

"너는……."

칼날이 내 얼굴을 향해 반듯하게 섰다. 나는 뱃가죽에 가느다란 경련이 이는 걸 느꼈다.

"유진이 너는……."

어머니의 목소리가 바르르 떨렸다. 면도칼을 움켜쥔 손도 바들바들 떨리고 있었다. 숨결에선 쌕쌕 소리가 났다.

"이 세상에 살아서는 안 될 놈이야."

죽창을 날리는 듯한 말이었다. 나는 목을 꿰인 짐승처럼 바르작거리며 몸을 일으켰다. 초점이 맞지 않는 눈으로 나를 향해 다가드는 어머니를 내려다봤다. 아무런 감정도 일지 않았다. 대꾸할 말도 떠오르지 않았다. 스위치를 내린 것처럼 머릿속이 껌껌했다.

"그때 끝냈어야 했어."

어머니는 어느새 내 가슴 밑에 와 서 있었다. 날 선 도끼 같은 눈으로 나를 쪼갤 듯이 노려봤다. 나는 뒷발질로 더듬어서 계단 한 칸을 올라갔다.

"그때, 죽었어야 했어. 너도 죽고, 나도 죽고."

어머니는 면도칼을 쥔 손으로 내 배를 확 밀쳤다. 허를 찌르는 기습이었고 방어할 틈 같은 건 없었다. 나는 다시 계단 가장자리에 등을 걸치며 나자빠져버렸다. 우악스러운 통증이 등허리로 파고들었지만 아플 새가 없었다. 숨 쉴 틈조차 없었다. 칼을 움켜쥐고 저승사자처럼 다가서는 어머니를 벗어나는 게 먼저였다. 나는 양손을 등 뒤로 돌려 계단을 짚고 몸을 서너 계단 위로 밀어올렸다.

"엄마, 내일, 내일 아침에 말할게요."

"뭘."

어머니는 악을 쓰며 계단 한 칸을 올라왔다. 나는 엉덩이를 밀어 두어 칸을 더 올라갔다.

"말하긴 뭘 말해."

"다요. 뭐든 다."

다급한 소리를 내며 두 칸을 더 올라갔다. 계단참까지는 아직도 두 칸이 남아 있었다.

"처음부터 다 말할게요. 그러니까 제발……."

마침내 계단참에 도달해 일어서는 순간, 면도칼을 쥔 손이 또다시 가슴팍을 밀어뜨렸다. 예상한 공격이었으나 이번에도 피할 수가 없었다. 나는 나자빠지듯 뒷발질을 하다 모서리 벽에 뒤통수를 부딪고 가까스로 몸을 세웠다.

"네 손으로 해."

어머니는 앞을 가로막으며 내 정면에 섰다. 내 손목을 낚아채서 당신 가슴으로 잡아당겼다.

"내 눈앞에서, 내가 보는 데서 해."

면도칼의 손잡이가 내 손아귀로 밀려들어왔다. 나는 반사적으로 손을 뿌리쳤다. 비로소 내가 무엇을 요구받고 있는지 알아차린 것이었다.

"왜, 무섭니?"

어머니는 재차 내 손목을 낚아챘다. 동시에 내 턱밑으로 바짝 붙어 섰다.
"아니면, 혼자 죽기 억울해서 그러니?"
나는 벽 모서리에 등을 붙이고 서서 고개를 저었다. 어머니의 손을 뿌리치려 했으나 뿌리칠 공간이 없었다. 어머니를 밀치지 않고는 빠져나갈 틈새도 없었다.
"억울할 거 없어. 너 가면 나도 갈 테니까."
숨이 가빠왔다. 폐에 물이 가득 찬 것처럼 가슴이 무거웠다. 물 한 방울 없는 지상에서, 가만히 선 채 익사하는 기분이었다. 더는 가만히 서서 버틸 재간이 없었다. 나는 내 오른쪽 손목을 움켜쥔 어머니의 손을 뜯어내서 움켜쥐었다. 풀려난 손으로는 면도칼을 쥔 손을 틀어쥐고 옆으로 비틀었다. 어머니의 입에서 비명이 튀어나왔다.
"놔."
졸지에 양손을 틀어잡힌 어머니는 몸을 비틀며 버둥거리기 시작했다. 온몸으로 나를 밀치고 머리로 턱을 받아치며 악을 썼다.
"손 놔, 이 새끼야."
턱밑에서 어머니의 정수리가 거뭇거뭇 춤을 췄다. 포효에 가까운 고함이 귀뺨을 때렸다.
"네놈이 어떻게……. 어떻게 감히……. 감히 네 아빠 걸……."
턱을 받히지 않으려면 고개를 들어야 했고, 고개를 들면 어머니의 움직임을 볼 수가 없었다. 나는 어머니의 양손을 틀어쥔 채로 어머니의 힘에 휘둘리고, 움직임에 끌려다녔다. 그사이 칼을 쥐여주려던 어머니의 움직임은 칼을 빼앗기지 않으려는 몸부림으로 바뀌었다. 잠시 후엔 내 목을 향해 칼을 휘두르는 공격으로 변하기 시작했다. 어머니의 오른손을 벽에다 후려쳐버린 건, 마지막 처방 같은 것이었다. 손을 쳐버리면 쥐고 있던 칼을 놓겠지, 싶어서.

 어머니를 너무 우습게 본 행동이었다. 손이 벽에 가 닿기도 전에 어머니의 얼굴이 먼저 내 겨드랑이 밑을 파고들었다. 다음 순간, 목 안에서 비명이 터졌다. 어머니가 온 힘을 다해 팔뚝 안쪽을 물어뜯어버린 것이었다.

 "엄마……"

 화살 같은 통증이 삽시에 살을 찢고, 근육을 뚫고, 머릿속까지 날아들어와 팽팽하게 걸려 있던 어떤 줄을 탁 끊어버렸다. 탈진한 나를 집까지 끌고 온 줄, 어머니의 불길 속으로 휩쓸려들지 않게 나를 붙잡고 있던 줄, 강철 케이블보다 튼튼하다고 자부하던 줄, '의식'이라는 이름의 통제권이 나를 빠져나갔다.

 "제발……. 이러지 마요."

 내 목소리가 아득한 곳으로 멀어졌다. 귀가 먹먹해왔다. 새카만 어둠이 등 뒤로부터 밀려와 양쪽 눈 옆을 뒤덮어버렸다. 나는 잡고 있던 어머니의 왼손을 놓았다. 대신 내 겨드랑이에 들러붙은 어머니의 머리채를 잡아 뒤로 꺾었다. 어머니는 신음을 토하면서도 이를 빼지 않았다. 짐승처럼 으르렁거리며 더 깊이, 더 세게, 더 자근자근 물어뜯었다. 이가 빠진 건, 어머니의 머리가 등 뒤로 완전히 꺾인 후였다. 나뭇가지처럼 가느다란 목이 좁은 시야를 가득 채웠다. 희고 얇은 살갗 위로 둥근 목뼈들이 툭툭 불거졌다. 새파란 핏대가 성난 뱀처럼 튀어올라 펄떡거렸다. 나는 면도칼을 움켜쥔 어머니의 손을 그 위로 끌어올렸다.

 수천 개의 감각들이 느릿느릿 나를 통과해갔다. 머리를 얼리는 한기, 내장을 뒤틀며 맹렬하게 번지는 불의 열기, 신경절 마디마디에서 폭발하는 발화의 전율, 규칙적으로 뛰는 내 심장 소리. 왼쪽에서 출발한 칼날은 삽시에 오른쪽 귀밑에 이르렀다. 벌어진 턱 밑에선 뜨거운 피가 왈칵 왈칵 솟구치며 내 얼굴과 계단참 벽과 바닥을 뒤덮어버렸다. 나는 눈을 감고 어머니의 머리채와 손을 집어던지듯 밀쳐냈다. 어머니는 쿵, 소리를 내며 무너져 내렸다. 무너진 몸이 계단을 타고 미끄러지는 소리가 텅, 텅, 텅 울렸다. 이어 고요해졌다.

나는 손끝으로 눈을 문질러 핏물을 걷어내고 계단 아래를 향해 섰다. 모든 게 흐릿해 보였지만, 계단 밑에 빈 자루처럼 널브러진 어머니의 몸과 홀로그램처럼 반짝이는 눈은 또렷이 볼 수 있었다. 그 눈을 좌표 삼아 계단을 내려갔다. 어머니 곁에 멍하니 선 채, 귀 옆에서 울리는 괘종시계 소리를 들었다. 한 번, 두 번, 세 번.

곧 발작이 시작될 거야. 청군인지 백군인지 알 수 없는 목소리가 속삭거렸다. 나는 어머니의 겨드랑이 밑을 잡아서 주방 입구로 끌어다 눕혔다. 발을 계단 쪽으로, 머리를 현관 쪽으로. 방으로 올라가는 나를 보지 못하도록 머리칼로 얼굴을 덮었다. 손을 가슴에 모아주고 몸을 일으키자 무의식 속에서 작별 인사가 튀어나왔다.

"안녕히 주무세요."

\#

베란다 유리문 밖에 아침이 와 있었다. 뛰어들어 헤엄이라도 칠 수 있을 것처럼 안개가 짙었으나 안개 사이로 비쳐드는 대기는 환했다. 밤새 내리던 비도 그친 것 같았다. 바깥 창문을 두들기던 빗소리가 들리지 않았다. 대신 먼 도로에서 자동차들이 오가는 소리가 들려왔다. 어젯밤 옥상 철문으로 나가지만 않았더라면, 지금쯤 나도 그 길을 달리고 있을 터였다. 나처럼 달리기를 하러 나온 사람들이나 자전거를 타러 나온 사람들, 혹은 출근하는 사람들과 간간이 스치면서. 때로 금방 스쳐간 예쁜 여자가 어디로 가서, 누구를 만나고, 무엇을 할지 상상해보면서.

　세상에는 별의별 사람들이 다 모여 산다. 각자의 삶에서 제각각 별짓을 다하며 살아간다. 그들 중 누군가는 살인자가 될 것이다. 우발적으로, 분노로, 혹은 재미로. 그게 인생이고 인간이라고 생각했다. 그러면서도 누군가가 나이고 상대가 어머니라는 상황은 '생각'에 포함시켜보지 않았다. 생각 속에 들어 있었던 건 오로지 내 인생에 대한 기대뿐이었다. 내 삶을 마음대로 할 수 있는 때가 오리라는 기대, 어머니가 죽은 후에 올 진짜 내 삶에 대한 기대. 그렇기는 하나, 어머니가 이런 식으로 죽기를 바란 적은 없었다. 상상조차 해보지 않았다고는 못하겠지만.

　어머니를 내려다보자 목이 갑갑해왔다. 면도칼을 쥔 내 손을 보자 뼈가 옴찔옴찔 오그라들었다. 고개를 들자 어떤 목소리가 이마에다 대못을 박기 시작했다. 너야. 네가 살인자야. 쾅, 쾅, 쾅.

　난카로운 충격이 맥박수를 훅 끌어올렸다. 명치 밑에서 이글대던 절망이 위액처럼 식도로 역류했다. 쿠쿠 소리가 구토를 하듯 입 밖으로 터져나왔다. 소리는 웃음이 되어 피비린내 자욱한 집 안으로 탄환처럼 뻗어나갔다. 땀인지, 핏물인지, 눈물인지 모를 것이 뺨을 타고 턱 끝으로 줄줄 흘러내렸다. 살인자라니, 그것도 제 친어머니를 죽인 살인자라니, 그 짐승이 다른 누구도 아닌 바로 나라니, 허둥대고 조바심치며 온갖 짓을 다한 끝에 건져낸 게 이런 개 같은 진실이라니.

　잠깐만. 잠깐만, 네 아래를 좀 봐. 머릿속 백군이 민망해하는 목소리로 말했다. 나는 진줏빛으로 반짝이는 대리석 바닥을 내려다봤다. 어머니의 시신 곁에 꿇어앉아, 몸을 앞뒤로 흔들면서 사자처럼 이빨을 드러내고 웃어젖히는 미친놈이 보였다. 고개를 옆으로 돌리자 죽은 어머니가 미친

놈을 맞았다. 동숭동 '나다'에서 홀로 웃던 10년 전처럼, 우울하게 빛나는 눈으로 물어왔다.

'뭐가 우습니?'

웃음이 딱 그쳤다. 갑작스러운 고요가 찾아들었다. 성난 목소리가 정신을 일깨웠다.

'네놈이 어떻게……. 어떻게 감히……. 감히 네 아빠 걸…….'

나는 손아귀에 든 면도칼을 내려다봤다. 손잡이의 이니셜이 눈에 걸렸다. 한숨에 벌어지던 어머니의 새카만 동공이 떠올랐다. 핏대가 툭툭 터지던 어머니의 눈자위가 기억났다. 어머니를 나무처럼 태우던 거센 불길이 열기와 함께 되살아났다. 설마, 이것 때문에 그랬단 말인가. 나 따위 놈이 감히 아버지의 칼을 가져서?

'너는…….'

'유진이 너는…….'

'이 세상에 살아서는 안 될 놈이야.'

그것이 이 세상에서 살아서는 안 될 죄인가. 스스로 죽으라는 판결을 내릴 죄인가. 판결을 관철시키고자 내 목으로 칼을 들이댔단 말인가. 그러다 결국, 아니 본의와는 정반대로, 내 손에 당신 생이 끝장나버린 것인가. 그리하여 내 이생의 삶까지 끝장내버린 것인가. 다른 무엇도 아닌, 죽은 자의 물건 때문에?

나는 고개를 저었다. 그게 사실이라면, 쥐 한 마리에 격분해 사거리 800킬로미터짜리 탄도미사일을 집 안에 쏴버린 거나 다를 바 없었다. 만약 어젯밤, 어머니가 내 바지 주머니에 들어 있던 면도칼을 꺼내가기 전에 내가 먼저 숨겼다면, 손아귀든 옷소매든 어디든 요령 있게 숨겨두었다면, 이 정신 나간 요격을 피할 수 있었을까.

다시 도리질했다. 설령 그것이 참극을 피해갈 신의 한 수였다 할지라도 지금은 너무 늦었다. 이미 진입해버린 시간의 일을 진입 전으로 돌려보내 궤도를 수정할 수는 없었다. 그것은 신이나 우주의 능력이지 어머니의 시신 앞에서 미쳐가는 내 능력이 아니었다. 할 수 있는 일이라면, 다른 각도에서 생각을 해보는 정도였다. 죽은 자의 물건이 살아 있는 두 인생을 끝장내려면, 어떤 명분이 필요한가.

세 번째로 고개를 흔들었다. 추측이 불가능했다. 상상의 한계를 넘어 초현실적이기까지 했다. 무엇에 씐 게 아니고서야 일어날 수 없는 일이었다. 나는 부글부글 끓는 심정으로 어머니의 눈을 노려봤다. 면도칼을 쥔 손가락은 움칫움칫 경축을 일으켰다. 어머니의 어깨를 잡아 흔들어대고 싶어서. 그렇게 누워 있지 말고 한말씀 하시라 권하고 싶어서. 스물여섯 해 동안 아들의 인생을 쥐고 흔든 끝에 마침내 통째로 삶아 드신 기분이 어떠신지 묻고 싶어서.

괘종시계가 울기 시작했다. 여덟 번. 기어가 변환되듯 현실이 내 앞으로 스르르 밀려들었다. 막막하고 무서운 절망이 함께 되돌아왔다. 자기장으로 입사한 전자처럼, 내 시선은 시계 방향으로 집 안을 돌았다. 주방, 2층 계단, 건넌방 문, 모서리 장식장, 괘종시계……. 기억 속에서도 괘종시계가 울고 있었다. 한 번, 두 번, 세 번.

나는 숨을 멈췄다. 12시에 방조제를 출발했는데 새벽 3시에 내 방으로 올라갔다.

비상계단에서 어머니를 만난 후부터 내 방에 올라가기까지는 길어봐야 30분 이쪽저쪽일 것이다. 그렇다면 2시 30분경에 집에 도착했다는 얘기가 된다. 설마 2시간 30분에 걸쳐 집으로 돌아온 것일까. 팔뚝의 잔털들이 가닥가닥 곤두섰다. 한 가지 이해와 한 가지 의문이 나란히 머리를 뚫고 갔다. 어머니가 1시 30분경에 해진과 이모에게 전화할 수 있었던 이유. 자정부터 2시 반까지, 나는 어디서 무엇을 했는가.

'엄마, 내일. 내일 아침에 말할게요.'

어젯밤 기억 속에서 내 목소리가 튀어나왔다.

'뭘.'

어머니의 목소리가 자동으로 따라왔다.

'말하긴 뭘 말해.'

그러게. 나는 '내일 아침'에 뭘 말하려 했을까. '내일 아침'이 된 지금 내 머릿속엔 할 말이 전혀 없는데. 분명한 건, '내일 아침'을 들먹인 이유 정도였다. 탈진한 나머지 말할 기운조차 없었기 때문이었다. 뭘 했기에 그랬을까. 자정까지는 제비처럼 쌩쌩 날았으면서. 거리 한구석이나 공사장 가림막 밑에 나자빠져 발작이라도 치르고 온 것인가. 내 운동화에 묻은 흙탕물은 그런 맥락에서 이해하면 될까. 그런데 어머니는 왜 그때까지 깨어 있었을까. 집 안에 들어서자마자 내 재킷 주머니와 바지 주머니를 뒤진 이유는 또 뭘까. 도를 넘은 어머니의 언사에 나는 왜 별다른 항변을 하지 않았을까. 의문은 꼬리에 꼬리를 물고 이어지다 가장 근본적인 물음에 이르렀다. 어머니가 미쳐버린 이유는 무엇일까. 설마, 정말로 면도칼 때문인가.

어떤 생각 하나가 퍼뜩 머리를 스쳤다. 하나에 몰두하느라 간과해버린 또 다른 하나. 내 기억은 완전히 살아난 게 아니었다. 무슨 일이 일어났는지는 분명하게 드러났으나 '왜'는 여전히 장막 뒤에 숨어 있었다. 가까스로 기억해낸 개 같은 진실이 그나마 반쪽짜리였던 셈이다.

욱신욱신, 눈두덩 뒤가 쑤시기 시작했다. 나자빠져버리고 싶은 심사가 거푸 고개를 들었다. 머릿속 청군이 덩달아서 엉덩이를 쑤셔댔다. 이 난

장판을 수습하려 나대느니 손 털고 감옥으로 가는 게 속 편할 거라고. 먹먹하던 귓속에선 기적이 울리고 있었다. 발밑에선 달려오는 기차의 진동이 느껴지고, 머릿속에선 안내 방송이 흘러나왔다.

"오늘 새벽 상암역을 출발한 해진호 열차는 11시를 전후해 우리 집 현관에 도착할 예정입니다."

세 시간이 남아 있었다. 그 안에 '왜'에 대한 답을 찾을 수 있을지 회의가 들었다. 머릿속 백군은 회의할 시간에 할 수 있는 일을 하라고 충고했다. 해진이 살인 현장이 아닌 '집'으로 들어오게 하라고 말했다. 그래야만 답을 찾는 일이 가능할 테니까. 답을 찾아야 그다음 일을 할 수 있을 테고. 세상의 모든 살인범들이 고민하는 문제, 자신의 행동을 결정하는 일. 자수하거나 튀거나. 나는 면도칼을 보조 식탁 위에 내려놓고 휘적휘적 안방으로 들어갔다.

세월이 가도, 공간이 바뀌어도, 변하지 않는 것들이 있다. 어머니의 방도 그 범주에 들어간다. 아버지와 형이 살아 있던 시절의 방배동 집이나, 이후 15년간 살았던 인천의 상가 건물이나, 이사한 지 1년째인 이곳 군도신시 아파트나 안방 풍경은 거의 그대로였다. 가구는 물론 가구가 놓인 위치까지 비슷했다. 그중에서도 가장 오래된 건 어머니가 처녀 시절부터 썼다는 피아노 책상이었다.

나는 그 옆에서 잠시 걸음을 멈췄다. 고개를 돌리고 책상 안쪽에 놓인 성모마리아를 내려다봤다. '자비의 모후상'이라는 별칭이 무색하게, 맨발로 뱀 모가지를 눌러 밟고 서 있는 전투적인 성모상이었다. 그 옆에는 펜꽂이가 달린 작은 탁상시계와 필기구를 모아둔 도자기 필통이, 필통 옆엔 서재에서 골라왔을 책 두 권이 비스듬하게 꽂혀 있었다.

직장을 그만둔 후로도 어머니는 이 낡은 책상 앞에서 많은 시간을 보냈다. 뭔가를 읽거나, 쓰거나, 생각하거나, 기도하거나, 마시면서. 내겐 밥 먹는 일만큼이나 일상적인 모습이었다. 어젯밤도 아마 그랬을 것이다. 볼펜이 책상 모서리에 굴러가 있는 걸로 봐서 뭔가를 쓰던 중이었을지도 모른다. 의자가 틀어져 놓이고, 무릎담요가 떨어져 있는 걸로 봐서 다급하게 방을 나갔을 것이고.

전화를 하러 나갔을까. 내가 돌아오는 기척을 듣고 나갔을까. 정확히 몇 시쯤이었을까. 몇 시였든 나갔다가 돌아오지 않았으리라는 건 분명했다. 어머니는 소파의 쿠션 하나도 틀어져 놓인 꼴을 못 보는 양반이었다. 나갔다가 돌아왔다면 의자나 담요나 볼펜이 저런 식으로 놓여 있을 리 없었다. 책상 앞에 앉았던 적도 없는 것처럼 정리돼 있었겠지.

나는 의자 밑에 떨어진 갈색 무릎담요를 집어 들어 펼쳐봤다. 좀 작은 감이 있었다. 침대 이불은 지나치게 두꺼워 보였다. 장롱 문을 열고 층층이 쌓아둔 침구 중 가장 얇아 보이는 진청색 담요를 꺼내 펼쳤다. 목욕 타월 두께에 무릎담요 서너 배 크기였다. 좀 크겠다, 싶었지만 맞춤한 걸 고를 새가 없었다. 장롱 속까지 손자국으로 도배하고 싶지도 않았다. 할 일을 해치우고 몸부터 씻고 싶었다. 몸이 말끔해지면, 머릿속도 말끔하게 개일까, 싶어서.

부리나케 안방을 나가 보조 식탁 밑에 담요를 펼쳤다. 어머니 쪽으로 돌아서자 기다렸다는 듯 어머니가 눈을 마주쳐왔다.

'날 어쩌려는 거니?'

강바닥 흑석처럼 검고 축축한 눈이 물어왔다. 나는 또 허둥대기 시작했다. 또 도망치고 싶은 충동이 솟구쳤다. 최소한 어머니의 눈이라도 벗어나고 싶었으나 고개를 돌릴 수가 없었다. 몸이 뜻대로 움직이지 않았다. 어머니의 눈은 쉴 새 없이 나를 몰아붙였다.

'너는 날 묻어버리는 일 말고는 아무 생각이 없니? 내가 죽었는데 아무 느낌도 없니? 갓 내린 커피를 엎지른 것과 다르다는 걸 정말 모르겠니?'

알아요, 아다마다요. 너무 잘 알아서 미칠 지경이니까 제발 입 좀 다물어요. 아니면 좀 쓸 만한 말을 하든가. 나를 죽이려 했던 진짜 이유라든가, 이유를 추측할 만한 실마리라든가, 하다못해 실마리에 연결된 실마리라도. 머리를 흔들어 들뛰는 잡념을 내몰았다. 지금부터 해야 할 일과 순서를 정하는 데 생각을 집중하려 안간힘을 썼다. 모든 것을 효율적이고도 기계적으로 해치워버릴 수 있도록. 그러려면 어머니의 눈과 마주쳐서는 안 될 터였다.

나는 어렵사리 눈을 내리고 시야 중심을 어머니의 가슴에 맞췄다. 핏물 웅덩이로 손을 뻗어 발이 미끄러지지 않도록 피 응괴를 걷어냈다. 발 디딜 자리가 만들어지자 어머니의 어깨 옆에 한쪽 무릎을 대고 앉았다. 눈을 치켜뜨고 있다는 것만 빼면, 어머니의 자세는 평소 잠자리에 들 때와 똑같았다. 이 역시 이해되지 않는 일 중 하나였다. 왜 어머니를 이 자리에, 이 자세로 눕혀놨는지. "안녕히 주무세요"라고 말한 이유는 뭔지.

아버지와 형이 죽은 지 얼마 되지 않았던 때로 기억한다. 방배동에 살던 시절이었으니까. 확실하진 않지만 토요일이었을 것이다. 나는 학교에 가지 않았고, 어머니는 성당에 가지 않았다. 온종일 집 안을 발칵 뒤집고 청소를 해대다가 저녁이 되자 술병을 쥐고 형의 방으로 들어갔다. 이후 몇 시간째 나오지 않았다. 닫힌 문틈으로 흐느끼는 울음소리가 가끔 새어 나왔을 뿐. 때때로 알아들을 수 없는 웅얼거림도 들려왔다.

그때 나는 침대에 엎드려 눈을 감고, 가상 풀에서 시합을 벌이고 있었다. 네 살 때부터 수영을 시작해 대한민국 수영의 꿈나무가 된 어떤 놈을 제치고 선두로 나서는 중이었다. 수영을 시작한 지 2년밖에 되지 않았으나 상상이 현실이 되는 데는 몇 달 걸리지 않을 거라 철석같이 믿던 시절이었다. 그러던 어느 순간, 그러니까 어떤 놈보다 먼저 터치패드에 손이 닿던 순간, 건너편 형의 방에서 뭔가가 박살나는 소리가 들려왔다. 동작을 멈추고 귀를 기울였을 땐, 이미 잠잠해진 후였다. 그래도 몸을 일으키지 않을 수 없었다. '뭔가'가 뭔지 알 것 같았기 때문이다.

짐작은 들어맞았다. 어머니가 들고 들어간 술병이 박살나 있었다. 예상치 못한 게 있다면, 피투성이가 된 손목을 틀어쥐고 반듯하게 누운 어머니였다. 방바닥에는 가족 앨범이며 실내화, 머리핀 같은 것들이 널브러지고, 핏자국은 침대 이불과 책상 위까지 찍혀 있었다. 나도 모르게 소리를 질렀다.

"엄마."

어머니는 눈을 한 번 떴다가 이내 감아버렸다. 나는 아래층으로 달려 내려가 119에 전화를 걸었다.

"엄마가 쓰러졌어요."

그들이 도착했을 때 나는 막 채비를 마친 참이었다. 겉옷을 꺼내 입고, 잠깐 망설이다 최근에 산 큐브를 바지 주머니에 담고, 어머니의 핸드백에서 지갑을 꺼낸 후, 벨 소리가 울리면 즉각 문을 열 수 있도록 엉덩이를 반쯤 든 채로 거실 소파 끝에 앉아 있었다. 어머니는 구급차에 실려 근처 병원으로 옮겨졌다. 응급실 간호사가 내게 이런저런 말을 물었을 것이다.

"엄마가 쓰러진 걸 언제 발견했니?"

"아빠는 안 계시니?"

"다른 어른은?"

이모가 있었지만 고개를 저어버렸다. 지금도 그렇지만 그때에도 나는 그 요사스러운 장작개비를 좋아하지 않았다.

"저랑 엄마, 둘만 살아요."

어머니는 새벽녘에야 깨어났다. 그사이 나는 큐브를 30번쯤 맞췄을 것이다. 어머니는 깨어나자마자 퇴원을 시켜달라고 말했다. 간호사의 만류에도 불구하고 기어코 침대에서 일어났다. 맨발에 산발한 몰골로 비틀비틀 응급실을 빠져나가 택시를 잡았다. 뒤따라 탄 내겐 일별조차 주지 않았다. 집에 도착했을 땐, 날이 훤히 밝아 있었다. 어머니는 더러운 맨발 그대로 침대에 쓰러졌다. 머리는 베개 뒤로 꺾이고, 붕대를 감은 손목은 침대 밑으로 툭 떨어졌다. 나는 안방에서 나가려다 어머니 곁으로 되돌아왔다. 간호사의 당부가 기억났다.

'손을 가슴 위로 올리고 있게 해드려야 해.'

손을 가슴 위로 올려주자 어머니가 눈을 떴다. 이불을 덮어주자 코끝이 빨개졌다. 천장을 올려다보는 눈에는 눈물이 차올랐다. 나는 실망스러웠다. 고맙다, 말하리라 기대했는데. 네 덕택에 살았구나, 할 줄 알았는데 눈물이라니. 칭찬받아 마땅한 상황 아니던가. 혹시 그 점을 잊어버렸나, 싶어 슬쩍 생색을 내봤다.

"나는 엄마가 죽은 줄 알고 깜짝 놀랐어요. 이제 그러지 마세요."

어머니는 뭔가를 말하려는 것처럼 입을 움쩍거렸다. 내가 기다리고 서있자 양턱이 툭 튀어나오도록 이를 앙 물어버렸다. 턱 밑에선 새파란 핏대가 참새처럼 파닥거렸다. 나를 한 대 후려치고 싶은 걸 가까스로 참고 있는 표정이었다. 내가 뭘 잘못했는지는 몰라도, 곁에 있을 분위기는 아닌 것 같았다. 머릿속 백군도 '당장 안방에서 꺼지라'고 충고하고 있었다. 나는 뒷걸음질로 문턱까지 물러섰다. 그사이 어머니의 성미를 누그러뜨릴 만한 말을 하나 찾아냈다.

"안녕히 주무세요."

그것이 전략적으로 구사한 첫 "안녕히 주무세요"였다. 이후 일회용 반창고처럼 써먹었다. 어머니를 진정시켜야 할 때, 어머니와의 대화에서 빠져나가고 싶을 때, 들키고 싶지 않은 일이 있을 때마다. 나를 귀찮게 하지 말라는 대사 대용으로, 어머니의 간섭을 미리 차단하는 가림막으로, 그 밖의 오만 가지 도구로. 어쩌면 어젯밤에도 그랬는지 모른다. 내가 볼일 좀 보고 와서 처리해드릴게요, 여기서 기다리세요, 하는 의미로.

나는 어머니의 엉덩이와 어깨 밑으로 손을 밀어넣었다. 핏물에 미끄러지지 않도록 장딴지에 힘을 주며 일어섰다. 일순 등허리가 뒤로 튀어나가는 것처럼 휘청했다. 어머니는 초등학생 체구라는 걸 깜박 잊을 정도로 무거웠다. 게다가 신체 각부가 전혀 제어되지 않았다. 머리는 내 팔 밑으로 홱 꺾이고, 구부러진 팔꿈치는 내 배통을 찌르면서 허벅지 아래로 흘러내리고, 몸통에 붙어 있던 피 응괴들이 새똥처럼 떨어지는 가운데 머리채로 짐작되는 것이 사타구니에 찰싹, 휘감겼다. 담요를 펼쳐둔 쪽으로 한 발짝을 떼자, 발꿈치가 새똥을 밟으면서 쭉 미끄러졌다. 어머니를 담요 위에 패대기치듯 내려놓을 수밖에 없었던 이유다.

쪼그려 앉아 잠시 숨을 골랐다. 다리가 후들거리는 바람에 서서 버티기가 힘이 들었다. 내 무게의 절반에 불과할 몸을 1미터 옆으로 옮기느라 죽을 용을 쓴 대가였다. 하기 싫은 일을 할 때의 나는 개미나 벌보다 못한 존재였다. 어머니에 따르면, 개미는 제 몸의 50배를 들어올리고 벌은 300배나 무거운 걸 운반한다지 않던가. 일주일 전 대청소를 하던 날, 어머니가 냉장고를 가리키며 들려준 말씀이다. 해진이라면 요구를 말하기도 전에 눈치껏 알아서 했을 텐데, 하필 집 안엔 눈치 없는 나밖에 없었다. 못 들은 척, 지나가는 내게 어머니는 한말씀 더 덧붙였다.

"키 184센티에 몸무게 78킬로그램인 남자로 환산하면 9톤짜리 트레일러를 끌어야 정상이야."

꼼짝없이 냉장고를 옆으로 옮기게 만든 눈부신 암산 능력이었다. 이제는 써먹을 수 없게 된 박식함이었다. 낡은 담요에 누워 있는 것 말고는 할 수 있는 일도 없었다. 죽는다는 건 그런 것인 모양이었다.

나는 어머니의 눈꺼풀을 아래로 잡아당겨 감겼다. 구부러진 팔을 주무르듯 꾹꾹 눌러서 폈다. 뒤로 젖혀진 목을 펴자 우두둑, 뼈 꺾이는 소리가 났다. 벌어진 입술을 닫느라 우격다짐으로 턱을 당겨 내리다 하마터면 이를 부러뜨릴 뻔했다. 흰 원피스의 정체를 알아차린 건, 허벅지로 말려 올라간 치맛자락을 내려주었을 때였다.

평상복이 아니라 수면 원피스였다. 지난봄, 어머니의 쉰두 번째 생일에 내가 사다 바친 선물이었다. 칭찬은커녕 '할매 잠옷'을 사왔다고 분노만 샀던 기억이 생생하다. 그간 한 번도 입지 않아서 버린 줄로 알았다. 실은 선물했다는 사실마저 잊어버리고 있었다. 이 옷이 그 옷인 줄 몰랐던 1초 전까지도. 의문이 하나 더 추가됐다. 어머니는 왜 어제 이 옷을 입었을까.

덤으로 알아차린바, 원피스 앞주머니에 무언가 들어 있었다. 겉보기엔 라이터처럼 작고 길쭉한 물건이었다. 꺼내보니 자동차 키였다. 참으로 뜬금없었다. 어머니는 당신의 물건을 아무 데나 두는 성격이 아니었다. 차 키는 책상 서랍에 들어 있어야 마땅했다. 무엇보다 잠옷과 자동차 키는 어울리지 않는 조합이었다. 야밤에 잠옷 차림으로 외출할 계획은 아니었을 것이다. 어머니는 아직도 스키니 진과 생머리를 고수하는 용감한

50대였으나, 잠옷 차림으로 차를 몰고 나갈 만큼 자유분방하지는 않았다. 9시 이후에 집 밖으로 나가는 경우도 좀처럼 없었다. 외출은 고사하고, 그토록 사랑하는 옥상 정원에도 올라오지 않았다. 어머니의 규칙이었다. 내가 마음 놓고 옥상 철문으로 드나들 수 있었던 것도 그 규칙 때문이고.

자동차 키를 보조 식탁에 올려놓았다. 어머니의 몸은 여분의 담요 자락으로 감쌌다. 담요가 벌어지지 않도록 묶어둘 끈이 있었으면 했으나 찾으러 다닐 마음은 생기지 않았다. 바쁘기도 바쁘거니와 집 안 구석구석에 핏자국을 찍고 다니기 싫었다. 기존의 핏자국만으로도 충분히 골치 아팠다.

나는 어머니의 몸 밑으로 두 팔을 밀어넣고 숨을 깊게 몰아쉬었다. 발꿈치로 몸을 버티며 한 방에 일어섰다. 일시에 혈압이 오르고 이마의 핏대가 곤두서는 느낌이었다. 어머니의 몸은 피 웅덩이에서 건질 때보다 더 무거워져 있었다. 어머니를 싼 것이 담요가 아니라 오동나무 관이라도 되는 것 같았다.

바닥에 떨어진 핏덩어리들을 피해 조심조심 계단으로 움직였다. 얼어붙은 호수 위를 걷듯 한 발짝씩 전진했다. 계단 한 칸을 디디고 올라서자 갑자기 세상이 고요해졌다. 두 칸째 올라서자 귀가 멍멍해졌다. 세 칸째부턴 진땀이 나고 눈앞이 어찔어찔해왔다. 발밑에선 찔꺽찔꺽, 소리가 울렸다. 끈끈하고 미끄덩거리는 핏덩어리가 발가락 사이를 뚫고 올라오는 소리였다. 머릿속에선 어머니의 목소리가 끝도 없이 되울리고 있었다.

'유진아.'

흐느낌처럼 나직하게 떨리는 소리였다. 나는 네 번째 계단으로 올라섰다.
'유진아.'
귀를 찔러오는 날카로운 비명이었다. 다섯 번째 계단에 발을 디뎠다.
'유진아……'
어머니의 부름은 중력이 돼서 어깨를 내리눌렀다. 한 칸씩 올라설 때마다 발이 계단 밑으로 푹푹 빠지는 것 같았다. 발을 끌어올리면 계단까지 따라 올라오는 기분이었다. 그런 이유로 계단참에 올라선 후 잠깐 걸음을 멈췄다. 한 박자 쉬어가고자 벽에 등을 기댔다. 순간, 벽을 뒤덮은 핏물에 어깨가 쭉 미끄러졌다. 헉, 소리가 튀어나오고, 어머니의 목소리가 사라졌다. 어머니의 무게마저 사라졌다.

정신을 차렸을 때, 나는 핏물 웅덩이 속에 눈썰매 타는 자세로 주저앉아 있었다. 내 가랑이 사이에는 어머니가 드러누워 있고, 담요 자락은 멋대로 풀어헤쳐진 상태였다. 낭패감으로 정신이 아득해왔다. 몸을 일으키고, 어머니 몸에 담요를 감싸고, 이 미끄러운 웅덩이에서 건져올린 다음, 남은 계단을 올라가야 한다는 사실이 죽는 일만큼이나 고달파 보였다. 네 번째로 나자빠지고 싶은 충동이 솟구쳤다. 기억 속에서 고함이 울리지 않았다면 정말로 그랬을지도 모른다. 기차다. 기차가 온다.

나는 몸을 일으켰다. 담요로 어머니를 대충 감싼 후, 가랑이 사이에서 불끈 건져올렸다. 다가오는 기차를 상상하며 남은 계단을 올라가 옥상 출입문 앞에 다다랐다. 손가락 끝으로 손잡이를 누르고, 발로 문을 걷어차면서 옥상으로 튀어나갔다. 12월의 날 선 바닷바람이 정면에서 우리를 맞았다. 부연 안개 뒤편에선 갈매기가 꾸역꾸역 울고 있었다. 바람에 밀린 벤치그네는 끼익끼익 소리를 질렀다. 방배동에서부터 끌고 다닌 오래된 그네였다. 어머니가 옥상 정원을 손보다가 시도 때도 없이 와서 쉬는 곳이었다. 차를 마시는 척하면서 내 방을 염탐하는 자리기도 했다.

나는 바닥에 깔린 디딤돌 여덟 개를 딛고 퍼걸러로 들어섰다. 벤치그네에 어머니를 반듯하게 눕혔다. 흔들리던 그네 줄이 어머니의 무게를 받고 움직임을 멈췄다. 끼익끼익 소리도 멈췄다.

그네 옆엔 등받이 없는 벤치 두 개, 야외용 식탁, 긴 다리가 달린 바비큐 그릴이 놓여 있었다. 나는 식탁 앞으로 가서 섰다. 튼튼한 원목으로 짠 이 상자형 식탁은 어머니가 직접 고안해 맞춘 '작품'이었다. 8인용 식탁 크기의 상판을 옆으로 밀면, 내 키만큼이나 길고 내 어깨보다 넓은 공간이 나타난다. 어머니가 옥상에서 쓰는 잡다한 물건들을 간수해두는 장소였다. 푸른 방수포, 투명한 비닐, 비료 포대, 호미, 전지가위, 꽃삽, 톱, 빈 화분과 작은 옹기, 둥글게 말아 감은 고무호스…….

물건들을 꺼내 바닥에 내려놓았다. 비워진 자리에는 비닐 한 장을 깔았다. 묏자리가 만들어진 셈이었다. 나는 어머니를 들어올려 거기에 눕혔다. 눕히고 보니 갑자기 막막한 심정이 됐다. 어린 시절, 아버지와 형의 장례식을 치러보긴 했지만 기억이 전혀 남아 있지 않았다. 어머니가 전한 바에 따르면, 나는 발인하던 날까지 깊은 잠에 빠져 있었다. 설령 기억이 있다 한들 뭘 할 수 있겠는가. 뭔가를 한다 해서 어머니가 좋아할 것 같지도 않았다. 병 주고 약 주느냐고 성이나 내겠지.

어머니의 몸 위로 방수포를 끌어올려 덮었다. 그 위로 꺼내놨던 물건들을 다시 쟁이기 시작했다. 발치엔 옹기와 화분 들을, 머리 쪽엔 투명 비닐과 비료 포대, 고무호스 등을 둘러 방수포 끝을 고정시켰다. 마지막으로 톱을 집어 들었을 때, 귓가에서 망령의 목소리가 되살아났다.

'그때 끝냈어야 했어.'

땀이 삽시에 말랐다. 얼굴이 사우나 열판처럼 달아올랐다. 턱 부근이 얼얼해지고, 어금니 밑에선 시디신 침이 돌았다.

'그때, 죽었어야 했어. 너도 죽고, 나도 죽고.'

그때가 언제란 말인가. 그때 내가 뭘 어쨌단 말인가. 어쨌기에 죽어 마땅했단 말인가. 나는 몰랐다. 당신이 낳은 아들이 죽고 싶을 만큼 당신 마음에 안 들었을 줄은. 죽이고 싶을 만큼 마음에 안 드는 놈을 지금껏 사랑하는 것처럼 길러왔을 줄은. 혈압이 수직으로 솟구치는 것 같았다. 머리털까지 성나 일어서는 기분이었다. 내리치듯 톱을 던져넣고 테이블 상판을 사납게 밀어 닫았다. 뒤도 돌아보지 않고 퍼걸러를 빠져나갔다. 정말로 죽은 어머니를 끌어내 마구 흔들어댈까 봐, 그러느라 기차의 도착을 잊어버릴까 봐.

옥상 출입문을 쾅 소리 나게 닫았다. 고요가 먹구름처럼 밀려들었다. 나를 부르던 어머니의 목소리도 딱 그쳤다. 계단을 내려가며 나는 머릿속 두꺼비씹을 내렸다. 지금부터 할 일만 생각했다. 가장 먼저 염두에 둔 일은 창문 열기였으나 순서를 바꿨다. 창문을 열면 서해의 겨울바람이 폭풍처럼 몰아쳐 들어올 터였다. 냄새는 빠르게 빠져나갈 테지만 집 안은 난장판이 되겠지. 냄새와 함께 집 안의 작고 가벼운 물건들까지 핏물이 고인 바닥으로 쓰러지거나, 날아와 떨어지거나, 쓸고 돌아다닐 게 빤했다. 온 집 안은 그것들이 찍고 다닐 새로운 핏자국으로 도배될 것이고. 할 일이 몇 배로 늘어나는 셈이었다.

나는 핏자국 지우기를 우선순위 1번에 올려놨다. 일단 피범벅이 된 스웨터와 바지를 벗었다. 알몸으로 주방에 들어가 빨간 고무장갑을 찾아 끼었다. 싱크대 서랍에서 쓰레기봉지와 마른 행주들을 꺼내고, 부엌 뒤 베란다에서 락스 한 통과 크고 작은 양동이 두 개를 찾아오고, 앞 베란다

창고에선 플라스틱 빗자루와 쓰레받기와 밀걸레와 스팀 청소기를 끌고 와 보조 식탁 앞에 모아두었다. 다음 일들은, 동선을 어림해가면서 청소 전문 요원처럼 전투적으로 해치웠다.

어머니가 누워 있던 피 웅덩이는 빗자루로 쓸고 쓰레받기로 양동이에 퍼 담아 안방 욕실 변기에, 계단참의 웅덩이는 내 방 욕실 변기에 버렸다. 피 웅덩이가 얼추 치워지자 밀걸레질을 하기 시작했다. 대리석이 깔린 2층 복도와 거실 바닥은 작업이 수월하게 끝났다. 문제는 갈색 목재로 된 계단이었다. 나무 틈새마다 끼어들어간 핏자국을 완전히 지울 수가 없었다. 기술상으로도, 시간상으로도 무리였다. 옥상 수도꼭지에 긴 호스를 연결해서 물을 뿌리고 개운하게 씻어낸다면 또 모를까. 나는 개운하게 계단을 포기해버렸다. 대신 독수리 시력인 해진의 눈에 띄지 않기를 바라기로 했다.

바닥 청소가 끝나자 실내화를 가져다 신었다. 피 묻은 내 발이 청소한 자리에 새로운 핏자국을 찍지 않도록. 다음으로 벽과 계단 난간 등에 찍힌 핏자국 제거에 들어갔다. 양동이에 물과 락스를 섞고 행주를 적셔서 2층부터 닦기 시작했다. 내 방 문손잡이, 기관총으로 피를 발사한 듯한 계단참 벽과 계단 난간의 핏자국, 안방 문손잡이 등에 찍힌 손자국들을 꼼꼼하게 지웠다. 최종 작업은 스팀청소기가 맡았다.

10시 30분. 청소기를 벽에 세워두고 주변 정리를 시작했다. 밀걸레 패드, 행주, 실내화, 고무장갑 등을 쓰레기봉지에 담고, 벗어던진 옷가지와 양말, 빗자루와 쓰레받기, 밀대는 양동이에 쓸어넣어 모조리 내 방으로 가져다두었다. 보조 식탁에 던져둔 면도칼과 자동차 키 역시 내 방 책상으로 갔다. 젖은 운동화들은 신발장 안으로 들여놓았다. 마지막으로 베란다 유리문들을 모조리 열었다. 맞바람이 통하도록 뒤쪽 베란다 문과 주방 창문까지 모조리. 대기하고 있었던 것처럼, 겨울바람이 새파란 날을 세우고 거실로 진격해 들어왔다. 현관문 밖에선 영혼 없는 여자의 목소리가 들려왔다.

"문이 열립니다."

엘리베이터가 승객의 목적지에 당도했다는 알림이었다. 승객의 정체는 내 성별이 XY라는 사실만큼이나 자명했다. 25층에서 내릴 사람은 해진뿐이었다. 앞집은 아직 입주 전이고, 잡상인은 아파트 출입문을 통과하기 힘들 테니까. 나는 괘종시계를 돌아봤다. 10시 55분.

현관문에서 도어 록 버튼을 누르는 소리가 나기 시작했다. 해진이 현관문을 열고 전실을 통과해서 중문에 다다르는 데는 5초도 걸리지 않을 것이다. 나는 시선을 돌려 빠르게 집 안을 훑었다. 문들은 죄다 열려 있고, 2층 내 방과 안방은 아직 청소를 하지 않았으며, 옥상에는 어머니를 옮길 때 생긴 핏자국들이 남아 있을 터였다. 설상가상으로 내 몰골은 알몸이 '피투성이 남자'였다. 이 산적한 문제들을 처리하고, 멀쩡한 얼굴로 해진을 맞기에는 5초가 너무 짧았다.

나는 벽에 세워둔 스팀청소기를 끌고 안방으로 튀었다. 문을 소리 죽여 닫았다. 동시에 현관 중문을 미는 드르륵, 소리가 들려왔다. 거실로 들어오는 발소리가 이어졌다. 이윽고 조용해졌다. 아마도 주방 보조 식탁 앞에서 걸음을 멈췄을 것이다. 황당해하며 집 안을 둘러볼 것이고. 그 표정이 눈에 보이는 것처럼 선했다. 영종도까지 휴대전화를 가지러 갔다가 허탕을 쳤고, 헛짓거리를 시킨 사람은 보이지 않는 데다, 떼강도라도 들이닥친 것처럼 창문들은 죄다 열려 있으며, 집 안에는 락스 냄새가 진동하고 있으니. 어쩌면 락스 냄새로 다 덮지 못한 피비린내까지 떠돌고 있을지도 몰랐다. 뒷북에 가까운 후회가 고개를 들었다. 환기를 우선순

위 1번에다 뒀어야 했는데.
 현관 쪽에서 해진의 조심스러운 목소리가 들려왔다.
"유진아."

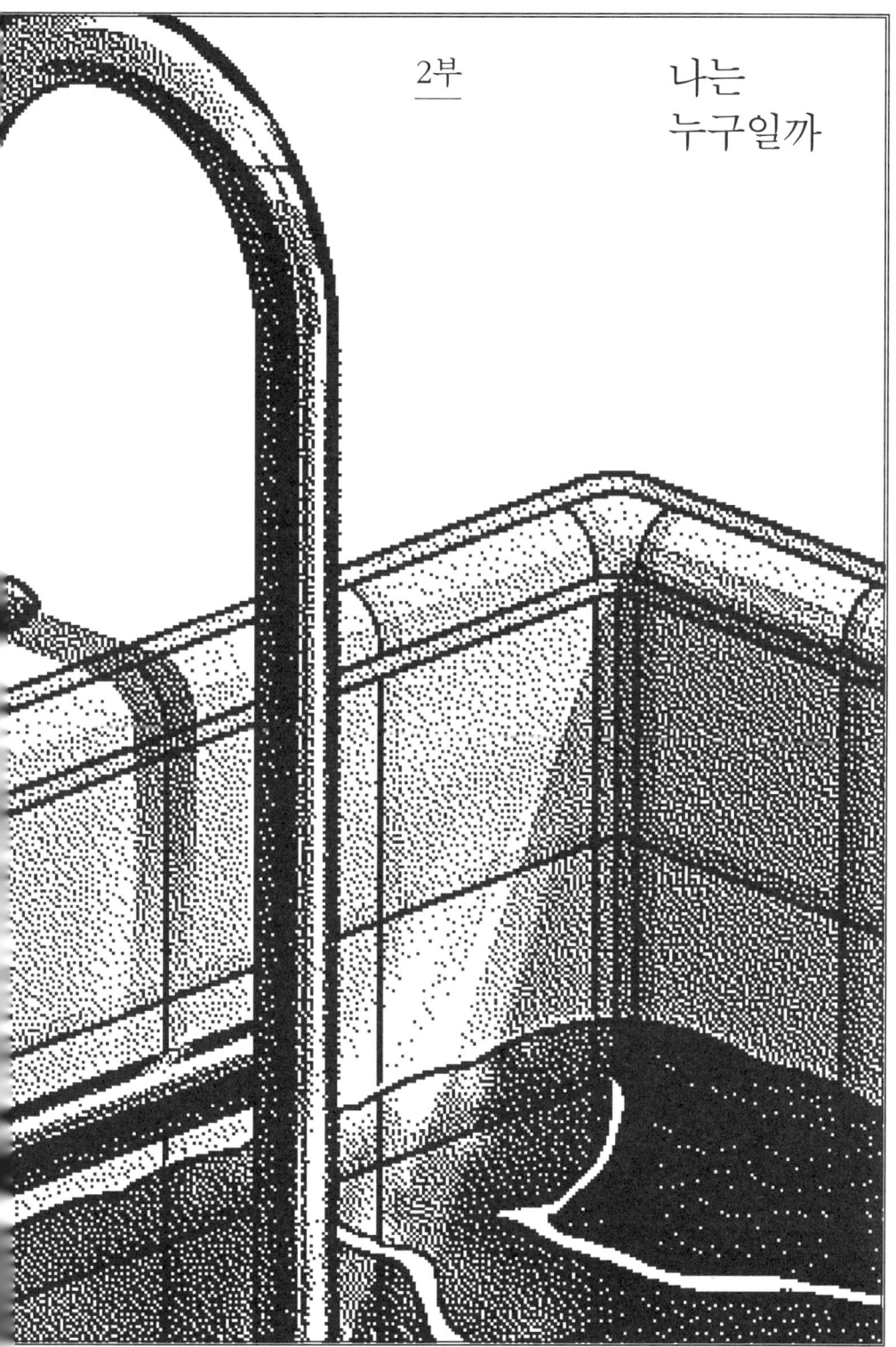

2부   나는 누구일까

"해진이니?"

10년 전 2월 어느 새벽이었다. 어머니와 나는 달리는 차 안에서 해진의 전화를 받았다. 늘 그렇듯, 어머니의 차를 타고 훈련을 나가던 길이었다.

"네, 어머니."

어머니는 나도 들을 수 있게 스피커 버튼을 눌렀다. 나는 조수석에 앉아 울음과 떨림이 뒤섞인 녀석의 목소리를 들었다.

"저예요."

평소와 사뭇 다른 목소리는 해진에게 무슨 일인가 일어났다는 걸 직감케 했다. 어머니는 한발 나아가 무슨 일인지 알아차린 것 같았다. "왜 그러니"가 아니라 "지금 어디니"라고 물은 걸로 미루어.

"용현병원 응급센터요. 할아버지가…… 금방 돌아가셨어요."

담당 의사가 사후 처리를 해줄 '어른 보호자'를 찾는데 떠오르는 어른이 어머니밖에 없었다고 했다. 어머니는 뭐라 대답하려다 말고 휴대전화를 곁눈질로 내려다봤다. 잠시 후, 다시 입을 여나 싶더니 두어 번 빼끔

거리다 도로 닫아버렸다. 할 말이 없어서라기보다는 할 말을 찾지 못하는 느낌이었다. 어머니가 그런 식으로 말을 고르는 건 좀체 없는 일이었다. 해야 할 말과 하지 않을 말을 입 열기 전에 모두 정해놓는 사람이었다. 지켜보는 나로서는 답답하기 이를 데 없었다. 왜 빨리 답을 주지 않는지. 지금 간다고 하면 될 것을.

얼른 가요.

입속말로 어머니를 재촉했다. 훈련 빠져도 괜찮겠니, 라고 묻듯, 어머니는 흘끔 나를 봤다. 고개를 끄덕이자 비상깜빡이를 켜더니 차선 두 개를 가로질러서 맹렬한 기세로 U턴한 다음 해진에게 대답했다.

"5분 안에 도착할 거야."

해진의 할아버지는 흰 시트로 덮인 채 이동침대에 누워 있었다. 해진은 침대 밑에 주저앉아 제 발끝을 내려다보고 있었다. 혼이 나간 얼굴이었고, 몸을 놔버린 자세였다. 우리가 코앞으로 다가서도 기척조차 알아차리지 못했다. 어머니가 "해진아" 불렀을 때에야 어깨를 흠칫 굳히고 눈을 들었다. 초점이 마구 흔들리는 눈이었다. 저래서야 우리가 보이기나 할까, 걱정스러웠다. 녀석이 몸을 일으키고 어머니에게 건넨 인사는 "오셨어요"가 아니었다.

"죄송해요."

어머니는 말없이 팔을 벌려 해진을 끌어안았다. 가만가만 손을 움직여 녀석의 등을 쓸어주었다. 나는 한 발짝 떨어진 곳에 서서 멍하니 바라보았다. 어머니가 미간에 깊은 주름을 잡고 이마를 찡그리는 것을, 코와 뺨이 동시에 빨개지는 것을, 칼날이라도 삼키는 양 어렵사리 침을 넘기는 것을. 3차방정식 같은 표정이었다. 복잡하고도 낯선 얼굴이었다. 해진처럼 슬픈 것인지, 해진의 슬픔 때문에 마음이 아픈 것인지, 해진의 마음을 이해한다는 것인지, 내가 알아서 할 테니 이제 걱정 말라는 것인지, 전부 다인지, 모두 아닌지.

해진은 어머니를 보지 않고도, 다독이는 손의 의미를 알아차린 것 같았다. 꾹 다물고 있던 입술 사이로 숨소리 같기도 하고 흐느낌 같기도 한 소리가 새어 나왔다. 그 소리는 머뭇머뭇 팔을 들어 어머니를 마주 안으면서 오열로 바뀌기 시작했다. 녀석은 두어 뼘이나 작은 어머니의 어깨에 얼굴을 내려놓고 왈칵, 왈칵 떨리는 울음을 토해냈다.

참으로 이상한 일이었다. 해진이 얼마나 슬퍼하는지 충분히 느껴지는데, 그로 인해 귀가 다 먹먹한데, 가슴에선 아무런 소리도 들리지 않았다. 해진의 울음에 어머니도 울고, '어른 보호자'를 만나러 온 간호사도 눈을 붉히는데, 나 홀로 멍하니 서 있었다. 그로 인해 해진에게 위로 한마디 건네지 못했다.

"넌 어떠니?"

노인의 삼우제를 지르던 닐 이머니가 입양 얘기를 꺼냈다. 해진은 일가붙이 하나 없는 고아가 되었고, 보육원에는 가고 싶어 하지 않으며, 나와 해진이 서로 좋아하는 데다, 때마침 우리 집엔 방이 하나 비어 있다고. 내가 아는 한, 어머니의 '넌 어떠니'는 내 의견을 묻는 말이 아니었다. '이의 없지'와 같은 말이었다. 나는 이의가 있어도 없어야 하는 사람이었다. 다만 이번에는 정말로 이의가 없었다. 어머니 말대로 해진은 내 유일한 친구였고, 세상에서 가장 좋아하는 놈이었으며, 어머니에겐 사내 녀석 둘을 거둘 수 있는 경제적 여력이 있었으니까. 이틀 후, 새벽 훈련을 가는 길에 어머니는 내게 통보했다.

"오늘 해진이 집에 올 거야."

당시 우리는 인천 용현동에 있는 5층짜리 상가 건물에서 살았다. 건

물주는 어머니였고, 5층 전체가 살림집이었다. 그중 문간방을 죽은 유민 형이 차지하고 있었다. 어머니는 방배동 집에서 형이 쓰던 가구와 책, 커튼까지 고스란히 떼어다 옮겨놓았다. 나는 집을 나가고 들어올 때마다 그 앞을 지나가야 했다. 그 바람에 방 주인이 형이라는 생각이 의식 깊이 박혀 있었다.

어쩌면 그래서 충격을 받았는지도 모르겠다. 저녁나절, 훈련을 끝내고 돌아와보니 문간방에서 형의 자취가 사라져버렸다. 대신 해진의 것으로 짐작되는 낯선 물건들이 들어와 있었다. 채광창을 반쯤 가린 이중 커튼, 널찍하고 긴 원목 책상과 책장과 붙박이장, 새하얀 커버를 입힌 침대, 홈시어터, 영화 〈시티 오브 갓〉의 포스터가 걸린 벽.

나는 '최고의 액션 스릴러!'라 쓰인 포스터 문구를 경이로운 심정으로 바라보았다. 열여섯 살짜리 사내 녀석이 실내 인테리어에 대해 뭘 알았겠는가마는, 급조한 공간이 아니라는 느낌만은 분명했다. 꿈꾸고 구상해온 풍경을 마음껏 재현한 느낌이었다. 방의 색채도, 가구도, 배열과 배치도 이전과 달랐지만 분위기는 낯설지 않았다. 영화 포스터만 빼면 완벽한 어머니의 취향이었다. 형이 살아 있었다면 만들어줬을 법한 방이었다.

참으로 궁금했다. 어머니가 이런 풍경을 그리기 시작한 게 언제부터였을까. 해진을 처음 만났을 때? 나다에 간 날? 설마, 일주일 전 병원 응급센터에서? 과거에도 몰랐고, 앞으로 모를 게 어머니 속내였지만 그날처럼 혼란스러웠던 적은 없었다. 어머니가 그토록 빨리 선수 교체를 해버릴 줄은 몰랐다. 입양 이야기를 꺼낸 지 단 이틀 만에 모든 게 준비될 줄도 몰랐다. 어머니의 영원한 에이스일 줄 알았던 유민 형의 자리는 고스란히 해진에게 넘어간 걸로 보였다. 심지어 해진은 제 성조차 바꿀 필요가 없었다. 어머니와 같은 김해 김씨의 후손이었으므로, 제 이름 그대로 어머니의 맏아들이 되었다. 뒤늦게 알아차린바, 우리 셋 중 나만 성씨가 달랐다.

"유진아."

현관 쪽에서 엄마의 목소리가 들려왔다. 그제야 나는 어리둥절한 당혹감에서 벗어났다. 어머니가 해진을 데리고 돌아왔다는 것도 알아차렸다.

"유진아."

두 번째 부름이 들려왔다. 이번엔 해진이었다. 소리의 방향으로 미루어 해진은 어머니와 같은 자리에 서서 움직이지 않고 있었다. 내가 응답을 해야 집 안으로 들어올 수 있다고 말하는 것처럼. 나는 방문을 열고 밖으로 나갔다. 예상했던 대로 녀석은 현관문 앞에 서 있었다. 신발도 벗지 않고, 가방과 트렁크 하나를 제 옆에 세워둔 채.

"나 왔어."

해진이 말했다. 말두기 어색하기 짝이 없었다. 내밀한 고백이라도 한 후처럼, 빰은 발그레했다. 왔다는 말이 그토록 수줍은 말일 수도 있다는 걸 나는 처음으로 알았다. 어머니는 녀석 뒤에 서서 내 움직임을 지켜보는 중이었다. 눈매는 조금 경직돼 있었다. 주인도 없는 방에 왜 들어갔니, 라고 묻는 것처럼. 그렇다고 해야 할 말을 하지 않을 수는 없었다. 나는 해진과 마주 섰다.

"그래도 형이라고는 못 불러."

어머니 마음이 어떠하든, 내가 형이라 부를 사람은 유민 형 하나뿐이었다. 해진은 선선하게 받아들였다. 여전히 어색한 표정으로 고개를 끄덕이며 거실로 발을 들여놓았다. 그리하여 우리 세 사람은 한 가족이 되었다. 거실에 걸린 가족사진은 그날 '가족의 탄생'을 기념해 동네 사진관에서 찍은 것이다.

"아드님들 혹시 쌍둥이예요? 키나 체격이나 얼굴이나 거의 복사판이네요."

사진을 찍던 남자의 말이 아직도 귀에 생생하다. 지난 10년, 우리는 진짜 쌍둥이처럼 살았다. 세상의 평범한 형제들이 그러하듯 가장 가까이에서 서로 무해하게, 사소한 갈등이야 있었지만 대체로 평화롭게. 바로 어제까지도 그랬다.

과연 지금도 그럴 수 있을까. 옥상에는 살해당한 어머니가 누워 있고, 살인자인 나는 피투성이 몰골로 안방에 숨어 있고, 해진이 피비린내 자욱한 집 안으로 들어선 이 순간에도? 나는 10년 전 고아가 된 해진을 끌어안으며 보여준 어머니의 3차방정식을 떠올렸다. 지금 내 목 밑에 억눌린 서늘한 것의 정체가 무엇인지, 비로소 알 것도 같았다. 외로움일 것이다. 그때의 해진과 다른 게 있다면, '너의 외로움을 안다'고 말해줄 어머니가 죽었다는 것이고.

"해진아."

나는 녀석을 불렀다. 해진은 거실을 가로질러 2층 계단으로 올라가고 있었다. 타다닥, 발부리로 뛰어오르는 소리가 총소리처럼 귀를 찔렀다.

"나 안방에 있어."

소리가 작았을까. 해진의 발소리는 계속 계단 위로 올라가고 있었다.

"해진아."

이번엔 고함을 질렀다. 거의 '불이야'를 외치는 수준이었다. 이만하면 내가 어디 있는지 온 동네에 소문이 나겠다, 싶을 만큼 쩌렁쩌렁한 소리로 덧붙였다.

"안방이라고."

해진의 발소리가 딱 멈췄다. 이어 혼잣말 같은 목소리가 들려왔다.

"뭐? 어디?"

뭔가에 눈이 팔렸을 때 나오는 성의 없는 대꾸였다. 팔린 눈을 되돌리고자 나는 목청을 더 높였다.

"안방이라니까."

"어머니는? 거기 계셔?"

낭패감이 몰려왔다. 잊고 있던 숙제를 제출 직전에야 기억해낸 기분이었다. 내겐 어머니의 부재에 대한 설명이 준비돼 있지 않았다. 준비해야 한다는 사실 자체를 간과해버렸다. 집에 오면 어머니부터 찾는 게 해진의 습관인 줄 알고 있었으면서도.

"나 혼자 있어."

대답이 없었다. 움직이는 기척도 없었다. 발바닥이 근질근질해왔다. 할 수만 있다면, 곧장 뛰어올라가서 멱살이라도 틀어잡아 내려오고 싶었다.

"얼른 내려와."

내 방에 들어가거나 옥상을 내다볼까 봐 조급했던 것은 아니다. 내가 안방에 있다는 걸 안 이상, 그런 일은 일어나지 않을 것이다. 해진은 타인의 영역을 허락 없이 침범하지 않는다. 몸이든, 눈이든, 말이든, 상대의 용인 범위 안에서만 움직였다. 물에 빠져 허우적대는 여자를 봐도 손을 잡아 구해줘도 좋겠느냐고, 허락을 구할 놈이었다. 타고난 맥주병에 물공포증 환자라는 점에서 그런 일이 일어날 리도 없지만.

신경이 쓰이는 건 해진이 서 있는 공간이었다. 옥상 출입문은 닫혀 있고, 계단 양쪽은 벽으로 막혀 있고, 계단이 꺾이는 계단참엔 창문이 없었다. 바람 통할 구멍 하나 없는 통로에 서 있는 셈이었다. 피비린내와 락스 냄새가 뒤섞인 통로의 공기는 화생방 훈련 수준으로 독할 터였다. 거기 서서 뭉그적거린다는 것은, '이게 뭐지?' 하고 있다는 의미였다. 녀석이 독수리눈과 예술가적 상상력을 총동원해 답을 찾고 있을 터였다. 그전에 계단에서 끌어내려야 했다. 나는 도움을 청하는 것처럼 다급하고도 숨찬 소리를 질렀다.

"나 청소해. 빨리 내려와."

마침내 움직이는 기척이 났다. 처음엔 한 발짝 두 발짝, 이어 여러 칸씩 빠르게. 발소리가 안방 문 앞에 도착했을 때, 나는 방문이 잠겨 있지 않다는 걸 깨달았다. 아이고……. 뒷목을 잡는 심정으로 손잡이 잠금장치를 눌렀다. 거의 동시에 해진도 손잡이를 잡아 밑으로 돌렸다. 아마도 내 쪽이 0.1초가량 빨랐던 것 같다. 문이 딸깍, 소리를 내며 잠겼다.

"야, 뭐하는 짓이야. 문을 왜 잠가?"

해진의 목청이 두어 단계 위로 수직 상승했다. 반대로 내 목소리는 다섯 단계쯤 강하했다.

"금방 나갈게. 잠깐 네 일 보고 있어."

"뭐냐, 새끼……."

목소리에서 녀석의 표정이 읽혔다. 어이없고 황당한 나머지 유순해 뵈는 황소 눈을 까막까막 하고 있으리라.

"빨리 오라고 숨넘어갈 땐 언제고 밖에서 대기하래."

"샤워하려고 막 옷 벗었어."

"그게 뭔 상관인데?"

상관이야 없었다. 우리가 상대의 알몸을 본 건 백 번도 넘을 테니까. 나는 대답하지 않았다. 할 말이 없을 땐 침묵하는 게 최선이었다.

"샤워는 또 왜 거기서 해?"

"내 방 샤워기가 고장 났어."

녀석은 "아아……" 하더니, 다음 질문으로 넘어갔다.

"근데 어머니 어디 계셔?"

"성당 사람들이랑 피정 가셨어."

말하고 보니 정말 그랬으면 얼마나 좋았을까, 싶었다. 그랬다면 이 야단법석 떨 것 없이 같은 답을 들려줬을 텐데. 해진의 반응에 신경 쓸 필요도 없고.

"느닷없이 뭔 피정이래. 아까 전화했을 땐 그런 말 없었잖아."

해진이 입속말을 하듯 중얼거렸다. 갑자기 넌더리가 났다. 말 하나하나에 신경을 곤두세워야 하는 상황이 성가셨다.

"1층 내려와서야 알았어. 냉장고에 쪽지가 붙어 있어서."

녀석이 뭐라 대꾸하기 전에 서둘러 덧붙였다.

"기도하러 가셨대."

해진은 "아아……" 했다. 무슨 일인지 알겠다는 어조였는데, 뭘 알겠다는 건지 나로서는 당최 알 수가 없었다.

"근데 집 안 문은 왜 죄다 열어놨냐?"

"대청소했어. 엄마가 반짝반짝하게 해놓으라고 메모를 남겨서."

해진은 "미치겠네……" 하더니, 방문을 쾅쾅, 소리 나게 두 번 두들겼다.

"야, 문이나 좀 열어봐. 문짝에다 대고 얘기하려니까 속 터져 죽겠다."

나는 모서리 장식장 서랍을 떠올렸다. 집 안의 문 열쇠는 모조리 모아서 거기 넣어두었다는 걸 해진도 잘 알고 있었다. 굳이 내가 열어주지 않아도 마음만 먹으면 마음껏 열 수 있는 셈이었다. 나로서는 마음먹지 않기를 바랄밖에는 다른 도리가 없었다.

"씻고 나가서 얘기하면 되지. 좀 기다려."

나도 모르게 말투에 짜증이 배어 나왔다. 그걸 무마하느라 잽싸게 덧붙였다.

"창문은 닫지 마. 락스 냄새 빠지게."

"그러게 왜 락스로 청소를 해, 인마. 세탁실에 청소 세제가 종류별로 다 있는데. 하여간⋯⋯. 언제 청소를 해봤어야 알지."

나는 송곳니로 입술 안쪽 점막을 잘근잘근 씹었다. 제발 1절만 하고 가라.

"근데 너, 꼬실이네 집에서 휴대전화 잃어버린 거 맞아? 거기 없던데."

2절이 나왔다.

"혹시 다른 데 놔둔 거 아냐? 집에 들어오다 용이네 호떡집에 들렀다든가."

마지못해 "아 그거⋯⋯" 했다.

"내 방에서 찾았어."

잠시 침묵이 흘렀다. 녀석이 입안에 대기시켜놓은 '한말씀'이 귀에 들리는 것 같았다. 너 지금 형아한테 한 귀퉁이 쥐어터져야 하는 거 맞지?

"침대 틈새에 떨어져 있는 걸, 좀 전에야 봤어."

마침내 해진은 성을 냈다.

"장난하냐. 찾았으면 찾았다고 전화라도 해줘야 할 거 아냐."

대답하지 않는 게 좋은 경우였으므로 대답하지 않았다. 사과보다는 열 받게 하는 쪽이 편의성 면에서 나았다. 정말로 화가 났을 때, 해진은 싸우거나 따져서 문제를 해결하는 쪽이 아니었다. 상대를 용서할 마음이 들 때까지 말을 걸지 않는 쪽이었다. 지금 내게 필요한 게 바로 '말 걸지 않는 해진'이었다. 나중이야 어찌 되든, 당장은 대면을 피하고 싶었다. 가능하다면 해야 할 일을 모두 끝낼 때까지.

나는 문에 귀를 바짝 붙이고 서서 해진이 움직이기를 기다렸다. 고맙게도 그리 오래 기다리지는 않았다. '잠시'가 두어 번쯤 지나갈 무렵, 문 앞에서 멀어지는 해진의 발소리가 들렸다. 이어 유리문과 창문 들이 차례차례 닫히는 소리가 났다. 문 닫지 말라는 당부를 그새에 잊어버린 모양이었다. 아니면, 화가 났다는 걸 알리는 압박용 행사든가.

얼마 후 방문이 열리고 닫히는 소리가 났다. 드디어 제 방으로 들어간 것 같았다. 평소 습관대로라면, 가방을 책상에 올려두고 의자 등받이에 걸쳐둔 허드레옷으로 갈아입은 다음 다시 거실로 나올 것이다. 길어봐야 1분이겠지만 안방에서 나가 2층으로 올라가기에는 충분한 시간이었다. 안방 문에서 계단까지 두 발짝 뛰는 데 1초, 계단 열여섯 칸을 뛰어오르는 데 10초, 복도를 지나 내 방으로 들어가는 데 5초.

안방 문을 열고 밖으로 한 발 내디뎠다. 내 방을 치우고 몸을 씻는 데는 30분이면 차고 넘칠 것이다. 안방은 문을 잠가놓았다가 틈을 봐서 치우면 될 것이고. 사소한 문제가 하나 있었다면, 해진이 옷을 갈아입지 않고 나올 경우를 예상하지 못했다는 것이다. 나머지 발을 문밖으로 내밀자마자 문간방 문이 벌컥 열렸다. 나는 즉시 안방으로 퇴각하지 않을 수 없었다.

곧 주방으로 가는 발소리가 들렸다. 이어 그릇인지 컵인지를 달그락거리는 소리가 났다. 커피를 내리나 싶었다. 라면을 하나쯤 더 끓여 먹을 수도 있겠고. 어느 쪽이든 해진이 방으로 들어갈 가망은 없어 보였다. 그렇다면 내 쪽에서 순서를 바꿔야 했다.

소리 나지 않게 문을 잠그고 스팀청소기에서 밑창 패드를 빼냈다. 문 앞에서 드레스 룸 안에 있는 욕실까지, 한 발짝씩 전진하며 내 발자국과 손자국 들을 패드로 지웠다. 그사이 바깥은 불안할 지경으로 고요했다. 드레스 룸 문과 욕실 문을 모두 열어놨는데도 소리나 기척이 전혀 감지

되지 않았다. 어쩌면 안방 문과 거리가 멀어진 탓일지도 몰랐다. 아니면 해진의 움직임이 없든가.

나는 후자라고 생각하기로 했다. 커피를 마시거나, 라면 물이 끓기를 기다리는 거겠지. 샤워기를 틀어 바닥에 흘린 핏자국들을 지운 뒤 샤워 부스로 들어갔다. 머리를 감는 데 샴푸 반통을 다 썼다. 몸에 비누칠만 네댓 번, 손톱 밑에 끼어든 핏물은 어머니의 칫솔로 박박 문질러 닦아야 했다. 틈틈이 샤워기의 절수 버튼을 눌러 물을 막고 해진의 동정을 확인했다. 여전히 바깥 소리는 들려오지 않았다. 조릿조릿했던 나머지 귀를 뜯어다 안방 문짝에 붙여두고 싶기까지 했다.

어머니의 선물을 확인한 건 샤워를 끝낸 후였다. 안방 벽거울 앞에서 왼팔을 들어올리자 구멍이 뻥 뚫린 것처럼 시커먼 상처가 드러났다. 팔뚝에서 겨드랑이를 거쳐 젖꼭지까지 거무죽죽한 멍으로 뒤덮이고 그 안에 점처럼 작고 검은 잇자국들이 반원형으로 찍혀 있었다. 지금껏 자각하지 못하던 통증이 갑작스레 덮쳐왔다. 지난밤의 악몽이 순간적으로 되살아났다. 나는 몸서리치며 팔을 내렸다.

젖은 수건을 어깨에 걸치고 피아노 책상으로 갔다. 탁상시계가 11시 40분을 가리키고 있었다. 해진이 들어온 후로 45분이 지난 셈이었다. 라면 하나를 더 끓여 먹고, 국물에 밥 한 공기 말아 다 먹고, 노련한 솜씨로 설거지를 해치운 후, 커피 한 잔 마시고도 남는 시간이었다. 바깥에선 여전히 아무런 소리도 들려오지 않았다. 안방 문으로 가서 귀를 갖다대자 비로소 사람 소리 같은 게 들려왔다. 온전히 이어지는 말이 아니라 스타카토로 툭툭 끊기는 소리였다. 추측건대, 해진이 리모컨을 쥐고 텔레비전 채널을 1초마다 바꾸는 소리였다. 지금껏 소파에 드러누워 나를 기다린 모양이었다.

아직 내게 할 말이 남은 것인가. 아니면 뭔가 이상하다고 생각한 것일까. 그도 아니면, 내가 빠뜨리고 지우지 못한 흔적이라도 본 것일까. 갑자기 단체로 웃어대는 소리가 와르르 쏟아졌다. 채널을 거기에 고정시켰는지, 잠시 후엔 킬킬거리는 해진의 웃음소리가 났다. 어쩌면 나를 기다리는 게 아닌 것도 같았다.

책상 앞으로 돌아와 청소기 패드를 집어 올렸다가 다시 내려놓았다. 암갈색으로 변한 패드는 누가 봐도 핏자국을 닦은 걸레였다. 해진과 마주칠 경우를 감안하면, 담을 것이 필요했다. 큼직한 종이봉투면 좋겠지만 아쉬운 대로 포장지 같은 것이라도. 첫 번째 서랍을 열어 여기저기 들춰봤다. 온갖 종류의 필기도구와 문구류 들만 꽉 들어차 있었다. 두 번째 서랍을 열자 어머니의 빨간 지갑이 먼저 눈에 들어왔다. 그 옆에 두툼한 검은 노트가 놓여 있었다.

사무용 수첩처럼 실용적으로 보이는 노트였다. 크기도 그렇고, 검은 하드커버 표지도 그렇고, 속지를 끼워 쓰도록 둥근 바인더가 달려 있는 것도 그렇고. 지금껏 본 기억이 없는 노트였다. 새삼스러운 눈으로 책상 모서리에 놓인 볼펜을 쳐다봤다. 노트와 볼펜을 조합하자 하나의 장면이 만들어졌다. 책상 앞에 앉아 뭔가를 쓰다가 다급하게 노트를 서랍에 밀어넣으면서 일어나는 어머니. 표지를 슬쩍 들춰본 건 순전히 호기심 때문이었다. 내 상상이 맞는지, 맞는다면 뭘 쓰고 있었는지.

첫 장에 '12월'이라 표기된 견출지가 붙어 있었다. 그 밑으로 일기인지 메모인지 모를 세 개의 기록이 남아 있었다.

12월 6일. 화.

유진의 방이 비어 있었다. 또 옥상으로 나가기 시작했다. 한 달 만이다.
　12월 7일. 수.
　연이틀째. 대기하고 있었는데도 아이를 놓쳤다.

　12월 9일. 금.
　아이는 어디로 갔을까. 새벽 2시가 되도록 온 동네를 뒤지고 다녔는데 흔적도 찾을 수 없다. 분명히 봤는데. 춥고 무섭고 끔찍하다. 이제

　일기인지 메모인지는 "이제"에서 끊겼다가 줄을 바꿔서 맥락이 전혀 다른 문장으로 마무리됐다.

　헬로가 짖는다. 아이가 돌아왔다.

　돌아온 '아이'는 지난밤 현관문 앞에서 어머니에게 붙들린 '아이'일 터다. 그 아이를 찾아 새벽 2시까지 온 동네를 뒤지고 다녔다면 어머니는 도로상에서 이모가 해진에게 전화를 했다는 말이 된다. 더하여 비에 함빡 젖었을 것이다. 논리상, 어머니의 젖은 운동화가 이해되는 대목이었다. 실제 상황으로 받아들이려면 본질적인 질문 하나를 통과해야 했다. 비 오는 야밤에 어머니 홀로 동네를 돌아다니는 일이 가능한가.
　내 대답은 '아니다'였다. 적어도 걸어서는 할 수 없는 일이었다.
　서해 간척지에 세워진 군도신시는 한때 '떴다방'과 '폭탄돌리기'의 본거지였다. 광활한 택지, 수도권인 데다 인천공항이 가깝다는 지리적 이점, 동진강이 시가지 중심으로 흐르고 바다와 산이 앞뒤로 놓인 천혜의 풍광을 갖췄다는 점, 복합 리조트 중심의 '휴양 도시'로 육성하겠다는 정

부의 발표에 힘입어 분양 광풍이 불었다.

　어머니도 그 시기에 신시2지구 2블록 복판에 위치한 이 집을 샀다. '문 토치'라는 유명브랜드의 힘과 37평 본채에 13평짜리 옥탑 방과 원목 데크를 깐 테라스, 전용 옥상이 주어지는 '프리미엄 최상층'을 차지하느라 2억씩 웃돈까지 얹어 줬다. 어머니 주장에 따르면, 법대생이자 로스쿨 준비생인 미래의 변호사에게 조용하고 전망 좋은 공부방을 주기 위한 선택이었다. 당사자인 내겐 의논 한마디 없었지만 아무려나 나쁘지 않았다. 우선 내 방이 마음에 들었다. 어머니의 시선을 차단해줄 옥탑 방이라는 점에서, 앞집과 아래쪽 2개 층이 아직 비어 있다는 점에서도. 덤으로 전망이 끝내줬다.

　옥상 끝에 서면 바다와 수평선, 희뿌연 물마루와 고기잡이배, 연륙교로 연결된 군도해상공원을 한 화면으로 내려다볼 수 있었다. 해상공원은 군도신시 앞바다에 방조제와 나란히 놓여 있는 띠 모양의 섬이었다. 섬 둘레는 검은 해식애로 둘러싸여 있고, 절벽 한쪽 끝에 은하수전망대가 서 있었다. 밤새도록 색색의 빛을 뿌리며 도는 전망대 서치라이트는 신시 앞바다를 비추는 거대한 가로등이자 볼거리였다. 군도신시를 상징하는 예술작품이기도 했다.

　다만 거기까지가 다였다. 동네 절반은 아직도 공사판이었다. 공공시설은 물론 대중교통망도 제대로 구축돼 있지 않았다. 인천이나 서울에서 오는 광역버스가 30분 간격으로 오갈 뿐, 마을버스조차 없었다. 상권이 조성되지 않아 변변한 마트 하나 들어오지 않았다. 정부가 약속한 계획들은 이행될 기미조차 없었다. 입주가 시작된 지 1년이 지났건만, 신시2지구 아파트들은 절반 이상 비어 있었다. 설상가상으로 군도신시 아파트들이 산업 폐기물과 후쿠시마 산 쓰레기 시멘트로 지어졌다는 사실이 국감에서 폭로되면서, 거래가 완전히 끊겨버렸다. '발암 아파트'라는 세간의 조롱만 높아졌다. 밤낮으로 북적대는 곳은 열 개가 넘는 교회와 신시1지구 북쪽에 조성된 테크노밸리의 공장들뿐이었다.

세상은 산과 바다와 방조제 안에 갇힌 군도신시를 '유령섬'이라 불렀다. 유령섬에 사는 사람들은 밤이 되면 집 밖으로 나오지 않았다. 신시2지구로 들어오는 통로이자, 신시1지구와의 경계선인 동진강 하구언로는 묘지로 가는 길처럼 한산하고 을씨년스러웠다. 여자는 물론, 남자들조차 홀로 들어오기를 꺼렸다. 밤늦게 귀가하는 이들은 방조제에서 삼삼오오 무리를 이뤄 들어오고는 했다.

새벽 2시까지 어머니 홀로 돌아다닐 수 없다고 단정하는 이유다. 차로 이동했을 가능성이 남지만, 젖은 운동화와 상충되는 가정이었다. 나를 찾으러 다닌 이유 역시 의문으로 남았다. 어머니는 왜 내가 돌아올 때까지 기다릴 수 없었을까.

오빠, 나만 바라봐.
바빠, 그렇게 바빠

돌연 문밖에서 삑삑, 음이 튀는 해진의 휘파람 소리가 들려왔다. 주방 쪽이었다. 텔레비전 소리는 사라졌다.

아파, 마음이 아파. 내 맘 왜 몰라줘.
오빠 그녀는 왜 봐…….

휘파람 소리는 주방을 나와 문간방 쪽으로 멀어졌다. 곧 문이 열리고 닫히는 소리가 났다. 지금이야말로 방을 나갈 기회였다. 나는 일기인지 메모인지를 겨드랑이 밑에 끼웠다. 어깨에 걸어둔 젖은 수건으로 패드를 싸서 손에 쥐고, 의자를 바로 놓은 다음 책상 앞을 떠났다. 문을 열기 전, 다시 바깥쪽 기척을 확인했다. 아직 조용했다. 문을 열고 슬쩍 고개를 내밀어봤다. 아무도 없었다.

나는 문밖으로 나섰다. 뒷손질로 잠금단추를 잠그고 문을 닫았다. 곧바로 계단으로 몸을 날렸다. 한 번에 두세 칸씩 뛰어올랐다. 머릿속으로는 안방과 욕실 풍경을 다시 되짚어보고 있었다. 샤워 후, 욕실을 어떻게 해두고 나왔는지. 만에 하나 해진이 안방에 들어가는 전대미문의 사건이 일어날 경우, 수상쩍어 할 흔적이나 물건을 남기진 않았는지.

#

내 방 침대 밑에서 어머니의 휴대전화를 건져올렸다. 놓인 모양새로 봐서, 기억 못 하는 어느 순간에 떨어뜨린 듯했다. 화면은 암전 상태였다. 배터리가 나갔는지, 전원 버튼을 눌러도 불이 들어오지 않았다. 조금 아쉬웠다. 문자 박스며 메신저를 확인해봤어야 했는데. 혹여 이모나 해진과 나눈 '나 모르는 대화'가 있지 않은지. 이제 와 충전을 하는 것도, 충전해서 다시 열어보는 것도 내키지 않았다. 어머니는 '피정'을 갔으므로 전화기가 집 안에서 작동돼선 곤란했다. 꺼진 대로 두는 게 안전할 것이다. 만에 하나, 극성맞은 누군가가 휴대전화의 위치를 비공개적으로 추적할 경우를 감안하면.

댕 댕 댕……. 아래층에서 종소리가 울리기 시작했다. 집안이야 어찌 돌아가든, 제 할 일을 묵묵히 하는 괘종시계가 정오가 됐노라 알려오고 있었다. 나는 어머니의 휴대전화를 책상에 올려놓았다. 그 옆으로 이미 가져다놓았던 것과 막 가져온 것을 늘어놓았다. '과외' 재킷과 조끼, 재킷 주머니에 들어 있던 MP3, 이어폰, 옥상 열쇠, 동 출입 카드, 마스크, 면도칼, 자동차 키, 일기인지 메모인지 모를 노트.

늘어놓고 보니 범인을 취조하는 수사관이 된 기분이었다. 두 인물이 동일인이라는 점에서, 범인이 '솔직'에 취약점이 있다는 점에서, 기억마저 반쪽짜리라는 점에서, 협상이나 계략의 여지가 많았다. 범인을 움칠데 없이 밀어붙이지 못하면 빤한 결론에 도달할 터였다. '알 수 없는 이유'로 어머니가 나를 죽이려 했다. 그러므로 살인은 정당방위, 혹은 과잉방어라고.

서랍장에서 옷가지를 꺼냈다. 바지를 걸치고 티셔츠를 꺼냈다. 발소리가 난 건 바로 그때였다. 2층으로 올라오는 소리였다. '타다다'가 아니라 쿵, 쿵, 쿵 울리는 리듬으로 미루어, 계단 두어 칸씩을 한 번에 뛰어오르는 것 같았다. 방문 쪽을 돌아보자 한 시간 전 안방 문 앞에서 벌어진 실랑이가 재현되기 일보 전이었다. 책상 위엔 살인자와 피해자의 물건이 널려 있고, 방문 앞엔 피범벅인 청소도구와 쓰레기봉지 따위가 놓여 있고, 방바닥엔 핏자국들이 고스란히 남아 있고, 침대엔 피투성이 침구가 그대로 깔려 있고, 방문은 잠겨 있지 않았다.

일순 성가신 마음이 앞섰다. 왜 올라오나. 내가 올라온 건 또 어떻게 알고. 타구를 쫓아 몸을 날리는 내야수처럼, 나는 팔을 쭉 뻗으며 방문으로 날아갔다. 착지와 동시에 문을 열고 복도로 나갔다. 뒷손질로 문을 당겨 닫자 해진이 내 앞에 도달했다. 우리는 두 뼘 거리에서 이마를 맞대고 섰다. 나는 티셔츠를 움켜쥐고, 녀석은 파랗고 둥근 '무언가'를 손아귀에 틀어쥐고.

"올라오면 올라온다고 말을 하고 올라와야지. 내내 안방 문 두들기다……."

해진은 말을 멈추고 눈을 둥그렇게 떴다.

"여기 왜 이래?"

녀석은 티셔츠를 쥔 내 왼팔을 잡아 휙 들어올렸다. 아무 생각 없이 서 있다 불의의 습격을 당한 셈이었다.

"아. 청소하다 청소기 손잡이에 들이받혔어."

나는 해진의 손에 잡힌 팔을 뿌리쳤다. 녀석은 가슴팍까지 번진 멍 자국을 찬찬히 쳐다봤다.

"들이받힌 자국이 아닌 거 같은데."

해진은 다시 손을 뻗어 내 왼팔을 잡았다.

"어디 다시 좀 봐."

"아, 좀."

나는 주먹을 날리듯, 팔을 휘두르며 몸을 뺐다. 해진은 내 신경질에 놀라 입을 딱 벌렸다. 목 밑에선 무안한 기운이 발그레하게 번지고 있었다.

"그냥 받혔다니까."

더 묻지 못하도록 나는 얼굴을 굳히고 티셔츠를 몸에 걸쳤다.

"새끼, 거 별스럽게 구네. 겨드랑에다 금테 둘렀냐."

해진은 손에 쥔 '무언가'를 검지로 문질러대며 투덜거렸다. 무언가는 기분 좋은 고양이처럼 돌돌돌, 소리를 냈다.

"왜 올라왔는데."

옷자락을 내리며 올라온 용건을 물었다. 해진의 얼굴에 아, 하는 표정이 떠올랐다. 어색하고 무안한 표정은 살 밑으로 스르르 가라앉았다.

"너 그거 봤어?"

그거라니. 거실에 무슨 흔적이라도 남았을까. 아니면 주방이나 현관에?

"그거 뭐?"

나는 시선을 내려 녀석이 손아귀에 감춘 '무언가'를 살폈다. 손가락 새로 보이는 색이나 형태로 미루어 무선마우스가 아닌가 싶었다. 이번엔 눈을 들어 해진의 표정을 살폈다. 무표정하려 애쓰는 기색이었으나 다갈색의 큼직한 황소 눈은 속내를 숨기지 못했다. 녀석의 표정 해독에 관한 한 전문가라 자부하는 내가 장담컨대, 그건 '웃음'이었다.

"너도 지금 그거 보고 튀어나온 거 아녔어?"

해진이 되물었다. 나는 열심히 염두를 굴렸다. 아래층과 2층, 해진과 내가 동시에 볼 수 있는 '그거'가 뭘까. 좀 전에 내가 뭘 봤는지부터 되짚어봤다. 책상 위의 물건들이 주르르 시야를 지나갔다. 어느 것도 '황소 웃음'과 관련이 있는 것 같지 않았다.

"아니었어?"

해진은 고개를 갸웃했다. 나는 팔짱을 끼며 다리를 벌리고 섰다. 말을 해, 묻지 말고.

"그럼 왜 그리 급하게 방을 튀어나온 건데?"

오늘 아침의 나는 순발력을 완전히 잃어버린 곰 같았다. 평범한 핑계 하나를 찾아내느라 숨을 두어 박자나 쉬어야 했다.

"배가 고파서. 뭐 좀 먹을까, 하고."

"여태 아무것도 못 먹은 거야?"

해진은 쯔쯔, 혀를 차는 표정이 되었다. 이번 표정도 마음에 들지 않았다. 할 수 있는 한 뜸을 들여보겠다는 의도로 읽혀서.

"넌 왜 올라왔는데?"

아아…… 해놓고 해진은 슬그머니 입을 다물었다. 손끝이 근질근질해 왔다. 녀석의 목을 틀어쥐고 손가락을 쑥 집어넣어 감추고 있는 '그거'를 꺼내보고 싶었다.

"좀 전부터 카운트다운을 하고 있었거든."

마침내 해진이 입을 열었다.

"12시 정각에 문 연다고 해서."

녀석은 손에 쥔 마우스를 들어올려 딸깍딸깍 클릭을 해 보였다. 하나, 둘, 셋…….

"축하한다."

해진은 마우스를 왼손으로 옮겨 쥐고 내게 악수를 청했다. 나는 멍청하게 눈을 끔뻑거렸다. 뭘?

"뭐해, 인마. 합격 축하한다는데."

팔짱이 저절로 풀리면서 양손이 허벅지 옆으로 툭 떨어졌다. 뺨이 일그러지고 입 주변이 한숨에 굳어졌다. 무슨 일인지 이제 알 것 같았다. 로스쿨 합격자 발표가 난 모양이었다.

"한유진."

해진은 무선마우스를 내 앞에 들이대고 좌우로 흔들었다. 내 표정을 '실감이 안 난다'로 받아들인 것 같았다. 아니면 기쁜 나머지 정신이 홀떡 나가버린 걸로 해석했든가. 어젯밤 아무 일도 없었다면, 예전의 평온한 삶이었다면 그랬을지도 모르지. 내 대학 생활은 로스쿨로 가기 위한 과정과 같았으니까. 나는 가까스로 한마디를 뱉어냈다.

"네가 그걸 어떻게 확인했는데?"

"어떻게 확인했겠냐. 수험번호로 확인했겠지."

의심스러워하며 녀석을 마주 봤다. 네가 내 수험번호를 어떻게 알아?

"기억 안 나? 수험표 받아온 날, 내가 머그 숏 찍어뒀잖아."

그랬지. 뭐든 찍어서 기념하기 좋아하는 녀석이 나를 거실 벽에 세워놓고 수험표를 턱 밑에 펼치게 한 후, 카메라 셔터를 눌러댔었지. 범죄자 식별 사진을 찍듯이 정면 좌우에서 찰칵찰칵.

"잘했어. 새끼, 장하다."

해진은 늘어진 내 손을 끌어다 쥐고 마구 흔들어댔다. 한 번씩 흔들릴 때마다 어머니가 나타났다가 사라졌다. 면도칼을 휘두르며 내게 덤벼드는 어머니, 목을 베인 채 피 웅덩이에 드러누운 어머니, 허름한 담요에 싸인 채 내 품에 안겨 옥상으로 오르는 어머니, 벤치그네에 드러누운 어머니, 야외 식탁 안에 갇힌 어머니.

"고생했어."

해진이 손을 놓고 다가와 끌어안듯 내 어깨에 팔을 둘렀다. 등을 토닥이면서 덧붙였다.

"정말 자랑스럽다."

나는 점점 더 몸이 굳어졌다. 어떤 식의 반응도 할 수가 없었다. 입 한 번 벙긋할 수가 없었다. 그랬다간 멍청한 말을 와르르 쏟아내버릴 것 같았다. 더 끔찍하게도 울음이 터져버릴 것 같았다. 내 인생이 끝장났다는 걸 이토록 극적인 방식으로 확인하다니. 주먹만 한 얼음이 목구멍 밑으로 미끄러지는 기분이었다. 배 속에서 참담한 한기가 피어올랐다.

"혹시 우냐?"

해진이 한 발짝 떨어지더니 고개를 옆으로 기울여 내 표정을 확인했다.

"그렇게 좋아?"

나는 눈을 내리떴다. 그래, 좋다. 좋아서 울고 싶다. 울다 죽어버렸으면 좋겠다.

"합격 확인하고 나니까 네 속이 어땠을지, 짐작되더라. 난데없이 대청소를 왜 했는지 알겠더라고. 천하의 강심장도 별수 없구나, 싶어서 안쓰

럽기도 하고. 너 수영할 때도 안 그랬잖아. 아무리 큰 시합 나가도, 제아무리 센 놈이랑 붙어도 훈련하러 나온 것처럼 느긋했잖아. 그러던 놈이 얼마나 긴장했으면 댓바람부터 안 하던 청소를 다했나, 싶더라고."

그랬다. 한때는 강심장이었던 적이 있었다. 어떤 시합에서도 긴장하지 않았고, 어떤 순간에도 떨지 않았다. 물속에서의 나는 스스로 강자였다. 물을 떠난 후부터는 '모범생'이라는 단어로 내 인생을 요약할 수 있을 것이다. 대학 졸업을 앞둔 지금까지 그 범주를 크게 벗어나지 않았다. 여느 엄마라면 자부심을 가질 만한 반듯한 아들이었다. 그게 모든 면에서 옳다고 배웠기 때문이다. 다른 누구도 아닌 어머니가 그렇게 가르쳤다.

'네가 떠밀면 너도 떠밀리는 게 세상 이치야. 떠밀지 않고 떠밀리지 않는 게 정답이야.'

정답대로 살아왔다고 자신한다. 지금껏 시궁쥐 한 마리 떠밀어본 적 없었으니까. 어머니에게도 눈이 있는바, 그 점을 잘 알 거라 믿었다. 그런데 어머니는 왜 그랬을까. 어젯밤, 나를 시궁쥐처럼 시궁창으로 떠민 이유가 뭘까. 내가 상상할 수 있는 이유 중 그 어떤 것도 '모든 것'을 설명해내지 못했다.

"어머니한테 전화부터 드리지 그러냐."

해진이 말했다. 고개를 끄덕이면서도 나는 움직이지 않았다.

"뭐해? 전화하라니까. 지금 얼마나 애타게 기도하고 계시겠냐."

아무래도 해진은 내가 대청소를 한 이유와 어머니가 피정소에 간 이유를 같은 맥락에서 이해하고 있는 듯했다. 바지 주머니에 손을 찔러넣고 차분한 자세로 서는 걸로 봐선, 두 모자가 기쁨을 나누는 자리에 자신도 함께 있고 싶은 모양이었다. 나도 그러고 싶었다. 우리는 가족이니까.

그리 해줄 수 없어 유감이었다. 유감의 깊이만큼 퉁명스러운 답변이 튀어나왔다.

"너 내려가면 할게."

"그래 그럼" 해놓고도 해진은 움직이지 않았다. 나를 찬찬히 살피는 기색이었다.

"너 어디 아프냐? 혹시…… 약 안 먹었어?"

말투로 파악했을 때, '약'은 '발작'의 다른 말이었다. 그것이 칼날이라도 되는 듯, 행여 나를 베는 게 아닐까 염려하듯, 머뭇머뭇 꺼내는 걸로 봐서. 그 염려대로, 잠시 잊고 있었던 발작의 불안이 되살아났다. 약을 끊은 게 오늘로 나흘째였다.

일주일 전, 나는 내 생애 가장 지독하고 끈질긴 두통을 겪었다. 솟구치는 맥박과 고막을 푹 찔러오는 귀울림과 뜨거운 쇠꼬챙이에 머리가 꿰이는 듯한 통감을 며칠씩 견뎌야 했다. 대응할 방법도 거의 없었다. 반듯하게 누워 심호흡을 하거나, 머리를 감싸 쥐고 엎어지거나, 무릎을 꿇고 엎드리거나, 무릎 사이에 머리를 처박고 끙끙대거나, 깍지 낀 손으로 뒤통수를 누르며 통증이 지나가기를 기다리는 것 말고는. 기다리는 내내, 숨이 찼다. 혀가 소불알처럼 부풀어 목구멍을 틀어막는 환각에 시달렸다. 급기야는 머리 뚜껑이 뻥 소리를 내며 열려버렸다. 이따위 약을 평생토록 먹어야 하는 내 신세가 비참해서, 약을 처방한 이모에게 분노가 치밀어서, 약을 먹는지 안 먹는지 노상 감시하는 어머니에게 이가 갈려서. 발작을 하든지 말든지 상관없다는 심정이 된 건 사흘을 더 버틴 후였다.

"유진아."

해진의 목소리가 상념을 깨웠다. "응" 하며 눈을 들자, 녀석은 시선으로 내 어깨 너머를 가리켰다. 등 뒤에서 전화벨 소리가 울리고 있었다.

"전화 온 거 같은데."

'나도 안다'는 의미로 고개를 끄덕였다. 다른 곳도 아닌, 방 안 책상 서랍에서 울리는 내 휴대전화 벨 소리였으므로. 누구일까.

"안 받아?"

해진이 물었다. 받으라고 보채듯, 전화벨은 쉴 새 없이 딩동댕동 울어댔다. 나는 눈을 내리뜨고 대답했다.

"안 받아도 되는 전화야."

"여기 서서 그걸 어떻게 알아."

"대출 전화 아니면 광고 전화일 거야."

"어머니일지도 모르잖아."

그랬으면 얼마나 좋겠는가. 정말로 피정을 간 어머니가 전화를 걸어왔다면, 스트레스로 인해 지독한 악몽을 꾼 거라고 알려오는 전화라면 얼마나 좋겠는가. 전화벨 소리는 끊기나 싶더니 곧 다시 시작했다. 해진은 방문을 한 번 흘끔 보고 다시 나를 쳐다봤다.

"어머니도 발표 시간 알고 계실 거 아냐."

해진의 논리는 '어머니일지도 모른다'에서 '어머니다'로 나아갔다.

"속이 타서 전화하셨을 거야. 얼른 들어가서 받아봐."

제가 받으러 들어가고 싶은 걸 꾹 참고 있는 눈치였다. 나도 잠자코 해진을 쳐다봤다. 내가 녀석보다 월등히 뛰어난 게 있다면, 바로 참을성이었다.

"좀 이따, 천천히."

우리는 시선을 맞대고 서서 10초를 더 참았다. 말없이 마주 보기엔 영원만큼이나 긴 시간이었다. 나는 내 망막을 더듬는 녀석의 시선에서 몇 가지 의문을 읽었다. 왜 방에 안 들어가지? 왜 나를 방문 앞에 세워놓는 건데? 안에 내가 봐선 안 될 거라도 있나? 오늘 아침에 나를 슬슬 피하는 게 혹시 그것과 관련이 있나? 나는 눈에 셔터를 내렸다. 어떤 단서도, 징후도 읽어들일 수 없도록 머릿속까지 비워버렸다. 그사이 전화벨 소리가 그쳤다.

"그래 그럼. 천천히 하고 내려와."

해진은 채널을 바꾸듯 민첩하게 표정을 전환시켰다. 참는 얼굴에서 웃는 얼굴로.

"내가 점심 차려놓을게."

나는 고개를 끄덕였다. 녀석은 몸을 돌려 2층 계단 아래로 사라졌다. 발소리가 주방 쪽으로 들어간 후에야 나도 방으로 들어왔다. 서랍에서 휴대전화를 꺼냈다. 검은 화면에 전화벨을 울린 인물의 이름이 찍혀 있었다. 아침 7시부터 전화질을 해대던, 극성맞기가 22층 개새끼 같은 할망구.

미스 할매

이모에게 전화를 해볼 것인지 말 것인지는 고민하지 않았다. 그럴 새도 없이 무선전화기가 울기 시작했으므로. 받을지 말지 역시 고민하지 않았다. 받지 않으면, 그것도 빨리 받지 않으면 아래층에서 해진이 받을 테니까. 나를 찾으면, 녀석은 당연하고도 당당하게 다시 올라와 문을 두들겨댈 터였다.

"여보세요" 하자 저편에서 이모가 물었다.

"바쁘니?"

'뭔 짓을 하느라 이제 전화를 받느냐'는 말의 상스럽지 않은 표현이었다. 나도 '일 없으면 밥이나 먹지 웬 전화질이냐'라는 말을 무례하지 않게 건넸다.

"점심 드셨어요?"

"엄마는?"

예상한 질문이었으므로 당황하지 않았다. 가능한 한 심드렁한 어조로 해진에게 했던 것과 동일한 답을 들려줬다.

"피정 가셨어요."

"피정? 난데없이 웬 피정이라니?"

대답이 없자 다음 질문으로 넘어갔다.

"어느 피정소로 갔다니?"

"안 물어봤어요."

이모는 혼잣말처럼 "안 물어봤단 말이지" 했다. 나는 어머니의 일기인지 메모인지에 적힌 문장을 떠올렸다.

새벽 2시가 다 되도록 온 동네를 뒤지고 다녔는데…….

어머니가 이모에게 전화를 한 곳이 동네 어디쯤이었다면, 이모는 가장 먼저 어디냐고 물었을 것이다. 배경에서 들려오는 소리도, 음성의 울림도 실내와 바깥은 분명한 차이가 있을 테니까. 게다가 어제는 비까지 오지 않았던가. 어머니는 사실대로 대답했을까. 내가 야밤에 옥상으로 몰래 나갔으며, 내 뒤를 쫓아 나왔는데 놓쳐버렸고, 동네를 이 잡듯 뒤지고 다녔지만 오리무중이니, 이제 어쩌면 좋겠느냐고. 이모는 뭐라 답했을까. 당장 집으로 돌아가라고 했을까. 기왕 나선 거, 차를 끌고 나와서 본격적으로, 더 멀리까지 수색해보라고 했을까. 의문이 추가로 생겨났다. 어머니가 이모보다 해진에게 먼저 전화를 건 이유는 뭘까.

"언제 온다던?"

이모가 물었다. 대답을 미루고 책상에 놓인 어머니의 휴대전화를 내려다봤다. 해진, 혜원……. 이름을 잘못 누른 건 아닐까? 가능성이 있었다. 해진과 혜원은 자음 순서상 거리가 가까운 이름이었다. 저장된 주소 목록이 빈약한 어머니 휴대전화에선 곧바로 이웃이었다. 더하여 어머니는 오래전부터 노안으로 고생하고 있었다. 컴컴한 거리에서 이름을 잘못 찾을 확률은 제대로 찾을 확률보다 훨씬 높을 것이다.

이리저리 구르던 구슬들이 한 줄로 서는 기분이었다. 이모 말대로, 어머니가 집으로 들어와 젖은 옷을 갈아입은 후 차를 끌고 다시 나갔다면, 차로 동네를 돌면서 본격적인 수색을 시작했다면……. 그랬다면 어젯밤의 한 조각이 설명된다. 어머니의 젖은 운동화, 해진에게서 걸려온 새벽의 전화, 잠옷 주머니에 들어 있던 자동차 키까지.

"한유진. 뭐하니?"

형식상 질문이었으나 내용상은 지적이었다. 전화 똑바로 안 받을래. 이모가 아침 일찍부터 전화를 해댄 건 나를 찾았는지 못 찾았는지 궁금해서일 것이다. 약을 끊으면 옥상으로 나가는 내 습성까지 알고 있었겠지. 나에 관한 것이라면 똥 눌 때 휴지를 몇 카 쓰는가, 하는 문제까지 공유하는 사람들이니.

"언제 오실지 모르겠어요. 안 물어봐서."

"너 엄마랑 말 안 하는 기간이니?"

어젯밤에 한판 붙었느냐는 말로 들렸다. 잠깐 계산을 해봤다. 계속해서 어머니와 연락이 안 될 경우, 이 할망구가 우리 집에 쳐들어오기까진 시간이 얼마나 걸릴까. 하루? 이틀?

"자고 일어나니까 안 계셨어요."

"그런데 피정 간 건 어떻게 알았어?"

"냉장고에 쪽지 붙여놓고 가셨어요."

"네 엄마가?"

어감상 '그럴 리가……'와 동의어였다. 그렇다는 의미에서 힘주어 "네" 했다.

"새벽에, 아무한테도 알리지 않고 조용히 나갔단 말이지?"

"제가 늦게 일어나서 새벽인지 아침인지는 모르겠는데요."

"네가 늦잠을 잤다고? 어제 늦게 잤니?"

이모가 알고 싶은 게 뭘까. 어머니가 몇 시에 나갔느냐, 일까. 내가 몇 시에 잤느냐, 일까. 머릿속 목소리는 어느 쪽이든 조심하라고 말했다. 이 늙은 여우가 말꼬리를 잡을 때는 그만한 이유가 있다고. 나는 슬쩍 찌르고 빠졌다.

"근데 왜 저한테 전화하셨어요. 엄마 휴대전화로 직접 하시면 되지."

"전화를 안 받으니까 너한테 했겠지."

이모는 3인칭 시점으로 대꾸했다. 내 경험에 따르면, 짜증이 치밀 때 나오는 말투였다. 내 질문을 네 질문으로 받지 말라는 경고이기도 했다. 그래서 질문 대신 권유를 해봤다.

"그럼 좀 이따 다시 해보시든가요. 벨 소리를 못 들으셨을 수도 있잖아요."

"방금 전에도 해봤는데, 아예 꺼져 있던데."

아아……. 방금 전. 그렇다면, 내가 어머니 휴대전화가 꺼진 걸 확인하던 무렵에 이모도 전화를 걸고 있었다는 얘기가 된다. 이모가 물었다.

"근데 넌 몇 시에 잤니?"

모든 질문에 모두 대답할 필요는 없었다. 게다가 이모는 아직 용건을 말하지 않고 있었다. 이모에게 그 점을 상기시켰다.

"엄마한테 급한 볼일이라도 있어요?"

"급한 건 아니지만 좀 이상해서……."

이모는 뜸을 들이듯 말끝을 길게 끌었다. 나는 잠자코 기다렸다.

"오늘 9시에 진료 예약 잡아놓고 갑자기 피정을 갔다니까 황당해서 그렇지."

정말 그랬을까. 9시에 진료 예약이 잡혀 있는데, 새벽 7시부터 전화를 걸어댈 이유가 있을까. 그것도 집 전화와 휴대전화를 번갈아가면서 극성맞게. 이모는 거짓말을 하고 있었다. 나는 진부하지만 안전한 대답을 내놓았다.

"그럼 곧 이모한테 연락하시겠죠. 기다려보세요."

이모는 "그렇겠지" 해놓고도 전화를 끊지 않았다. 할 말을 찾는 사람처럼, 한동안 미적거렸다. 짜증이 났던 나머지 전화기에 대고 바주카포라도 쏴버리고 싶었다. 이모는 수화기 너머에서 "원장님" 하고 부르는 여자 목소리가 들릴 무렵에야 마지못해 대화를 정리했다.

"혹시 엄마랑 연락되면 나한테 전화하라고 해줄래?"

"그럴게요" 하자, 지나가는 말처럼 물었다.

"참 요새 약은 잘 먹고 있지?"

그럼요, 하며 서랍 밑바닥에 처박아둔 약봉지를 꺼냈다. 세어보니 10일치가 남았다.

"약 처방받을 때 되지 않았니?"

"아뇨. 일주일분 남았어요."

"제대로 먹은 거니? 내 기억으로는 잘해야 사흘 남았을 텐데."

"차트 확인해보세요."

"그래"라는 대답과 함께 전화가 끊겼다. 나는 전화기를 책상에 내던져 버렸다. 손에 쥔 약봉지도 후려치듯 내려놨다. 어머니와 이모가 내 삶을 지배해온 사람들이라면, 약은 그들이 내 인생이라는 풀밭에 풀어놓은 뱀이었다. 생의 중요한 순간마다, 번번이 놈에게 발목을 물어뜯기고 주저앉았다. 아니, 선수로서 본격적인 수영을 시작할 때부터 그랬다. 서울시장배 꿈나무수영대회에서 유년부 우승을 차지한 열 살 봄부터.

투약이 시작되면서 나는 심각한 부작용에 시달리기 시작했다. 말이 어눌해지고, 온몸이 발진으로 뒤덮이고, 열이 펄펄 끓어 응급실에 실려 간 적도 있었다. 수차례 약을 바꾼 끝에 최종적으로 선택된 약이 지금 먹는 리모트였다. 물론 이모의 선택은 틀리지 않았다. 적어도 이전 약처럼 응급실에 실려 가는 일은 일어나지 않았으니까. 문제라면, 리모트가 내 머리에 금고아를, 손과 발에는 족쇄를 채웠다는 것이다. 종종 두통 때문에 데굴데굴 굴렀고, 이명 때문에 귀가 늘 시끄러웠다. 기억이 툭툭 끊길 때도 종종 있었다. 몸의 움직임은 둔화되고 체력도 급격하게 떨어졌다. 그로 인해 훈련이 끝나면 초주검이 돼서 집에 돌아오고는 했다. 그래도 어머니와 이모는 치명적이지 않다는 이유로 약을 포기하지 않았다. 그래도 내가 수영을 포기하지 않았듯.

수영을 배우기 시작한 건 초등학교 2학년 봄이었다. 처음엔 학교에서 실시하는 특기교육으로 시작했다. 그것도 내 의지가 아닌 형 꽁무니를 쫓아 선택한 수업이었다. 공부면 공부, 글쓰기면 글쓰기, 피아노면 피아노, 다방면으로 빼어난 재능을 보여주던 형이건만, 수영에서만큼은 낙제생이었다. 시작한 지 한 학기 만에 때려치울 정도로 재미도 붙이지 못했다. 같은 기간, 나는 모든 영법을 완벽하게 뗐다. 이듬해 봄엔 전교 수영대회에서 우승을 했고, 그다음 해엔 학교 대표 선수가 되어 금메달을 땄다. 말하자면 내가 형보다 뛰어난 '희귀한 일' 중 하나가 수영이었던 셈이다.

본격적으로 선수가 되기를 권유한 사람은 수영부 코치였다. 어머니는 취미를 넘어 선수가 되는 걸 탐탁하게 여기지 않았으나 반대도 하지 않았다. 훗날 당신 스스로 밝힌바, 얼마 못 가 그만두리라 여겼다고 했다. 싫증을 내거나, 훈련에 지치거나, 드러난 재능이 별것 아니라는 걸 깨닫는다거나 하는 이유로.

어머니의 예상은 빗나갔다. 나는 싫증을 내지도, 지치지도 않았다. 곧 전국 규모의 유소년대회에서도 두각을 나타내기 시작했다. 돌이켜보면, 그때의 2년은 태어난 그대로 내 자신이었던 시절이다. 아직 이모네 병원에도 가지 않았고 약을 먹기 전이었으니까. 두 가지 일이 시작된 건 형과 아버지가 죽은 지 한 달 후인 2000년 5월부터였다.

그해 10월, 어머니는 방배동에서 인천으로 이사했다. 내가 전학을 간 학교에는 수영부가 없었다. 어머니는 이쯤에서 수영을 그만두라고 권했다. 나는 그럴 수 없었다. 세상 무엇보다 물이 좋았다. 팔을 길게 뻗어 물을 만지고 쓰다듬고 끌어안고 밀어내는 모든 순간이 좋았다. 상어처럼 돌진해가는 질주의 순간이 좋았다. 온몸을 던져 누군가와 혹은 나 자신과 벌이는 승부의 순간들이 좋았다. 밤마다, 잠들 때마다 올림픽 경기장, 그중에서도 가장 높은 자리에 서 있는 나를 만나는 그 순간이 좋았다. 물속이 지상보다 자유로웠고, 수영장이 학교나 집보다 편안했다. 물속은 어머니가 들어올 수 없는 곳이었다. 온전히 나의 세상이었다. 그 안에서 무엇이든 해낼 수 있었다. 내가 원하는 대로, 뭐든.

나는 고집을 부렸고, 어머니는 받아들였다. 단, '약을 이겨내지 못할 땐 수영을 그만둔다'는 조건을 걸어 학교가 아닌 'KIM'이라는 클럽 소속 선수로 등록시켰다. 아울러 나와 밀착 동행하며 내 컨디션을 보살피기 시작했다. 코치가 보기엔 아들을 최고 선수로 만드는 데 투신한 어머니였을 것이다. 같은 클럽 아이들은 나를 금수저를 물고 나온 놈쯤으로 여겼다. 여유 있는 집안, 헌신적인 어머니, 타고난 재능, 기타 등등 모든 면에서. 까맣게 타들어가는 남의 속도 모르고.

나는 체육 특기생이 아니었으므로 공부와 운동을 병행해야 했다. 동시에 죽을힘을 다해 약의 부작용을 견뎌내야 했다. 중학교에 가서도, 고등학생이 되어서도 사정은 달라지지 않았다. 오히려 부작용은 점점 심해졌다. 처음 수영을 시작했을 때의 나, 힘이 남아돌아 펄펄 뛰던 나를 까맣게 잊어버릴 만큼. 고등학교 1학년 3월, 제주에서 열린 전국수영대회에 참가하기 직전까지 그랬다.

도착한 첫날, 나는 수소 로비에서 보조가방을 잃어버렸다. 의자에 두고 잠깐 화장실에 다녀온 새에 감쪽같이 사라져버렸다. 가방에는 약봉지와 MP3와 헤드폰, 게임기, 지갑 같은 것들이 들어 있었다. 다른 물건들이야 없으면 불편한 정도였지만, 약은 '문제'에 속하는 물건이었다. 옳은 해결법은 어머니에게 연락해 새로 약을 가져다달라고 하는 것이었다. 지근거리 호텔에 어머니가 머물고 있었으므로 불가능한 일도 아니었다. 물론 어머니가 약을 가지러 비행기나 배를 타고 인천까지 다녀와야 하는 수고로움이야 있겠지만.

인간이 늘 '정답'을 선택하지 않는 건 그것이 불편하기 때문이라고 생각한다. 도덕의 눈금을 조금 낮추자 간단한 해결법이 보였다. 약을 먹지 않으면 되는 것이다. 며칠 먹지 않는다고 무슨 일이 있겠나, 싶었다. 어머니가 노심초사하는 '무슨 일'이 일어난 적은 그때까지 한 번도 없었다. 내 잘못이 아닌 일로 잔소리를 듣는 부당한 상황도 피할 수 있을 터였다. 물론 코치에게도 가방 분실에 대해 이야기하지 않았다. 약을 잃어버렸다고 하면 무슨 약인지 물을 것이고, 무슨 약인지 말하려면 약을 먹는 이유를 밝혀야 할 테니까. 리모트는 도핑에 걸리지 않는 약이었기에 코치에겐 굳이 투약 사실을 알릴 필요가 없었다. 정신과 치료를 받는 것도 몰랐다. 코치가 거기에 대해 알 필요가 없다는 것이 어머니의 의견이었다. 코치는 내가 이모네 병원에 드나들며 스포츠 심리 상담을 받는 줄로만 알고 있었다.

그날 밤, 나는 어느 때보다 깊은 잠을 잤다. 아침이 되자 두통이 싹 사라진 걸 느꼈다. 몸은 가볍고 기분은 유쾌했다. 뭔가를 해낼 것 같은 자신감이 솟구쳤다. 모처럼 하루가 평화로웠다. 덕택에 1500미터 예선에서 내 기록을 7초나 앞당기는 동시에 대회 신기록까지 세웠다. 사실 그때까지도 기연가미연가했다. 광기에 가까운 컨디션이 약을 먹지 않아서인지, 그저 우연인지 구분이 되지 않았다. 발작에 대한 우려를 떨치지 못하면서도 나는 대회가 끝날 때까지 '위험한 광기'를 즐겼다. 그 결과 코치마저 깜짝 놀랄 성적을 냈다. 자유형 800미터와 1500미터에서 금메달을 따냈고 혜성처럼 등장한 '유망주'로 눈도장을 받았다.

'기연가미연가'가 확신으로 바뀐 건 집으로 돌아온 후였다. 다시 약을 먹기 시작하자 몸이 예전으로 돌아갔다. 시험 삼아 약을 중단하자, 이틀째부터 '광기'가 강림한 몸으로 되돌아갔다. 대회 때 그랬듯, 광기에 부응하는 기록이 나왔다. 그제야 나는 기억을 해냈다. 유년부 시절, 그러니까 약을 먹지 않던 시절의 내가 바로 이랬다는 것을. 덤으로 약을 며칠 정도 중단해서는 발작을 일으키지 않는다는 확신을 얻었다.

한 달 후, 어머니와 나는 동아수영대회 참가차 울산으로 내려갔다. 도하 아시안게임 대표선발전을 겸한 대회였고, '한유진'이라는 이름은 세간의 관심을 받고 있었다. 관계자들은 궁금해했다. 앞선 대회에서 신기록을 세우며 파란을 일으킨 소년이, 이번 대회에서 자기 실력을 다시 증명해 보일 수 있을 것인가. 열여섯 살 어린 나이로 과연 도하에 갈 수 있을 것인가.

준비는 돼 있었다. 어느 때보다 훈련 양이 많았고, 며칠 전부터 약을 끊은 덕택에 컨디션도 최상이었다. 내가 도하에 가리라는 것을 믿어 의심치 않았다. 믿음대로, 혹은 모두의 기대대로, 첫 경기인 800미터 예선에서 나는 1위로 들어왔다. 대회장은 술렁거렸다. 내가 1등을 해서가 아니라 기록이 뜨지 않아서. 전광판엔 실격을 의미하는 'DSQ(Disqualified)'가 찍혀 있었다. 확인된 사유는 부정 출발이었다. 출발 신호가 울리기 전에 다리를 움직였다는 것이었다. 실격 선언 전에 출발 신호가 울렸기 때문에 나는 레이스가 끝날 때까지 그 사실을 몰랐다. 내가 다리를 움직였다는 사실조차 인지하지 못했다.

이튿날 1500미터 예선이 시작될 때까지, 나는 지상에 가만히 앉아 멀미에 시달렸다. 식은땀이 나고, 주먹만 한 덩어리가 위장 속에서 꿀렁거리고, 입안에 미지근한 침이 돌았다. 아무것도 먹지 않았기 때문에 체했을 리는 만무했다. 스스로 판단컨대, 실격 판정에 대한 충격 같았다. 나름 내 방식대로 800미터의 악몽을 잊어버리려 안간힘을 썼다. 수를 세거나, 음악을 들으면서 곧 있을 시합에 집중하려 애썼다. 사방에서 밀려드는 짙은 비린내는, 관중석을 채운 사람들의 땀 냄새이겠거니, 했다.

짧은 휘슬이 울렸다. 나는 심호흡을 하며 옷을 벗었다. 긴 휘슬이 울리자 출발대로 올라섰다. '제자리에'라는 신호가 나오자 무릎과 등을 굽혀 출발 자세를 취했다. 출발대 끝에 손을 걸고 눈을 들어 입수할 지점을 건너다봤다. 그곳에 구멍이 뚫려 있었다. 처음엔 세면기 수챗구멍처럼 보였다. 잠시 후엔 구멍 주변으로 휘도는 검은 물살이 내려다보였다. 회전은 삽시에 격렬해져서 팽이처럼 핑핑 돌았다. 회전에 끌려온 주변 물살도 함께 소용돌이치며 구멍 크기를 점점 넓혀갔다. 수챗구멍이 하수도 구멍으로, 이어 맨홀 구멍으로, 승용차 하나쯤은 한입에 꿀꺽할 만큼 크고 깊은 싱크 홀로. 양쪽 코스 로프는 거대한 뱀처럼 꿈틀꿈틀 움직이며 레인 폭을 넓히고 있었다. 물속에서는 생선 비린내 같기도 하고 피비린내 같기도 한 냄새가 물보라처럼 솟구쳐 올라왔다.

실제가 아냐. 머릿속 청군이 말을 걸어왔다. 속이 안 좋아서 헛것이 보이는 거야. 겁먹지 마. 나도 모르게 머리를 틀어 뒤를 봤다. 경기장 자체가 하나의 소용돌이가 돼 있었다. 앉아 있던 사람들은 사라지고, 경기장 가장자리를 따라 빠르게 회전하는 검은 띠들이 넘어다보였다. F1 경기장을 도는 차에 앉아 밖을 내다보면 그런 기분일까. 나는 배 속에서 꿀렁거리던 덩어리가 위장을 뒤집으면서 목구멍으로 솟구치는 것을 느꼈다. 머릿속에선 '안 돼' 하는 비명이 울렸다. 동시에 출발 신호가 울렸다.

탕.

나는 시커멓게 입을 벌린 소용돌이 한복판으로 몸을 던졌다. 잠영을 끝내고 스트로크를 시작했으나 몸이 앞으로 나아가지 않았다. 회전하는 물살에 등을 붙들린 채 소용돌이 바깥을 빙글빙글 돌았다. 꿈틀거리던 코스 로프는 물뱀처럼 미끄러져와서 사지를 휘감았다. 호흡이 엉키고, 균형을 잃은 몸은 좌우로 심하게 뒤흔들렸다. 금방이라도 배를 뒤집고 떠오를 것처럼. 시선은 소용돌이의 밑바닥으로 끌려들어갔다. 속이 보이지 않는 어둡고 거대한 공동이었다. 나는 반사적으로 팔을 허우적거려 잡을 것을 찾았다. 순간 숨이 막혀왔다.

비로소 뭐가 잘못되었는지 알 것 같았다. 머리로는 이해하고 있었으나 실제로는 경험해보지 않았던 것, 스스로 부른 재앙, 발작전구증세였다. 운명은 제 할 일을 잊는 법이 없다. 한쪽 눈을 감아줄 때도 있겠지만 그건 한 번 정도일 것이다. 올 것은 결국 오고, 벌어질 일은 끝내 벌어진다. 불시에 형을 집행하듯, 운명이 내게 자객을 보낸 것이었다. 그것도 생의 가장 중요한 순간에, 가장 잔인한 방식으로.

나는 선택해야 했다. 끝까지 버티다 저 거대한 공동의 암흑 속으로 추락해버리든가, 당장 몸을 세우고 수영장 밖으로 튀어나가든가.

나는 후자를 택했다. 때마침 손끝에 닿은 터치패드를 붙들고 급브레이크를 걸 듯 몸을 세운 후, 곧장 풀에서 튀어올랐다. 모자와 수경을 벗어 던져버리고 경기장 밖으로 빠져나갔다. 코치가 고함을 질렀으나 돌아보지 않았다. 돌아볼 힘도, 시간도 없었다. 어둑어둑한 시야에선 눈을 뒤집고, 거품을 물고, 온몸을 비틀며 오그라드는 내 모습이 어른대고 있었다. 수많은 관중들 앞에서 그런 일이 일어나기 전에 어디로든 가야 했다. 어디로 가야 할지는 생각하지 않았다. 어디로 가고 있는지도 몰랐다. 발이 이끄는 대로 내달렸을 뿐. 이윽고 그 순간이 왔다. 몸 안에서 포탄이 터지는 듯한 충격이 일어났다. 설원으로 들어선 것처럼 시야가 백색광으로 뒤덮였다. 대정전이라도 일으킨 것처럼 의식회로가 완전히 멈췄다.

어머니에 따르면, 나는 지하 주차장 한구석에서 발견됐다. 온몸이 땀에 젖은 채 코를 골면서 잠든 채로. 발견한 사람은 어머니였다. 의식이 깨자마자 나를 차에 태우고 아무도 몰래 수영장을 빠져나가버린 사람도 어머니였다. 다섯 시간을 달려간 끝에 도착한 곳은 이모네 병원이었다. 어처구니없게도, 코치에게 상황을 설명하고 사태를 수습해야 할 시간에 나는 이모 앞에 앉아 '약을 끊은 이유'에 대해 추궁당하고 있었다.

덕택에 내가 뇌전증 환자였으며, 시합 중에 발작을 일으켰다는 사실은 외부에 알려지지 않았다. 시합은 실격 처리 됐다. 그 벌로 다음 시합까지 참가할 수 없게 됐다. 당연히 도하에 갈 수 없게 됐다. 코치와 감독은 머리끝까지 화가 났다. 더하여 내 이름은 경기 외적인 일로 세간에 알려졌다. 경기장 내에 돌고 있던 방송 카메라가, 펄펄 뛰며 경기장을 뛰쳐나가는 미치광이를 전국으로 중계해버린 탓이었다. 그 미치광이가 갓 세상에 떠오른 '유망주'였다는 점에서 파장 또한 컸다.

그렇기는 하나, 선수 생활을 끝내야 할 수준까지는 아니었다. 코치와 감독에게 솔직하게 말하기만 하면 관용과 선처를 받을 수 있었다. 나는 그렇게 하고 싶었다. 내 장애가 알려지는 건 그리 두렵지 않았다. 쪽팔림은 한순간이고 수영은 기나긴 내 인생의 모든 것이었다. 그걸 지키고 싶었다. 다시 물속을 질주하고 싶었다. 그럴 수만 있다면 얼마든지, 누구 앞에서든 '솔직'할 준비가 돼 있었다. 평생토록 금고아를 쓰고 족쇄를 차도 불평하지 않을 자신이 있었다.

어머니도 당연히 그러리라 믿었다. 첫 실수인 만큼 용서받을 여지가 있다 여겼기에, 그간 내 뒷바라지에 헌신해왔기에, 내가 어떤 고통을 이기고 훈련해왔는지 낱낱이 지켜봤기에, 내게 수영이 어떤 의미인지 누구보다 잘 알기에. 착각이었다. 어머니는 수영을 시작할 때의 약속을 들어 선수 자격 박탈을 선언했다. 나를 끌고 수영장을 빠져나올 때, 이미 결정된 일이라 했다. 마치 이런 일이 일어나길 기다린 것처럼.

어떤 변명도 통하지 않았고, 어떤 호소도 마음을 움직이지 못했다. 눈물을 흘리며 무릎을 꿇어도, 내가 뇌전증 환자라는 게 그리도 부끄러우냐고 항의를 해도, 수영을 그만두면 학교도 그만둘 것이라고 협박을 해도, 방에 들어앉아 탈진해 쓰러질 때까지 밥을 굶으며 시위를 해도 마찬가지였다. '수영을 그만둔다'는 어머니의 일방적인 통보를 받고 찾아온 코치는 대문간에서 쫓겨났다. 당신이 그토록 사랑하는 해진의 설득에도 요지부동이었다. 그때의 어머니는 무엇에도 흔들리지 않고 무엇에도 녹지 않고, 무엇에도 변하지 않는 철의 여인이었다.

나는 내 발로 이모를 찾아갔다. 치료가 시작된 이래 그런 일은 처음이었다. 혹시 내가 뇌전증이 아닌 다른 지병, 이를테면 열여섯 살 이후로 수영을 하면 죽는 병이 있는지 물었다. 그러지 않고서야 이럴 수는 없는 거라고 하소연했다. 이모는 시종일관 미소를 띠고 내 말을 들었다. 무엇이든 미끄러뜨리고 반사시키는 빙벽 같은 미소였다. 그러게 약을 왜 끊었니.

세상에는 결코 사랑할 수 없는 유의 여자들이 있다. 그녀들은 미소를 짓는 순간에도, 미소가 걸린 입을 쭉 늘여서 양쪽 귀에 걸어주고 싶게 만든다. 나는 근질대는 검지 끝으로 무릎을 긁어대다가 내가 가진 마지막 패를 내놓았다. 어머니에게 비밀을 지켜달라는 조건으로 지금껏 말하지 않았던 '약을 끊은 이유'에 대해 털어놓았다. 이번에도 처음으로, 내 자신에 대해 솔직하게 이야기했다. 내 꿈에 대해, 왜 수영을 해야 하는지에 대해, 장애에 굴복하고 싶지 않은 내 의지에 대해. 그러므로 이모가 어머니를 설득해달라고 설득했다.

이튿날 아침, 어머니는 나를 거실로 불러내렸다. 단언컨대, 내 생애 그토록 긴장했던 순간은 이전에도 이후에도 없었다. 얼마나 떨었는지 어머니와 마주 앉자 내리뜬 눈꺼풀에서 경련이 일 지경이었다. 손바닥은 땀으로 축축해져 있었다. 어머니는 그런 나를 물끄러미 바라보다 입을 열었다.

"수영을 계속하는 한, 언젠가는 물속에서 발작을 일으키게 될지도 몰라."

부드러우면서도 완고함이 느껴지는 목소리였다. 나는 현기증을 느꼈다. 그럴 일은 없다고 말하고 싶었지만 입이 열리지 않았다.

"한번 국경을 넘어본 사람은 또 넘어가게 돼 있어. 그곳에 뭐가 있는지 아니까. 너는 수없이 약을 끊을 거야. 몸이 날아다니고, 기록이 나올 테니까."

나는 고개를 들어 어머니의 눈을 마주 봤다. 그 눈에서 읽은 것은 두 가지였다. 어머니의 마음이 절대로 변치 않으리라는 것, 이모가 약속을 지키지 않았다는 것.

"난 무섭다. 무서워서 죽고 싶을 만큼 무서워."

어머니의 목소리에 흐느낌이 섞이기 시작했다.

"네 형과 아빠가 바다에 빠져서 죽었어. 그것도 내 눈앞에서. 나는 그날 울산에서 너까지 그런 식으로 잃어버리는 줄 알았다. 하나 남은 아들마저 기어코……"

내 얼굴을 더듬듯 바라보는 눈에 눈물이 그렁그렁 차올랐다. 나는 어금니를 꽉 물었다. 어머니의 두려움을 어머니처럼 느끼지는 못했지만 머리로 헤아리는 건 가능했다. 그래, 그럴 수 있겠다. 무서울 수 있겠다. 그런데 내가 왜 그 두려움의 희생양이 돼야 하나. 내가 부작용을 감수하고 약을 먹듯, 어머니도 두려움을 감수하고 나를 지켜봐주면 안 되는 건가. 그러면 어머니와 내가 공평해지는 거 아닌가.

"그러니까 우리…… 이제 그만하자."

어머니는 기어코 선수 등록을 말소시켜버렸다. 나는 마지막 미련을 버렸다. 큼직한 종이 상자에 수영과 관련된 물건들을 쑤셔담았다. 각종 메달들, 기사 스크랩북, 사진첩, 훈련복, 경기복, 심지어 타월까지. 어머니가 보는 앞에서 상자를 옥상으로 끌고 가 불을 질렀다. 이제 속이 시원하냐고 묻고 싶었다.

평범한 고교생으로 돌아가는 건 그리 어렵지 않았다. 그간에도 수업과 운동을 병행해왔던지라 평소처럼 가방 들고 학교에 가기만 하면 되었다. 물론 말썽은 피우지 않았다. 우등생이 못 되면 모범생이라도 되는 게 여러모로 사는 데 편리했으므로. 당시의 내 포부는, 천년만년 어머니 등골에 빨대를 꽂고 빈둥대며 사는 것이었다. 그게 어머니에게 복수하는 길이라고 생각했다.

이듬해 봄, 그 생각이 바뀌었다. 해진의 방에 들어갔다가 우연히 들춰보게 된 책 한 권이 나를 흥분시켰다. 술에 만취해 아버지를 난도질해 죽인 20대 남자, 보험금을 노리고 남편을 죽인 여자, 아내와 자식을 목 졸라 죽이고 자신은 목을 매서 죽으려다 실패한 남자, 자신이 낳은 아기를 죽여 화장실에 버린 미혼모……. 이런 사람들을 변호했다는 한 변호사가 쓴 책이었다.

내게 깊은 인상을 준 것은 사건이 아니었다. 변론 준비 과정에 대한 이야기였다. 그에 따르면, 형사사건은 무죄를 다투는 사건과 유죄를 인정해 형량을 정하는 사건으로 나뉘며 변론이 어려운 쪽은 후자였다. 형량에는 범인의 연령과 지능과 환경, 피해자와의 관계, 범행 동기, 수단과 결과, 범행 후 정황 등과 함께 도덕이 끼어들기 때문이었다. 이때 중요한 점은 범인이 어떤 삶을 살아왔는지 알아보는 것이라 했다. 나는 '도덕'과 '어떤 삶' 사이에 이런 문장이 숨어 있다고 생각했다. 도덕이란, 말이 되는 그림을 그려 보이는 것이다.

이후, 비슷한 분야의 책들을 찾아 읽기 시작했다. 점점 '그림 그리기'에 흥미를 느꼈다. 어쩌면 어머니 앞에서 나를 제대로 변호하지 못한 것이 분했는지도 모르겠다. 아니면 도덕에 관한 새로운 관점이 마음에 들었든가. 아무려나 중요한 건, 수영 말고도 재미있는 무대가 세상에 또 있었다는 점이다. 어느새 나는 전 국민의 공분을 사는 사건이 발생하면, 그의 보이지 않는 변호사가 되어 이런 생각들을 하고 있었다. 나라면 이 부분의 색감을 좀 손볼 거야. 곧이곧대로 표현한다고 다 그림이 되는 게 아니라고.

물론 그림은 아무나 그릴 수 있는 게 아니었다. 물감과 붓을 들고 승부가 벌어지는 무대로 들어가려면 먼저 변호사가 돼야 했다. 변호사가 되려면 로스쿨에 가야 하고, 로스쿨에 가려면 법대에 가는 게 유리하며, 법대에 가려면 공부부터 해야 했다. 해진이 아니었다면, 아마 시도할 엄두도 내지 못했을 것이다. 수시와 정시에 모두 실패하고, 재수 끝에 원하는 대학에 들어갈 때까지, 녀석은 기꺼이 내 도우미가 돼주었다.

이후 7년, 나는 내 삶에 충실했다고 자부한다. 수영을 할 때만큼, 어쩌면 그 이상으로 최선을 다했다. 그 빛나는 결과를 받아든 오늘, 나는 다시 운명이 보낸 자객 앞에 목을 내밀고 앉아 있다. 열여섯 살 때 그런 일을 겪고도 같은 실수를 되풀이한 건, 물론 내 잘못이다. 다만 나를 변호하는 변호사로서 운명이라는 검사에게 한마디쯤 묻고 싶은 마음이 든다. 너라면 골이 흔들리고, 귓속에서 마이크가 삑삑거리고, 몸이 병든 닭처럼 무기력해지는 고통을 16년씩 견뎌낸 포상으로, 며칠간의 화창한 휴가 정도는 받고 싶지 않겠느냐고. 그때마다 이런 식으로 인생을 초토화시킨다면 누군들 미치지 않겠느냐고.

나는 책상에 던져뒀던 약봉지를 들어 쓰레기봉지에 처박아버렸다.

지금부터는 내 인생이 초토화된 진짜 이유를 찾아야 했다. 나를 위한 그림을 그려야 했다. 아래층에서 해진이 기다리고, 언제 이모가 쳐들어올지 모르는 마당이므로, 필사적으로 집중해야 할 것이다. 골이 흔들리고, 귀에서 마이크가 삑삑거리고, 병들어 골골대는 닭은 할 수 없는 일이었다. 몸도 정신도 휴가 상태라야 했다. 설령 그것이 위험한 휴가라 할지라도.

  방 정리부터 시작했다. 책상에 늘어놓은 물건들은 서랍 속에 집어넣었다. 재킷과 조끼는 장롱에 걸어두었다. 내 팔자에 대한 한탄도 함께 접어 넣었다. 어젯밤 입었던 옷가지와 양말짝, 피 묻은 침구를 내 방 욕실 욕조에 넣고, 핏물이 세계 지도를 그린 침대 매트리스는 일단 뒤집어놓았다. 이것들은 나중에 어떻게든 해볼 참이었다. 할 수 있다면 버리거나, 태우거나, 묻는 게 가장 좋을 것이다. 할 수 없다면 세탁이라도 해보든가.

  방과 문짝, 손잡이에 찍힌 핏자국들은 가지고 올라온 청소기 패드로 지웠다. 빗자루와 양동이는 욕실로 가져가 물로 씻어낸 후, 쓰레기봉지와 함께 옥상으로 들고 나갔다. 옥상 왼편에 자리한 수돗가엔 어머니가 김장을 하거나, 물을 받아둬야 할 때 쓰는 뚜껑 달린 원형 통이 있었다. 그 안에 쓰레기봉지를 던져넣고 나머지 것들은 수돗가에 세워두었다. 마지막으로 수도꼭지에 호스를 연결하고 물을 틀어서 옥상 바닥과 퍼걸러 데크, 벤치그네, 테이블 상판 등에 찍힌 핏자국들을 지웠다.

  얼추 일을 끝내고 나자 우중충한 하늘 한복판에서 겨울 해가 희멀건한 얼굴을 내밀었다. 대기는 여전히 차가웠다. 몰아드는 바닷바람은 목이라도 딸 것처럼 날이 퍼렜다. 나는 찬물에 곱은 손을 주무르며 내 방으로 향했다. 댓 발짝이나 걸었을까. 어머니의 날카로운 비명이 덜미를 푹 찔러왔다.

'유진아.'

 나는 차려 자세로 섰다. 기억 속에서 강물이 굽이치는 소리가 들려왔다. 어머니의 부름만큼이나 갑작스러운 소리였다. 눈을 감자 눈꺼풀 안쪽으로 샛노란 가로등 빛이 쏟아졌다. 빗속을 내달리는 내 모습도 보였다. 어머니의 비명은 부연 안개 속을 메아리치다 어둠 뒤편으로 멀어졌다. 어둠 속에서 공사장 가림막이 요란한 소리를 내지르며 펄럭거렸다.
 눈을 뜨자 영상들은 잿빛 대기 속으로 스며들었다. 나는 방으로 들어가면서 테라스 유리문을 활짝 열어두었다. 피 냄새가 완전히 빠지려면 시간이 꽤 걸릴 터였다. 책상 위에선 휴대전화 문자 알람이 울리고 있었다. 해진이었다.

 점심 먹게 내려와.

 목 아래쪽에서 열이 확 뻗치다가 쓱 가라앉았다. 생각을 방해받을 때 순간적으로 일어났다 순식간에 가라앉는 유의 짜증이었다. 나는 시각을 확인했다. 1시 1분. 답하지 않으면 또 올라오겠지, 싶어 재깍 답신을 보냈다.

 지금 내려갈게.

 방 안을 휘둘러봤다. 피비린내가 진동하고 침대 커버가 벗겨져 있다는 것만 빼면 평소 내 방과 그리 다르지 않았다. 욕실로 들어가 발을 씻고 세면기 거울 앞에 섰다. 혹여 이상한 것이 붙어 있지는 않은지, 내 모습을 확인했다. 아버지에게서 물려받은 빳빳하고 굵고 숱 많은 머리칼과 둥근 이마, 어머니의 유전자인 검은 돌 같은 동공과 앞으로 튀어나온 밥뚜껑 귀……. 거울 속의 나는 분명 어머니와 아버지의 유전자 풀에서 만들어진 물건이었다. 지금껏 나라고 생각해온 나였다. 그런데도 이상해 보이고 낯설어 보였다. 아프리카를 탈출해 유럽 땅에 막 도착한 4만 년 전의 호모사피엔스처럼, 어리둥절하고 사납고 불안한 모습이었다.

나는 물을 틀어놓고 얼굴을 씻기 시작했다. 낯선 모습을 지우듯, 구석구석 꼼꼼하게 문질렀다. 손가락이 닿는 곳마다 통증이 일어났다. 내 삶이 잿더미가 됐다는 새삼스러운 자각이 따라왔다. 수납장에서 마른수건을 꺼내 얼굴을 닦고 욕실 문 앞에 내던졌다. 꾹꾹 밟아서 발바닥의 물기를 닦았다. 고슬고슬한 수건의 현실적인 감촉이 현실적인 생각을 불러왔다. 밑에서 해진이 기다린다.

"뭐하느라 이제 내려와. 배고프다더니."

해진은 돌아보지도 않고 물었다. 녀석은 국자를 쥐고 가스레인지 앞에 서서 국 간을 보는 중이었다. 식탁에는 몇 가지 밑반찬과 뚝배기에 찐 계란찜, 수저 한 벌이 놓여 있었다. 내가 자리에 앉자 곧 미역국과 밥이 내 앞에 놓였다. "넌?" 하고 묻자 "내가 돼지냐"라는 답이 돌아왔다.

"라면 끓여 먹은 지 얼마나 됐다고 밥을 또 먹어."

나는 국물이 거의 없이 미역 건더기와 소고기만 담긴 국그릇을 들여다봤다. 이런 식으로 국을 퍼주는 건 어머니의 습관이었다. 그러니까 이모의 권유에 따라 저염식을 하는 내게만.

"형님이 손수 끓이신 거니까, 감격하면서 먹어. 고기랑 미역은 본래 있던 거지만."

해진은 커피 한 잔을 들고 와서 내 앞에 앉았다. 흰 셔츠에 어머니가 사준 감색 캐시미어 스웨터, 청바지. 외출할 차림새였다. 나는 젓가락을 들었다. 미역줄기 한 가닥을 건져올려 깔깔한 입속으로 밀어넣었다. 뜨겁고 미끄덩한 감촉 말고는 아무 맛도 느껴지지 않았다. 내내 국자 들고 뭘 했나 싶었다. 간이나 좀 맞출 것이지.

"어머니랑 전화했어?"

해진이 물었다. 나는 고개를 저었다.

"전화기가 꺼져 있어. 기도 중인가 봐."

"그래?"

해진은 고개를 갸웃했다.

"배터리가 나간 걸 모르시는 거 아냐?"

그런 것 같다는 의미에서 고개를 끄덕여 보였다.

"그럼 어떻게 연락하냐. 피정소로 해봐야 하나. 혹시 어느 피정소인지 말씀하셨어?"

"내가 알아서 할게. 밥 먹고 차분하게."

해진은 입을 빠끔 열었다가 그냥 닫았다. 나는 미역줄기 하나를 더 입에 몰아넣고 우걱우걱 씹었다.

"밥은 안 먹고 뭔 미역만 꾸역꾸역 먹어. 산모도 아니고."

"넌 또 어디 나가?"

묻자 해진은 제 스웨터를 쓱 내려다봤다.

"응. 선배 좀 만나러."

"어디서?"

"김포. 오후 비행기로 도쿄 가는데 내가 뭘 가져다줘야 해."

"그럼 얼른 가봐."

너무 좋아하는 티가 나지 않도록 조심해서 대꾸했다.

"좀 더 있다가 가도 돼."

아……. 나는 세 번째 미역줄기를 입에 밀어넣었다.

"참. 너 그 소식 아직 못 들었지?"

"뭐?"

"오늘 이 동네에서 살인 사건 났어."

나는 움칫해서 고개를 들었다. 굵고 긴 미역줄기가 뱀처럼 꿈틀대며 쏜살같이 목구멍으로 내려갔다. 그걸 꿀꺽 눌러삼키고 나자 눈물이 핑 돌았다. 살인 사건이라니.

"어디서?"

"나루터."

"방조제 휴게소?"라고 되묻자 녀석은 고개를 끄덕였다.

"아까 들어오다 보니까, 방조제 위에 사람들이 모여서 밑을 내려다보고 있더라고. 도로에는 경찰차가 쫙 풀리고. 뭔 일인가 싶어서 얼른 끼어들어가봤잖아. 내가 또 궁금한 건 못 참는 성격 아냐."

그래서?라고 묻는 대신 밥 몇 알을 떠서 입에 넣었다.

"나루터에 폴리스라인이 쳐져 있더라고. 나룻배 계류식에 시체가 걸려 있는 걸, 아침에 매표소 직원이 출근하다가 발견했다더라."

해진은 한 박자 쉬었다가 덧붙였다.

"젊은 여자래."

이상하게 갈비뼈 부근이 서늘해왔다. 차디찬 손이 예고도 없이 가슴을 만진 것처럼. 나는 송곳니로 밥알을 깨물면서 심드렁한 어조로 대꾸했다.

"여자 시체가 발견됐다고 다 살인 사건은 아니잖아. 자살일 수도 있고, 실족사일 수도 있고."

"자살이나 실족사면 경찰차가 연합군으로 뜨겠냐. 정황이……."

해진은 말을 멈추고 문간방 쪽으로 귀를 기울였다. 방 안에서 휴대전화가 울고 있었다.

"오빠, 나만 바라봐. 바빠, 그렇게 바빠······."

녀석은 커피잔을 내던지듯 내려놓고 문간방으로 뛰어들어갔다. 나는 미역줄기를 집어 들다 또 멈칫했다. 채 닫히지 않은 문틈으로 "예, 이모님" 하는 소리가 들려왔다.

"예예, 잠깐만요."

문이 완전히 닫혔다. 소리는 더 들려오지 않았다. 마지막 남은 입맛마저 싹 달아나는 기분이었다. 이모라. 해진이 이모의 전화를 문 걸어닫고 받는단 말이지. 전에도 그런 일이 있었던가. 기억이 나지 않았다. 아마 없었을 것이다. 녀석은 전화를 비밀스럽게 받는 유형이 아니었다. 누군가 옆에 있을 땐 스피커를 열어놓은 것처럼, 시끄럽고 공개적으로 받았다. 그게 '누군가'에 대한 배려라고 생각하는 놈이었다. 말하자면 전화를 들고 나와서 내 앞에 앉아 통화를 해야 맞았다. 문을 닫고 소곤댄다는 건, 이모가 그러기를 요구했다는 의미였다. 이모가 해진에게 소곤거릴 만한 말이 뭔지 얼른 생각나지는 않았지만.

나는 젓가락을 내려놨다. 좀 전 이모와 나눈 이야기를 되짚어봤다. 혹시 해진에게 했던 말과 맞지 않는 부분이 있는지.

#

해진이 방을 나왔다. 전화를 받으러 들어간 지 10여 분 만이었다. 녀석의 어깨엔 카메라 가방이, 한쪽 손에는 파카가 걸려 있었다. 나는 식탁 의자에서 몸을 일으켰다.

"지금 나가?"

응, 하듯 해진은 고개를 돌려 나를 봤다.

"어떡하냐. 혼자 밥 먹게 해서."

자못 미안하다는 표정이었다. 매일 매끼, 내가 밥 먹는 걸 지켜보는 사람처럼. 나는 바지 주머니에 양손을 쑤셔넣고 어슬렁어슬렁 걸어가 해진 앞에 섰다.

"근데 이모가 뭐래?"

"응? 이모?"

되묻는 해진의 입매가 어색하게 굳어졌다. 시선은 내 어깨 너머 어디쯤으로 어물쩍 미끄러졌다.

"금방 너랑 통화한 사람, 병원 이모 아냐?"

"아냐. 병원 이모는 무슨……."

해진은 몸을 돌려 현관 중문을 열었다. 셔츠 깃 위로 올라온 뒷덜미가 발그레하게 물들고 있었다. 곧이어 귀까지.

"예전에 〈과외〉 찍을 때 알던 밥차 이모야."

발판으로 내려선 후 덧붙였다. 뒤늦게 어떤 이모랑 통화했는지 기억난 모양이었다.

"이런저런 얘기 하느라고 통화가 길어졌어. 반갑잖아. 석 달을 섬에서 같이 살았는데."

누가 뭐래? 나는 문틀에 한쪽 어깨를 기대고 섰다. 해진은 내게 등을 돌린 채 신발에 발을 꿰고 허리를 굽혀서 한쪽 손으로 뒤축을 잡아당겼다. 이어 반대쪽. 허리를 펴려다 멈칫하는 기색이었다. 눈은 발판 밑 어디쯤에 닿아 있는 것 같았다. 허리를 폈을 땐 무언가를 손에 쥐고 있었다.

"이게 뭐냐?"

해진은 내 쪽으로 몸을 반쯤 돌리고 무언가를 건넸다. 엉겁결에 손을 내밀어 받았다. 귀걸이였다. 팥알만 한 진주가 박힌 귀걸이 한 짝.

"이런 게 왜 여기 있지?"

녀석은 내 손바닥을 넘겨다보며 중얼거렸다. 귀걸이는 귓불을 뚫어야 끼울 수 있는 형태였고 귀걸이 침에 금속 고정판이 붙어 있었다.

"어머니 건 아니지?"

그랬다. 어머니 것은 아니었다. 어머니는 귀를 뚫지 않았다. 귀걸이를 한 적도 거의 없었다. 액세서리 자체를 좋아하지 않았다. 어머니 몸에 걸린 귀금속이라곤 어젯밤까지 하고 있었던 손바닥발찌가 전부일 것이다. 하나마나한 말이지만 내 것도 아니었다. 현관문 쪽이 아닌 발판 근처에 떨어져 있었던 걸로 봐서 바깥에서 굴러들어온 것도 아니었다. 누군가 이 자리에서 빠트렸다고 보는 게 가장 타당했다. 그게 누구든, 그때가 언제든, 그리 특별한 물건으로 보이지는 않았다. 길바닥에 떨어진 장갑 한 짝이나 다를 바 없어 보였다. 다만, 매끈한 진주 표면에 불거진 작은 돌기의 감촉이 신경에 거슬렸다. 정확하게 말하면, 감촉의 기시감이 거슬렸다. 거슬리다 못해 맥까지 빠지는 기분이었다. 언제, 어디서 이런 걸 만져봤을까. 엄지 끝으로 돌기를 문지르다 해진을 쳐다봤다.

"엄마 방에 갖다둘게. 알아서 하시겠지, 뭐."

그러든가, 하듯 해진은 고개를 끄덕이며 현관문으로 향했다. 슬리퍼를 찾아 신고 뒤를 따라 나가며 물었다.

"언제 들어와?"

"일찍 올게."

해진은 현관문을 열고 엘리베이터 앞으로 가면서 말을 더 보탰다.

"무알코올 샴페인이라도 터트려야지. 본격적인 축하는 어머니 오시면 하더라도."

나는 반쯤 열린 현관문을 어깨로 고정시키고 섰다. 엘리베이터는 23층에서 아래로 내려가고 있었다. 다시 올라오려면 5분은 걸릴 모양새였다. 표정 관리가 서툰 해진으로선 부담스러운 5분이었을 것이다. 녀석은 온다 간다 말도 없이 곧장 비상계단으로 뛰어내려갔다. 계단참을 돌기 직전에야 실수를 깨달았는지, 손만 한번 들어올려 보였다. 별 얘기도 다 될 수 있는 손짓이었다. 곧 돌아올게, 이따 보자, 서 있지 말고 들어가, 내가 지금 엄청나게 바쁜 관계로 뛰어야겠다.

해진은 계단 아래로 모습을 감췄다. 22층에선 헬로가 짖어대기 시작했다. 나는 귀걸이가 든 손아귀를 폈다. 부지중에 꽉 틀어쥐고 있었는지, 침 끝이 손바닥에 박혀 들어가 있었다. 보석 감정가라도 된 양, 손끝으로 집어 올려 눈앞에 대고 들여다봤다. 아무래도 누군가의 귓불에서 빠져나온 건 아니지, 싶었다. 그랬다면 고정판이 침에 붙어 있을 리 없었다. 가방이나 옷 호주머니에 넣어두었다가 빠뜨렸다는 게 타당한 추측이었다. '우리 집에 온 적이 있다'와 '귀걸이를 한다'는 조건을 만족시켜야 할 추측이기도 했다.

가장 먼저 떠오른 이는 이모였다. 귀를 뚫었는지는 모르겠으나, 매번 다른 귀걸이가 붙어 있었던 건 기억이 났다. 눈물방울처럼 달랑거리는 빨간 보석, 귓불에 딱 붙는 왕관, 푸른빛으로 반짝거리는 별……. 그 많은 보석 가운데 진주라고 없겠는가.

헬로가 짖기를 그쳤다. 나는 현관문을 닫고 전실로 들어왔다. 슬리퍼를 벗고 발판으로 올라서자, 머릿속에서 이상한 소리가 들려왔다. 작은 돌 같은 것이 바닥에 떨어져 또르르 구르는 소리. '과외' 재킷 주머니에서 손을 빼는 내 모습도 떠올랐다. 어젯밤, 이 자리였고 운동화를 막 벗던 참이었다. 소리가 난 곳을 흘끔 내려다본 기억도 났다. 어머니가 등 뒤로 바짝 붙어 서는 바람에 줍지 못했던 것도. 그땐 그게 뭔지 알고 있었던 것도 같은데.

다시 손바닥을 펴서 귀걸이를 내려다봤다. 어쩐지 뒷덜미가 따끔거리는 기분이었다. 설마, 이건 아니었겠지……. 괘종시계가 오후 2시를 알렸다. 나는 귀걸이를 바지 주머니에 넣어버렸다. 신경과민이야. 과도한 상상이고.

거실 유리문을 열고 베란다로 나가 해진이 닫아놓은 창들을 다시 열어젖혔다. 아직도 온 집 안에 락스 냄새가 떠돌고 있었다. 육안상, 보일 듯 말 듯한 핏자국과 손자국 들도 사방 천지에 남아 있었다. 2층 복도 벽, 계단과 계단참 벽과 거실 벽 여기저기, 안방 문틀 위쪽과 모서리 장식장 다리, 어머니가 좌 해진 우 유진이라 부르곤 하던 가족사진과 괘종시계 얼굴에까지. 나는 괘종시계에 튄 모래알만 한 핏방울을 벌을 보듯 쏘아봤다. 해진이 이걸 못 봤을까. 제 방문 앞에 서서 모서리 장식장 위를 나는 파리 한 마리까지 보는 눈인데.

보지 못했으리라고 서둘러 결론 내렸다. 봤다면 내게 묻지 않았겠는가. 집 안에서 돼지라도 잡았느냐고. 구급상자를 뒤져 과산화수소수를 찾아냈다. 0.5리터짜리 대용량 병에 2/3가량 내용물이 남아 있었다. 나는 방향제가 든 분무기 하나를 비우고 과산화수소수를 통째 들이부었다. 살충제를 뿌리듯, 안방 문짝부터 분사를 시작했다. 핏자국이 튄 곳마다 흰 거품이 곰팡이처럼 피어났다. 두루마리 화장지로 그것들을 지웠다. 다 쓴 화장지는 변기에 흘려보냈다. 같은 방식으로 모서리 장식장, 보조 식탁을 거쳐 계단과 2층 복도까지 꼼꼼하게 점검했다.

내 방 침대 매트리스는 1층으로 끌고 내려가 안방 침대 매트리스와 맞바꿨다. 물론 그런다 하여 침대에 밴 핏자국이 사라지는 건 아니었다.

그저 내 방에 있는 어머니의 흔적을 어머니 방으로 돌려보낸다는 데 의미를 뒀다. 하룻밤이 될지, 이틀 밤이 될지는 모르겠으나, 어머니의 피를 깔고 자는 짓은 멀쩡한 정신으로 할 만한 일이 아니었다. 고맙게도 매트리스 사이즈가 비슷했다. 침대보도 맞춤하게 들어맞았다.

아이는 어디로 갔을까.

이불을 펴놓고 허리를 들자 불쑥 어머니의 목소리가 들려왔다. 책을 낭독하듯, 차분하게 정제된 음성이었다. 아이라니……. 퍼뜩 아침나절 피아노 책상 서랍에서 발견하고 일별한 일기인지 메모인지 하는 노트가 떠올랐다. 거기에 등장한 문장일 것이다. 온종일 끊임없이 나 자신에게 던졌던 질문이기도 했다. 어젯밤 나는 어디로 갔던가. 2시간 30분 동안 뭘 했던가.

분명히 봤는데.

그다음 문장이 뭐였더라. 기억이 가물가물했다. '춥다'였던가. '무섭다'였던가. 아니 '끔찍하다'였나. 어쨌거나 셋 중 하나였던 것 같은데.
안방을 나오자 으스스 몸이 떨려왔다. 거실 한복판에선 칼바람이 휘돌고 집 안은 한데 벌판이었다. 나는 서둘러 열어둔 문들을 닫았다. 정리가 안 된 부분이 있는지, 마지막으로 거실을 훑어봤다. 말끔하다는 결론이 나오자 2층으로 뛰어올라갔다. 책상 앞에 앉아 일기인지 메모인지를 꺼내 첫 장을 열었다. 기억은 완전히 맞지도, 완전히 틀리지도 않았다. 셋 중 하나가 아니라 셋 다였다.

춥고 무섭고 끔찍하다.

춥다는 말은 이해가 가능했다. 비 오는 겨울밤이 따뜻하다면 사람이 아니라 북극곰이겠지. 그다음에 온 서술어들이 생뚱맞았다. "무섭고 끔찍하다"는 겨울밤이 야기할 만한 정서가 아니었다. 아들인 내가 무섭고 끔찍했을 리도 없었다. 예쁘지 않을 수야 있겠지만. 그렇다면 분명히 봤다는 대상이 내가 아니었을지도 모른다.

'살인 사건이 났대.'

이번엔 해진의 목소리가 소환돼왔다.

'젊은 여자래.'

혹시 그랬을까. '젊은 여자'가 살해되는 현장이라도 목격한 걸까. 거기가 어딜까. 여자가 발견됐다는 나루터 근처? 아니면 방조제? 강변 인도 어디쯤? 어디든 간에 시신이 나룻배 계류삭에 걸리는 일은 불가능하지 않았다. 동진강은 신시1지구와 2지구 사이를 관통하며 흘렀고, 하구언 둑의 갑문이 열리는 때는 자정에서 1시까지였다. 온종일 갇혀 있던 강물이 바다로 튀어나가는 시각, 거대한 격류가 강을 쓸어버리며 굽이치는 바로 그때, 여자가 살해돼 강으로 던져졌다면…….

등 뒤에서 이상한 기척이 났다. 막대기로 마룻바닥을 긁는 소리 같기도 하고, 빈 그네가 바람에 흔들리는 소리인 듯도 하고, 둘 다인 듯도 했다. 나는 몸을 일으키고 테라스 유리문 앞으로 가서 블라인드를 젖혔다. 어느새 밤이 찾아와 있었고, 퍼걸러엔 여전히 외등이 켜져 있었고, 벤치그네에는 어머니가 앉아 있었다. 일하다 피곤해 잠시 쉬는 것처럼, 깍지 낀 양손을 배 위에 올려놓고 머리를 등받이 뒤로 꺾은 채, 어둠에 잠긴 하늘을 올려다보고 있었다. 해풍이 그네를 흔들 때마다 어머니의 흰 원피스 자락이 팔랑팔랑 나비춤을 쳤다. 늘어진 맨발이 데크 바닥을 북, 북, 긁었다. 턱 밑 상처는 시뻘건 입을 길게 벌려서 조커처럼 웃었다.

'정말로 기억이 안 나니?'

조커가 물었다. 저건 내 머리가 만들어낸 허상이야, 하면서도 소리를 내어 되받아쳤다.

"뭐가요?"

'그때 너도 봤잖니.'

"뭘요? 언제요? 어디서요?"

지금껏 그래왔듯, 허상과의 대화는 허상이 침묵하며 끝났다. 대신 새벽녘 눈을 떴을 때 시야에서 너울거리던 기이한 영상들이 되살아났다. 노랗게 불을 켠 가로등들, 발아래로 소용돌이치며 내달리는 강물의 으스름한 그림자, 몸이 뒤집힌 채 중앙분리대 가로수에 걸려 펄럭거리는 진홍색 우산, 바람에 펄럭이는 가림막 비닐.

벌이 쏘고 간 듯, 뒷덜미가 뜨끔해왔다. 환영들은 나루터나 방조제 횡단보도와 관련된 풍경이 아니었다. 방조제 가로등은 백색광을 내는 LED 등이었다. 방조제 중앙분리대엔 가로수가 없고, 방조제 부근에는 가림막 비닐을 친 공사장이 없었다. 방조제 바깥쪽은 바다가, 안쪽 하구언로 입구에는 이미 완성된 아파트 단지와 상가 건물이 자리 잡고 있었다. 세 가지 조건을 수렴하면서 발아래로 급류가 달릴 만한 곳은 강변 인도뿐이었다. 인도 어디쯤인지까지는 모르겠으나, 알아내도 큰 의미가 있을 것 같지 않았다. 발작 직전에 스쳐온 풍경들이 깨어난 후 기억난 것에 불과할 터였다. 비슷한 경험이야 전에도 있지 않았던가.

스스로 결론은 내려놓고도 썩 개운해지지 않았다. 아니, 사실은 개운하지 않은 정도가 아니었다. 지옥으로 가는 통로를 엿본 심정이었다. 불길한 직감이 몸을 조이며 압박해오는 느낌이었다. 머릿속 백군은 딱따구리처럼 떠들어대고 있었다. 정말 그럴까. 의미 없이 스쳐온 풍경이 눈뜨자마자 떠올랐을 리 있을까. 혹시 풍경 속 어디쯤에 "춥고 무섭고 끔찍"한 무엇이 묻혀 있는 건 아닐까. 어머니의 허상이 말한 대로, 어젯밤 나도 '무엇'을 본 것일까. 불쑥, 어둠 속 어딘가에서 들려오던 남자의 노랫소리가 기억났다.

잊지 못할 빗속의 여인.
그 여인을 잊지 못하네에…….

혼란이 점점 더 커지는 것 같았다. 답은 나오지 않고 오만 가지 질문만 고철 더미처럼 쌓여가고 있었다. 나는 블라인드를 쳐버렸다. 몸을 던지듯 의자에 풀썩 주저앉았다. 순간, 날카로운 것이 오른쪽 사타구니 안쪽을 푹, 찔러왔다. 바지 주머니에 손을 넣자 잠시 잊고 있었던 물건이 끌려나왔다. 진주 귀걸이였다. 잠시 잊고 있던 소리도 되살아났다. 내 재킷 주머니에서 빠진 무엇이 현관 대리석 바닥으로 굴러가는 소리. 또르르…….

귀걸이를 책상 위에 내려놓고 내 휴대전화를 열었다. 인터넷을 열고 포털 검색창에 키워드가 될 만한 단어들을 쳤다.

군도신시 젊은 여성 변사체

뉴스 몇 꼭지가 걸렸다. 그중 가장 먼저 올라온 연합뉴스를 열었다.

군도신시 방조제 나루터에서 여성 변사체 발견

오늘 오전 08시경, 인천 군도신시 방조제 앞 나루터에서 여성의 변사체가 발견됐다. 경찰에 따르면 사망자는 나룻배 계류삭에 걸린 채 나루터 매표소 직원에 의해 발견됐으며, 신원 확인 결과 신시2지구 A아파트에 거주하는 B씨(28세)로 밝혀졌다. 또한 경찰은 시신 일정 부위가 예리한 물체에 훼손된 걸로 미루어 타살 가능성이 매우 높은 걸로 보고 국과수에 부검을 의뢰하는 한편, 사망 전 목격자를 수소문하는 등 수사를 진행 중이라고 밝혔다…….

나머지 기사들도 내용이 크게 다르지 않았다. 보도자료를 받아쓴 것처럼 단어는 물론, 문장 구조까지 엇비슷했다. 기사를 통해 공개된 정보는 네 가지 정도였다. 사망자 신원, 주소, 모호하게 기술된 상해 부위, 발견 장소. 불현듯 용이네 호떡집이 떠올랐다. 용이 아저씨라면 뭘 좀 얻어듣지 않았을까. 기사에 나지 않은 뒷이야기라든가, 시신이 발견된 당시 정황이라든가.

'용이네 호떡집'은 신시2지구로 들어오는 방조제 횡단보도 근처에 자리 잡은 노점이었다. 몇 미터 떨어진 곳엔 나루터 휴게소로 내려가는 나선형 계단이 있다. 달랑 매점 하나밖에 없는 간이 휴게소였으나 낮에는 제법 많은 사람들이 북적거렸다. 휴게소 아래쪽에 위치한 계선장에서 배를 타려는 사람들이었다. 관광객을 태우고 노를 저어 방조제와 군도 해상공원 사이를 오가는 나룻배였는데 인기가 꽤 좋았다. 휴일이면 배를 타려는 줄이 방조제 위까지 늘어설 정도로. 용이네 호떡집은 나름 군도신시의 황금 상권에 위치한 셈이었다. 나아가 나루터와 자전거 도로를 오가는 사람들, 신시2지구로 들고 나는 사람들을 한눈에 조망할 수 있는 위치기도 했다. 인사를 주고받으며 안면을 익힐 수 있다는 점에서, 신호등에 설치된 도로 폐쇄회로보다 나았다. 그런 이유로 용이 아저씨는 오늘 내내 폭발적인 인기를 누렸을 것이다. 경찰은 물론 나처럼 뒷이야기가 궁금한 사람들까지 호떡집을 들락거렸을 테니까.

나는 옷장에서 운동할 때 입는 러닝 팬츠와 파란색 방한 점퍼를 꺼내 걸쳤다. 복장을 완성하는 의미에서 운동용 타월을 목에 걸었다. 휴대전화와 출입문 카드, 5천 원짜리 지폐 한 장과 진주 귀걸이를 점퍼 양쪽 주머니에 나눠 담았다. 탁상시계는 6시 7분을 가리키고 있었다.

거실로 뛰어내려갔다. 잘하면, 해진이 들어오기 전에 다녀올 수 있을 것 같았다. 녀석에게 말한 대로, 진주 귀걸이를 어머니 책상에 갖다두려면 한 가지를 확인해야 했다. 귓속에서 울리는 또르르 소리와 진주 귀걸이와 어머니가 분명히 봤다는 '무엇' 사이의 명확한 무관성. 용이 아저씨가 원하는 걸 주리라는 보장은 없었으나 현재로선 가장 기대할 만한 사람이었다. 운이 따라줘서, 나루터에 내려가볼 수 있다면 더 좋겠지.

신발장에서 늘 신는 흰 러닝화를 찾아 신고 엘리베이터를 탔다. 1층 출입문을 빠져나간 후엔 달리기에 가까운 속보로 걷기 시작했다. 아파트 단지엔 외부로 통하는 문이 세 개 있었다. 공사가 한창인 동네 안쪽을 향해 뚫린 정문, 우리 집이 있는 206동에서 가장 가까운 후문, 후문과 208동 사이의 산책로에 있는 샛문. 샛문을 나서면 곧바로 군도초등학교 이면도로가 나온다. 어젯밤에 그랬듯이, 거기서부터 구보 속도로 바꿨다.

샛문 앞에서 동진강 하구언로와 만나는 교차로까지는 약 500미터였다. 하구언로 교차로에서 방조제 횡단보도까지는 1.5킬로미터, 방조제 횡단보도에서 해상공원 입구까지 5킬로미터, 공원 입구 연륙교에서 은하수전망대까지 1킬로미터. 잇대어진 네 개의 길은 달리기 코스로 딱 좋았다. 방조제에서 전망대 사이에는 자전거 전용도로까지 놓여 있었다. 덕택에 이른 아침이나 이른 저녁이면 이 길을 따라 걷거나 달리는 동네 주민들이 꽤 많았다. 나도 그들 중 하나였다.

달리기는 군도신시로 이사한 후부터 꾸준히 해온 운동이었다. 목표점을 향해 전력 질주 한다는 점에서 수영과 비슷한 구석이 있었다. 강과 바다를 교대로 바라보며 달릴 수 있다는 점에서 심심하지도 않았다. 무엇보다 심장이 성난 사자처럼 날뛰는 것이 좋았다. 일상에선 그럴 만한 일이 거의 없었으니까. 설레거나, 긴장하거나, 불안을 느끼거나, 감정이 격앙되거나, 쾌감을 느낄 만한 일조차도.

다만 달리는 시간이 일정하지 않았다. 어떤 날은 새벽에, 어떤 날은 늦은 아침에, 어떤 날은 늦은 오후에 나갔다. 종종 야밤에도 나갔다. 야밤 운동의 매력은 길에 사람이 없다는 것이었다. 진로 방해 없이 달릴 수도 있고, 풍경에 한눈을 팔아도 누구와 부딪힐 일 없고, 다리가 꼬여 넘어져도 쪽팔릴 일 없고. 이도저도 아닌 초저녁, 해가 저문 직후에 나가는 건 오늘이 처음이었다.

살인 사건의 여파인지, 도로엔 경찰차와 순찰차 들이 수시로 오가고 있었다. 가끔씩 외부에서 들어오는 택시도 눈에 띄었다. 사람들은 쌍을 이루거나 무리를 지어 걸어왔다. 처음 만난 팀은 남녀 한 쌍, 다음은 여자 셋에 남자 둘. 두 팀 모두 일행이 아니라 같은 길로 같이 가는 동행이었다. 각자 손에 쥔 호떡 봉지가 그렇다고 말하고 있었다. 야간에 하구언로로 들어오는 이들에게 용이네 호떡집은 중요한 거점이었다. 동행을 구하거나 기다릴 수 있는 유일한 장소였으므로. 용이 아저씨는 동행을 붙여주는 대가로 호떡 한 봉지씩을 떠안기고는 했다.

동진1교 부근에서 세 번째 호떡 동행과 만났다. 여자 둘에 남자 하나.

그들이 지나간 후, 어깨 너머에서 환한 불빛이 비쳐들었다. 슬쩍 턱만 틀어 뒤를 봤다. 경찰차 한 대가 나를 따라오는 중이었다. 돌쟁이 걸음마 속도로 움직이는 꼴이 내게 말을 걸고 싶은 모양이었다. 어디 사느냐, 라든가. 어딜 가느냐, 라든가. 이 밤중에 왜 달리느냐, 라든가.

차창 안에서 뻗어오는 시선을 의식하며, 목에 건 수건으로 땀 한 방울 없는 얼굴을 훔쳤다. 전문적 운동선수의 전문적 운동으로 보이도록, 전문적인 로드워크를 선보이며 뛰었다. 줄기차게 붙어오던 차창 안 시선은 방조제 횡단보도에 도착했을 때에야 사라졌다. 순찰차는 웽 소리를 내며 좌회전해서 군도해상공원 쪽으로 멀어져갔다. 횡단보도 신호등은 빨간색이었다.

신호등이 바뀌기를 기다리면서 건너편 상황을 훑어봤다. 아무래도 나루터를 보긴 어렵지, 싶었다. 방조제 난간 너머는 어제보다 더 짙은 해무가 뒤덮고 있었다. 나루터로 내려가는 입구에는 경찰차 두 대가 멈춰 있었다. 용이네 호떡집은 아직 열려 있었으나 손님이 없었다. 갈 사람은 이미 다 짝을 지어 간 모양이었다. 그나마 고마운 일이었다. 나는 신호등 색이 바뀌자 곧장 횡단보도를 건너갔다.

"어이, 학생. 저스트 어 모먼."

건너편에 발을 디디자마자 용이 아저씨 목소리가 날아왔다. 곧장 달려서 은하수전망대로 가려던 것처럼, 잠시 머뭇거렸다.

"얼른 들어와봐. 할 말이 있으니까."

용이 아저씨는 한쪽 손을 휘이휘이 흔들었다. 나는 마지못한 얼굴로 가게 안으로 발을 들여놨다.

"운동하러 나온 거야?"

고개를 끄덕이며 호떡 불판을 내려다봤다. 판 한 귀퉁이에 만든 지 한

참 된 듯한 호떡 여남은 개가 쌓여 있고, 불판은 비어 있었다. 추측한 대로 오늘은 장사 좀 한 모양이었다.

"학생, 요 며칠 계속 밤에 나왔지?"

용이 아저씨는 집게로 호떡 하나를 집어서 내게 건넸다. 나는 받아들면서 "아뇨" 했다.

"그래? 요새 오후에 통 안 보이던데?"

"요샌 새벽에 나왔어요."

"아아. 그으래……."

용이 아저씨는 한참 고개를 끄덕거리더니 다시 물었다.

"그럼 어제도 새벽에 나왔어?"

"아뇨. 어제는 안 나왔어요."

이번에도 용이 아저씨는 "아아…… 그으래" 했다. 다음 말이 나올 때까지 나는 잠자코 기다렸다.

"오늘도 전망대까지 가려고?"

그는 기름때로 반들반들해진 누비바지에 손을 쓱쓱 문지르고 종이 봉지 하나를 집어 들었다. 나는 누비바지와 비슷한 수준으로 반들거리는 시커먼 누비점퍼를 한참 쳐다보다가, 머리에 덮어쓴 귀마개 모자로 시선을 올렸다가, 포장 골조 기둥에 걸린 옷걸이로 눈을 돌렸다. 지퍼로 밀봉한 비닐 덮개 안에 회색 반코트와 헌팅캡이 걸려 있었다. 코트 안엔 말끔한 셔츠와 넥타이, 양복을 걸어뒀을 것이다. 옷걸이 밑에는 큼직한 여행용 트렁크가, 트렁크 옆엔 구두 상자가 놓여 있었다.

영업을 끝낸 용이 아저씨가 저 모자와 회색 코트, 양복 차림에, 반짝거리는 구두를 신고, 저 트렁크를 끌면서 11시 30분에 오는 안산행 광역버스에 올라타는 걸, 몇 번 본 적이 있었다. 호떡 장사가 아니라 긴 출장을 끝내고 돌아가는 중년의 직장인 같았다. 아침 9시, 같은 차림으로 광역버스에서 내리는 그를 본 것도 여러 번이었다. 호떡집 문을 연 후, 기름때 묻은 작업복으로 갈아입고, 트렁크를 열어서 호떡 반죽이 든 플라스틱 통과 그 밖의 재료들을 꺼내고 나면, 그는 다시 본업으로 돌아왔다. 동행을 구해주는 일에 열심이고, 손님들 신상을 알아내는 데 열성인 오지랖대왕 호떡 장수.

"오늘은 웬만하면 가지 말지."

내 대답을 기다리던 용이 아저씨는 더 버티지 못하고 본론을 꺼냈다.

"뉴스 봤는지 모르겠지만 새벽에 나루터에서 시체가 발견됐거든."

"그거하고 전망대하고 뭔 상관인데요?"

"왜 상관이 없어. 동네에 경찰차가 쫙 깔렸는데. 바로 옆에도 두 대나 있잖아. 순찰차는 10분 간격으로 돌아다니고. 그런데 저 병신들이 여태 단서 하나를 못 찾았대요. 그 바람에 애먼 시민들만 죽어나는 거지. 나만 해도 오늘 내내 장사를 못했잖아. 순경이 왔다 가지. 사복이 들락거리지. 레퍼토리도 아주 똑같아요. 어제 몇 시에 장사를 끝냈느냐. 이쪽에서 어슬렁대는 수상한 사람 못 봤느냐, 밤에 이 길로 자주 오가는 사람을 아느냐."

나는 눈을 내리떴다. 뭐라고 대답했느냐고 묻고 싶은 걸 가까스로 참고 호떡을 한입 물어뜯었다.

"밤늦게 오며가며 들르는 단골 말고는 없다고 그러면, 그게 누구누구냐고 캐묻고."

설탕물이 목구멍 밑으로 쏙 미끄러졌다. 순간적으로 눈물이 핑 돌았다. 어찌나 뜨거웠는지 식도가 녹는 기분이었다. 용이 아저씨는 잽싸게 찬물이 든 컵을 내밀었다.

"아이고, 천천히 먹어. 목구멍 까질라고. 자꾸 까지면 식도암 걸린대."

물 한 컵을 한목에 들이붓고 나자 가까스로 눈이 뜨이는 기분이었다.

"3천 원만 줘."

용이 아저씨는 남은 호떡 아홉 개를 봉지에 담아 내밀었다.

"오랜만에 만난 기념으로 대박 세일해주는 거야."

다음 말을 들으려면 호떡 봉지를 순순히 받아야 할 터였다. 나는 봉지를 받고 5천 원짜리를 내밀었다.

"학생, 가끔 밤늦게 혼자 운동하러 나오잖아."

용이 아저씨는 돈을 펴서 전대에 담으며 말을 이었다.

"경찰들이 그거 알면 꽤 성가시게 굴 거야. 나는 물론 말 안 했지. 오가는 손님 신상까지 내가 어떻게 알겠어. 아는 게 있다면, 문 토치에 산다는 것 정도지."

이 남자는 천리안인가. 문 토치는 방조제와 면한 단지가 아니었다. 당연히 이 호떡집 안에서는 내가 어디로 들어가는지 볼 수 없었다. 내 입으로 문 토치에 산다고 말한 적도 없었다. 나는 호떡을 한꺼번에 욱여넣고 우걱우걱 씹었다.

"지난 여름에 학생하고 묶어 보낸 여자 기억 안 나? 비 오는 야밤에 시커먼 선글라스 끼고, 물귀신같이 치렁치렁하게 머리 늘어뜨리고 거기 앉아 있던 여자."

용이 아저씨는 가게 한쪽에 놓인 흰 플라스틱 스툴을 가리켰다.

"기억나지?"

기억났다. 용이 아저씨가 우리 집을 어떻게 알아냈는지도 알 것 같았다.

"어제도 버스에서 혼자 내리더라고. 시간이 아주 늦지는 않았을 거야. 9시 좀 넘었나, 못 됐나. 우리 가게로 들어와서는 의자가 제 거나 되는 것처럼 다리를 꼬고 턱, 앉아 묻는 거야. 오늘은 학생 안 나왔느냐고. 못

봤다고 했더니 엄청 실망하는 얼굴이더라고. 학생한테 딴 생각이 있나 싶어서 접때 잘 들어갔느냐고 물어봤지. 그랬더니 학생이 바로 길 건너에 산다고 하는 거야. 그 여자 집이 e 푸른이라는데, 길 건너 단지면 문토치밖에 더 있어?"

번뜩, 차도 위로 굴러가던 진홍 우산이 생각났다. 어젯밤, 저 앞 횡단보도에서 만난 여자도 떠올랐다. 그 여자 우산이 진홍색이었을까. 용이 아저씨는 어젯밤 물귀신 이야기를 이어갔다.

"버스 손님이 없어서 한 시간 가까이 의자에 앉아 있었을걸. 10시가 다 돼서야 남자 하나가 붙었는데 세상에, 그때까지 호떡 하나를 안 먹더라니까. 자긴 밀가루 알레르기가 있다나, 어쩐다나. 그 정도 있었으면 예의라도 한 봉지 사줘야 하는 거 아냐? 가다 동네 고양이한테 던져주더라도 말이지."

"물귀신이 죽은 거예요?"

씹던 호떡을 목구멍으로 넘기고 물었다. 부디 그랬으면 하는 마음이었다. 물귀신이 죽었다면 내 무관성이 입증되는 셈이니까. 어젯밤, 물귀신과 동행한 남자가 따로 있다지 않은가. 용이 아저씨는 거스름돈 2천 원을 꺼내 길게 접어들더니 자기 손등을 툭툭 쳤다.

"아니, 그 참……. 학생 난청 있어? 그 말이 어째 그 말이야?"

"아니에요?"

김이 빠진 나머지 소리가 목 안으로 기어들어갔다. 나는 집게를 불판 끝에 내려놓았다.

"안 그래도 아까 왔던 사복들이 죽은 여자 사진을 내밀고 꼬치꼬치 묻더라고. 혹시 본 적이 있느냐, 우리 가게에 온 적이 있느냐. 내가 사진 보다가 나이 50에 오줌 지릴 뻔했잖아."

용이 아저씨는 말을 멈추고 거스름돈을 다시 전대에 집어넣었다. '오줌 지릴 뻔한 이유를 듣고 싶다면 어제 물귀신이 먹지 않은 호떡 값을 네가 대신 내야 한다'는 말이었다. 그러라는 의미로 눈을 한 번 깜박였다.

"가끔 우리 가게에 들르는 여자더라고. 단골은 아니지만 얼굴 보니 금방 알겠는 거야. 귀걸이를 특이하게 귓바퀴에다 꽂고 다녔거든. 그것도 한쪽만. 한번은 이유를 물어봤잖아. 우리가 또 궁금한 건 못 참는 성미라. 아가씨 왈, 어머니 유품인데 한쪽을 잃어버렸다는 거야. 그래서 피어싱처럼 보이게 귓바퀴에 한다고 하더라고. 그 얘길 했더니 사복 눈이 호떡만 해져서는 어떻게 생긴 귀걸이냐고 또 묻는 거야."

나도 모르게 점퍼 주머니 속으로 손이 들어갔다. 진주 귀걸이의 날카로운 침이 손끝에 닿았다. 옆구리를 찔린 것처럼, 몸이 움찔했다.

"근데 모양이고 나발이고 설명할 것이 없는 게, 달랑 진주만 있는 귀걸이였거든."

일순, 현기증이 났다. 용이 아저씨의 목소리는 아득하게 멀어졌다가 다시 돌아왔다.

"아이고, 저 똥파리들 또 나타났네."

용이 아저씨가 내 어깨 너머로 흘끔 시선을 던지며 중얼거렸다. 나도 고개를 돌려 뒤를 봤다. 검은 승용차 한 대가 호떡집 앞에 정차했다. 문이 열리고 두 남자가 내리더니 호떡집 안으로 성큼 들어섰다. 한쪽은 짧게 깎은 머리에 염소 눈을 한 30대 남자였고, 한쪽은 검은 코트를 입은 중년 남자였다. 외모로만 봐선 40대 중반이나 됐을까. 그들은 동시에 나를 쳐다봤다. 나는 그들이 형사라고 단정했다. 직감이 그랬다. 용이 아저씨의 똥파리 운운도 그렇고.

"오늘 장사 끝났습니다."

용이 아저씨가 말했다. 염소 눈이 손목시계를 들어올렸다.

"아직 8시도 안 됐는데."

"반죽이 일찍 떨어져서요."

용이 아저씨는 다 쓴 집게들을 플라스틱 통에 탁탁, 소리 나게 던져 넣었다.

"이 집 단골이신가?"

염소 눈이 내게 물었다. 대답은 용이 아저씨가 했다.

"아, 이 동네 사는 학생이에요."

"수고하세요"라고 인사하고 물러날 시점인 듯했다. 나는 염소 눈이 본격적으로 말을 걸어오기 전에 서둘러 호떡집을 빠져나왔다. 횡단보도까지 불과 댓 발짝도 되지 않았건만, 몇 번이나 발을 접질리고 넘어질 뻔했다. 금방 들은 용이 아저씨의 말이 자꾸만 뒷목을 잡는 바람에. 달랑 진주만 있는 귀걸이였거든.

횡단보도 옆에 선 후 슬쩍 호떡집을 돌아봤다. 두 남자에게 용이 아저씨가 무슨 말인가를 하고 있었다. 표정이나 몸짓으로 봐서 '열변'에 가까웠다. 나는 주머니에서 귀걸이를 꺼냈다. 달랑 진주만 있는 귀걸이였다. 못 볼 것이라도 본 양 황급히 손을 오므렸다. 설마……. 정신 나간 사람처럼 허공에 대고 도리질했다. 그럴 리가……. 머릿속 청군이 꽁지에 불 붙은 수탉처럼 떽떽거렸다. 신경 쓸 거 없어. 우연이야, 그냥 우연. 웬만한 여자는 하나쯤 갖고 있는 게 그놈의 진주 귀걸이라고.

버스 승강장 쪽에서 눈부신 전조등 빛이 뻗어왔다. 고개를 돌리자 빨간 버스 한 대가 승강장 앞에 멈추는 것이 내다보였다. 비 한 방울 내리지 않는 밤에, 차창 와이퍼가 부지런히 움직이고 있었다. 버스에서 내린 사람은 둘이었다. 여자 하나, 남자 하나. 여자는 진홍 우산을 펴들고 횡단보도 쪽으로 걸어왔다. 남자는 두어 발짝 뒤에서 따라 걸어왔다. 코트 주머니에 손을 넣고 어깨를 움츠린 채, 비틀비틀 걷는 품새가 술에 취한 게 아닌가 싶었다.

승객이 모두 내렸건만, 버스는 출발하지 않았다. 나는 횡단보도를 건너기 시작했다. 등 뒤에선 쩌렁쩌렁한 노랫소리가 울리기 시작했다.

잊지 못할 빗속의 여인.
그 여인을 잊지 못하네에…….

혀가 꼬부라진 남자의 목소리였다. 소주 네댓 병쯤 마시면 저런 노래가 나오려나. 걷다 보니 좀 이상한 기분이 들었다. 노랫소리는 뒤를 쫓아오는데, 사람의 발소리가 들리지 않았다. 나는 중앙선 부근에서 뒤를 돌아봤다. 아무것도 없었다. 버스도, 여자도. 남자도. 부연 안개 너머에서 노랫소리만 울리고 있었다.

노오오란 레인 코트에
검은 눈동자, 잊지 못하네에.

고개를 돌려 용이네 호떡집을 바라봤다. 염소 눈과 검은 코트는 여전히 등을 돌린 채 나란히 서 있었다. 그들의 귀엔 노랫소리가 들리지 않는 모양이었다. 나는 건너편을 향해 달리기 시작했다. 시야가 어지러웠다. 부연 안개 속에서 수십 개의 진홍 우산이 박쥐 떼처럼 펄럭거리고 있었다. 노랫소리는 집에 도착할 때까지 뒤통수를 쫓아왔다. 이제 슬슬 미쳐 가는 모양이었다.

\#

현관으로 들어서면서 해진의 문자를 받았다.

나 지금 목포 가는 KTX 안. 갑자기 웨딩 촬영 대타를 부탁받는 바람에……. 빨라야 내일 저녁에나 돌아갈 것 같아. 근데 어머니하곤 혹시 연락됐냐? 휴대전화가 계속 꺼져 있던데. 혹시 연락되면 나한테도 문자 줘. 밥 잘 챙겨 먹고. 좋은 날 혼자 있게 해서 미안하다.

선 자리에서 답을 보냈다.

일 잘 보고 천천히 와.

나도 할 일이 태산이거든.

터덜터덜 2층 계단을 올라갔다. 무엇 하나 명확하지 않았고, 기억나는 것도 여전히 없었지만, 이 계단을 내려갈 때와는 다른 점이 있었다. 무관해 보였던 상황들, 눈에 보이지 않았던 정황들, 대수롭지 않게 흘려버린 단서들이 하나의 사실을 증명하기 위해 집결해 있다는 것. 나는 '문 앞'이라고 부르는 시점에 와 있었다. 필요한 건 이제 하나뿐이었다. 어젯밤 12시에서 2시 30분까지, 기억에서 사라진 2시간 30분을 열어줄 열쇠.

점퍼를 벗어 의자에 걸쳐두고 책상 앞에 앉았다. 그때까지 틀어쥐고 있던 호떡 봉지와 진주 귀걸이는 책상에 내려놓았다. 수백 번째, 용이 아저씨의 말을 떠올렸다. 달랑 진주만 있는 귀걸이였거든. 애당초 나를 용이네 호떡집으로 가게 만들었던 신문 기사의 한 대목을 생각했다.

시신 일정 부위가 예리한 물체에 훼손된 걸로 미루어 타살 가능성이 매우 높은 걸로 보고…….

서랍을 열고 면도칼을 꺼냈다. 칼날을 펴자 파르르 떨리는 어머니의 목소리가 들려왔다.
'너는…….'
'유진이 너는…….'
'이 세상에 살아서는 안 될 놈이야.'
막막했다. 어디서부터, 뭘 해야 할지 감이 잡히지 않았다. 뭔가를 하는 것 자체가 하염없이 두려웠다. 뭔가를 하려 들면 들수록 내 몸에 족쇄 하나씩을 채우는 꼴이 돼가고 있었다. 무엇을 하든, 결국에는 집을 나가기 전에 봤던 지옥의 통로로 떨어져버리게 될 것 같았다. 그러니 아무것도 하지 않고 가만히 있는 게 낫지 않을까.

갑자기 지치는 기분이었다. 피곤이 공원의 비둘기 떼처럼, 몰려들었다. 이대로 침대에 엎어져버리고 싶었다. 아무 생각 없이 잠들고 싶었다. 이 혼돈이 파국이라는 말로 가닿기 전에, 잠시라도.

나는 눈을 감고 이마 한중간을 꾹꾹 눌렀다. 신음 같은 한숨이 샜다. 세상에는 외면하거나 거부해봐야 소용없는 일들이 있다. 세상에 태어난 일이 그렇고, 누군가의 자식이 된 일이 그러하며, 이미 일어나버린 일이 그렇다. 그렇다고는 해도, 나는 추측항법으로 날아가는 제트기는 되고 싶지 않았다. 나에 대한 마지막 주권 정도는 되찾고 싶었다. 이 빌어먹을 상황이 어떤 식으로 끝나든, 내 삶은 내가 결정하고 싶었다. 그러려면 남은 힘을 끌어모아 할 수 있는 일을 해야 했다. 무슨 수를 써서라도, 어둠 속에 갇힌 2시간 30분을 내 앞으로 끌어내야 했다.

면도칼을 귀걸이 옆에 내려놓았다. 서랍에서 나머지 물건들까지 모두 꺼내 늘어놓았다. MP3, 이어폰, 옥상 열쇠, 자동차 키……. 하나씩 만지고 훑어보다 어머니의 일기인지 메모인지를 폈다. 여기서부터 출발하는 것 말고는 달리 길이 없어 보였다.

일단 첫 장부터 끝 장까지 주르르 넘겨봤다. 기억하던 것보다 분량이 많았다. 노트 중간 중간에는 파란 간지가 끼워져 있고, 간지 옆면에 2016년부터 2000년까지 연도를 표기한 견출지들이 붙어 있었다. 다만 순서가 역순이었다. 2016년, 2015년, 2014년……. 기록은 한 달 단위로 구분해놓았는데 이 역시 역순이었다. 12월, 11월……. 시간순차로 쓰인 건, 일별 기록뿐이었다. 이를테면, 첫 장인 12월 6일 기록이 끝난 부분에서 두 칸을 뗀 후, 12월 7일을 잇대어 기록하는 식이었다. 그나마도 날짜가 들쭉날쭉했다. 일기처럼 거의 매일 쓴 달도 있는가 하면, 두어 번 쓰고 넘어간 달도 있고, 아예 건너뛴 달도 많았다. 날짜별 기록 역시 한 줄짜리에서 두세 쪽을 넘기는 장문까지 각양각색이었다. 일반 노트로는 불가능한 기록 방식이다. 일기인지 메모인지가 바인더에 속지를 끼워 쓰는 파일 형태인 데에는 그럴 만한 이유가 있었던 것이다. 그렇게 써야 했던 이유는 몰라도, 장점이 있다는 건 알 수 있었다. 특정한 해, 특정한 달의 기록을 도서관 자료처럼 쉽게 열람할 수 있다는 점.

기록을 시작한 날짜는 16년 전인 2000년 4월 30일이었다. 첫 문장은 이랬다.

유진이 잔다, 시름없이, 새근새근 잔다.

앞으로 넘겨 가장 최근 기록인 2016년 12월을 살펴봤다. 6일과 7일과 9일, 세 꼭지에 불과했다. 그 역시 나에 관한 이야기였다. 중간 부분도 다 이런 식이라면 일기인지 메모인지는 나에 관한 '관찰 기록'이라 불러야 할 것이다. 보기도 전에 진저리부터 났다. 이런 기록이 왜 필요했을까. 이모에게 내 언행을 빠짐없이 전달하려고? 기록으로 간수해야 할 필연적 이유가 있어서?

나는 2016년 12월 기록으로 돌아왔다.

12월 6일. 화.
유진의 방이 비어 있었다. 또 옥상으로 나가기 시작했다. 한 달 만이다.

12월 7일. 수.
연이틀째. 대기하고 있었는데도 아이를 놓쳤다.

12월 9일. 금.
아이는 어디로 갔을까. 새벽 2시가 되도록 온 동네를 뒤지고 다녔는데 흔적도 찾을 수 없다. 분명히 봤는데. 춥고 무섭고 끔찍하다. 이제

헬로가 짖는다. 아이가 돌아왔다.

표피적으로 읽히는 건 세 가지로 정리됐다. 어머니가 나를 미행했다는 것. 나와 어머니가 어딘가에서 만났다는 것. 춥고 무섭고 끔찍한 일이 12시 30분부터 새벽 2시 사이에 일어났다는 것. 문장 사이에는 어둠처럼 불길하고 심연처럼 불가해한 여백들이 놓여 있었다. 내 아둔한 눈

2부 나는 누구일까 173

으로는 읽어낼 수 없는 영역이었다. 적어도 지금 당장은.
장을 넘겨 11월로 건너갔다.

11월 14일. 월.
아이가 옥상으로 나갔다. 지난 두어 달 조용했기에, 상상조차 못 하고 있었다. 헬로가 짖기 시작했을 때 바로 나가봤다면 놓치지 않았을 텐데.
마음에 걸리는 게 있어 아이의 책상 서랍을 열고 약봉지를 꺼냈다. 세어보니 정확히 11일분이 남아 있었다. 남아야 할 개수만큼 남아 있는 것이 '제대로 먹고 있다'와 같은 말일까.

탁상달력을 집어 들고 한 장을 앞으로 넘겨 날짜를 확인했다. 11월 11일에서 15까지, 작은 점이 찍혀 있었다. 면접구술고사를 앞두고, 8월 이후 두 번째로 약을 끊은 기간이었다. 매끼, 한 알씩 입 대신 변기에다 털어넣는 방식으로 약을 버렸다. 가장 헷갈리지 않으면서 어머니에게 꼬리를 잡히지 않는 방법이었다. 그런데도 '약을 먹지 않았다'고 의심했다는 것, 더구나 그 의심이 '옥상으로 나갔다'라는 행동에서 도출됐다는 건, 두 행위 사이의 연관관계를 어머니가 파악하고 있었다는 얘기다. 아니면 같은 전례가 있었거나.
전례에 대해, 곰곰이 생각을 해봤다. 비슷한 기억조차 떠오르지 않았다. 답답하긴 했지만 일단 덮어두고 넘어갈 수밖에 없었다.

11월 15일. 화.
바람과 숨바꼭질을 하다 온 기분이다. 헬로가 짖어대자 곧장 뛰쳐나갔는데도 아이를 볼 수 없었다. 후문 경비원은 최근 30분 동안 아무도 앞을 지나가지 않았다고 말했다. 정문도 마찬가지였다. 군도초교 앞 샛문으로 나가 만난 사람은, 유진이 아니라 일을 끝내고 돌아오는 해진이었다.

어머니의 미행은 일회성 행동이 아니었다. 이만하면 상습이라 불러 마땅했다. 도무지 납득되지 않는 일이기도 했다. 어머니가 내 삶을 쥐고 흔든 절대자였다는 점을 감안하더라도 정상으로 보이진 않았다. 보통의 어머니들은 아들이 야밤에 나간다는 이유로 미행에 나서지는 않는다. 미치거나, 좀 더 그럴 법한 이유가 있지 않는 한. 어쩌면 후문 경비원도 어머니의 이상행동을 알고 있었을지 모른다. 나아가 아파트 단지 주민들까지도. 206동 2505호에 사는 과부는 밤만 되면 아들을 찾아 온 동네를 헤맨다고. 그날은 샛문에서 해진을 만났으니, 어젯밤처럼 온 동네를 헤매고 다니지는 않았겠지만.

날짜가 일치하는지는 모르겠으나, 내게도 그즈음 바깥에서 해진을 만난 기억이 있다. 강변 인도였고 강을 가로지른 동진1교 부근이었다. 나는 방조제를 향해 달리다가 맞은편 안개 속에서 울리는 전화벨 소리를 들었다. 뒤이어 사람의 목소리가 났다.

"예, 감독님. 집에 들어가는 길이에요."

한마디면 충분했다. 백 사람이 백 개의 목소리로 떠들어대는 광장에서도 한 번에 구분할 수 있는 목소리였다. 해진이었다. 나는 잠시 갈등을 느꼈다. 알은체를 할 것인가. 그러면 녀석이 '이 늦은 시간에 어디를 가느냐'고 할 텐데. '달리러 나간다'고 하면, 어머니가 그 대답을 전해 듣게 될 테고. 옥상으로 빠져나갔다는 새로운 트집거리를 안겨주는 셈이었다.

"아니에요, 괜찮습니다."

두 번째 목소리는 10여 미터 앞에서 들려왔다. 동시에 거뭇한 그림자가 안개 속에서 튀어나왔다. 나는 더 머뭇대지 않고 가로등 뒤편으로 숨어들었다. 가로등 주와 강변 난간 사이에 성인 한 사람이 움직일 만한 틈이 있었다. 전등이 도로 쪽으로 길게 튀어나온 탓에 후면이 어두운 데다 강에서 피어오른 안개로 뒤덮여 몸을 숨기기에 적당한 공간이었다.

"예, 내일 2시까지 상암동으로 가겠습니다."

강을 바라보고 선 채, 등 뒤를 스쳐가는 해진의 목소리를 들었다. 아랫도리가 찌릿찌릿해왔다. 동네 개들에게 한쪽 다리를 들게 하는 물건이 전봇대라면, 인간 남자의 바지를 내리게 하는 건 흘러가는 물길인지도 모르겠다. 어둠 속에서 쉬익, 소리를 지르며 갑문으로 치닫는 강물을 지켜보노라니, 자동으로 오줌이 마려웠다. 나는 볼일을 보기 시작했다. 그와 함께 녀석이 멈칫 서는 기척을 느꼈다. 주변은 어둡고, 등을 돌리고 있는 데다 마스크와 후드를 덮어썼고, 고개마저 수그리고 있었으니 내 얼굴이 보일 리는 없었다. 다만 재킷 등판에 새겨진 '과외'라는 활자가 마음에 걸렸다.

인간이 동물과 다른 점은 자기 자신을 자기 안의 눈으로 볼 수 있다는 점일 것이다. 나는 뒤쪽 기척에 온 신경을 집중하는 동시에 내 안의 눈이 비추는 나를 봤다. 가로등 그늘에 숨어 오줌을 누면서, 행여 나를 알아볼까 목을 움츠린 내 꼴이 마음에 들지 않았다. 죄를 저질러 쫓기는 처지도 아니고, 돈을 떼먹고 야간도주를 한 것도 아닌데, 이 무슨 모양 빠지는 짓인지. 오줌발마저 시원찮게 툭툭 떨어지다 찜찜한 느낌을 남기고 끊겨버렸다. 짜증이 인 나머지 소리라도 질러 녀석을 쫓아버리고 싶었다. 좀 가라. 좀······.

해진은 갔다. 발소리가 멀어지자 나도 내 길을 갔다. 그날 만약 녀석과 알은체를 했다면 어땠을까. 어머니는 쓸데없는 미행을 그만뒀을까. 다시 질문이 원점으로 돌아왔다. 어머니는 구체적으로 무얼 걱정했을까. 아니, '왜 걱정했느냐'가 더 정확한 질문이겠지.
  다음 장은 10월이 아닌 8월이었다. 두어 달을 훌쩍 건너뛴 셈이다.

  8월 30일. 화.
  해진과 유진이 임자도에서 돌아왔다. 그것도 자정이 다된 시각에, 예정보다 하루 빠른 귀가였다. 유진은 장마 뒤 늦더위가 한창인 8월에, 보기만 해도 숨통 막히는 고어텍스 재킷을 걸친 채 땀을 줄줄 흘렸다. 손등엔 무언가에 긁힌 상처가 나 있고, 땀에 젖어 갈라진 앞머리 사이로, 푸릇한 멍 자국도 내다보였다.
  설마, 또 약을 끊은 건 아니겠지. 설마……. 발작을 일으킨 건 아니겠지.

  노트에 쓰인 '설마'는 만에 하나 오답일 경우를 대비한 조심스러운 단어였다. 그날 우리가 집 안에 들어섰을 때, 어머니의 시선이 내 이마로 오던 순간에, 나는 어머니가 모든 걸 알아차렸다는 것을 알아차렸다. "이마에 멍이 왜 들었니?"라고 물은 건 확인 차원이었을 것이다. 그렇다고 해도 내 입으로 확인해주고 싶지는 않았다.
  "배에 타다 문틀에 찧었어요."
  어머니는 표정 없는 눈으로 나를 바라보다 두 번째 질문을 던졌다.
  "이 더운 날 재킷은 왜 입고 있니?"
  나는 재킷을 내려다보며 자문했다. 왜 입었더라. 곧 머릿속 백군이 답을 알려왔다. 발작하다 땅에 긁혀서 난 팔꿈치 상처와 멍을 가리려고.

"해진이가 선물한 거예요. 받으면 그 즉시 입어주는 게 예의라면서요."

해진은 소파에 앉아 양말을 벗고 있었다. '저는 지금 이 중차대한 일에 온 관심을 쏟고 있어서 두 사람 이야기에 신경 쓸 수 없어요', 라는 분위기를 한껏 풍기면서. 내 거짓말이 불편했겠지. 그로 인해, 첫 영화 작업의 기념품이 졸지에 선물로 둔갑한 것도. 어머니의 질문을 빙자한 신문으로 집 안이 삽시에 얼음장이 돼버린 것도.

어머니는 더 캐묻지 않았다. 아마도 내가 방으로 올라간 후 해진을 붙들고 물었을 것이다. 유진이 말이 맞니? 해진은 '네' 했겠지. 몇 번을 반복해 물어도 그랬으리라 믿는다. 반대로 표정은 점점 '아니요'가 돼갔겠지만. 어머니의 머리에서 '설마'는 부레옥잠처럼 떠다녔으리라. 10년 전, 멋대로 약을 끊은 일로 제 인생이 뒤집혔는데 또 그랬을까. 설마…….

혹시 어머니가 어제 나를 몰아세운 것도 '설마' 때문이었을까. 아니면 옥상으로 나가 나돌아다니는 걸 더 봐줄 수 없었던 걸까. 그것도 아니면, 약과 옥상이 연계돼 만들어낸 제3의 문제가 있는 것일까. 만약 그렇다면 어젯밤 어머니의 폭발이 이해 가능하다. 지금껏 참고 있다 어제 날을 잡아 터트린 이유는 여전히 이해 불가지만. 어머니의 성격이라면 처음부터 나를 제어했어야 맞다. 넉 달 동안 풀어놓고 미행하거나 관찰하는 게 아니라.

8월 31일. 수.

밤 10시경이었다. 막 잠자리에 눕는데 머리 위에서 쿵, 하는 '이상한' 소리가 울렸다. 정체를 몰라 이상한 게 아니라, 알아서 이상한 소리였다. 육중한 철문이 바람에 밀려 닫히는 소리였다. 이 집 안에서 그런 소리를 낼 만한 문은 하나밖에 없었다.

두 가지가 신경 쓰인다. 아이는 왜 옥상으로 나갔을까. 준 적 없는 열쇠가 어디서 났을까.

어머니가 들은 '쿵' 소리는, 문을 열 때가 아니라 닫을 때 난 소리였을 것이다. 옥상 철문은 문짝과 틀이 지나치게 잘 들어맞은 나머지, 부드럽게 한 동작으로 닫는 게 불가능했다. 양손으로 요령 있게 힘을 써야 소리 없이 닫을 수 있었다. 요령이 없었던 그날은 물론이고, 이후로도 두 번쯤 더 쿵, 소리를 낸 기억이 난다. 나는 31일 기록 중 행갈이를 한 부분, "없었다"와 "두 가지가" 사이를 검지로 짚었다. 꽤 큰 여백이 놓여 있었다. 해진의 주특기인 '만약에 내가 ……라면'의 마법을 빌려와 그 부분을 채워봤다. 만약 내가 어머니라면…… 쿵, 소리를 듣자마자 옥상으로 올라오겠지.

옥상 철문은 이사할 때부터 말썽이었다. 부실시공으로 문틀과 문짝이 잘 맞지 않았다. 그 바람에 잠금장치가 걸리지 않거나, 헐거워 덜걱대던 문짝이 저절로 열리는 경우가 종종 있었다. 어머니는 수차례 보수를 요구했으나 시공 건설사가 부도를 내는 바람에 제대로 조치가 되지 않았다. 관리실 직원이 와서 걸고리를 달아준 게 전부였다. 다리가 부러진 환자에게 빨간약을 발라준 거나 다름없는 조치였다. 지난 태풍 때에도 철문은 하루에도 수차례씩 쾅, 소리를 내며 열리고는 했다. 걸고리는 뿌리째 뽑혀버렸다. 어머니는 결국 사비를 들여 문틀을 보수하고, 문짝을 교체하고, 잠금장치와 빗장을 이중으로 설치했다. 시공업자는 옥상이 날아가지 않는 한 저절로 열리지는 않을 것이라 장담했다.

장담이 허풍인지 아닌지, 어머니는 확인하고 싶었을 테다. 옥상으로 들어서면서 퍼걸러 외등이 켜져 있다는 걸 알아차렸을 것이고. 철문 앞에 다다른 후, 잠금장치는 잠겨 있는데 빗장만 뽑혀 있다는 걸 알았겠지. 어쩌면 그때 22층에서 헬로가 짖어댔을지도 모른다. 내가 비상계단으로 내려갈 때마다 어김없이 떽떽거리는 놈이니까.

어머니는 철문을 열고 밖을 내다봤을까. 계단을 뛰어내리는 내 발소리를 들었을까. 개 소리가 그리도 시끄러웠는데? 들었든 못 들었든, 어머니는 내 방으로 와보지 않았을까. 조금 열려 있는 유리문을 보면서 내가 없다는 걸 확신했을 테고, 방으로 들어와본 후 내가 없다는 걸 확인했을 것이다. 그날도 어머니는 약봉지를 세어봤을까. 그날도 약봉지 개수는 틀림없이 남아 있었을 텐데. 그날도 나를 찾아 밖으로 나갔을까. 그날도 후문 경비실로 가서 누가 금방 지나가지 않았는지 물었을까. 혹시, 그날도 샛문 근처에서 해진을 만나지는 않았을까. 어머니는 그날 일을 왜 내게 직접 묻지 않았을까. 그리 어렵지 않은 질문들인데.

왜 옥상으로 나갔니?

열쇠는 어디서 났니?

입을 딱 다문 채 신경만 쓴 어머니의 속내에 나는 더 신경이 쓰인다. 왜 그러셨어요? 그깟 게 뭐 그리 대단한 사건이라고.

옥상 열쇠는 어머니 말대로 목적이 있어 복제했다. 다만 어머니로 하여금 춥고 어둔 거리를 배회하게 만들 만큼 굉장한 목적은 아니었다. 기억하기로, 8월 31일은 열쇠를 처음 사용한 날이었다. 내가 처음 옥상으로 나간 날이기도 하다. 해진과 임자도에서 돌아온 다음 날이었으며, 그때까지도 약을 먹지 않고 있었다. 10년 만에 약의 족쇄를 푼 대가로 임자도까지 가서 공개적이고 대대적인 발작을 하고 왔는데, 그 깊은 상처를 아물게 할 연고 정도는 발라야 하지 않겠는가. 하루만, 딱 하루만 더 마법 속에 나를 놔두고 싶었다.

나는 소중한 하루를 꼬박 방 안에서 보냈다. 팔꿈치며 무릎에 남은 발작의 훈장을 가리느라 긴팔에 긴바지를 입고, 에어컨을 빙상 경기장 수준으로 틀어놓고, 침대에서 뒹굴뒹굴 굴렀다. 해진마저 아침 일찍 상암동에 가는 바람에 말 한마디 나눌 사람이 없었다. 정확히 말하면 말할 상대가 아니라 말하고 싶은 상대가 없었다. 어머니도 사람이고, 사람 말을 하는 입이 달려 있으니.

그날 어머니는 아침부터 옥상에 올라와 온 종일 내 가시거리 안에서 어슬렁거렸다. 딱히 뭔가를 하는 것 같지는 않았다. 화단가에 쪼그려 앉아 이미 뽑아 없앤 풀을 다시 뽑는 척하거나, 텃밭 고추를 다듬작거리며 어깨 너머로 내 방을 흘끔대며 한 세월을 보냈다. 블라인드를 쳐놓으면 5분도 되지 않아 테라스 유리문을 두들기고는 했다. 부르는 이유야 매번 있었다. 갑갑하지 않니? 에이컨 바람 오래 쐬면 감기 든다. 햇볕이 참 좋다. 나와서 차 마실래?

차 따위 마시고 싶지 않았다. 그런 건 아플 때나 마시는 거였다. 성가시게 하는 속내가 뭐냐고 묻고 싶지도 않았다. 어머니가 내 머릿속을 빤히 들여다보듯, 나도 어머니 뱃속쯤은 더듬어 읽을 수 있으니까. "차 마실래?"는 "임자도에서 무슨 일이 있었는지 실토해봐"와 같은 말이었다. "햇볕이 참 좋다"는 나의 도덕적 약점인 '솔직성'에 대해 토론하자는 제의였다.

해가 저물 무렵, 너무나 지루했던 나머지 벽이라도 기어오르고 싶었던 그때, 나는 지극히 당연해서 생각조차 해본 적이 없었던 진리 하나를 깨달았다. 아이든, 어른이든 인간에겐 갈 만한 곳과 할 만한 일이 필요하다는 것. 내겐 갈 곳이 없었고, 할 일이 없었다. 해야 할 훈련이 없는 시절, 해야 할 공부가 없는 하루를 어떻게 쓰면 좋을지 알 수가 없었다. 만나고 싶은 사람도, 보고 싶은 영화도, 하고 싶은 일도 없었다. 술도 마시지 못하고, 밤 9시면 귀가해야 했으니 하룻밤 유희조차 불가능했다. 가끔 어머니가 "넌 만나는 애 없니?"라고 물으면 억장이 무너졌던 이유다. 아무것도 없이 무언가를 얻을 수 없다는 세상 이치를, 뭐든지 다 아는 어머니만 모르고 있었다.

밤 10시가 되자 나는 침대에서 일어났다. 근육이 스스로 시동을 걸고 부릉부릉거리는 '개병'이 발동해서 더 버틸 수가 없었다. 해진의 '과외' 재킷을 땀복 삼아 걸치고, 이날을 위해 욕실 천장에 숨겨뒀던 운동화를 꺼내 신고 철문으로 뛰어나갔다. 옥상 열쇠 역시 그런 때를 대비해 복사해둔 것이었다. 성실하게 약을 먹던 때부터 어머니 모르게 아무 때나 뛰쳐나갈 수 있는 문을 꿈꾼 셈이다. 이 서글픈 욕망에 굳이 이름을 붙이자면 개구멍에 대한 로망, 정도가 될 것이다. 방에 틀어박혀 있으면 미칠 것 같은 밤에 나를 세상으로 내보내줄 문. 옥상 철문을 쿵, 소리 나게 닫은 건, 요령도 요령이지만 조급한 마음이 앞선 탓이 컸다. 조금만 침착했다면 어머니의 사냥개 본능을 일깨우는 일은 없었을 것을.

옥상 철문을 나선 후, 뒤 한번 보지 않고 비상계단을 뛰어내려갔다. 금방이라도 어머니가 '유진아' 부를 것 같아 발목이 움찔대고 뒤통수가 간지러웠다. 그 지랄 맞은 느낌은 샛문을 거쳐 방조제 횡단보도를 건너간 후에야 사라졌다. 비로소 달리기를 멈추고 숨을 고를 여유가 생겼다. 나는 방조제 난간에 허벅지를 기대고 서서 밤바다를 내려다봤다. 아무것도 보이지 않았다. 파도, 갈매기, 군도해상공원, 달리기의 반환점인 은하수전망대, 수평선……. 모든 것이 어둠과 안개 뒤에 숨어 있었다. 전망대 서치라이트 빛만 놀이공원 대관람차처럼 유혹적인 빛을 뿌렸다. 애야, 이리 와. 노올자.

용이네 호떡집은 문이 닫혀 있었다. 아직 11시도 되지 않았는데 무슨 일일까, 싶었다.

호떡집 문이 일찍 닫히는 경우는 용이 아저씨의 신상에 문제가 생겼을 때뿐이었다. 본인 입으로 직접 밝힌바, 신상 문제란 이런 것들이다. 몸, 기분, 호떡의 반죽 상태가 모두 불량하다. 어쩐지 일진이 사나울 것 같은 예감이 든다. 뼈 시리게 외로운 날, 바람이 분다. 울고 싶은 밤에 비가 내린다. 인간이 싫은 날, 보름달이 뜬다. 몸도 마음도 무거운 날, 날씨까지 무겁다.

아마도 마지막 사유에 해당되는 날일 거라고 짐작했다. 날은 덥고, 습한 안개가 온몸을 짓누르는 데다, 검은 하늘엔 금방이라도 비가 올 것처럼 회색 구름이 몰려와 있었으므로. 개병에 걸린 나는 날씨의 영향을 받지 않았다. 전망대까지 휘잉 날아갔다가 날아서 호떡집 앞으로 돌아왔다 횡단보도 역시 날아서 건너간 후, 하구언로 강변 쪽 인도에 연착륙했다. 그때 안개에 가려 보이지 않는 저 앞에서 사람의 웃음소리가 들려왔다.

"아니, 그 말이 아니라니까."

파, 이상은 올라가지 않을 듯한 탁음이었으나 틀림없는 여자의 음성이었다. 대거리해주는 목소리가 없는 걸로 봐서 전화 통화를 하며 혼자 걷는 게 아닌가 싶었다. 조금 성가신 기분이 되었다. 홀로 밤길을 가는 여자에게 괜한 오해를 받지 않으려면, 그리하여 귀찮은 상황이 벌어지지 않으려면 둘 중 하나를 택해야 했다. 뛰어서 앞서가든가, 길을 건너서 근린공원 쪽 인도로 가든가.

"귓구멍에 오뎅이라도 박았냐? 도대체 말귀를 못 알아들어."

'구멍'과 '오뎅'이라……. 어떤 여자가 기억났다. 지난 5월 중순 어느 날 아침 운동을 다녀오던 길에 만난 잊지 못할 그녀. 확실치는 않지만 8시쯤 됐을 거라고 짐작한다. 군도초교 앞에서 횡단보도를 건너던 중 우뚝 걸음을 멈췄다. 밤새 나를 괴롭혔던 두통이 되살아난 탓이었다. '슬금슬금'이 아니라 느닷없이 발작이라도 하듯. 시야가 한숨에 흐릿해졌다. 쇠망치로 눈두덩을 얻어맞은 기분이었다. 그 바람에 보행 신호음이 끝나가도록 한 발짝도 움직일 수가 없었다. 머리를 감싸 쥐고 보도에 나뒹굴지 않은 것만도 다행이었다. 오른쪽 어깨 옆에서 경적음이 울리지 않았다면, 정말로 그랬을는지도 모른다. 나는 멈칫해서 한 발짝 물러섰다. 거의 동시에 흰 승용차가 옆구리를 들이받듯 스치고 지나갔다. 반쯤 내려온 차창 안에선 여자의 억센 쇳소리가 튀어나왔다.

"개놈아, 눈구녕에 오뎅 박았냐."

학교 앞 도로였고, 보행자 보호 구간이었다. 설령 그따위 수식어가 붙지 않은 차로라 할지라도, 누군가 횡단보도에서 머리를 싸매고 휘청댄다면 차가 기다려야 마땅했다. 개와 오뎅을 동원해 상대를 모욕하고 내뺄 게 아니라. 차량번호, 하다못해 차종이라도 봐두고 싶었으나 상황이 여의치 않았다. 새벽안개가 허리까지 차올라 있었고, 시야는 두통으로 흐릿했으며, 승용차는 이미 하구언로 쪽으로 좌회전하고 있었다.

두통을 잠시 잊었다. 머리 뚜껑이 열리는 바람에 남은 몇 미터를 날듯이 건너갔다. 건너간 후엔 어찌할 바를 모르고 사방을 두리번거렸다. '오뎅'의 차는 시야에서 사라졌고, 군도초교 앞길에는 아직 CCTV가 없었다. 차가 달려온 방향에는 문 토치를 포함해 대단위 아파트 단지 네 개가 마주 서 있었다. 더하여 차량번호도, 차종도 몰랐다. 손봐줄 길이 전혀 없는 셈이었다. 한껏 열이 올랐던 머리가 스리슬쩍 식기 시작했다. 스스로 평가하기에, 나의 가장 큰 단점은 화가 나면 눈에 뵈는 게 없어지는 것이다. 반면, 가장 큰 장점은 화내봐야 소용없을 땐 곧바로 포기한다는 것이고. 나는 '오뎅 손보기'를 포기했다.

그때 손보지 못한 '오뎅'이 바로 저 '오뎅'이라는 확신이 왔다. '오뎅'을 먹는 여자는 많지만, 이런저런 구멍에다 박는 여자는 그리 흔치 않았다. 그 여자나 이 여자나 목구멍에 '오뎅'이 틀어박힌 목소리라는 점에서도 그렇고. 더 생각할 것 없이 강변 가로등 뒤편으로 뛰어들었다. 성큼성큼 걸어 '오뎅'과의 거리를 좁혔다. 곧 안개 속에서 느릿느릿 움직이는 거뭇한 그림자가 보였다. 좀 더 거리를 좁히자 바람에 나풀거리는 긴 머리채도 볼 수 있었다. 거기서부터 보속을 늦췄다. 딱 그만큼의 거리를 유지하며 따라갔다. 맹세하는데, 딴 뜻은 없었다. 그저 어디에 사는지 알고 싶었을 뿐. '오뎅'의 수다는 5분 가까이 계속됐다.

"광화문 교보 앞에서 시동이 꺼져버렸다니까."

"어쩌긴 뭘 어째, 견인차 불러서 카센터로 끌고 갔지."

"아니, 버스 탔어. 거기서 여기가 어디라고 택시를 타냐."

"무섭긴 뭐가 무서워. 12시면 아직 초저녁인데. 달도 훤하고……."

'오뎅'은 동진1교를 넘어서면서 걸음과 말을 동시에 멈췄다. 자정의 서울과 자정의 군도신시는 완전히 다른 세상이라는 걸 뒤늦게야 깨달은 눈치였다. 거리는 어둡고 고요했다. 인적도, 오가는 차량도 없었다. 부옇게 퍼진 해무 뒤에서 밤잠 없는 갈매기만 꾸억꾸억 울어댔다. '오뎅'은 허둥대며 몸을 돌리더니 내 쪽을 바라보고 섰다. 아무래도 등 뒤가 가장 불안한 모양이었다.

나는 가로등 뒤편에 서서, 가로등의 황색광 밑에 서 있는 오뎅을 마주 봤다. 시선을 붙잡은 건, 얼굴이 아니라 전화기를 틀어쥔 손가락이었다.

더 구체적으로 말하자면, 쫏꼭지만 한 새끼손가락에 걸린 금반지였다. 달빛이 눈을 교란한 건지, 가로등 빛이 후광을 입힌 건지는 잘 모르겠다. 반지는 부연 안개 속에서도 은하계를 건너온 별빛처럼 신비롭게 반짝거렸다. 이에 영감을 받은 머릿속 목소리가 퀴즈를 냈다. 오뎅 손에서 금반지를 빼는 가장 간단한 방법은?

별 망설임 없이 답을 달았다. 손가락을 자른다.

"아니, 아무것도 아냐. 그냥 뒤에서 뭔 소리가 난 거 같아서."

'오뎅'은 몸을 돌리고 다시 걷기 시작했다. 자박자박. 나도 발맞춰 걷기 시작했다. 자박자박. 10미터쯤이나 더 전진했을까. '오뎅'은 또 걸음을 멈추고 뒤를 봤다. 마침내 나와야 할 말이 나왔다.

"있지. 내가 집에 가서 다시 전화할게."

나도 걸음을 멈췄다. 배시시 웃음이 나왔다. 진즉에 그랬어야지.

'오뎅'은 휴대전화를 고쳐 쥐더니 고개를 돌리고 종종걸음을 치기 시작했다. 불안이 확연하게 느껴지는 걸음이었다. 아마 계속해서 등 뒤가 신경 쓰였을 것이다. 인류 역사가 보증하는 '여자의 육감'이 줄곧 속삭였을 테니까. 뒤에서 사람 기척이 나는 것 같지 않아? 어쩌면 발화되지 않은 내 머릿속 속삭임을 들었을지도 모른다. 내가 느껴지니?

나 역시 보속을 높였다. 어쩐지 숨이 차는 기분이었다. 뛰는 것도 아닌데 허벅지에 힘이 들어갔다. 새로 이가 나려는 것처럼 잇몸이 근질근질했다. 누군가 입김이라도 불어넣은 것처럼, 귀밑으로부터 뺨까지 자잘한 소름이 돋았다. '흥분'이나 '긴장' 같은 단어로는 온전히 표현되지 않는 이상반응이었다. 언젠가 해진이 내게 귀띔해준 것과 엇비슷한 느낌이었다.

4년 전 늦은 봄, 아니 초여름이었던 것도 같다. 해진은 오랫동안 가슴

졸이며 혼자 좋아하던 과 선배를 만나러 나갔다가 외박을 하고 들어왔다. 사전 연락 없이 외박을 한 건 김해진 역사에 그날이 유일무이할 것이다. 녀석이 어머니에게 야단을 들은 몇 안 되는 날이기도 했다. 어머니가 잔소리를 하는 동안, 나는 보조 식탁 앞에 서서 해진의 표정을 유심히 살폈다. 거푸 "죄송합니다" 하면서도 정신은 시종 딴 데 가 있었다. 다갈색 동공에 별들이 반짝이는 걸로 보아 머나먼 우주 공간을 나돌아다니는 것도 같았다. 점점 궁금증이 커졌다. 녀석을 우주로 보낸 지난밤 여자는 어떤 여자일까. 어머니가 퇴장하자마자 녀석에게 물어봤다.

"그렇게 좋디?"

해진은 목덜미가 수박 속처럼 빨개져서는 어머니한테나 해야 할 답변을 내놨다.

"기억이 잘 안 나. 둘 다 엉망으로 취해서."

혼자만의 비밀로 간직하고 싶다는 뜻이었다. 물론 나는 그 뜻을 존중할 마음이 없었다. 내게도 그 부분은 중차대한 문제였으므로.

"그래도 기분 정도는 기억할 거 아냐?"

"그게……."

한동안 망설인 끝에 녀석은 장황한 문학적 수사를 늘어놓았다. 정확히 기억나지 않지만 대략 이런 말이었다.

내가 아흔여덟 살쯤 먹어 죽음을 눈앞에 뒀을 때, 신이 나를 데리러 와서 네 인생 어디쯤에 한번 들렀다 가고 싶으냐고 물으면, 세상이 스르르 사라지던 어젯밤 그 순간으로 가고 싶다고 대답하겠다.

세상이 스르르 사라지는 게 어떤 느낌일까. 진지한 연애야 해본 적 없지만 내게도 여자와 자본 경험은 두 번 있었다. 두 번 다 녀석이 말한 느낌과는 거리가 우주만큼 멀었다. 팬티를 벗기는 데 공들일 필요가 없는 프로였으나 여자는 분명한 여자인데. 더하여 내가 좋아하는 작고 암팡진 젖가슴을 갖고 있었는데도 좀체 열이 오르지 않았다. 맥박은 오히려 평소보다 느리고 무거워졌다. 사정의 순간조차 짜릿하지 않았다. 혹시나 싶었던 두 번째도 역시나 마찬가지였다. 나는 키스하는 일마저 지루했던 나머지, 혀끝으로 그녀의 송곳니를 만지고 있었다.

그렇다 하여 남자한테 끌리는 것도 아니었다. 물론, 22층 헬로한테도. 우주로 가버린 해진의 눈빛은 내겐 난수표와도 같았다. 죽을 때까지 해독하지 못할 감정 신호 같아서 깊은 좌절감마저 느꼈다. 그날 밤, 오뎅과 발맞춰 걷기 시작했을 때에야, 비로소 나는 해독의 실마리를 찾았다. 더하여 내가 무엇에 끌리는가를 명확하게 알게 되었다. 나는 겁먹은 것에게 끌렸다.

달이 먹구름 속으로 들어갔다. 안개는 눈에 보일 만큼 빠른 속도로 짙어졌다. 마치 제설기가 눈발을 뿜어내는 것처럼 부옇게 피어올랐다. 나는 '오뎅'이 돌아보면 멈추고, 움직이면 나를 충분히 느낄 만한 거리로 따라붙었다. 거리가 가까워질수록 '오뎅'의 소리들이 귓속으로 빨려들어와 오감에 불을 질렀다. 등에 멘 가방 안에서 동전인지 열쇠인지가 짤그랑대는 소리. 점점 더 빨라지고 불규칙해지는 구두 소리. 한 발짝 뗄 때마다 양 허벅지의 맨살끼리 맞비벼지는 싸각싸각 소리. 거친 바람에 긴 머리가 풀럭대는 소리. 거칠고도 축축하게 울리는 숨소리. 나중엔 턱 밑을 도는 피의 흐름까지 들리는 것 같았다.

그사이 머릿속에선 '금반지 빼기'와 관련해서 상상할 수 있는 모든 일들이 벌어졌다. 어깻죽지 위에서 팔랑거리는 저 머리채를 한 손에 휘어잡는다. 동시에 다른 손으로 입을 틀어막는다. 도로를 건너 강변으로 끌고 간다. 강물로 떠밀어버리기 전에 금반지를 빼낸다. 그 옛날 동굴에 모여앉아 생고기를 뜯어먹던 선조의 유산인 송곳니로, 한 번에, 확.

교차로가 보이기 시작하자 '오뎅'의 종종걸음은 뜀박질로 바뀌었다. 목구멍에 오토바이 엔진이라도 단 것처럼 숨소리가 요란해졌다. 하이힐로 뛰는 와중에 뒤를 돌아보느라 몇 번 씩 발목을 접질리고 몸을 휘청거렸다. 입이 거친 여자치곤 간이 작은 편이었다. 간이 작은 편치고는 공격적이었다. 교차로 횡단보도에 다다르자 갑자기 뒤로 돌아서더니 '하악질' 하는 고양이처럼 이를 드러내고 쉿소리를 질렀다.

"너 누구야?"

나는 대답하지 않았다. 말하는 태도가 마음에 들지 않았다. 내가 뭘 어쨌다고 '하악질'인데. 말을 걸지도 않았고, 집적대지도 않았고, 모습을 드러내 시각적 위협을 가하지도 않았는데. 그저 내 갈 길을 가고 있을 따름인데.

하필 그때, '오뎅'의 손아귀에서 휴대전화가 울기 시작했다. 소리에 얻어맞기라도 한 것처럼 '오뎅'은 으악, 비명을 지르며 손을 털어버렸다. 전화기는 횡단보도 한복판으로 날아갔고, 전화기 주인은 째지는 소리를 질러대며 횡단보도를 내달았다. 동시에 군도초교 모퉁이를 돌아온 승용차가 급브레이크를 잡았다. 안개 속에서 온갖 소리가 뒤엉켰다. 자동차 바퀴가 도로 표면을 긁어 파며 미끄러지는 소리, 메아리치며 멀어지는 '오뎅'의 비명 소리, 차도 바닥에서 울리는 휴대전화 벨 소리.

이윽고 정적이 찾아왔다. 자동차도, '오뎅'도 제 갈 길로 사라졌다. 나는 횡단보도 앞으로 걸어나갔다. 양팔을 늘어뜨리고 신호등 밑에 잠시 서 있었다. 즐거움은 삽시에 사라지고 배 속이 텅 빈 듯한 허기증에 휩싸였다. 기운이 빠지고 머리가 멍해졌다. 지금껏 뭔 짓을 한 걸까. 뭐가 아쉬워서 배가 고픈 걸까.

차도에 떨어진 휴대전화를 주워들었다. 박살 난 화면에 발신자 이름이 떠 있었다.

미미

휴대전화를 강물에 던져버렸다. 이후로 '오뎅'을 만난 적은 없다. 어쩌면 그녀는 야밤에 걸어다니지 않게 되었는지도 모른다. 반대로 내겐 야밤에 나가는 습관이 붙었다. 한 날은 '오뎅'이 준 인상적인 느낌이 실제인지, 착각이었는지 확인하려고. 다음 날은 확인한 걸 재확인하려고. 그 다음 날은 허벅지 근육이 발정 난 말처럼 불끈거려서.

확인한 결과, 나는 남자보다 여자가 좋았다. 등 뒤에 대한 육감이 남자보다 두 배로 뛰어나면서 겁은 두 배로 많다는 점에서. 혼자 하는 놀이로 그 이상 짜릿한 것도 없었다. '짜릿함'을 상대편 용어로 번역하면, '두려움'일 테지만.

전망대를 돌아 방조제 횡단보도에 도착했을 때, 마지막 버스에서 누군가가 내릴 확률과 내리지 않을 확률은 5:5였다. 내린 누군가가 여자일 확률은 다시 그 절반. 방조제 횡단보도를 건넌 후부터 그녀와의 놀이가 시작된다는 점에서, 내 법칙이 지배하는 공간이라는 점에서, 동진강 하구언 길은 내 놀이터라 불러도 무방할 것이다. 다만, 여기에도 역치의 법칙이 적용됐다. 짜릿해지는 데 유효한 최소치가 매번 올라갔다는 얘기다. 나갈 때마다 새 소품이 필요했다. 분위기를 쇄신시키고 상상을 극대화시킬 만한 도구들, 이를테면 야수처럼 으르렁대는 메탈 음악이나 마스크, 라텍스 장갑 같은 것들.

물론 매일같이 나간 건 아니었다. 약을 끊은 시기에, 개병이 도질 때만

나갔다. 운 좋게 그날 여자를 만나면 다시 약 먹기를 시작할 수 있었다. 한동안 나가고 싶다는 생각도 들지 않았다. 일종의 휴지기였다. 앞으로는 나가지 않겠다고 결심하는 시간이기도 했다. 개병이 도지면 가랑잎처럼 홀떡 뒤집히는 결심이긴 했지만.

그와 반대로, 만나지 못하면 만날 때까지 개병 기간이 연장됐다. 8월 이래, 개병이 발병한 횟수는 어머니가 아는 대로, 총 여섯 번이었다. 개병 중에 여자를 만난 건 세 번. 첫 여자는 8월 31일에 우연히 만난 '오뎅'이었고, 두 번째는 11월 15일에 만난 어떤 여자, 세 번째는 유일하게 내 쪽에서 도망친 여자였다. 어젯밤 혼자 버스에서 내려 횡단보도 앞으로 걸어오던 그 여자……. 의식 밑바닥에서 질문 하나가 불쑥 튀어올랐다. 여자는 정말로 혼자 버스에서 내렸던가.

새벽녘, 눈을 떴을 때 본 환영이 다시 떠올랐다. 도로를 굴러가는 진홍 우산. 좀 전 용이네 호떡집에서 돌아오면서 봤던 환영이 뒤이어 생각났다. 버스에서 내리자마자 진홍 우산을 펴는 여자. 비틀비틀 뒤따라오는 남자. 거리에 울리는 노랫소리.

잊지 못할 빗속의 여인.
그 여인을 잊지 못하네에…….

두 번째 질문이 이어졌다. 나는 어제 정말로 횡단보도 앞에 서 있었던가. 발밑에서 냉기가 차오르는 기분이었다. 아니었다. 내가 있었던 곳은 횡단보도 앞이 아니었다. 용이네 호떡집 뒤편이었다. 서 있었던 게 아니라 방조제 난간에 앉아 있었다. 바다를 내려다보며 마지막 버스가 도착하기를 기다렸다. 그것이 정황은 물론 시점상으로도 맞아떨어지는 이야기였다. 용이 아저씨는 11시 20분에 가게 문을 닫고 30분 버스를 탄다. 내가 은하수전망대를 돌아 호떡집에 도착하는 시간은 11시 50분경, 마지막 버스가 도착하는 시간은 자정 이쪽저쪽이다. 옥상으로 나간 밤마다 그랬으므로 어제도 그랬겠지.

세 번째. 나는 정말로 여자에게서 도망쳤을까.

어쩌면 질문은 이렇게 바꿔야 할지도 모르겠다. 나는 정말로 발작전구 증세를 느꼈는가. 돌이켜보면, 약을 끊을 때마다 매번 발작을 한 건 아니었다. 실제로 발작을 일으킨 횟수는 두 번에 불과했다. 열여섯 살 때 한 번, 임자도에서 한 번. 혹시 편의에 따라 스스로 믿어버린 건 아닐까. 망각의 이유로 발작이 가장 타당하니까. 그렇다면 오늘 아침에 본 환영들은 전구증세가 아니라 잃어버린 기억에 대한 단서일지도 몰랐다.

네 번째 질문은 저절로 따라왔다. 나는 왜 어젯밤을 잊어야 했을까?

갑자기 눈부신 백색광이 시야를 뒤덮었다. 망막을 차단하는 빛의 장막 뒤에서 끼익, 하는 소리가 울렸다. 빗길을 미끄러져온 자동차가 급브레이크를 밟는 소리였다. 차문이 열리는 소리에 이어 어머니의 송곳 같은 비명이 귀를 찔렀다.

'유진아.'

남자의 노랫소리는 그친 지 오래였다. 주변은 고요하기 이를 데 없었다. 어둠 속에서 바람이 웽 소리를 지르며 폭주하고 있을 뿐.

분명히 봤는데.
춥고 무섭고 끔찍하다.

일기인지 메모인지 안에서 어머니의 목소리가 흘러나왔다.

제발, 좀. 소리라도 지르고 싶은 심정이었다. 이토록 많은 목소리와 환영들이 내 앞에서 번득거리는데, 그것들을 시간순차로 연결할 끈이 없다니. 나는 일기인지 메모인지에 한쪽 뺨을 대고 엎드렸다. 책상에 늘어놓은 물건들이 컨베이어벨트에 올라탄 것처럼 하나씩, 느릿느릿 시야를 지나갔다. 면도칼, 진주 귀걸이, 옥상 열쇠……. 고개를 들었다. 난생처음 보는 물건처럼, 아주 낯선 기분으로 MP3와 이어폰을 바라봤다. 처음부터 시작한다면, 그러니까 어젯밤 방을 나서기 직전부터.

MP3를 집어 들고 파워 버튼을 눌렀다. 듣기 목록이 반젤리스의 〈낙원의 정복〉에서 멈춰 있었다. 음악을 첫 곡부터 차례로 듣기 시작했다면 정확히 1시간 52분 만에 도달하는 곡이었다. 내 기억은 틀리지 않았다. 10시 10분경에 집을 나선 후, 은하수전망대를 돌아서, 자정 무렵 방조제 횡단보도에 도착한 후 음악을 끈 것이었다.

나는 음악 순서를 처음으로 돌리고 이어폰을 귀에 꽂았다. 눈을 감고 머릿속 시계를 지난밤으로 맞췄다. 거실 괘종시계가 열 번 울리던 그 시점으로. 의자에 등을 기대고 앉아 플레이 버튼을 눌렀다. 고막을 치는 타격음과 함께 첫 곡인 〈미사〉가 시작됐다. 쿵, 쿵, 쿵, 쿵, 쿵쿵, 쿵, 쿵쿵, 쿵…….

#

거실 괘종시계가 열 번 울었다. 10시 정각.

어머니가 안방 문을 닫고 들어간 지 30분이 지났다. 해진은 아직 들어오지 않았고 나는 머리를 싸매고 침대로 엎어진 지 30분째였다. 두통 때문이 아니라, 폭주하는 개병 때문에. 약을 끊은 지 나흘째였고, 들개처럼 동네를 헤매고 다닌 건 사흘 전부터였다. 다시는 옥상으로 나가지 않겠다고 결심한 지는 하루도 지나지 않았다. 머릿속 청군은 오늘만 놀자고 꼬드기고 있었다. 여름하게 남은 술기운이 이를 열렬하게 지지했다.

빡빡하게 굴지 마. 누구한테 직접 해를 가하는 것도 아니고, 나 혼자 즐기는 일이잖아. 마스터베이션하고 뭐가 달라. 게다가 연이틀 허탕을 쳤는데. 아예 안 하려면 모를까, 한유진 인생에 하다 마는 건 없어.

나는 몸을 뒤집고 반듯하게 누웠다. 손깍지를 끼어 목 뒤에 받치고 날짜를 계산했다. 리트 시험을 앞두고 지난 8월에, 두 달 만인 11월에 면접구술고사를 앞두고 또, 그로부터 한 달도 지나지 않은 시점에 이유 없이 또 약을 끊었다. 부작용을 견디는 시간이 점점 단축되는 셈이었다. 이러다간 아예 약을 먹지 않게 될지도 몰랐다. 결국 발작을 하든가, 그전에 어머니가 알아차리든가, 둘 중 하나가 될 테지.

그러니 방법은 오늘 나가는 것뿐이었다. 나가지 않는다면 내일도 약을 먹지 않을 공산이 컸다. 위험이 더 커지는 셈이었다. 꼬리가 길면 밟힌다는 옛 명언도 있지 않은가. 오늘을 마지막으로, 나는 내가 될 수 있는 혹은 어머니가 원하는 최선의 인간이 되기로 했다. 내일이나 모레, 아무려나 적당한 때부터.

결심이 서자 곧바로 침대에서 일어났다. 장롱을 열고 필요한 옷들을 꺼내 빠른 속도로 입기 시작했다. 목을 접어 입는 검정색 스웨터와 운동복 바지, 양말, 내피용 누비조끼와 '과외' 재킷, 라텍스 장갑 한 켤레, 옥상 열쇠와 동 출입 카드를 찾아 재킷 왼쪽 주머니에 담았다. 마스크를 끼고, MP3를 재킷 오른쪽 주머니에 담고 이어폰은 클립으로 귀밑에 고정시키고, 재킷 후드를 덮어쓴 다음 턱 밑에서 조임줄을 맸다. 마지막으로 욕실 천장에서 신발과 면도칼을 꺼냈다. 면도칼은 아직까지 한 번도 가지고 나가본 적이 없었다. 마지막을 위해 아껴둔 도구였다. 아마도, 틀림

없이, 오늘 밤이 마지막일 것이므로 더 아끼지 않고 재킷 주머니에 담았다. 그것만으로도 벌써 심장이 벌렁벌렁했다.

방문을 잠그고 아래층으로 귀를 기울였다. 집 안은 고요하기 이를 데 없었다. 어머니는 잠든 게 분명했다. 부디 쭉 주무시기를……. 탁상시계를 확인했다. 10시 10분. 신발을 신은 후, 유리문을 반 뼘 남겨두고 닫았다. 이어폰을 한쪽 귀에 꽂았다. 첫 곡인 〈미사〉가 시작됐다. 쿵, 쿵, 쿵, 쿵, 쿵쿵, 쿵, 쿵쿵, 쿵…….

빗줄기가 꽤 격렬하게 쏟아지고 있었다. 사물이 전혀 구분되지 않을 만큼 주변이 어두웠다. 안개는 평소보다 두 배쯤 짙었다. 그 바람에 눈뜬 장님처럼 움직여야 했다. 발끝을 지팡이 삼아 바닥을 더듬어가며 엉금엉금 기어가 퍼걸러 외등을 켰다. 시야가 열리자마자 다음과 같은 절차를 밟았다. 철문으로 가서 열쇠로 잠금장치를 열고, 빗장을 뽑고, 비상계단으로 나가서 문을 밀어 닫고, 잠금장치를 다시 잠그고.

한쪽 귀로는 음악을, 한쪽 귀로는 헬로가 짖어대는 소리를 들으며 계단을 뛰어내려갔다. 경비병의 사이렌을 감수하고 계단을 택한 건 엘리베이터 폐쇄회로보다 덜 위험했기 때문이다. 나중에 어머니에게 들키더라도 최소한 발뺌해볼 여지는 있으니까. 헬로는 1층에 도착한 후에야 입을 닥쳤다. 나머지 한쪽 이어폰을 귀에 꽂고 엘리베이터를 돌아봤다. 이 늦은 밤에 열심히 낙하 중이었다. 13층, 12층……. 어느 층에서 누가 내려오는지는 몰라도 마주치는 게 반갑지 않았다. 나는 출입문 폐쇄회로에 뒤통수만 찍히도록 고개를 푹 숙인 채 밖으로 튀어나갔다. 문을 나서자마자 전력 질주로 뛰기 시작했다.

용이네 호떡집에 도착했을 때, 네 번째 곡인 〈얻을 수 없는 것을 원하다〉가 시작됐다. 방조제 너머 어둠 속에선 파도가 굉음을 울리며 오가고 있었다. 도로는 음산할 정도로 고요했다. 드문드문 오가는 차량의 불빛 말고는 움직이는 것도 없었다. 용이네 호떡집은 문이 닫혀 있었다. 생각 하나마나, 이른 폐점 사유는 '울고 싶은 밤에 비가 내린다'겠지.

호떡집 앞에 쪼그려 앉아 신발 끈을 조여 맸다. 이후, 우사인 볼트처럼 날았다. 덕택에 전망대 앞에 멈춰 섰을 땐 엔진 과열이 왔다. 머리가 뜨겁고 갈비뼈가 뻐근할 정도로 숨이 찼다. 옆구리도 좀 아프고, 장딴지는 연륙교처럼 뻣뻣해져 있었다.

나는 어기적어기적 걸어 전망대 아래로 내려갔다. 좋아하는 자리인 절벽 안전 펜스에 엉덩이를 대고 앉았다. 대기가 맑은 밤이었다면, 앉은 자리에서 신시2지구의 불빛들이 정면으로 건너다보였을 것이다. 별자리를 찾듯, 수많은 불빛들 가운데서 용이네 호떡집 불빛과 우리 집 불빛을 가려냈겠지. 그만큼 방조제가 가까웠다. 직선거리로 잰다면 육로의 1/3이나 될까. 지금은 번득이는 서치라이트 빛 말고는 아무것도 보이지 않았다.

빗줄기는 점점 드세지는 느낌이었다. 바람은 잽을 날리듯 사방에서 훅훅 불어쳤다. 그런데도 그 자리에 버티고 앉아 6분짜리 음악 한 곡을 다 들었다. 잊을 만하면 한 번씩 동네를 도는 경찰 순찰차가 나타난 탓이었다. 그들의 눈에 띄어 좋을 게 없었으므로 등을 수그린 채 차가 떠나기를 기다렸다. 떠나자마자 다른 자동차의 불빛이 나타났다. 가출한 마누라라도 찾아다니는지, 상향등을 켠 채 공원 구석구석을 돌았다. 차가 공원을 빠져나간 후 MP3를 꺼내 시간을 확인했다. 11시 21분.

불빛이 연륙교 밖으로 완전히 사라지자 나는 몸을 일으켰다. 후드 끈을 고쳐 묶고 왔던 길로 돌아가기 시작했다. 올 때와 달리 음악에 맞춰 로드워크를 하듯 사뿐사뿐 뛰었다. 방조제에 도착했을 때, 열다섯 번째 곡인 〈낙원의 정복〉이 시작됐다. 자정에서 2분이 지났지만 아직 막차는 오지 않았을 것이다. 오는 길에 버스를 한 번도 보지 못했으므로.

나는 용이네 호떡집 뒤편으로 들어갔다. 목재 틀에 비닐 포장을 씌워 지은 호떡집과 방조제 난간동자 사이에는 사람 하나가 들어가 앉을 만한 좁은 공간이 있었다. 몇 가지 면에서, 강변 인도 가로등 뒤편과 비슷한 장소였다. 가로등과 가로등 사이에 위치해 있어 뒤편이 어둑하다는 점. 해무가 이중 차단막을 쳐준다는 점. 가로등 뒤편이 놀기에 적당한 길이라면, 호떡집 뒤편은 놀이 상대를 기다리기에 적당한 곳이었다.

바다를 등지고 난간에 걸터앉자 해풍이 득달같이 달려와 등짝을 후려쳤다. 빗줄기는 사선으로 몰아치며 귀뺨을 때렸다. 난간 밑 보이지 않는 곳에선 끽끽, 소리가 울리고 있었다. 나루터 배들이 파도에 올라타며 내지르는 비명이었다. 짙은 안개 속에선 전망대 서치라이트 빛이 원색의 춤을 추고 있었다. 음악은 정점으로 치달아가고, 나는 발로 박자를 맞췄다. 평소보다 훨씬 흥분하고 들뜬 상태였다. 이유는 명확하지 않았다. 막 운동을 끝낸 후 신경회로에 남은 도파민 때문이었는지, 무쇠를 담금질하는 듯한 음악의 원시적 정조 때문이었는지, 마지막 날에 만날 마지막 상대에 대한 기대 때문이었는지.

〈낙원의 정복〉이 끝나갈 무렵, 마지막 버스가 나타났다. 평소보다 5분 가까이 도착이 늦었다. 나는 MP3를 끄고 이어폰을 빼서 재킷 주머니에 담았다. 버스가 승강장에 정차하자 피가 귓속 혈관을 쿵쿵쿵, 치받기 시작했다. 누구든 내리겠지. 하차 승객이 없다면 승강장에 서지 않았을 테니까. 불빛이 환한 버스 안에 누군가 서 있는 게 보이자 목 밑에서 오싹한 한기가 끼쳐 올라왔다. 매혹과 긴장이 충돌하는 순간이었다. 여자일까, 남자일까.

둘이었다. 여자와 남자. 시계가 좋지 않았으나 그 정도 분간은 가능했다. 삽시에 머리에서 김이 빠져나갔다. 비가 오고, 안개가 짙고, 길은 비어 있고, 나는 14킬로미터를 달리고 와서도 힘이 남아도는데, 남은 2킬로미터를 가는 동안 놀아줄 길동무만 등장하면 완벽한 밤인데, 막차에서 내린 사람이 하필 남녀 한 쌍이라니.

버스는 승강장을 떠나 어둠 속으로 사라졌다. 곧 여자가 진홍 우산을 들고 내 가시거리 안으로 들어섰다. 긴 생머리, 자주색 코트, 짧은 치마, 굽 높은 부츠, 여자는 연신 뒤쪽 남자를 흘끔대며 종종걸음 치고 있었다. 남자와 아는 사이처럼 보이지는 않았다. 운 좋게 동행을 만나 기쁘다는 표정도 없었다. 되레 동행을 불안해하는 기색이었다.

꽤 먼 거리에 있는 내가 봐도 남자는 온전한 인간이 아니었다. 유조 탱크만 한 배통에다 술을 꽉꽉 채운 초대형 술통으로 보였다. 얇은 비닐 우비를 걸친 몸통이 한 발짝 움직일 때마다 낚시찌처럼 건들거렸다. 두 발짝에 한 번꼴로 무릎이 툭툭 꺾였다. 그나마도 직진을 하지 못하고 좌우로만 오갔다. 와중에 변기 뚜껑만 한 손으로 밥뚜껑만 한 비닐우산을 펴보겠다고 기를 쓰고 있었다. 우산은 반쯤 올라갔다가 다시 내려오고, 펴졌다가 다시 접히기를 반복하더니, 펴졌나 싶은 순간 바다에서 불어온 돌풍에 홀떡 뒤집혀버렸다. 그사이 빗줄기는 한때 수목이 푸르렀을 그의 민둥산 정수리에 물 폭격을 퍼부었다. 술통은 뒤집힌 우산에게 '좆같은 우산'이라는 이름을 지어주더니 빗줄기를 향해 비슷한 악담을 퍼부었다. 씨발, 비 한번 좆같이 내리네.

술통은 손바닥으로 머리통의 물기를 쓱 훔치고 우비 후드를 둘러썼다. 단순한 남자였다. 물 폭격을 방어하고 나자 곧바로 기분이 좋아져서 쩌렁쩌렁한 목청으로 노래를 부르기 시작했다.

"잊지 못할 빗속의 여인. 그 여인을 잊지 못하네."

그사이 여자는 횡단보도를 건너갔다. 어깨 위로 꼿꼿하게 세운 진홍 우산은 '나한테 엉겨 붙지 말라'고 경고하고 있었다. 물론, 술통 눈에 보일 리 없는 경고였다. 그는 뒤집힌 우산을 원래대로 뒤집으려고 애쓰면서 여자 뒤를 따라갔다. 두 사람은 중앙선 부근에서 안개 속으로 스며들 듯 사라졌다. 아득한 곳에서 술통의 노랫소리만 들려왔다.

"내리는 빗방울 바라보며 말없이, 말없이 걸었네……."

나도 호떡집 뒤편에서 나왔다. 빨간불이었지만 시간이 시간이니만큼, 개의치 않고 횡단보도를 건너갔다. 맥도 빠지고, 김도 빠지고, 힘까지 빠졌다. 술통에게 내 것을 빼앗긴 것 같아 배 속이 부글부글 끓었다. 만약 내일까지 약을 먹지 않는다 해도, 그리하여 야밤에 또 개병이 나서 뛰쳐나온다 해도, 그것은 내 잘못이 아니었다. 죄다 술통 탓이었다.

하구언 길 입구에서 한 번 더 횡단보도를 건넜다. 강변 인도로 올라서자 반대편, 근린공원이 있는 인도에서 올리는 술통의 노랫소리를 들을 수 있었다. 좀 전보다 두 배쯤 박력 있는 목소리였다. 안개 속으로 들락날락하는 술통의 형상도 볼 수 있었다. 여자는 2차선 차도로 걷다가 차량이 나타나면 인도 연석으로 올라서기를 반복하고 있었다. 술통과 함께 걷는 것도 무섭지만 아주 떨어지는 건 더 무서운 모양새였다.

나는 그들에게 신경을 껐다. 주머니에서 면도칼을 꺼내 폈다 접었다 하며 예정된 고민을 다시 시작했다. 내일 하루 더 나올 것인가. 지금 들어가 단호하게 약을 먹어버릴 것인가. 동진1교가 보이기 시작한 지점에서 잠깐 걸음을 멈췄다. 2차선 차도로 걷던 여자가 으악, 소리를 내지른 탓이었다. 다음 순간, 그녀는 몸을 홱 돌려 이편 차선을 향해 달려오기 시작했다. 저편 차선 한복판에선 술통이 바지를 홀러덩 내리고, 제 물건을 소방 호스처럼 휘두르며 오줌을 갈겨대는 중이었다. 와중에도 혀 꼬인 노래는 계속되었다.
"노오오란 레인코트에 검은 눈도옹자 잊지 모옷하네……."
여자는 진홍 우산을 내두르며 내 앞 5미터 지점으로 훅, 뛰어올라왔다. 나는 이미 가로등 뒤편에 들어가 있었다. 걸음을 멈춘 채, 어깻숨을 몰아쉬는 그녀를 잠자코 지켜봤다. 그녀의 표정만으로 봐선, 불안이 적색 눈금을 훌쩍 넘어선 느낌이었다. 가랑잎 하나만 떨어져도 펄펄 뛰며 내달아버릴 태세였다.
이러면 얘기가 좀 달라지는데……. 턱밑에서 피가 웽, 하고 돌았다. 건너편 차선에선 빵빵, 소리가 울렸다. 방조제 쪽에서 승용차 한 대가 상향등을 번뜩이며 좌회전해 들어오는 중이었다. 술통은 바지춤을 추어올리고, 느릿느릿 안개 뒤편으로 물러났다. 물론 완전히 물러난 건 아니었다. 승용차가 지나간 후, 그 자리에 다시 모습을 드러냈다. 소방 호스 대신 뒤집힌 우산을 휘두르며 두 개의 차선을 지그재그로 넘나들기 시작했다. 노랫소리는 점점 더 커졌다. 노래가 아니라 코끼리 울음소리를 듣는 것 같았다.
여자는 술통에게 시선을 붙인 채 걸음을 뗐다. 한 발짝 나아갈 때마다 숨소리가 뚝뚝 끊겼다. 구두는 뾰족하고 불안한 신음을 내질렀다. 나는 주머니에서 라텍스 장갑을 꺼내 끼었다. 그녀와 발맞추면서 그녀의 그림자처럼 움직이기 시작했다. 그녀가 뛸 때 나도 뛰고, 멈추면 나도 멈춰 서고. 어느새 중앙선 부근까지 진출한 술통은 동진1교가 보이는 지점에서 이편 1차선으로 넘어왔다. 딱히 큰 뜻을 품고 넘어온 것 같지는 않았다. 근린공원 옆 샛길에서 튀어나온 승용차가 1차선으로 좌회전해 들어오자 이를 피하려 우왕좌왕하다 넘어온 걸로 보였다.

승용차는 곧 2차선으로 들어서더니 갓길로 차를 붙였다. 주차할 자리를 찾는 것처럼 상향등을 환하게 켠 채 느릿느릿 전진했다. 차종이나 번호판은 온전하게 보이지 않았다. 흐릿한 윤곽으로 흰색 승용차라는 걸 알 수 있을 뿐. 술통은 이편으로 넘어온 이후 저편을 잊어버린 것 같았다. '빗속의 여인'을 찾아 슬금슬금 인도 가까이로 다가왔다. 여자는 걸음을 멈추더니, 돌연하게 가로등 뒤편으로 뛰어들어왔다. 잠시 후 술통이 몸을 휙 날려 인도로 올라섰다. 동진1교를 10여 미터 앞둔 지점이었다.

나는 뺨으로 뜨거운 피가 몰리는 걸 느꼈다. 여자가 바로 내 앞에 있었다. 손만 뻗으면 닿을 지척 간에. 색색거리는 숨소리가 들렸다. 갈비뼈가 움직이는 소리까지 들리는 것 같았다. 여자의 목덜미에선 땀처럼 시큼하고 향수만큼 선명한 아드레날린 냄새가 났다. 이토록 가까이에서, 이토록 자극적인 냄새를 맡은 건 개병이 시작된 이래 처음이었다.

흉곽이 뻐근해왔다. 위장은 공처럼 단단해졌다. 머릿속에선 수없이 해온 상상이 되풀이되고 있었다. 따라가고, 알아차리고, 따라붙고, 도망치고, 쫓아가고, 숨고, 찾아내고, 대면하고……. 면도칼은 날이 활짝 열린 채 오른손 안에 들어 있었다.

건너편의 자동차는 교차로 쪽으로 멀어지고 있었다. 동진1교 입구에 다다른 술통은 우뚝 걸음을 멈췄다. 여자를 찾는지, 몸을 빙 돌려가며 주변을 둘러보더니 뜻밖에도 다리 안으로 쓱 들어섰다. 이윽고 노랫소리도 그를 따라 강을 건너기 시작했다. 만약 제 집을 향해 가고 있는 거라면 술통은 신시2지구 주민이 아니었다. 강 건너, 신시1지구 주민이었다. 순전히 여자를 쫓아 하구언 길로 들어온 것일 뿐. 의뭉하기 짝이 없는 불한당이었다.

여자는 술통이 다리를 절반 이상 건너간 후에야 긴 한숨을 내쉬었다.

긴장을 푸는 듯한 모습이었다. 둔한 것인지, 술통한테 놀라 촉이 무뎌진 것인지, 등 뒤의 불한당은 감지하지 못했다. 움켜쥐고 있던 핸드백을 어깨에 걸고, 가로등 밖 인도로 한 발짝 나설 때까지.

가로등 빛 아래로 들어선 후, 여자는 차려 자세로 섰다. 옷자락 하나 스치지 않았건만 멈칫 굳어지는 여자의 몸이 고스란히 읽혔다. 우산이 옆으로 슬쩍 젖혀졌고, 그녀의 얼굴이 머뭇머뭇 내 쪽으로 돌아왔다. 그녀의 눈은 내 눈을 정확하게 찾아들어왔다. 나는 그녀의 한쪽 귓바퀴에 박힌 진주 귀걸이를 바라보았다. 세상의 소리들이 하나 둘, 사라졌다. 술통의 노랫소리, 빗소리, 바람 소리, 강물이 소용돌이치며 흐르는 소리까지도. 손끝이 저릿저릿해지는 정적이었다. 피를 날뛰게 하는 침묵이었다.

여자는 다시 앞으로 고개를 돌렸다. 하나로 묶어 늘어뜨린 머리채가 주인의 움직임을 따라 회전하며 내 얼굴을 때렸다. 여자의 몸은 차도 쪽으로 한 발짝 튀어나갔다. 악, 하는 짧막한 비명이 울렸다. 빳빳한 천을 쭉 찢어내리는 듯한 소리였다. 교감신경을 향해 행동 개시를 명령하는 소리였다.

나는 가로등 밖으로 성큼 나서면서 비명을 향해 손을 뻗었다. 머리가 시킨 일이 아니었다. 손이 알아서 머리채를 움켜쥐고, 우악스럽게 비틀어서 가로등 그늘로 끌어들인 다음, 턱이 위로 들리도록 밑으로 내리눌렀다. 동시에 면도칼이 여자의 턱 밑으로 파고들었다. 비명이 딱 그쳤다. 유리벽 같은 정적이 우리를 가뒀다.

여자의 눈은 활짝 열려 있었다. 뜨고 있으나 보지 못하는 눈이었다. 머릿속과 교신이 끊겨버린 눈이었다. 나는 머리채를 틀어쥔 채 지켜봤다. 여자의 머릿속, 인간 뇌에서 가장 오래된 위험 감지기라는 '파충류 뇌'가 새빨갛게 달아오르는 것을. 너무도 격렬해서 통증마저 느껴지는 생명의 절박한 긴장을.

 불길 같은 흥분이 신경절을 타고 온몸으로 내달렸다. 숨이 차올랐다. 할 수 있는 일을 하지 않는 것이 도저히 불가능해서 현기증이 났다. 내가 칼을 쥔 게 아니라 칼이 내 손을 거머쥐고 여자 안으로 끌어당기는 느낌이었다. 저항이 용납되지 않는 무지막지한 장력이었다. 눈앞이 와르르 흔들리기 시작했다. 칼을 쥔 손이 저릿저릿해왔다. 음속을 돌파하는 듯한 충격이 몸을 덮쳐왔다. 머릿속 어딘가에선 쿵, 하는 소리가 울렸다. 실낱같이 열려 있던 이쪽 세상과의 통로가 닫히는 소리였다. 나는 내가 다른 세상의 국경에 다다랐다는 것을 알아차렸다. 돌아갈 길이 없다는 것도, 돌아갈 의지가 없다는 것도.

 이런 순간을 상상한 적은 수도 없이 많았다. 이런 순간이 왔을 때, 나를 제어할 자신도 있었다. 정말로 이런 순간이 오자 그것이 불가능하다는 것을 깨달았다. 몸도 머리두, 오로지 교감신경의 지시에만 반응하고 있었다. 그리하여 너무도 쉽고 빠르게 상상의 경계를 넘어버렸다.

 세상이 사라졌다. 위장에서 요동치던 불길이 성욕처럼 아랫배로 방사됐다. 발화의 순간이었다. 감각의 대역폭이 무한대로 확장되는 마법의 순간이었다. 내 안의 눈으로 여자의 모든 것을 읽을 수 있고, 볼 수 있고, 들을 수 있는 전지의 순간이었다. 모든 것이 가능해지는 전능의 순간이었다.

 여자의 몸이 내 가슴팍으로 축 늘어졌다. 귓가에선 급브레이크를 밟으며 미끄러져오는 자동차 소리가 울렸다. 이어 눈부신 백색광이 시야를 뒤덮었다. 나는 여자를 강물로 밀어뜨려버렸고, 발밑 급류가 그녀를 삼키는 첨벙 소리를 들었고, 그녀의 손아귀를 빠져나간 진홍 우산이 검게 젖은 차도 위로 통통통 굴러가는 걸 봤고, 동진1교에서 희미하게 울리던 〈빗속의 여인〉이 딱 그쳤다는 걸 알아차렸다. 그와 함께 어머니의 날카로운 비명이 밤거리를 뒤흔들었다.

"유진아."

발끈대던 심장이 삽시에 느릿하고 규칙적인 리듬을 되찾았다. 나는 가로등 뒤편에 선 채, 열린 운전석 문을 붙들고 서 있는 어머니를 내다봤다. 자그마한 몸이 쏟아지는 빗속에서 요동치듯 흔들리고 있었다. 불과 몇 미터 앞 어둠 속에 서 있는 살인자가 당신 아들인지 아닌지 아직 확신하지 못하는 표정이었다.

"유진아……."

신음처럼 나직하고 고통스러운 부름이었다. 나는 가로등 불빛 밑에 흩뿌려진 핏물이 빗물에 쓸려 하수구로 내려가는 것을 흘끔 내려다봤다. 후회스럽다는 생각은 들지 않았다. 두려운 마음도 들지 않았다. 그저 가장 간단하게 이 상황을 벗어날 방법을 모색했다. 그래서 뛰었다. 라텍스 장갑을 벗어 강물에 던지고, 몸을 돌리고, 가로등 뒤편을 따라 전속력으로 달렸다. 동진1교 입구를 한달음에 가로질러서, 어머니가 차를 끌고 쫓아오지 못할 곳, 대단위 공사장들이 군집한 동네 안쪽을 향해.

발을 멈춘 곳은 골조 공사가 끝난 어느 아파트 1층이었다. 공사장 입구에 희미한 외등이 매달려 있고, 비바람에 들이받친 가림막 비닐이 펄럭펄럭 소리를 내지르는 곳. 나는 오래오래 그곳에 서 있었다. 춥고, 고요하고, 인적 없는 어둠 속에서 가장 중요한 일을 하고 있었다. 찰나에 가까웠던 그때, 여자의 모든 것을 보고, 듣고, 느낄 수 있었던 전지의 순간을 복기하는 일. 보이지 않는 강물을 내 안의 눈으로 내려다보는 일. 열린 갑문을 통과해 바다로 흘러나가는 여자의 몸뚱어리를 상상하는 일.

복기하고, 내려다보고, 상상할 때마다 기분 좋은 오한이 밀려왔다. 오로지 나 자신에게만 집중한 나머지, 몸이 얼어붙는 것도, 체력이 떨어지는 것도 몰랐다. 손아귀에 들어 있던 작고 둥근 물건의 오돌토돌한 돌기를 끊임없이 문지르고 있다는 것도 몰랐다. 정신이 들었을 땐 이미 탈진 상태였다. 사고는 정지됐고, 사지는 고드름처럼 뻣뻣하게 얼어붙었다. 본능만 깨어 열심히 속닥거리고 있었다.

정신 차려. 집에 갈 시간이야.

아파트 샛문까지 어떻게 왔는지 모르겠다. 확실한 건, 어머니의 차와 마주치지 않았다는 것 정도였다. 경찰차도 만나지 않았다. 뒤늦게 술통이 생각났으나 크게 신경 쓰이지는 않았다. 그가 본 건 거의 없을 것이다. 어머니의 비명을 들었으리라는 것, 어쩌면 내 이름까지 들었으리라는 점은 애써 무시해버렸다. 대한민국에 유진이라는 이름을 가진 남자가 어디 나 하나겠는가. 한데 집결시키면 군단 하나 정도는 너끈히 꾸릴 터였다.

어머니 역시 '나'라는 걸 확신하지 못하리라 믿고 싶었다. 우리는 폭이 3미터에 달하는 보도를 사이에 두고 있었다. 어머니는 가로등 밑에 있었지만 나는 어둠 속에 있었다. 어머니가 불렀을 때 대답을 한 것도 아니고, 얼굴을 맞댄 것도 아니었다. 나라는 걸 어떻게 알았는지 모르겠지만 지금은 그걸 생각하고 싶지 않았다. 뭔가를 생각하기엔 심신이 너무나 지쳐 있었다.

나는 고개를 숙인 채 동 출입문을 통과했다. 헬로가 짖는 소리를 들으며 계단을 뛰어올라 옥상 철문 앞에 섰다. 손아귀에 뭔가를 꽉 틀어쥐고 있다는 걸 알아차린 건 바로 그때였다. 주먹을 펴자 작고 흰 물건이 나타났다. 그것이 무언지 알아차리는 덴 긴 시간이 필요치 않았다. 여자를 강물로 밀어버리기 직전, 귓바퀴에서 잡아챈 진주 귀걸이였다. 왜 그랬는지 이유를 알 수 없었다. 알 수 없으므로 이해도 불가능했다. 머리가 아닌 손이 단독으로 저지른 짓이라고 결론 내릴 수밖에는.

나는 재킷 주머니에 귀걸이를 집어넣고 옥상 열쇠를 꺼냈다. 마치 그때를 기다린 것처럼, 발밑에서 현관문이 열리는 소리가 났다. 잠시 후, 어머니의 목소리가 들려왔다.

"유진아."

#

망각은 궁극의 거짓말이다. 나 자신에게 할 수 있는 완벽한 거짓이다. 내 머리가 내놓을 수 있는 마지막 패이기도 하다. 어젯밤 나는 멀쩡한 정신으로 감당할 수 없는 일을 저질렀고, 해결책으로 망각을 택했으며, 내 자신에게 속아 바보짓을 하며 하루를 보낸 셈이었다.

모든 걸 알게 된 지금에 와서야 나는, 내가 살인을 저지르리라는 걸 예감하고 있었다는 생각이 든다. 그랬기에 하구언 길의 위험한 놀이를 그만두라고 스스로 경고했겠지. 그런데도 계속했던 건, 상상의 경계를 넘지 않을 자신이 있었기 때문이다. 그만큼 내 사회적 자아가 견고하다고 믿었다. 즐거운 한때와 인생을 맞바꿀 만큼 분별력이 없다고 생각하지도 않았다. 나에 대한 과대평가, 나를 제어할 수 있다는 헛된 믿음이 어젯밤 운명의 손에 내 목을 내주게 만든 것이었다.

이 모든 걸, 어머니는 오래전부터 알고 있었는지도 모르겠다. 자꾸 미행을 시도한 건 그 때문이 아니었을까. 어머니는 이 일을 어떻게 처리할 작정이었을까.

'유진아.'

어젯밤, 비상계단에서 들었던 그 목소리를 몇 번이고 생각했다. 평소와 무엇이 달랐던가. 크게 다르지 않았다. 엄마가 아들을 부른다기보다는 선생님이 학생을 부르는 것에 가까운 목소리, 냉정함이 차분함으로 포장된 평소의 어조였다. 만약 그보다 다정한 느낌이 났다면 이 무슨 꿍꿍이일까, 의심부터 했을 것이다. 탈진 상태이긴 했지만 바보가 된 건 아니었으니까. 반대로 분노에 찬 부름이었다면 냅다 도망쳐버렸겠지. 지친 데다 춥고, 갈 곳도, 돈도 없다는 사실은 그 순간엔 고려 사항이 될 수 없었을 것이다. 분노한 어머니만큼 위험한 건 세상에 없었으니까. 적어도 내게는 그랬다. 나를 존속살인범으로 만든 어젯밤 사건이 그걸 보증한다.

'유진아.'

두 번째 부름에서 나는 이런 메시지를 읽었다. 난 아무것도 못 봤어. 봤어도 못 본 걸로 할 거야. 현관문으로 내려가면서 10년 전 일을 생각했던 기억이 난다. 시합 중에 발작을 일으켰던 그날, 지하 주차장에서 의식을 잃은 나를 차에 태우고 남몰래 수영장을 빠져나오던 어머니를. 이번에도 똑같이 하기로 마음먹은 거라고 짐작했다. 내가 뇌전증 환자라는 걸 감쪽같이 묻어버린 그 능력을 기대했던 것도 같다.

이제 와 궁금했다. 어머니가 나를 신고하지 않은 진짜 이유가 뭔지. 왜 집에서 기다렸는지. 자수를 시키려고? 기억하기로, 어머니는 자수의 지읒 자도 꺼내지 않았다.

'억울할 거 없어. 너 가면 나도 갈 테니까.'

나를 벽 모퉁이로 몰아넣고, 면도칼을 쥐여주며 하던 말에 답이 있었다. '너 가면 나도 갈 테니까'는 협박이 아니라 결정이었다. 나를 죽이고 당신도 죽는 걸로 모든 걸 덮어버릴 계획이었던 것이다. 물론 결정적인 물증을 찾아내서 자백을 받은 후라야 했겠지. 집 안에 들어서자마자 태도가 돌변한 것이나 재킷을 벗게 하고 주머니를 뒤진 건 그 때문이었으리라. 일이 엉뚱한 방식으로 진행된 건, 열이 뻗쳐 머리 뚜껑이 열린 탓이겠고. 아버지의 유품이 나오리라고는 상상도 하지 못했을 테니까. 어쩌면 죽은 아버지에 대한 모욕으로 받아들였을지도 모른다.

그렇다면 '무슨 수로 나를 죽이느냐' 하는 문제가 남는다. 힘으로 굴복시킬 수 있다고는 생각하지 않았을 텐데. 나는 여섯 살짜리 어린애가 아니었다. 스물여섯 살, 그것도 운동선수 출신인 건장한 사내였다. 설령 해진과 어머니가 합공을 편다 해도 나를 완전히 제압하기 어렵다. 내가 죽기를 거부한다면 어머니로선 죽일 길이 없었다. 밥에다 몰래 독약이라도 탄다면 또 모를까. 아니, 혹시 정말로 그러려 했던 건 아닐까. 미쳐 날뛰는 맹수도 밥은 먹는 법이니까.

잠시 생각을 멈췄다. 좀 전부터 무선전화기가 성난 말벌처럼 앵앵거리고 있었다. 해진인가? 이모인가? 협탁으로 가서 전화기를 집었다. 032로 시작되는 유선전화 번호가 떠 있었다. 모르는 번호였고 모르는 자와 통화할 기분도 아니었다. 나는 전화기를 거치대에 도로 꽂아버리고 의자로 돌아왔다. 앵앵대는 벨 소리를 귓등으로 넘기면서 책상에 놓아둔 어머니의 물건을 내려다봤다. 일기인지 메모인지 하는 노트, 수면 원피스 주머니에서 발견하고 뜬금없어 했던 자동차 키…….

어젯밤 하구언 길에서 만난 어머니는 흰 원피스를 입고 있지 않았다. 정확한 차림새는 기억나지 않지만 치마를 입지 않았던 것만큼은 분명하다. 흰 원피스는 집에 돌아와 갈아입었을 것이다. 사용한 물건은 반드시 제자리에 놔둬야 하는 어머니의 성격으로 짐작건대 '원피스 주머니 속의 자동차 키'는 사용한 물건이 아니었다. 사용하려던 물건이었다. 나를 차에 태우고 어딘가로 가기 위한 물건. 이를테면 바다라든가, 강이라든가, 확실하게 죽을 수 있는 곳으로. 그전에 차문이나 차창은 틀어 잠가야겠지. 차에서 탈출할 수 있다면, 어머니만 죽고 나는 살아날 확률이 꽤 높으니까.

비로소 말이 되는 이야기를 찾아낸 느낌이었다. 어머니가 나보다 힘이 세지 않아도 된다는 점에서, 내가 저항할 여지가 거의 없다는 점에서, 모든 문제가 한 방에 정리된다는 점에서. 우리가 교통사고로 죽게 되면, 내가 살인자로 체포될 일은 없을 것이다. 어머니가 살인자의 어미로 불릴 일도 없다. 어머니가 본 것은 죽은 자들의 비밀로, 살인 사건은 산 자들의 미제로 남겠지. 아니면 방조제 버스 승강장 폐쇄회로에 여자와 함께 찍혔을 술통이 옴팡 뒤집어쓰거나. 술통은 하구언 길에 제3의 누군가 있었다고 주장할 테지만 씨알도 먹히지 않을 얘기였다. 하구언 길엔 '누군가'를 증명해줄 폐쇄회로도, 목격자도 없었다. 그는 '여자를 따라가긴 했으나 아무 짓도 하지 않았다'는 사실을 입증하기 쉽지 않을 것이다.

정리하자면, 나는 어머니가 보는 데서 살인을 저질렀고, 어머니는 나를 경찰에 맡기는 대신 함께 죽기로 계획했지만, 면도칼에 머리 뚜껑이 열리는 바람에 당신만 죽어버리게 된 것이 어젯밤 사건의 전모였다.

그렇다고 의문이 모두 풀린 건 아니었다. 우선 어머니의 옷차림이 수수께끼였다. 죽으러 가는 길에 택한 옷이 왜 하필 내가 선물한 흰 원피스였을까. 아들이 사준 옷을 입고 아들과 함께 죽겠다는 마음으로? 청승맞기는 했으나 아주 말이 안 되지는 않았다. 아버지의 선물인 손바닥발찌를 16년 동안 발에 걸고 다닌 양반이니까.

어머니가 왜 일기인지 메모인지를 남겼는지도 의문이었다. 나와 함께 교통사고로 죽으려 했다면, 일기도 없앴어야 맞았다. 혹시 해진을 위해 남겨둔 것인가. 우리가 여차저차해서 부득불 먼저 가노라고 알리려고? 그러기엔 일기인지 메모인지가 너무 불친절했다. 맥락 없이 사실만 적어 둔 기록으로 해진이 뭘 알아낼 수 있단 말인가. 내게 보이지 않는 행간을 녀석이 읽을 수 있으려면, 하나의 전제가 필요하다.

어머니가 아는 것을 해진도 안다.

두 사람이 그 정도로 가까웠던가. 불현듯, 해진과 어머니가 처음 만난 2003년 봄이 떠올랐다.

중학생이 된 후 첫 중간고사를 치른 날이었다. 한 달에 두 번 돌아오는 이모네 병원 진료일이기도 했다. 나는 종례가 끝나자마자 교문으로 튀어 나갔다. 어머니가 데리러 오기로 돼 있었다. 약속 시각은 1시, 진료 예약 시간은 2시, 어머니가 나타난 것도 2시였다.

늦은 이유는 설명하지 않았다. 대신 서둘러 차를 몰았다. 그 바람에 시내버스 앞쪽에서 폐지 수레를 끌고 튀어나온 노인을 미처 보지 못했다. 브레이크를 밟았을 땐 이미 늦었다. 도로를 긁는 바퀴 소리와 쾅 하는 충돌음이 동시에 울리고, 노인은 고꾸라지듯 차 밑으로 사라졌다. 폐지 수레는 벌렁 뒤집힌 채로 길 건너 버스 베이까지 쭉 미끄러져갔다. 폐지와 종이 상자가 새 떼처럼 흩어졌다. 진입하던 버스들이 줄줄이 멈춰 섰다. 행인들과 하교하던 아이들이 몰려들어 노인을 빙 둘러쌌다. 어머니는 핸들을 뜯어낼 것처럼 움켜쥔 채 앞 차창을 노려보고 있었다.

"엄마."

두 번씩 부른 후에야 어머니는 꿈에서 막 깬 사람처럼, 눈을 까막거렸다.

"얼른 나가보세요."

어머니는 안전벨트를 풀고 차에서 내렸다. 나도 따라 나갔다. 보닛 바로 밑에 깡마르고 키가 큰 노인이 쓰러져 있었다. 허름한 바지 속에 든 다리는 이상한 모양으로 꺾여 있었다. 더하여 숨을 쉬지 않는 것 같았다. 움직이지도 않았다. 나는 노인이 죽었다고 생각하면서도 옆에 쪼그려 앉아 어깨를 흔들었다.

"할아버지. 눈 떠보세요."

노인은 잠에서 깨듯, 부스스 눈을 떴다. 다음 순간, 합죽하게 꺼진 입에서 벽력같은 비명이 튀어나왔다.

"해진아."

노인은 몸을 움직이지 못했다. 구급차가 오고, 가까운 병원 응급센터로 옮겨질 때까지 왼쪽 다리를 붙들고 숨찬 소리만 질러댔다.

"해진아, 아이고. 해진아. 할애비 죽는다."

다행히도 생사를 오가는 부상은 입지 않았다. 간호사가 무언가를 물을 때마다 대답으로 '해진아'가 튀어나오고, 온몸에서 술 냄새를 풍기는데다, 한쪽 다리가 뎅겅 부러지기는 했지만. 근육 파열이 있는 복합 골절상이라 입원해서 수술을 받아야 한다고 했다. 불행 중 다행으로 머리나 허리 쪽은 다치지 않았다. 정신도 멀쩡해 보였다. 간호사나 의사, 경찰의 질문에 즉각적이고도 명확한 답변을 내놓았다.

"글쎄, 다 저 여자 탓이라니까."

어머니는 "버스 앞에서 갑자기 튀어나오셔서……"라고 한마디 끼어들다가 30분쯤 욕을 들어먹었다. 눈깔을 멸구가 파먹었느냐는 둥, 여편네가 할 일 없이 차 몰고 돌아다니다 살기 바쁜 남의 다리를 부러뜨려놨다는 둥, 돈 버는 사람은 나 한 사람인데 이제 어떡할 것이냐는 둥, 암탉이 설치면 가정은 물론 국가 경제까지 파탄이 난다는 둥, 그러던 어느 순간,

응급센터 문을 향해 손을 흔들고 소리를 지르기 시작했다.
"아이고, 해진아. 여기여. 나 여기 있다."
우리 학교 교복을 입은 사내 녀석 하나가 "할아버지" 하며 달려왔다. 설마 하고 귓등으로 넘겨들었던 '해진'이 그 해진이었다. 혹시나 했던 노인이 바로 그 노인이었다.
"괜찮으세요?"
녀석은 노인의 팔과 다리에 감긴 지지대를 쳐다보며 물었다. 노인은 나무젓가락 같은 손가락으로 나와 나란히 서 있는 어머니를 찔러댔다.
"그거는 저그다가 물어봐라. 저 여편네가 나를 시방 어찌게 해부렀는가."
해진은 어머니를 돌아봤다. 어머니는 앞머리를 연신 쓸어 넘기던 동작을 딱 멈췄다. 입술이 동그랗게 벌어졌다가 꽉 닫혔다. 무언가 말을 하려다 멈춘 것처럼. 나는 어머니의 반응을 흥미롭게 지켜봤다. 금방 무슨 말이 튀어나올 뻔했는지, 추측해보면서.
감정을 잘 드러내지 않는 어머니의 눈은 해진 앞에서 흔들리고 있었다. 아니, '흔들린다'는 너무나 완곡한 표현이었다. 노인의 몸에 달린 심전도 모니터의 그래프처럼, 위아래로 날뛰고 있었다. 노인과 나, 오가는 사람들, 이곳이 병원 응급센터라는 사실까지 싹 잊어버린 눈이었다. 그 심정 백번 이해하고도 남았다. 입학식에서 녀석을 처음 봤을 때, 나도 그랬으니까.
그날 해진은 전교생의 스타가 되었다. 막 입학식이 시작되려는 찰나에, 카랑카랑한 목청이 강당을 뒤흔들었다. 해진아, 아이, 해진아. 할애비 왔어야.
강당은 한숨에 조용해졌다. 수백 쌍의 시선이 두 노소에게 꽂혔다. 학

부모석에서 엉덩이를 반쯤 들고 갈퀴 같은 손을 흔들어대는 노인과 얼굴이 우체통처럼 빨개져서 뒤를 돌아보는 소년.

여그여, 여그, 하며 노인은 자리에서 일어났다. 50년 전쯤, 노인이 결혼할 때나 입었을 법한 양복 차림이었다. 어찌나 말랐는지, 양복 소매 속에 든 것은 팔이 아니라 먼지떨이 같았다. 우체통 소년은 좌우가 아닌 위아래로 손을 흔들어 보였다. 알았으니 그만 앉으세요, 하듯.

바로 뒷줄에 앉아 있던 나는 녀석의 얼굴에서 눈을 떼지 못했다. 하마터면 '형' 하고 불러버릴 뻔했던 순간이었다. 그저 닮은 정도가 아니었다. 똑같았다. 유순한 갈색 눈, 곱실거리는 고수머리, 반듯한 우등생의 분위기까지, 형과 판박이였다. 나도 모르게 시선을 내려 녀석의 명찰을 찾았다.

김해진

나와 이름 끝 자가 같았다. 성만 같다면 영락없이 형제처럼 보일 이름이었다. 혹시 어머니가 숨겨둔 또 다른 형을 만난 게 아닌가, 싶었다. 어머니 역시 그랬으리라. 당신도 몰랐던 당신 아들을 다시 만난 심정이었을 것이다. 어쩌면 해진을 보던 순간, 어머니의 입에서 튀어나올 뻔했던 말은 '유민아'였을 것이다.

"네가 해진이니?"

어머니는 가까스로 입을 열었다. 목소리 끝도 눈빛처럼 떨리고 있었다. 녀석은 "네" 하더니 곁에 서 있는 내게로 시선을 옮겨왔다. 우리는 별다른 표정 없이 한동안 상대를 응시했다.

"너희들 혹시 아는 사이니?"

어색한 침묵을 깬 건 어머니였다.

"같은 학교 교복인데."

나는 해진과 시선을 맞댄 채 대꾸하지 않았다. 해진은 대답할 틈이 없었다. 노인이 "해진아" 하는 바람에 곧바로 관심이 그리로 되돌아갔다.

"시방 뭣허고 섰냐. 간호사 불러오랑게. 할애비 아퍼 죽것단 마다."

그날 나는 이모네 병원에 가지 못했다. 노인이 입원실로 올라간 게 저녁 8시였다. 어머니는 보험회사가 할 뒷수습을 자처해서 맡았다. 좋은 병실을 부탁하고, 수술 일정을 빨리 잡도록 간여하고, 노인의 이동침대를 밀며 방사선실, 검사실, 입원실까지 쫓아다녔다. 속내가 빤히 읽히는 행동이었다. 해진과 헤어지고 싶지 않았을 것이다. 해진에게 당신이 어떤 사람인지 알려주고 싶었을 것이다. 네 할아버지 다리를 부러뜨리긴 했지만 내가 그렇게 나쁜 사람은 아니야.

"유진아. 너, 그 아이랑 아는 사이지?"

집으로 돌아오던 길에 어머니가 물었다. 나는 "네" 했다. 부연설명을 기다리는 눈치였으나 입을 다물어버렸다. 묘하게 심사가 꼬여 원하는 대로 해주고 싶지 않았다.

"같은 반이니?"

나는 또 "네" 했다.

"안 친하니?"

"네."

"걔도 키가 꽤 크던데, 뒷자리에 앉니?"

"네."

"그런데 친하지 않단 말이야?"

그게 뭐 어쨌단 말인가. 근처에 앉는 사람끼리는 반드시 친해야 한다고 헌법에 정해져 있기라도 하단 말인가.

"걔가 너한테 말을 안 거니?"

"네."

"너도 안 걸고?"

"네."

어머니는 고개를 끄덕였다. 이후 말이 없었다. 줄곧 꿈을 꾸는 듯한 표정이었다. 집에 도착해서 내가 "안녕히 주무세요"라고 인사할 때까지.

돌이켜보면 지난 10년 동안, 어머니에게 해진은 해진이 아니었다. 유민 형이었다. 당연히, 어떤 비밀을 말해주는 것도 가능했겠지. 다만 해진도 그게 가능한지가 문제였다. 녀석으로 말하면, 걸어다니는 X-ray였다. 속내를 감추는 게 불가능한 놈이었다. 어머니가 뭘 말해주었든, 비밀은 지켜지지 않았을 것이다. 놈에게 있어 나는 진단방사선과 의사였으므로. 오늘 녀석에게서 읽어낸 판독 결과는 이랬다.

아무것도 모른다.

일기인지 메모인지는 해진을 위해 남긴 것이 아니었다. 시간이 없거나, 방법을 몰라 처리하지 못한 것도 아닐 것이다. 옥상 바비큐 그릴에 넣고 불만 붙이면 되는 일이었다. 몇 분 지나지 않아 안전하게, 완전히 잿더미가 될 테니까. 나는 어젯밤 어머니가 전화를 걸었던 두 번째 인물을 떠올렸다. 이모라면, 나에 대해 뭐든지 아는 이모라면…….

아침나절, 이모와 전화로 나눈 말들을 하나하나 복기해봤다. 특별히 뭔가를 알고 있다는 느낌은 없었다. 한결같이 이리저리 찔러보는 질문이었다. 왜 그랬을까. 어머니가 이모와 통화를 한 시각은 1시 31분이었다. 짐작건대, 나를 찾아다니다 막 집에 들어온 시점이었을 것이다. 두 사람은 3분 동안 무슨 이야기를 나눴을까. 어머니는 당신이 본 걸 이모에게 모두 털어놨을까. 어쩌면 좋겠느냐고 상의했을까. 곧 아니라는 결론이 나왔다. 그랬다면 이모가 지금껏 가만히 있을 리 없었다. 그 즉시 신고를 하든가, 경찰을 대동하고 집에 쳐들어왔겠지.

골이 지끈거렸다. 생각이 꼬인 나머지 생각하려던 생각이 무언지조차 기억나지 않았다. 때늦은 후회만 가슴을 쳤다. 나는 왜 집으로 돌아왔던가. 오지 않았다면 어머니는 죽지 않았을 텐데. 귀가를 조금만 늦췄더라도 결과가 달랐을 텐데.

일기인지 메모인지에서 손을 뗐다. 손가락을 펴서 새삼스러운 심정으로 들여다봤다. 뼈 스물일곱 개, 관절 스물일곱 개, 인대 백스물셋, 근육 서른넷, 감촉을 읽어들이는 열 개의 지문. 밥 먹고, 씻고, 물살을 가르고, 사랑하는 것들을 만지던 손, 하룻밤 새에 살인 도구가 된 내 손.

나는 생각을 해보려 애썼다. 난파당한 스물여섯 해 내 삶에 대해, 문밖에 들이닥친 생의 12월에 대해, 내가 할 수 있는 일과 할 수 없는 일들에 대해. 그 많은 생각 중에 나를 구원해줄 기도문 같은 건 없었다. 희망은 미끄덩거리는 비누처럼 손아귀를 빠져나갔다. 수압처럼 무겁고 서풍처럼 싸늘한 두려움이 몸을 조여왔다. 돌아갈 길도, 수습할 여지도 없다는 점에서 절망적인 두려움이었다.

불과 몇 시간 전까지만 해도 나는 알아야 한다고 믿었다. 추측이 아니라 나 자신에게 직접 들어야 한다고 생각했다. 진짜 나를 봐야 한다고 여겼다. 헬로야 제가 헬로인지 몰라도 헬로로 살 수 있겠지만 나는 인간이었다. 내가 누군지, 무슨 일을 저질렀는지 모르고는 세상 속에서 살아갈 길이 없다고 판단했다. 모든 걸 알고 난 지금에야 부질없는 짓이었다는 걸 알겠다. 무엇을 알든, 무엇을 하든 나는 살아갈 길이 없어 보였다. 어머니가 원망스러웠다.

화가 나도 참지 그랬어요. 꾹 참고 처음 계획한 대로 하지 그랬어요. 나를 당신 옆자리에 태우고 바다로 돌진해버리지 그랬어요. 그랬다면, 몰랐던 일을 모르는 대로 놔둘 수 있었을 텐데요. 이토록 참담한 심정으로 나를 바라보는 일은 없었을 텐데요. 내 인생을 파멸로 몰아넣은 내 안의 적과 맞닥뜨리지도 않았을 텐데요.

뺨을 책상에 대고 엎드렸다. 결정타를 맞고 쓰러진 권투 선수처럼 몸을 놔버렸다. 눈을 감고 옥상에서 울리는 빈 그네 소리를 들었다. 끼익, 끼익……. 번뜩 눈을 떴다. 등 뒤가 아니었다. 그네 소리가 아니었다. 아래층이었고 홈 오토 벨 소리였다. 나는 시선만 위로 뻗어 탁상시계를 확인했다. 9시.

이 밤중에 초인종을 울릴 사람이 누가 있을까. 해진일 리는 없고, 이모인가. 경비원? 어쩌면 22층 헬로 엄마가 동 출입문 앞에서 눌렀을지도 몰랐다. 외출에서 돌아왔는데 자기한텐 출입문 카드가 없고 자기 집에는 사람이 없다든가, 하는 이유로. 종종 있는 일이었다. 나만 해도 두 번이나 그런 적이 있으니까.

벨 소리는 끈질겼다. 책상 위의 물건들을 서랍에 넣고 아래층으로 내려가 홈 오토 앞에 설 때까지, 삘릴리삘릴리 피리를 불어댔다. 추측한 대로 현관문이 아닌 동 출입문에서 울리는 소리였다. 추측과 달리 헬로 엄마가 아니었다. 화면을 켜자 낯선 얼굴이 나타났다. 남자였고, 검은 모자에 검은 점퍼 차림이었다.

"누구세요?"

스피커 버튼을 누르고 물었다. 남자는 화면에서 한 발짝 물러나 반듯하게 섰다.

"신고받고 나왔습니다. 잠깐 문 좀 여시죠."

남자가 가리고 있던 화면 옆쪽에서 같은 옷차림의 남자 하나가 더 나타났다. 경찰이었다. 양 뺨에 오돌토돌 소름이 솟았다. 술통의 얼굴이 쏜살같이 시야를 뚫고 갔다. 머리 위에선 어머니의 목소리가 들려왔다.

'이제 어떡할 거니?'

나는 홈 오토에서 손을 떼고 한 발짝 물러났다. 그러게요. 이제 어찌할까요. 도망칠까요? 자수할까요? 확, 죽어버릴까요?

3부 포식자

"군도지구대에서 나왔습니다. 실례 좀 합시다."

경찰이 나를 밀치고 현관문 안으로 들어섰다. 젊어 보였다. 잘해야 30대 중반이나 될까. 다른 경찰도 엇비슷한 연배였다. 수갑만 꺼내지 않았다 뿐이지 범죄 현장에 현행범을 체포하러 온 분위기였다. 표정도 그렇고, 빈틈없고 고압적인 자세도 그렇고.

"이 집에 사시오?"

경찰 1번이 물었다. 좀 희한한 질문이었다. 이 집에 사니까 문을 열지 않았겠는가.

"네."

"지금 혼자 있어요?"

이번에도 "네" 했다. 세 번째 받은 질문은 '이 집 주인과의 관계가 어떻게 되느냐'였다. 아들이라고 하자 집주인 이름을 물었다. 대답이 선뜻 나오지 않았다. 어째 방향이 엇나가는 느낌이었다. 출동 목적이 나였다면 내 신분부터 확인했을 것이다. 그들은 '이 집'과 '주인'만 들먹이고 있었다.

"김지원이요."

어머니의 이름을 꺼내자 경찰 1번과 2번은 서로 눈을 마주쳤다. "어라?" 하는 소리가 들리는 듯한 시선이었다. 이어 두 경찰은 동시에, 내 차림새를 쓱 훑어봤다. 티셔츠, 운동복 바지, 맨발. 나도 그들을 훑어봤다. 만약 술통이 그날 밤 일을 목격했고, 뒤늦게 정의감이 동해 경찰에 신고를 했으며, 용의자가 '나'라고 의심할 만한 정황이 나왔다면 제복 경찰 둘만 오지는 않았을 것이다. 수사팀이 총 출동했겠지.

"그러니까 김지원 씨 아들이다, 그 말이오?"

경찰 1번이 확인했다. 나는 고개를 끄덕이면서 물었다.

"무슨 일입니까?"

"신분증부터 봅시다. 본인 말이 맞는지, 일단 확인을 해봐야 하니까."

한 박자 늦은 요구였다. 안도가 가슴을 지나갔다. 비로소 확신이 왔다. 이들은 나를 찾아온 것이 아니었다. 술통의 신고를 받고 온 것도 아니었다. 김지원 씨를 찾아온 거였다. 그러므로 어젯밤 살인 사건과는 별 관계가 없을 것이다. 누가 무슨 일로 '김지원 씨'를 신고했는지는 아직 감이 잡히지 않았지만. 나는 현관 중문 앞에 다리를 벌리고 섰다.

"무슨 일인지 그것부터 알고 싶은데요."

경찰 1번은 반쯤 열린 현관 중문을 슬쩍 넘겨다보더니 대답했다.

"좀 전에 김지원 씨 본인한테서 신고가 들어왔어요. 집에 도둑이 들어서 못 들어가고 있으니 당장 출동을 해달라고."

"엄마가요?"

크게 애쓰지 않아도 의아한 표정과 목소리가 튀어나왔다. 이 무슨 말도 안 되는 이야기일까.

"엄마는 피정소에 기도하러 가셨는데요."

"기도? 언제 가셨다는 거요?"
"오늘 아침이요. 혹시 허위 신고 들어온 거 아닙니까?"
"본인이라는 걸 확인하고 출동한 거요."
그랬겠지. 무턱대고 출동하지는 않았겠지. 신고자 신분이 확인됐으니 왔겠지.
"본인이라는 사람 전화번호를 알려주세요. 엄마 번호인지 아닌지 확인해드릴 테니까."
"아, 그게 공중전화로 들어온 신고라서. 일단 댁의 신분증부터 봅시다."
경찰을 현관에 놔두고 2층에 올라가는 게 내키지 않았다. 다녀오는 사이에, 저 불청객들이 어디를 뒤지고 다닐지 알게 뭐란 말인가.
"2층까지 올라갔다 와야 하는데요. 제 주민번호를 불러드리면 신원이……."
"가서 가져와요."
경찰 1번은 팔짱을 끼고 눈을 세모로 떠서 나를 올려다봤다. 뭔 말이 이리 많아, 하는 눈이었다.
"여기서 기다리세요."
나는 슬리퍼를 벗고 거실로 들어왔다. 계단 첫 칸에 발을 올려놓으면서 곁눈질로 슬쩍 현관을 봤다. 아니나 다를까, 경찰 2번이 현관 중문 안으로 고개를 쑥 내밀어 집 안 여기저기를 살피고 있었다. 나는 계단을 세 칸씩 뛰어올랐다. 눈앞에선, 그네를 타고 있을 어머니와 병원에 있을 이모와 목포역에 도착했을 해진의 얼굴이 번뜩번뜩 오갔다. 어머니는 전화를 할 수 없고, 해진은 여자가 아니었다. 녀석이 어머니 목소리로 말할 수 있다고 믿기지도 않았다. 나는 이모의 턱 밑에 방점을 찍었다. 어머니의 주민번호를 알고, 어머니의 연배이며, 어머니 행세를 할 수 있는 사람. 신고한 이유에 대해선 차후, 차분하게 생각해봐야 할 터였다.

다시 경찰 앞으로 돌아가는 데는 1분도 걸리지 않았다. 나는 주민등록증을 경찰 1번에게 건넸다. 그는 주민등록증과 나를 번갈아 쳐다보더니 다시 경찰 2번에게 넘겼다. 그는 받아들고 현관문 밖으로 나갔다. 곧 무전을 주고받는 소리가 열려 있는 문 틈새로 흘러들었다. 신원 조회를 부탁하는 것 같았다. 그사이 나와 경찰 1번은 말없이 마주 보고 서 있었다.

"확인됐습니다."

경찰 2번이 돌아와 경찰 1번에게 주민증을 건넸다. 그는 받아서 앞뒤를 한번 돌려보더니 내게 돌려주었다.

"그럼 가족이 모두……."

"셋입니다. 저와 형, 어머니."

"다른 동거인도 없고?"

그렇다고 대답했다. 경찰 1번은 갑자기 생각났다는 듯 물었다.

"참. 집에 언제부터 있었어요?"

"어제부터 쭉 있었는데요."

"그런데 아까 전화를 왜 안 받았어요?"

"전화요?"

되묻고 나자 좀 전에 무선전화가 울렸던 것이 기억났다. 무시해버렸던 '모르는 번호'가 경찰 전화였나 보았다. 출동 전 확인차 걸었을 테지. 공중전화로 신고했다는 가짜 '김지원 씨'가 연락처로 집 전화번호를 댔으리란 추측도 가능했다. 이모의 턱 밑에 찍힌 방점이 왕사마귀처럼 커졌다.

"벨 소리를 못 들었어요. 화장실에 갔거나 뭐 그랬던 모양이죠."

경찰 1번은 고개를 끄덕이더니 명함을 꺼내 내게 내밀었다. 나는 받아들었다. 군도지구대 소속 경찰이었다.

"어머니 돌아오시면 바로 연락달라고 하세요. 허위 신고 당사자로 밝혀지면 직접 나오셔야 할 수도 있으니까."

나는 중문 문턱에 서서 그들이 현관문을 닫고 퇴장하는 걸 지켜봤다. 엘리베이터가 움직이는 소리가 들리자 앞 베란다로 달려갔다. 창을 열고 아래를 내려다봤다. 희붐한 안개 밑에서 경찰차의 경광등이 번쩍번쩍 돌고 있었다. 한 대였고, 잠시 후 후문 쪽으로 사라졌다.

나는 다시 이모를 떠올렸다. 나와 통화한 지 하루도 지나지 않았다는 점을 감안하면 빨라도 너무 빠른 조처였다. 허위 신고를 하면 처벌당하리라는 걸 모를 리도 없었다. 그걸 감수하면서까지 경찰을 출동시켜야 한다면 그만한 이유가 있었을 것이다. 몇 가지를 꼽아봤다.

1. 뭔가를 알고 있거나, '뭔가'를 추측할 만한 뭔가를 알고 있다.
2. '아는 것'이 사실인지 확인하고 싶지만 직접 오는 게 겁이 난다.
3. 경찰을 출동시켜 집 안에 문제가 있는지 살피게 한다.

이모는 가장 빨리 경찰을 출동시키는 방법으로 절도 신고를 택했을 것이다. 실종 신고를 하자니 자신의 신분을 밝혀야 하고, 어머니가 사라진 지 24시간도 안 된 시점이니 신고 접수가 가능할지 그것마저 미지수였겠지.

나는 해진이 집에서 나가던 무렵으로 기억을 되돌렸다. 녀석이 방문을 닫고 통화한 상대는 분명 이모였다. 이모는 해진에게 무슨 말을 했을까. 어머니에 대해? 나에 대해?

해진에게 묻지 않는 한, 알 길이 없었다. 다만, 이모가 무엇에 신경을 쓰는지는 알 것 같았다. 경찰을 출동시킨 걸로 미루어 어머니의 신변이었다. 해진에게 전화를 한 걸로 봐선 신경 쓰이는 원인이 내게 있는 것 같았다. 그 '원인'이 뭔지 알아낸다면, 이모가 왜 이러는지도 알게 될 터였다.

나는 내 방 책상 앞으로 돌아와 앉았다. 일기인지 메모인지를 꺼내 2015년도로 넘겼다. 그해의 기록은 두어 개에 불과했다. 2014년에도, 13년에도, 12년 이전으로도 쭉 그랬다.

아이가 로스쿨에 가겠다고 한다. 아이가 복학했다. 아이가 공익근무를 시작했다. 아이가 휴학했다. 아이가 제 고집대로 법대에 갔다. 아이가, 아이가, 아이가…….

'아이'는 모두 나였다. 그토록 사랑하던 해진에 대해선 언급조차 없었다. 그토록 그리워하던 유민 형에 대한 말도 없었다. 아버지야 더 말할 것도 없고. 목적이 뭔지는 몰라도, 철저하게 나를 주인공으로 삼은 기록이었다. 그런 것치고는 특별한 내용이 없었다. 대부분 한 줄짜리에 불과했다. 간혹 나오는 긴 글은 나도 기억하거나 아는 일들이었다. 2006년 4월 말에 와서야 위의 두 가지에 해당되지 않는 기록이 처음으로 나타났다.

4월 20일. 목.

매일, 매 순간 아이의 눈이 내게 애원한다. 나를 물로 돌려보내주세요, 라고. 자식의 그런 눈을 견디거나 무시할 수 있는 어미가 세상에 대체 몇이나 될까. 좀 전 나는 혜원에게 전화해서 수영을 계속 시키면 안 되겠냐고 물었다. 예상한 답이 나왔다.

안 된다, 같은 일이 반복될 거다.

안다. 나도 안다. 내가 내 아들을 모를 리 있겠는가. 요컨대 나는 약물 치료를 그만두면 안 되겠는지, 물은 것이었다. 혜원은 잊어버리지 말라고 경고했다. 유진이 인생에서 중요한 건 수영 챔피언이 되느냐 마느냐가 아니라 무해하게 살 수 있느냐 아니냐, 라고.

　나는 승복할 수밖에 없었다. 내 삶의 목표, 혜원이의 치료 목적이 바로 그것이었으니까. 무탈하고, 무해한 존재로 평범하게 사는 것.

　머리가 떵했다. 불시에 귀빰을 얻어맞은 기분이었다. 혹시 잘못 봤나, 해서 손끝으로 한 단락씩 짚어가며 처음부터 다시 읽었다.
　2006년 4월 말은 수영을 그만둔 때였다. 수영을 계속할 수 있도록 어머니를 설득해달라고, 내 발로 이모를 찾아간 그즈음이기도 했다. 그때 이모의 태도는 어떠했던가. 입가에 온화한 미소를 띠면서 눈으로는 냉정하게 내 속내를 가늠하고 있었다. 알면서도 모든 걸 털어놨던 건 도움의 손길을 향한 간절한 바람 때문이었다. 바람이 허무하게 부서졌을 땐 세상이 뒤집히는 기분이었다. 그래도 이모를 원망하지는 않았다. 그저 다시는 이모를 믿지 않겠다고 마음먹었을 뿐.
　정반대의 상황이 두 여자의 아뜰에서 벌어졌을 줄은 꿈에도 몰랐다. 심지어 사실을 알게 된 지금도 믿기지 않는다. 약을 끊고 수영을 계속시키자는 어머니와 옐로카드를 꺼내들고 반대하는 이모라니. 내 인생의 가장 중요한 일을 어머니도 아닌 이모가 결정했다니. 나를 낳지도 않았고, 나를 키우지도 않았으며, 나를 사랑한 적도 없는 어머니의 동생 따위가.
　선수 등록이 말소되던 날, 불에 타는 내 물건들을 내려다보며 참담해하던 내 모습이 기억났다. 심장에서 이글거리던 암울한 분노와 목구멍 깊숙이 억눌려 있던 울음이 고스란히 되살아났다. 옥상 문 앞에 서서, 사태가 여기까지 온 게 마치 제 탓인 양 어쩔 줄 몰라 하던 해진도 떠올랐다. 그때 어머니는 옥상에 올라와보지도 않았다. 거실로 내려갔을 때 감정도 음조도 없는 목소리로 "불은 잘 껐니?"라고 물었을 뿐이다. 그런데 그렇게 하도록 시킨 사람이 이모란 말인가.

나는 목 밑에서 울컥대는 뜨거운 기운을 애써 억눌렀다. 평소의 실용적인 태도를 견지하려 안간힘을 다했다. 혼돈의 문장 속에서 진실을 건져보려 애면글면했다. '무탈하고 무해한 존재로 평범하게 사는 것'과 '발작을 하지 않고 사는 것', 두 문장이 서로 치환 가능한지 수도 없이 따져봤다.

아니었다. 뒤집어보고 엎어봐도 마찬가지였다. 약이라는 공통분모를 가졌다는 점 말고는 연관성이나 인과관계를 찾을 수 없었다. 발작을 막는다고 무탈하고 무해한 존재가 되는 건 아닐 것이다. 만약 그렇다면, 발작을 하지 않는 세상의 많은 사람들은 타인에게 무탈하고 무해한 존재여야 한다. 세상이 어디 그런가.

문장은 이렇게 읽는 게 옳았다. 유해한 존재가 되지 않으려면 약을 먹어야 한다.

뒤집으면 이런 말이 될 것이다. 약으로 유해한 존재가 되는 걸 막을 수 있다.

의학적으로 가능한 일인지 묻는 건 의미가 없었다. 그런 약을 왜 썼는가도 차후에 따질 문제였다. 약이 내게 어떤 용도로 쓰였는가를 먼저 확인해야 했다. 지금껏 알고 있던 대로 항경련제로 쓰였는지, 어머니 인생의 목표이자 이모의 치료 목적을 위해 쓰인 것인지.

휴대전화를 열고 인터넷으로 들어갔다. 검색창에 '리모트'를 쳤다. 내가 알고 있는 내용들이 떴다. 뇌전증, 조울증, 행동장애 치료제. 내게 조울증이나 행동장애가 있었다는 말은 들은 적이 없었다. 반면 뇌전증에 대해선 확신할 만한 증상이 있었다. 실제로 두 번씩이나 발작을 일으켰으니까. 이 모순을 설명할 만한 근거가 주의사항에 들어 있기는 했다.

갑자기 투약을 중단한 장기 복용 환자에게서 측두엽 발작이 보고된 바 있다.

나는 어느 쪽에 해당되는 것일까. 약으로 억제됐던 발작이 투약 중단으로 재발현한 것일까. 투약 중단의 부작용으로 발작이 일어난 것일까. 답을 알려면 일기인지 메모인지를 뒤지는 수밖에 없었다. 한 줄짜리 문장도 대충 봐 넘겨서는 안 되었다. 약에 관한 언급은 한참을 거슬러 올라가 2002년에 다시 등장했다.

4월 11일. 목.
지난 일주일, 아이는 초주검 상태였다. 약 부작용이 극에 달한 눈치였다. 두통, 이명, 무기력증. 아량 없는 세 훼방꾼을 어깨에 매달고, 어제 시합을 치렀다. 그 결과, 0.45초 차이로 메달권에서 탈락했다. 터치패드에 손을 짚은 후 전광판을 올려다보던 아이의 표정이 눈에 선하다. 성난 맹수 같은 눈, 도전적으로 치켜든 턱, 얼음 기둥처럼 새파랗게 질린 몸.
아이는 밤새 잠을 이루지 못했다. 문을 틀어 잠근 채, 생니를 뺀 사람처럼 끙끙 앓았다. 달랠 길이 없는 분노였다. 달랠 틈조차 주지 않았다. 약을 먹어야 하는 제 처지에 분통이 터지고, 기어코 약을 먹이는 내가 미웠을 것이다.
나는 하릴없이 잠긴 문밖을 서성였다. 점점 내가 내린 결정의 무게를 견딜 자신이 없어진다.

어머니는 뭔가를 잘못 알고 있었다. 당시 내게 가장 고통스러웠던 건 약의 부작용이 아니었다. 시합에서 지는 것도 아니었다. '어머니의 규칙'을 어길 때마다 내려지는 벌, 바로 수영장에 나가지 못하는 일이었다. 위반 한 번에 이틀씩, 두 가지를 동시에 어기면 나흘. 세 가지 이상이거나 중차대한 사안이면 어머니가 보내줄 마음이 들 때까지 무기한.

나는 규칙을 지키고자 최선을 다했다. 다만 규칙에 준하는 일, 혹은 그 범주에 들어가는 유사 행위를 이해하지 못할 때가 많았다. 도둑질과 몰래 빌린 후 깜박 잊고 돌려주지 않는 행위라든가, 거짓말과 진실을 인정하지 않는 행동이라든가. 폭력과 응징 행위라든가.

처음 무기형을 언도받은 건, 초등학교 4학년 가을, 인천으로 이사하기 한 달 전쯤이었다. 훈련을 끝내고 집에 들어섰을 때, 거실 쪽에서 어머니의 목소리가 날아들었다.

"한유진, 이리 와 앉아."

어머니는 소파에 앉아 있었고, 탁자에는 상자 하나가 놓여 있었다. 눈에 익은 상자였다. 안에 든 물건 목록도 빠짐없이 알고 있었다. 나비 머리핀, 반짝이 머리띠, 피규어, 열쇠고리, 동전지갑, 손거울, 생리대, 지우개, 필통, 검은 원피스 수영복, 펭귄 수영모……. 나는 가방을 내려놓고, 어머니 옆에 앉았다.

"이게 뭐니?"

어머니가 상자를 가리켰다. 나는 상자 귀퉁이에 매직으로 쓴 한유민이라는 이름을 곁눈질로 쳐다봤다.

"거짓말을 해서 엄마를 실망시키지 마. 이건 네 방 책장 뒤에서 나온 거야."

거짓말할 생각은 없었다. 상자는 유민 형의 것이었다. 자질구레한 물건들을 모아두는 용도로 쓰라고 어머니가 마련해준 상자였다. 블록 조각이라든가, 조립 장난감의 나사라든가, 새총이라든가, 비비탄 같은 것들. 이름도 어머니가 써주었으니 어머니가 더 잘 알 터였다. 내가 한 일이라

곧 잡동사니 대신 몰래 빌려온 누군가의 물건을 넣어둔 것뿐이었다.

'누군가'는 대체로 여자아이였다. 마음에 드는 여자아이거나, 마음에 안 드는 여자아이거나, 그냥 아는 여자아이거나, 모르는 여자아이거나, 제 수영 가방을 아무 데나 던져두는 칠칠치 못한 여자아이거나. 처음엔 재미 삼아 시작했다. 얼마 후엔 게임처럼 열을 올렸다. 가져오기 어려운 물건일수록 도전 의식을 고취시키는 면이 있었다. 이를테면 생리대 같은 것.

"형이 저한테 맡겨둔 거예요."

나는 어머니와 눈을 맞추며 대답했다.

"언제?"

"3학년 때요."

우리는 한동안 아무 말 없이 서로를 마주 봤을 것이다.

"그러니까 이 짓을 시작한 게 작년부터라는 거구나."

나는 내 실수를 시인했다.

"내가 아니에요. 하지만 진작 말하지 못한 건 제 잘못이에요. 형이 죽은 후로 깜박 잊어버렸어요."

어머니는 더 추궁하지 않았다. 도둑질하지 말라는 성경 말씀을 들려주지도 않았다. 대신 수영장 출입 금지령을 내렸다. 당연히 수영부 훈련도 빠져야 했다. 형량은 무기한이었다. 도둑질에 거짓말, 형을 모욕한 죄까지, 중차대한 규칙 위반이 세 가지였으므로. 나는 인천으로 이사할 때까지 수영장 근처조차 가지 못했다. 매일 밤, 침대에 엎드려 가상 수영을 하는 걸로 물을 향한 그리움을 달래야 했다.

어머니는 정확하게 알고 있었다. 나를 가장 효과적으로 괴롭히는 게 무언지, 나를 무릎 꿇리려면 내게서 무엇을 빼앗아야 하는지. 그러니 그런 벌칙을 고안해 나를 괴롭혔겠지. 마음 한구석에 걸린 죄책감은 일기인지 메모인지에다 괴롭히는 자의 고통을 고백하는 일로 상쇄시켰을 테고. 덕택에 내 인생의 막후에서 이뤄진 일, 어머니가 죽지 않았으면 절대로 몰랐을 비밀이 내 책상으로 배달된 셈이었다.

나는 다음으로 넘어갔다.

2월 4일. 월.

'원한다'는 것이 인간으로 하여금 얼마나 초인적인 힘을 내게 하는지, 나는 아이를 통해 깨닫는다. 아이는 약의 부작용에 대해 더 이상 불평하지 않는다. 약을 거부하거나 몰래 뱉어버리는 짓도 하지 않는다. 새벽 5시 30분이면 스스로 일어나 수영장에 갈 준비를 한다. 새벽 훈련이 끝나면 차 안에서 도시락으로 아침을 때우고 학교로 간다. 공부와 운동, 두 가지를 병행시키면 스스로 지쳐 포기할 줄 알았건만 힘든 내색조차 하지 않는다. 내게 뇌전증이 입에 거품 물고 뒤집어져서 발작하는 병이냐고 물었던 작년 12월 어느 날부터 그랬다.

나는 질문의 의미를 단박에 알아차렸다. 유진이 뭔가 오해를 하고 있다는 것도. 약의 정체를 알아냈다는 것도. 어떻게 알았는지는 문제가 되지 않았다. 약국에 들어가 물어봤을 수도 있고, 인터넷을 검색했을 수도 있겠지. 중요한 건 아이가 두려워하고 있다는 점이었다. 수영장 안에서 거품 물고 뒤집어질까 봐, 혹은 그로 인해 수영을 하지 못하게 될까 봐.

나는 아이의 '오해'를 바로잡지 않았다. 차라리 오해하는 채로 지내게 하는 게 낫다고 판단했다. 그리하여 '침묵'이라는 가장 쉬운 길을 택했다. 아이가 어떤 답을 기대하고 물었는지 알면서도 그럴 수밖에 없었다. 마음 한구석에는 혹시 수영을 포기할지도 모른다는 기대감도 있었다. 기대와 달리, 아이는 약과 약의 부작용까지 받아들였다. '약만 잘 먹으면 수영을 계속할 수 있다'고 믿는 눈치였다.

　아이가 탈진한 모습을 볼 때마다, 나는 죄책감에 시달린다. 혜원은 기왕에 그리된 거, 오해를 적극적이고 효과적으로 활용하라고 말했다. 아이를 제어할 핸들로 삼으라고 했다. 만에 하나 있을지 모르는 투약 중단에 대한 강력한 제동 장치도 될 수 있을 거라 했다. 그게 옳은 걸까, 묻자 혜원은 그런 걸 따지기엔 너무 늦었다고 말했다.

　나는 일기인지 메모인지에서 눈을 뗐다. 초점이 흔들려 더 읽을 수가 없었다. 시야에서 새카만 소용돌이와 역조가 어지럽게 남실대고 있었다. 머릿속에선 쾅쾅, 소리가 울렸다. 죽은 어머니가 휘두르는 삽날에 연달아 뒤통수를 찍히는 기분이었다. 내가 내용을 올바로 이해했는지, 의심스러웠다. 행간에 못 읽은 게 있나, 싶어 몇 번을 되돌아가 반복해 읽었다.

　오독이 아니었다. 오해였다. 단지 바로잡지 않은 오해였다고, 어머니는 고백하고 있었다. 인생의 중요한 기로에 설 때마다 앞을 가로막은 장애는 애초부터 없었다는 것이었다. 이모와 공모해서 내 인생을 탈탈 털어먹었다는 얘기였다.

　혼란이 화산재처럼 머리를 덮었다. 22층 헬로가 내 아버지였다는 고백을 들었어도 그토록 충격적이지는 않았으리라. 차라리 그랬다면, 난 개새끼 맞구나, 수긍이라도 했겠지. 만약 이것이 농담이라면 사악하고도 야비한 농담이었다. 스물여섯 해 내 인생을 인형극으로 만드는 농담. 나를 등신 밥통으로 만드는 농담.

　어머니와 이모에게 질질 끌려 건너온 지난날이 급류처럼 눈앞을 지나갔다. 포기해야 했던 것들, 받아들여야 했던 것들, 좌절감에 떨던 진흙탕

같은 밤들이 나를 통과해갔다. 그 모든 것이 '발작'이라는 축받이 위에서 이루어진 일이었거늘. 분노가 혈관을 타고 몸을 돌았다. 몸이 불붙은 숯 조각처럼 달아올랐다. 화염 속에서 숨을 쉬는 느낌이었다. 옥상으로 뛰어나가 어머니와 얼굴을 맞대고 고함이라도 지르고 싶었다. 왜요. 왜 그랬어요?

'성질부리지 마라.'

등 뒤에서 어머니의 목소리가 들려왔다. 끼익끼익, 그네가 흔들리는 소리도 함께 되살아났다. 나는 의자에서 일어나 유리문 블라인드를 걷어 젖혔다. 어머니는 아직도 그네에 앉아 하늘을 올려다보고 있었다. 길고 검은 머리채를 바람 속에 늘어뜨리고, 희고 작은 발로 퍼걸러 바닥을 긁으면서 자분자분 속삭여왔다.

'이유가 있지 않겠니?'

그럴 테지. 당연히 이유가 있겠지. 내 인생을 이 모양 이 꼴로 조져놓았을 땐 반드시 그랬어야 할 이유가 있겠지. 일기인지 메모인지 안에 그걸 숨겨뒀을 테고. 나는 순순하게 고개를 끄덕였다. 그래요, 엄마. 성질 죽이고 이유를 찾아볼게요. 다만, 찾아낸 이유가 설득력이 있어야 할 거예요. 더도 말고 덜도 말고 나를 이해시킬 수준이면 돼요. 그런데 엄마, 내가 이해력이 좀 달리는 인간인 건 아시지요? 천년만년 이를 가는 쪼잔한 놈이라는 것도요. 아마 제대로 이해시켜야 할 거예요.

책상에서 전화벨이 울기 시작했다. 나는 몸을 돌리고, 휴대전화를 집어 올렸다. 화면에 어여쁜 이름이 찍혀 있었다.

미스 할매

　새벽 5시 30분. 내 생애 가장 길었던 낮과 밤이 끝났다. 백 년은 지나야 올 것 같았던 새날이 오고 있었다. 지난 몇 시간, 나는 애물단지들과 씨름을 벌였다. 욕조에 처박아두었던 피 묻은 양모 이불, 시트, 옷가지들. 이리저리 궁리해도 처리가 불가능한 물건들이었다. 태울 수도, 버릴 수도 없었다. 씹어서 먹어치우지 않는 한 감추는 것도 불가능했다. 남은 길은 하나, 세탁을 해보는 것뿐이었다.

　일단 가장 간단한 방법으로 출발했다. 양동이에 찬물을 받고 세제를 푼 뒤 애물단지들을 푹 담갔다. 수시로 물을 갈아가며, 핏물이 나오지 않을 때까지 꾹꾹 밟았다. 발이 얼어붙으면 욕조에서 나와 뜨거운 물에 녹여가면서, 몇 시간 동안 계속했다. 노력에 비해 결과는 썩 만족스럽지 않았다. 핏자국이 황갈색 얼룩으로 바뀌었을 뿐 근본적인 변화는 없었다. 다만 일거리가 생긴 덕택에 들썽대던 마음이 차분해졌다. 활활 타오르던 감정이 소진되고, 과열됐던 머리도 식었다. 비로소 나는 냉정해질 수 있었다. 혼돈의 한복판을 뚫고 나갈 의지도 되찾았다.

　그렇기는 하나, 일기인지 메모인지로 곧장 돌아갈 마음은 나지 않았다. 사실은 무서웠다. 죽은 어머니가 내 머릿속에 4단 기어를 넣을까 봐. 그리하여 흥분한 자율신경계가 '가서 응징하라'는 화학적 지시를 내릴까 봐. 더하여 응징의 대상은 시도 때도 모르는 '전화질'로 내 인내심의 한계를 시험하고 있었다. 자정 무렵에 한 번, 10분 후에 또 한 번. 두 번 다 받지 않았다. 나 자체가 인간 난로였던 시점이라 불쏘시개를 피할 필요가 있었다.

　핏자국과 관련해, '구글이 있다'는 사실을 깨달은 건 불과 5분 전이었다. 불의의 화재로 인해 머리가 완전히 먹통이 된 모양이었다. 나는 '미스 할매'가 두 번 찍혀 있는 휴대전화를 열고 구글 검색창을 띄운 후 '핏자국 지우기'를 쳤다. 이 분야의 전문가들이 장담하는 묘수들이 주르르 떴다.

치약을 묻혀 비빈다. 폼 클렌징으로 살살 문질러 닦아낸다. 무를 갈아서 덮어놓는다. 과산화수소수를 수건에 적셔 문지른다……

기발하긴 했지만 이불과 시트를 감당할 만한 재료가 없었다. 차라리 써봤던 락스에 충성하는 편이 나을 것 같았다. 나는 양동이에 이불과 시트, 옷가지를 쑤셔담았다. 장롱에서 '과외' 재킷도 꺼내 함께 담았다. 기왕 하는 거, 그젯밤과 관련된 것을 모두 세탁하기로 마음먹었다.

뒤쪽 베란다로 들어가 세탁기 문을 열었다. 옷가지와 양말, '과외' 재킷을 넣고 표준 세탁에 맞춘 후 '조용조용' 단추를 눌러 세탁기에 재갈을 물렸다. 아래층들이 빈집이었지만 22층 헬로님이 워낙 예민하시니까.

베란다에서 나오자마자 거실 무선전화가 울리기 시작했다. 또 이모였다. 5시 56분, 받지 않을 수 없는 시각이었다. 내가 일어났다는 걸 알고 걸었을 것이므로. 나는 통화 버튼을 눌렀다.

"어제 일찍 잤니?"

이모의 말투엔, 지난밤 왜 전화를 받지 않았느냐는 짜증이 섞여 있었다. 나는 대부분의 사람들이 자정에 뭘 하는지 가르쳐주고 싶었다. 어머니의 여동생과 통화하는 시간이 아니라, 잠을 자는 시간이라고. 그러니 댁도 자정에는 침대에 누우시라고. 남자와 자든, 여자와 자든, 짐승과 자든, 혼자 자든, 그건 댁 맘대로 하시고.

"유진아?"

대답하지 않자 이모가 불렀다. 나는 "일찍 잤어요" 했다.

"아 그랬구나. 실은 자려다가 궁금해서 전화했었거든. 너 합격자 발표

할 때 안 됐니?"

나도 궁금했다. 다른 때도 아니고, 하필 자정에 그게 왜 궁금했는지.

"합격했대요."

"정말이니?"

이모는 해진을 통해 이미 소식을 들었을 것이다. 그걸 감추느라 과하게 놀란 목소리를 냈다. 과한 게 지나쳐서 "설마 네가?" 하는 반문으로 들렸다. 기분이 별로 좋지 않았다. 하긴 이모의 말이라면 뭔들 기분 나쁘지 않겠는가마는.

"네 엄만 아직 모르지?"

마침내 본론이 나왔다. 맹목적인 확신이 느껴지는 어투였다. 네 엄마가 어디 있는지 너는 알잖아.

"전화가 계속 꺼진 상태라 문자만 보내뒀어요."

"아직 연락이 없단 말이지? 오늘이 이틀쨰ㄴ데 나서서 찾아봐야 하는 거 아니니?"

경찰을 출동시킨 장본인이 이모라는 걸, 내가 모르리라 생각하는 걸까. 안다는 걸 알면서 내 반응을 보고자 슬쩍 드라이브를 걸어보는 걸까.

"이모가 걱정하시니까 저도 슬슬 걱정은 돼요."

"그래서 어떡할 거니? 무슨 계획이라도 있니?"

"해진이 들어오면 상의해보려고요."

"해진이 안 들어왔니?"

이모는 몰랐다는 듯 되물었다.

"목포 갔어요."

"목포는 왜?"

이번에는 궁금한 척했다.

"일하러 갔죠."

"아…… 일. 근데 넌 이제부터 뭔 일을 할 거니?"

나도 모르게 긴 한숨이 흘러나왔다. 도대체 언제 전화를 끊으려는 걸까. 내년 연말에?

"운동하러 나가려던 참이에요."

"아직 날도 안 샜는데? 늘 이 시간에 나가니?"

"네."

"어제도?"

나는 이가 갈리는 심정이 됐다. 누구든 이 여자한테서 휴대전화를 빼앗아달라고, 대국민 호소라도 하고 싶었다. 목소리는 저절로 커졌다.

"늦잠 잤다니까요. 어제 말씀드렸잖아요."

"아이 깜짝이야. 귀청 터지겠다, 얘. 기억 못 할 수도 있지 뭘 그런 걸로 성질을 부리고 그러니? 너도 내 나이 돼봐라. 금방 듣고도 돌아서면 깜박깜박해."

유전자의 힘이 느껴지는 순간이었다. 있는 대로 성질을 돋워놓고 성질 부린다고 이죽대는 화법까지 자매가 똑 닮았다. 나는 전화를 끊고 내 방 책상 앞으로 돌아갔다. 일기인지 메모인지를 폈다. 2002년에서 2000년으로 넘어가는 데 두 시간이 걸렸다.

7월 21일. 금.

어제 유진이 수영부 아이들과 함께 지리산 여름 캠프를 떠났다. 떠난 후부터 걱정이 끊이질 않았다. 무엇보다 아이 몸이 마음에 걸렸다. 약물 부작용으로 입원하면서 먹던 약을 끊었고, 간 기능 검사 수치가 정상으로 돌아올 때까지 새로운 약의 투약을 미루고 있는 참이었다. 그 때문에 혜원이는 지리산행을 반대했지만 결국 나는 승낙해버렸다.

애원하는 아이의 눈을 외면할 수가 없었다. 코치도 있고 아이들도 있는데 무슨 일이 있겠어, 하는 심정이었다. 요행을 바라며 몰래 보낸 셈이었다. 대가로 종일 안절부절못하고 전화통만 바라봤다. 무슨 일이 있으면 코치가 바로 전화 주겠지.

전화벨이 울린 건 새벽녘이었다. 눈을 뜨기도 전에 코치라는 걸 알아차렸다. 유진이가 없어졌다고 했다. 순찰을 돌다가 알게 됐다고 했다. 아이가 나가는 걸 봤다는 사람도 없고, 폐쇄회로에도 잡히지 않아 언제 없어졌는지도 파악 못 하고 있다고 했다. 경찰과 119가 동원돼서 근처 수색을 하고 있지만 흔적조차 없다고 했다.

어떻게 운전을 했는지 기억나지 않는다. 인월 톨게이트를 통과하면서 코치의 두 번째 전화를 받았다는 것만 기억한다. 아이를 찾았다고 했다. 8킬로쯤 떨어진 한 민박집에 있다고 했다. 동 틀 무렵, 아이가 찾아와 그 집 문을 두들겼다는 것이었다. 핸들을 쥔 손아귀가 흐물흐물 녹는 기분이었다.

캠핑장에 도착했을 때, 아이는 잠들어 있었다. 겉으로 보기엔 비교적 멀쩡했다. 온몸에 무언가에 긁히고 까인 상처들이 나 있었지만 크게 다친 곳은 없어 보였다. 나는 아이 옆에 풀썩 주저앉았다. 그때 함께 수색에 나섰다는 순경이 말을 붙여왔다. 이전에도 이런 일이 있었느냐, 밤에 돌아다니는 습관이 있느냐, 아이에게 지병이 있느냐, 몽유병이라든가, 기면증이라든가, 뇌전증이라든가. 나는 같은 대답을 거듭했다. 아니오, 아니오, 아니오.

어떻게 된 일인지는 아이가 깨어난 후에야 들을 수 있었다.

전날 밤, 소변을 보러 나왔다가 귀신을 봤다고 했다. 화장실 뒤쪽에서 이상한 소리가 나서 가봤더니 새하얀 것이 너울너울 춤추면서 달아났고, 정체가 궁금해서 뒤쫓아가다 문득 돌아보니 낯선 곳이었으며, 그제야 너무 멀리 왔다는 걸 깨달았지만 이미 길을 잃은 후였다. 다행히 보름달이 환하게 떠서 주변이 어둡지 않았다. 덕택에 나뭇가지에 걸린 노란 리본들을 볼 수 있었다. 예전에 아빠와 산에 갔을 때, 등산객들이 사람이 다니는 등산로에 걸어놓는 리본이라고 가르쳐준 기억이 났다고 했다. 그 리본을 따라 걷다 보니 민박집에 도착했다는 게 사건의 전말이었다.

잠꼬대처럼 들리는 말이었다. 지리산이 동네 뒷산은 아니지 않은가. 함께 들은 코치도, 순경도 비슷한 심정 같았다. 그러거나 말거나, 아이의 표정은 태평스러웠다. 동네 강아지를 따라 동네 곳곳을 뛰어다니다 온 것처럼 자못 활기차 보이기까지 했다. 캠프에서 강제 퇴소를 당하자 조금 시무룩해지긴 했지만.

서울로 오는 차 안에서 아이는 내내 잠만 잤다. 나는 깨워서 추궁하고 싶은 걸 간신히 참았다. 무슨 일이 있었니? 사실대로 말해봐.

'사실'에 대한 내 기억은 꽤 선명하다. 아주 오래전 일이고, 앞뒤 정황은 흐릿해도 무슨 일이 있었는지는 구체적으로 기억한다.

그날 오후, 계곡 물놀이에서 돌아오던 길이었다. 캠핑장 근처 감자밭 두렁에서 이상한 철사 고리가 달린 말뚝들을 발견했다. 코치에게 '무엇이냐'고 묻자 토끼 올무라고 대답했다. 밭주인이 농작물 피해를 막고자 설치한 것이라 했다. 절대로 가까이 가지 말라고 주의를 주었다.

장담하지만, 열 살짜리 사내아이를 '그곳'으로 보내는 가장 간단한 방법은 '절대로 가지 말라'고 하는 것이다. 나는 아이들이 곤하게 잠든 밤에 손전등을 쥐고 캠프를 빠져나갔다. 궁금해서 잠이 오지 않았다. 철사 고리에 토끼가 정말로 걸릴까. 토끼가 정말로 올까.

토끼는 아직 오지 않았다. 나는 말뚝들이 내다보이는 아카시아나무 밑에 쪼그려 앉았다. 손전등을 끄고 토끼가 오기를 기다렸다. 무섭지는 않았다. 어둡지도 않았다. 맨홀 뚜껑만 한 보름달이 떴고, 숲은 금빛으로 반짝였고, 새파란 별들이 머리 위까지 내려와 있었다. 얼마나 기다렸는지는 기억나지 않는다. 어느 순간 꾸벅꾸벅 졸기 시작했다는 것과 잠결에 들려온 밤의 소리들만 기억한다. 올빼미 소리, 개구리 소리, 귀뚜라미 울음소리, 졸졸 흐르는 계곡물 소리…….

그러던 어느 순간 이상한 기척에 퍼뜩 눈을 떴다. 환한 달빛 아래서 들뛰는 거뭇한 그림자를 봤다. 나는 몸을 일으키고 그곳으로 뛰어갔다. 토끼였다. 가만 엎드려 있으면 돌덩이로 보일 것 같은 잿빛 산토끼가 고리에 뒷발이 걸려 파닥파닥 뛰어오르고 있었다. 가까이 다가서자 들쩍지근한 피비린내가 확 풍겨왔다. 철사에 조인 놈의 뒷다리는 피로 흠씬 젖어 있었다. 겁먹은 놈의 눈은 달빛을 받아 까맣고 축축하게 빛났다. 가슴이 두근두근했다.

"가만있어. 내가 풀어줄게."

말뚝에 감긴 철사를 풀기 시작했다. 몇 겹으로 친친 감겨 있었으나 풀기 불가능하지는 않았다. 그저 시간이 좀 걸렸다. 그사이 토끼는 가만히 있지 않았다. 겁에 질려 뛰어오르고 몸부림치다 철사가 풀리자마자 냅다 뛰어나가버렸다. 나는 토끼를 쫓아갔다. 잡아서 어쩌려고 한 건 아니었다. 아마 뒷일이 궁금했을 것이다. 어디로 가는지, 기다란 철사를 다리에 매달고 어디까지 갈 수 있는지, 저토록 피를 많이 흘리고도 살 수 있겠는지.

토끼는 덤불을 통과하고, 개울을 건너고, 언덕을 오르고, 나무 밑을 지나갔다. 나는 토끼의 움직임을 놓치지 않고 따라갔다. 눈으로 보고 쫓아간 게 아니었다. 피 냄새를 따라갔다. 고기 굽는 냄새처럼 강렬하고 불빛처럼 또렷하게 보이는 냄새였다. 더하여 토끼의 움직임이 점점 더 느려졌다. 처음엔 뛰어야 했으나 차차 걸어서 따라갔고, 얼마 후엔 덤불이 엉켜 있는 비탈에서 완전히 멈춰버렸다. 토끼는 가시덤불 밑에 숨어 있었다. 가까이 가도 도망치지 않았고 손을 넣어 붙잡아도 움직이지 않았다. 귀를 잡아 들어올리자 힘없이 축 늘어졌다.

나는 토끼가 죽었다고 생각했다. 돌연, 모든 게 시시해져서 토끼를 덤불에 던져버렸다. 이후부터의 기억은 명확하지 않다. 지금에 와선 그리 중요한 기억도 아니다. 지금 중요한 것은 방금 떠오른 하나의 질문이었다. 이것은 우연일까, 필연일까.

토끼와 여자. 그젯밤과 16년 전 밤. 두 상황은 완벽한 닮은꼴이었다. 대상에게 피 냄새를 맡았다는 점에서, 야밤에 겁먹은 것을 쫓아다녔다는 점에서, 결국 주검이 내 손에 남았다는 점에서, 투약이 중단된 시기에 일어난 일이라는 점에서. 그젯밤을 꽃이라 부른다면, 16년 전 밤은 미래의 씨앗이었다. 다른 점이 있다면, 진주 귀걸이는 토끼처럼 다리를 다치지 않았다는 것이었다.

나는 생각해봤다. 멀쩡하게 걸어다니면서 피를 흘릴 수 있는 경우에 대해. 혹시 생리 중이었을까. 의심이 뒤따라왔다. 강의실이나 교실처럼 폐쇄된 공간에서 생리혈 냄새를 맡는 건 그리 이상한 일이 아니었다. 당사자를 정확하게 짚어낼 만큼 선명하고 독특한 냄새이므로. 다만, 숲 속이나 툭 트인 도로라면 이야기가 달라진다. 사냥개가 아닌 이상 그런 일이 가능할까.

돌이켜보면 나는 약을 끊을 때마다 냄새의 습격을 받았다. 주로 비린내였다. 피비린내, 생선 비린내, 시궁창 비린내, 흙 비린내, 물비린내, 나무 비린내, 풀 비린내. 심지어 대부분 사람들이 좋아하는 향수나 향료 냄새까지 죄다 비린내로 인식됐다. 지금껏 그것을 발작의 전구증세, 혹은 경고성 환각인 줄로만 알고 살았다. 아니라는 게 밝혀진 지금에 와선, 이 이상하고도 과도한 감각을 어떻게 이해해야 할지 알 수가 없었다.

약을 끊으면, 본래의 내 몸 상태로 돌아온다는 사실은 경험으로 익히 아는 바였다. 본질적인 상태에서 남과 다른 어떤 부분이 내 특성, 혹은 본성일 것이다. 그것이 세상을 특정한 방식으로 인식하게 만든다면, 그리하여 삶에 특정한 영향을 끼친다면, 영향력이 커져서 삶을 특정한 방향으로 끌고 간다면……. 문젯거리가 되겠지. 이모가 약을 쓴 건 그 때문이었을까.

7월 28일. 금.

혜원이가 화를 냈다. 열 살짜리 아이가 생글생글 웃으면서 자기를 갖고 논다고 했다. 지리산에서 돌아온 이후, 새로 투약이 시작되면서 아이는 검사에도, 치료에도 협조를 하지 않는 모양이었다. 개인 면담을 하면 교묘한 말싸움으로 진을 빼고, 집단 치료를 하면 아이들을 이간질하거나 들쑤셔 험악한 분위기를 만들고, 최면 요법을 하면, 최면에 걸린 척 하면서 거짓말을 늘어놓는다는 것이었다. 심지어 어제는 지나치게 깊이 최면에 걸린 나머지, 의식이 깨어나지 않는 것처럼 연극을 해서 혜원이를 기함시켰다고 했다.

나는 하릴없이 성모마리아 앞에 꿇어앉아 묻는다.

어머니, 지혜로운 어머니. 제가 어떻게 하면 좋을까요.

기억하기로, 나는 꽤 오래 이모와 싸움을 벌였다. 유민 형의 상자로 무기형을 받고 수영장 근처에도 가지 못하게 된 두어 달 후까지. 인천으로 이사를 한 후, 수영을 다시 하느냐 마느냐 하는 기로에 섰을 때, 어머니는 내게 거래를 제의해왔다. 무기형을 거둬들이고 수영을 다시 시작하는 대신, 성실하고 솔직하게 치료에 임할 수 있겠느냐고. 나는 받아들였다. 결론적으로 이모가 이긴 셈이다.

나는 아래층으로 내려갔다. 세탁은 오래전에 끝나 있었다. 건조 버튼을 누르고 냉장고에서 생수 한 병을 꺼내 방으로 돌아왔다. 기록은 6월로 넘어갔다.

6월 3일. 토.

유민과 남편의 49재를 치렀다. 새벽 연도 미사를 마치자마자 나는 유진을 차에 태웠다. 혜원과 아버지가 동행하겠다고 나섰으나 한사코 거절했다. 아이와 단둘이 가고 싶었다. 아이와 함께 긴 세월을 살아가려면 내 안에서 들끓는 것들을 털어버려야 했다. 이 짧은 여행이 그 계기가 되어주기를 기대했다.

서초동 꽃시장에 들른 이후부터 목포를 향해 쉬지 않고 내달았다. 아이는 옆자리에 그림자처럼 앉아 있었다. 진력을 낼 만도 한데 움직이지도, 입을 열지도 않았다. 배가 고프다거나 화장실에 가고 싶다는 말조차 하지 않았다. 좌석 등받이에 폭 파묻힌 채 차창을 내다보거나 큐브를 맞추거나 했다.

문득 유진을 옆자리에 앉힌 적이 거의 없다는 사실이 기억났다. 내가 운전을 할 경우, 옆자리는 늘 남편이나 유민의 차지였다. 나로 말하면 남편보다 유민이 곁에 앉는 게 좋았다. 녀석이 들려주는 소란스러운 수다에 귀가 팔려 장거리 운전도 피곤한 줄 모르고 헤치웠다. 그 바람에 뒷좌석에 앉은 유진에게는 신경을 써본 적이 없었다. 유민이 없는 지금에 와서야 유진이 얼마나 조용한 아이인지 실감이 났다. 유진의 심장을 뛰게 하려면 특별한 것이 필요하다는 혜원의 말이 생각났다. 그것이 무엇일지 몰라 겁이 난다는 말도.

목포항에 차를 대기까지 다섯 시간 남짓 걸렸다. 우리는 하루에 한 번 오가는 탄도행 페리에 아슬아슬하게 승선했다. 섬에는 그새 여름이 와 있었다. 남편과 유민을 삼킨 황토 빛 바다에선 덥고 눅눅한 바람이 불어왔다. 수평선에서 소나기구름이 몽글대고 연녹색 숲은 암록으로 짙어지는 중이었다. 곳곳에 군락을 이룬 야광나무들은 꽃을 떨쳐낸 자리에 새파란 열매들을 키우고 있었다. 너무도 무심해서 울고 싶어지는 풍경이었다.

펜션 마당에 차를 세우자 관리인이 튀어나왔다. 그는 이전에 묵었던 독채로 우리를 안내했다. 말끔하게 치운 방 두 개, 작고 긴 거실, 벽에 걸린 일몰 사진, 종탑이 건너다보이는 테라스. 그때와 똑같은 풍경이었다. 그때보다 훨씬 고요했다. 바람에 잘그랑대던 종소리조차 이제는 들을 수 없었다.

짐을 풀어 정리하고 펜션을 나섰다. 아이는 국화 다발을, 나는 상자 하나를 들고 방풍림 길을 걸었다. 그때는 영원히 닿지 않을 것처럼 멀던 길이 바로 옆 동네처럼 가까웠다. 산책하듯 걸어도 20분 남짓밖에 걸리지 않았다. 절벽에 도착했을 땐 저녁 해가 잿빛 돌섬 뒤로 가라앉고 있었다.

나는 가져온 상자를 열고 유민과 남편의 옷을 꺼냈다. 며칠 전, 남편과 아이의 유품을 정리하면서 골라둔 것이었다. 유민이 가장 좋아하는 빨간 점퍼, 남편이 가장 자주 입었던 감색 슈트를 겹쳐놓고 라이터로 불을 붙였다. 불길은 서풍을 타고 활활 타올랐다. 그 옆에 앉아, 10년 전 여름 어느 날을 생각했다.

그날, 나는 내가 아이를 만드는 데 비범한 재능이 있다는 걸 알게 되었다. 유민이를 낳은 지 딱 석 달 만에 유진이가 들어섰던 것이다. 유민이 연애 시절 남편과 보낸 첫 밤에 가진 아이였다면, 유진은 출산 후 첫 관계에서 생겨난 아이였다. 아직 수유 중이니 괜찮겠지, 했다가 된통 걸린 셈이었다.

기분이 좋지 않았다. 좋지 않은 정도가 아니라 짐승이 된 것 같았다. 외둥이로 자란 남편이야 기뻐할 테지만 내 입장은 달랐다. 당시 남편은 수입 가구 사업을 막 시작한 참이었고, 나는 편집자로서 한창 경력을 쌓아가는 중이었다. 둘째를 낳는다면 직장을 아예 그만둬야 할지도 몰랐다. 두 아이에게 매달려 늙어가는 내 인생이 보이는 것 같아 우울하기 짝이 없었다. 몇 날 며칠 고민이 계속됐다. 낳을 것인지, 말 것인지.

녀석들을 만난 건, 결국 산부인과에 가기로 결정한 날 아침이었다. 유민이 젖을 먹고 막 잠이 든 참에 창밖에서 고양이 울음소리가 들려왔다. 나는 테라스로 나가 밖을 내려다봤다. 흰 고양이 한 마리가 담 밑에 앉아 울고 있었다. 꼬리와 귀가 없는 녀석이었다. 누군가 커다란 가위로 한 방에 잘라버린 듯한 모양새였다.

나는 부엌으로 가서 참치 캔을 땄다. 밥통에 남은 밥을 싹싹 긁어 담고, 참치와 비벼서 들고 밖으로 나갔다. 흰둥이는 내가 나타나자 두어 발짝 뒤로 물러났다. 경계와 기대를 동시에 품고 있는 느낌이었다. 나는 그릇을 담장 밑에 내려놓고 몇 발짝 물러서며 속삭였다. 얼른 와서 먹어.

머뭇머뭇 다가오는 녀석의 뱃가죽이 등과 맞붙어 있었다. 몸집으로 봐서 이제 갓 새끼 티를 벗은 녀석이었다. 어쩌면 못 먹어서 자라지 않았는지도 몰랐다. 다리는 바짝 말라 소나무 가지 같았고, 이마는 큰 흉터로 인해 일그러졌고, 양쪽 눈꼬리는 길게 찢겨나가고, 눈자위는 눈병으로 벌겋게 짓무른 상태였다. 저 눈으로 앞을 볼 수나 있을까, 차가 오는 줄도 모르고 길을 건너다 로드 킬을 당하는 건 아닐까, 별의별 걱정이 다 생겨났다. 어떤 몹쓸 인간한테 걸려 저런 꼴이 됐는지, 안쓰럽고 화가 났다.

흰둥이는 나와 밥그릇을 번갈아 쳐다봤다. 내가 한 발짝 더 물러나자 비로소 밥그릇 앞으로 다가 앉았다. 녀석은 밥그릇에 코를 붙이고 냄새를 맡더니 이내 고개를 들고 좀 전보다 더 큰 소리로 울기 시작했다. 그 소리에 유민이 깰까 싶어 조바심이 났다. 먹이가 입에 맞지 않나. 배가 안 고픈 건가. 뱃가죽이 등에 붙었는데?

울음소리는 점점 커졌다. 발정기 암컷이 수컷을 부르는 노래처럼 애처로웠다. 담장 모퉁이에서 고등어무늬 고양이가 나타났을 때에야 실제로 그것이 누군가를 부르는 소리였다는 걸 알아차렸다. 녀석은 뒤로 물러난 후, 고등어가 밥그릇을 깡그리 비울 때까지 뒤를 지키고 있었다. 그사이 연신 내 쪽을 흘끔거렸다. 그제야 허기진 뱃가죽 밑으로 늘어진 서글픈 젖꼭지들이 눈에 들어왔다. 고등어는 흰둥이의 새끼였다. 이제 갓 젖을 뗐거나 떼려 하는 시기인 듯했다. 그 앙상한 몸에서 나올 젖이 있다면 말이지만. 녀석의 덩치는 새끼와 별 차이가 나지 않았다. 새끼가 새끼를 낳은 게 아닌가 싶을 정도였다.

잠시 후, 고등어는 배를 채우고 뒤로 물러났다. 흰둥이는 비로소 밥그릇으로 다가 앉았다. 밥 한 톨 남지 않은 그릇을 혀로 핥다가 고개를 들어 나를 봤다. 파랗고 허기진 눈이 내게 말을 걸어오고 있었다. 내가 먹을 밥이 더 없겠느냐고.

밥도 참치 캔도 없었다. 미역국마저 남아 있지 않았다. 몇 날 며칠 장을 보지 않아 냉장고는 텅 빈 상태였다. 나는 고개를 저었다. 아무것도 없어. 미안해.

녀석은 말귀를 알아들은 눈치였다. 뒤에서 까불대는 고등어를 데리고 총총 자리를 떴다. 나는 복잡한 감정에 휩싸여 멀어지는 녀석들의 뒷모습을 지켜봤다. 저 참혹한 폭력에서 살아남아 새끼를 낳은 질긴 생명력이 경이로웠다. 다 자란 새끼를 곁에 끼고 다니며 밥을 얻어 먹이는 어미로서의 책임감이 서글펐다. 자신의 허기를 누르고 새끼가 다 먹을 때까지 물러나 기다리는 참을성이 감탄스러웠다.

내가 동네 고양이들에게 밥을 주기 시작한 건 그 무렵부터였다. 산부인과엔 가지 않았다. 최선을 다해 낳고 기르겠다고 마음먹었다. 임신 과정은 두 아이의 성격만큼이나 달랐다. 유민은 꽤 시끄러운 태아였다. 시도 때도 없이 배를 차거나 발꿈치를 내질러 깜짝깜짝 놀라게 만들었다. 입덧도 유별나서 분만이 가까워질 때까지 제대로 뭘 먹지 못했다. 배 속이 세상보다 좋았는지, 열 달을 채우고도 보름 후에야 유도분만으로 세상에 나왔다.

반대로 유진은 배가 부르지 않았다면 임신부라는 사실마저 잊어버릴 만큼 얌전했다. 자신이 죽을 뻔했다는 걸 아는 양, 숨죽이고 눈치 보며 자라는 느낌이었다. 열 달을 다 채우지도 않고 성급하게 세상에 나왔다. 태반조기박리로 인한 조산이었고, 제왕절개로 태어났다. 나는 엄청난 출혈로 쇼크에 빠졌다. 살기 위해 자궁을 들어내야 했다. 아이는 나를 죽일 뻔하면서 태어난 셈이었다. 아홉 달 전 일에 복수라도 하는 것처럼.

출발부터 달랐던 두 아이는 자라면서 더욱 딴판이 돼갔다. 생김새를 제외한 모든 것이 달랐다. 취향도, 성격도, 하는 짓도. 유민은 활달하고 서글서글하고 애교스러운 아이였다. 누구에게나 사랑받는 아이였다. 반대로 유진은 '과묵'이라는 형질을 DNA에다 새기고 나온 아이 같았다. 어찌나 말이 없었는지, 말문이 언제 트였는지도 모를 정도였다. 언제나 소리 없이 움직이고 행동의 흔적을 남기지 않았다. 그런데도 사람들의 눈길을 끄는 쪽은 늘 유진이었다. 나타나거나 사라지면 반드시 표가 났다. 길을 가다가 멈칫해서 쳐다보는 사람도 꽤 많았다. 존재감이나 호감 같은 단어로는 설명되지 않는 기이한 자성이었다. 다른 사람과 섞이지도 않고, 다른 사람에게 반응하지도 않으면서 신경을 곤두세우고 줄곧 의식하게 만드는 유의 힘이었다.

혜원에 따르면, 유민과 유진의 가장 큰 차이점은 '인지의 방식'이었다. 유민이 사람들과의 관계 안에서 자신의 모습을 인지하는 성격이라면, 유진은 모든 채널을 오롯이 자신에게만 맞춘다고 했다. 따라서 인간을 평가하는 기준도 하나뿐일 거라고 했다. 나에게 이로운가, 해로운가.

그때는 기분이 상했지만 이제 와선 그저 궁금하다. 나는 유진에게 이로운 존재일까, 해로운 존재일까.

일기인지 메모인지는 이제 몇 장 남지 않았다. 나는 자리에서 일어났다. 1층으로 내려가 세탁기를 열고 옷가지를 꺼냈다. 말끔하게 말라 있었다. 이번엔 이불과 시트를 넣고 전용 세제와 락스를 들이부은 후 삶아빨기 버튼을 눌렀다. 옷가지를 들고 부엌으로 들어가자 갑자기 허기가 밀려들었다. 생각해보니 어제저녁 이후 먹은 거라곤 호떡 하나가 다였다. 가스레인지 위 냄비에는 해진이 끓여놓고 간 미역국이 고스란히 남아 있었다.

나는 불을 켜서 국을 데웠다. 식탁에 젓가락을 놓고 냉장고를 뒤져 반찬들을 꺼냈다. 머릿속에선 16년 전 이모가 했다는 말이 매미 울음처럼 맴돌았다.

유진의 심장을 뛰게 하려면 특별한 것이 필요하다. 그것이 무엇일지 몰라 겁이 난다.
#
유진의 심장을 뛰게 하려면 특별한 것이 필요하다. 그것이 무엇일지 몰라 겁이 난다.

칫솔을 물고 샤워 부스로 들어갈 때까지도 이모의 말이 머리를 떠나지 않았다. 특별한 것……. 스물여섯 살이 될 때까지 나도 몰랐던 것을 이모는 어떻게 예측했을까. 내게 약을 먹인 건, 특별한 것을 필요로 하는 특성을 억누르기 위한 조치의 일환이었을까. 만약 그렇다면, 이모보다 어머니가 먼저 알았다는 얘기가 된다. 애당초 나를 이모에게 데려간 사람이 어머니니까. 당연히 데려간 계기가 있었겠지. 그게 뭘까. 지금까지 기록에서는 추측할 만한 실마리를 찾아내지 못했다.

욕실에서 나와 알몸 그대로 책상 앞에 앉았다. 옷 입는 게 귀찮기도 했고 덥기도 했다. 갱년기를 맞은 여자처럼 시시때때로 발바닥 밑에서 뜨거운 기운이 뻗치고 있었다. 나는 책상에 던져둔 휴대전화를 열고 인터넷으로 들어갔다. 혹시 추가된 뉴스가 있을까 해서.

있었다. 저명한 프로파일러가 용의자는 '젊고 건장하고 용모 단정한 남자'라는 점괘를 제시했다는 뉴스들이 올라와 있었다. 나는 '용모 단정'의 기준이 궁금했다. 여자들이 경계심 없이 따라올 만한 도덕적 용모를 뜻하는 걸까? 통상적인 뜻 그대로 '미모'를 뜻하는 걸까. '젊다'는 기준도 모호했다. 50대보다 40대가, 40대보다 30대가, 30대보다 20대나 10대가 상대적으로 더 젊을 텐데. 보편적 기준으로 보자면 20대일 테지. '건장하다'는 충분히 이해가 되는 기준이었다. 상대의 저항을 제압하고 한 번에 죽이려면 그만한 힘이 있어야 할 테니까.

검색창에 '인천 군도 인구수'라고 쳤다. 1, 2지구를 합해 24,343명이었다. 이 중 '건장하고 용모 단정한 20대' 남자는 몇이나 될까. 백 명이든, 천 명이든 내가 뒷줄에 설 확률은 낮았다. 어쩌면 내일 아침쯤엔 경찰이 찾아올지도 몰랐다. 우리 집엔 프로파일러의 점괘에 들어맞는 인물이 둘이나 있었으므로. 그들이 오는 걸 막을 수는 없을 것이다. 할 수 있는 일이 있다면, 해야 할 일을 하며 기다리는 것 정도겠지. 나는 일기인지 메모인지를 다음 페이지로 넘겼다.

5월 12일. 금.

유진을 데리고 인천에 있는 '미래아동청소년병원'을 찾아갔다. 예상보다 병원 규모가 컸다. 여섯 개 과, 전문의도 여섯. 그중 '김혜원 원장'의 인기는 하늘을 찔렀다. 진료 신청을 하자 한참 기다려야 한다는 답이 돌아왔다. 다른 의사를 추천하는 간호사를 뒤로하고, 나는 대기실에 가서 앉았다.

가슴이 답답해왔다. 여기까지 왔으면서 혜원과 대면하는 게 죽도록 싫었다. 자존심 때문이 아니었다. 두려움 때문이었다. 3년 전 경고가 사실로 확인될까 봐.

유진이 일곱 살이었던 해 여름이었다. 내가 아직 출판사에 근무하던 때고, 혜원이 Y대 병원에서 청소년 행동장애 전문의로 경력을 쌓던 시절이었다. 금요일이었던 그날, 우리는 저녁 약속이 있었다. 공교롭게도 퇴근 무렵에 일이 생겼고, 나는 약속 시간을 지키지 못했다. 느닷없이 쏟아지기 시작한 비로 도로까지 막혔다. 일이 그리되려 그랬는지 혜원은 모처럼 제 시간에 근무가 끝났다. 그 바람에 혜원이 미술학원에 들러 유진과 유민을 태우고 약속 장소에 먼저 가 있었다.

허둥지둥 식당으로 뛰어들어갔을 때, 혜원은 혼자 테이블 앞에 앉아 무언가를 골똘하게 들여다보는 중이었다. 두 아이는 놀이방에 있었다. 유민은 낯모르는 아이들과 볼풀 다이빙을 하고, 유진은 한쪽 벽에 무릎을 세우고 기대앉아 큐브를 맞췄다. 나는 의자에 앉았다. 기다렸다는 듯, 혜원이 들여다보던 것을 불쑥 내밀었다.

연습장 속지였다. 조심해서 잘라낸 것이 아니라 확 잡아 뜯은 모양새였다. 구깃구깃한 손자국이 종이 전체에 고스란히 남아 있었다. 꼬깃거리는 부분을 반듯하게 펼치자 색연필로 그린 낙서 같은 그림이 나타났다. 활짝 펼친 우산 꼭지에 여자아이의 머리가 꽂혀 있었다. 진회색으로 칠한 얼굴, X 자로 표시된 입, 동그라미 두 개로 표현된 눈, 우산 위로 미역 가닥처럼 흘러내린 검고 긴 머리, 왕관 머리띠, 우산대를 타고 흘러내리는 물방울, 우산 너머에선 먹구름이 뭉게뭉게 피어올랐다.

혜원은 유진이 그린 그림이라고 했다. 전에도 이런 그림을 본 적이 있느냐고 물었다. 비슷한 것도 본 적이 없었다. 실은 유진의 스케치북이나 그림일기를 찬찬하게 들여다본 적도 없었다. 연습장에 끼적인 낙서라면 더 말할 것도 없었다. 그러므로 일곱 살짜리 아들의 화풍에 대해 설명해 줄 말이 없었다. 변명이겠지만, 나는 너무나 바빴고, 유진은 좀처럼 보채지 않는 아이였다. 스스로 제 몸을 다룰 수 있게 되면서 뭐든 저 알아서 했다. 담임은 유진을 일러, 어찌나 독립적이고 주체적인지 태어난 것조차 제 의지로 태어난 아이 같다고 했다.

나는 뭐가 문제인지 물었다. 묻는 내 목소리가 스스로 듣기에도 뾰족했다. 실제로 하고 싶은 말은 이거였을 것이다. 설마 일곱 살짜리의 낙서를 놓고 정신분석을 하려는 거야? 아니면 도덕성 비판이라도 하겠다고? 제발 그러지 마. 누가 알겠어. 이 낙서가 세상을 깜짝 놀라게 할 천재 화가의 처녀작이 될지. 장 바스키아도 처음에는 길거리에서 괴상한 낙서를 하던 아이였어.

혜원은 자초지종을 설명하기 시작했다. 차를 미술학원 앞에 댔을 때 막 수업이 끝난 참이었다고 했다. 유민이 먼저 '이모'를 부르며 튀어나왔다. 이어 유진이 흰 원피스를 입은 여자애와 비닐우산을 함께 받쳐 쓰고 나왔다. 여자애는 멀리서 봐도 꽤 예뻤다고 했다. 우산이 여자아이 쪽으로 기울어져 있는 데다, 눈을 맞대고 웃는 걸로 봐서 유진과 친밀한 사이로 보였다고도 했다.

길이 막혀 약속 장소까지 오는 시간이 길었던 모양이었다. 그사이 유진은 뒷좌석에서 색연필로 뭔가를 그리고 있었다. 앞자리에 앉은 유민이 말을 걸든 말든, 장난을 걸든 말든. 주차장에 차를 댄 후에야 바쁜 손놀림이 멎었다. 유진은 연습장을 무릎에 내려놓고 색연필을 모아 가방에 담았다. 그 틈을 타 유민이 연습장으로 손을 뻗었다. 다음 순간, 유민의 손에는 찢어진 속지가 쥐어져 있었다. 유진은 연습장을 쥔 채 제 형을 노려보았다.

혜원은 유민에게서 그림을 압수했다. 다른 뜻이 있었던 건 아니었다고 했다. 본래 주인에게 돌려주려고 빼앗았다가 그림을 보게 됐을 뿐.

그림 속 여자아이는 그 여자애였다. 앞을 반듯하게 자른 긴 머리도, 왕관 머리띠도 똑같았다. 혜원이 맞느냐고 확인했으나 유진도 유민도 거기에 대한 답을 하지 않았다. 유진은 그림을 돌려달라고 했다가 거절당했고, 유민은 입을 다문 채 앞좌석에 시무룩하게 앉아 있었다. 차에서 내릴 때도, 식당에 들어올 때까지도 유진의 눈치만 살폈다. 불쑥 저질러 놓고 미안했을 것이다.

혜원은 유민과 따로 이야기를 나눠봤다고 했다. 그에 따르면, 유진이 그런 그림을 그린 건 그때가 처음이 아니었다. 제 맘에 드는 여자아이가 생기면 비슷한 그림을 그리고, 다음 날엔 그 그림을 여자애 가방이나 책상 서랍에 몰래 넣어둔다는 것이었다. 강제로 그림을 선물 받은 아이는 울고불고 난리가 나지만 선생들은 아직도 범인을 잡지 못했다.

혜원은 정식으로 검사를 해보자고 말했다. 유진에게 중대한 문제가 있을 수 있다고 했다. 나는 얼굴이 확확 달아오르는 걸 느꼈다. 거리 한복판에서 낯모르는 이에게 귀뺨을 얻어맞은 기분이었다. 나도 모르게 따지는 말투가 됐다. 유민이 말고 유진이한테 물어봤는지. 설명할 기회를 줬는지.

혜원은 고개를 끄덕였다. 왜 이런 그림을 그렸느냐는 질문에 대한 답은 딱 한마디였다. 재미있어서요. 그림을 그리는 게 재미있는지, 여자애가 놀라서 우는 게 재미있는지에 대답은 아예 하지 않았다.

나는 혜원의 제의에 동의할 수 없었다. 동의할 수 없을 뿐 아니라 불쾌했다. 그게 뭐 어쨌다는 것인가. 어른이 기겁할 만한 상상을 할 수 있고, 상상을 그림으로 표현할 수 있으며, 그걸로 장난을 칠 수 있는 게 어린애인 것을. 그 점을 혜원에게 상기시켰다. 혹시 잊어버리고 있나 싶어서, 유진은 열일곱이 아닌 일곱 살이라고 말해주었다.

혜원은 열일곱이면 검사할 필요가 없다고 맞받았다. 이미 소년원에 가 있을 테니까.

평범한 아이들의 말썽은 결과를 예상하지 못하고 저지르는 것이라 했다. 유진이는 제가 뭘 하는지 정확히 안다는 것이었다. 내가 한 번도 그림을 본 적이 없다는 게 그 증거라고 했다. 숨긴다는 건 숨길 일이라는 걸 안다는 것이고, 몇 번씩 같은 짓을 하고도 들키지 않았다는 건 치밀하다는 방증이라 했다.

머리가 핑 도는 것 같았다. 뺨이 씰룩거리고 분노가 삽시에 비등점으로 치솟았다. 유진을 잠정적 범죄자라고 단정 짓는 말로 들린 탓이었다.

혜원은 내 표정을 보고도 물러서지 않았다. 그림 속 여자애의 머리를 가리키더니, 이건 그 애가 아니라고 말했다. '언니'라고 했다. 유진 또래의 남자애들에게는 모든 여자가 다 엄마의 화신이고, 아이가 엄마 목을 잘라서 우산대에 꽂았을 땐 중대한 문제가 있는 것이며, 그게 뭔지 알아보지는데 왜 화를 내느냐고 물었다.

나는 두 아이를 끌고 식당을 나와버렸다. 더 있다간 혜원의 머리채를 잡게 될 것 같았다. 돌이켜보면, 우린 어린 시절부터 자매라기보다는 경쟁자에 가까웠다. 연년생인 탓에 옷도 함께 입어야 하고, 책도 함께 봐야 했다. 혜원은 전교 1등을 도맡아놓고 하면서도 내가 글짓기대회에 나가 상 하나 타오는 걸 견디지 못했다. 똑똑하다는 칭찬을 밥 먹듯 들으면서 가끔씩 내 몫으로 오는 '어른스럽다'는 말을 참아내지 못했다. 내가 아끼는 세계문학전집에 제 이름을 큼직하게 써넣기도 하고, 내가 받은 상장에 중간 이름만 바꿔 제 상장으로 만들어버리기도 하고, 내 독후감을 훔쳐다가 제가 쓴 것처럼 제출해버리기도 했다. 어른이 되어 각자의 인생을 살게 된 후에도 우리 사이에는 늘 껄끄러운 분위기가 감돌았다. 데면데면한 것과는 다른, 기싸움에 가까운 대립이었다. 남편이 가끔 '처제가 나를 우습게 본다'라고 불평했던 것도 그 때문이었다.

나는 그날로 혜원과 연락을 끊어버렸다. 대학에서 나와 병원을 개원했다는 소식을 듣고도 가보지 않았다. 명절이나, 아버지 생신 때에도 마주치지 않도록 애를 썼다. 혜원 역시 내게 연락하지 않았다. 우리가 다시 만난 건, 한 달 전 유민과 남편의 장례식에서였다.

혜원은 장례식장을 떠나면서 도움이 필요하면 찾아오라고 말했다. 위로의 차원에서 건넨 언사가 아니었다. 나는 혜원을 잘 안다. '밥 한번 먹자'는 흔한 인사조차 단지 인사로는 쓰지 않는 성격이었다. 반드시 밥을 먹어야 할 사람에게만 밥을 먹자고 하는 아이였다. 그러므로 찾아오라는 말은 지금까지야 어찌 됐던, '돕고 싶다'는 의미였다. 어쩌면 3년 만에 마주친 언니 꼴이 이전의 감정을 말끔히 털어버릴 만큼 안쓰러웠는지도 모른다. 아니면 머지않은 미래에 유진과 함께 찾아오리라는 걸 알고 있었던가. 어느 쪽이든 내겐 혜원의 도움이 절실했다. 사실은, 유일한 희망이었다.

혜원과 마주 앉은 건 한 시간쯤 후였다. 내 얼굴을 보고도 그리 놀란 기색이 아니었다. 웬일이냐고도, 어찌 지내느냐고도 묻지 않았다. 무슨 말이든 해주면 훨씬 입 열기가 수월할 것을, 그저 물끄러미 나를 건너다봤다. 천생 내가 말을 꺼낼 수밖에 없었다. 나는 용건을 털어놓기 전에 의사의 의무를 상기시켰다. 진료하는 과정에서 알게 된 환자의 비밀을 지킬 의무.

혜원은 즉각적인 대답을 하지 않았다. 나를 바라보는 눈에선 복잡한 감정들이 충돌하고 있었다. 거리의 광고판처럼 분명하게 읽히는 감정이었다. 비밀 사수를 선서해야 한다는 당혹감과 도움을 청하면서 조건을 내거는 자에 대한 불쾌감과 무슨 일인지 알고 싶다는 호기심과 언니를 도와야 한다는 핏줄로서의 책임감까지. 그것들이 정리되기를 기다렸다. 반드시 약속을 받아야 했다. 비밀을 약속하지 않는다면 말할 수가 없었다.

나는 간호사가 놔두고 간 물을 홀짝홀짝 들이켰다. 혜원은 물 잔이 바닥을 드러낼 무렵에야 입을 열었다. 무겁디 무거운 입에서 마침내 "약속해"라는 말이 흘러나왔다. 순간 말문이 턱 막혀버렸다. 몇 날 며칠 준비한 말들이 삽시에 머릿속에서 뒤엉켰다. 무엇부터 시작해야 할까. 그렇지, '그날'의 전날밤부터 시작해야겠지.

나는 말하기 시작했다. 혀를 분명하게 움직이려고 의식적으로 노력했다. 가급적 덤덤하게, 최대한 정연하게 말하려 애썼다. 이야기가 모두 끝날 때까지 혜원은 말이 없었다. 표정에도 변화가 거의 없었다. 심지어 눈 한 번 깜박하지 않는 것 같았다. 모두 듣고 난 후엔 냉정하게 물었다. 자신에게 뭘 원하느냐고.

검사였다. 3년 전 하자고 했던 검사. 그때 걱정했던 '중대한 문제'와 '그날 일' 사이에 인과관계나 필연성이 없다면, 그저 우발적인 일이라면, 나는 유진이를 용서할 수 있을 것 같았다. 미워하지도 무서워하지도 않을 것 같았다. 어떻게든 유진이랑 살아나갈 수 있을 것 같았다.

혜원은 '하겠다'는 말 대신 가장 두려워하던 질문을 던졌다. 만약 자신이 예측했던 대로 결과가 나오면 어떻게 할 것인지. 상식적으로 처리할 것인지. 나는 애꿎은 내 손가락만 아프게 쥐어짰다. 외마디 비명 같은 말이 신음처럼 흘러나왔다. 혜원아, 제발······. 기어코 눈물이 차올랐다. 어린 시절, 혜원과 싸울 때마다 그랬듯, 눈을 내리뜨고 눈물을 줄줄 쏟았다. 혜원은 긴 한숨을 내쉬고, 한심해서 때려 죽이고 싶다는 눈으로 노려보고, 숨이 넘어가기 직전에야 내 부탁을 받아들였다.

며칠에 걸쳐 검사가 진행될 거라 했다. 먼저 혜원의 병원에서 기초검사와 심리검사를 한 후, 자신이 근무했던 Y대 뇌과학 연구소에 정밀검사를 의뢰할 예정이라 했다. 의뢰라는 말이 마음에 걸렸으나 나는 혜원의 약속을 믿었다. 쉽게 약속하지 않지만 일단 약속하면 반드시 지키는 아이였으므로.

눈이 따끔따끔 아팠다. 나는 일기인지 메모인지에서 잠시 눈을 떼고 의자 등받이로 머리를 기댔다. 손바닥으로 눈두덩을 누르며 여자아이 머리통에 대해 생각했다. 아무리 생각해도 그런 그림은 기억나지 않았다. 다만 그 작품이 내가 이모에게 끌려간 직접적인 이유가 아니라는 것만은 분명했다. 이모의 해석대로라면, 내가 예술적 상상 속에서 어머니를 죽인 지 3년 후에야 어머니는 비로소 내가 무서워진 모양이니까. 그러니까 '그날 일'로 인해.

'그날 일'이 뭔지, 그날이 언제인지 알아보려고 나는 다시 일기인지 메모인지로 돌아왔다. 기록은 일주일 후로 건너뛰었다.

5월 19일. 금.
영원처럼 긴 일주일이 지나갔다. 금방 죽을 것처럼 답답한 나날이었다. 오늘 아침, 집을 나서며 현관 거울로 본 내 몰골은 반송장에 가까웠다. 피부는 누렇고, 눈은 퀭하고, 주먹에 한 대 얻어맞은 것처럼 눈 밑 그늘이 새카맸다. 옷차림이며 머리는 정신 나간 여자처럼 물색없었다. 뭐라도 좀 찍어 바를까, 하다 그대로 차고로 내려갔다. 매무새에 신경 쓸 힘도, 의지도 생기지 않았다.

혜원은 내 꼬락서니를 흘끔 보더니, 고개를 한 번 젓고 차트로 시선을 돌려버렸다. 나를 앞에 앉혀두고 검사 결과지들을 뒤적뒤적하며 시간을 끌었다. 지켜보는 나로서는 가슴이 터질 일이었다. 사형 집행을 기다리는 심정이었다. 정확히 뭘 원하는지도 모르면서 간절히 마리아를 찾았다. 어머니, 사랑하올 어머니……

결과가 예상과 다르다고 했다. 방향이 아니라 수위 면에서. 나도 모르게 손을 꽉 움켜쥐었다가 허둥지둥 펴서 무릎에 올려놨다. 등에 진땀이 돋았다. 혜원은 당황스럽다고 덧붙였다. 자신도 그렇고 대학 쪽도 그렇고 이런 케이스는 처음이라고 했다. 결과가 늦게 나온 건 그 때문인가 싶었다. 혹여 잘못 판단하거나 놓친 게 있나 싶어 토론을 거듭했다는 걸 보면.

검사상, 유진은 적어도 기질적인 뇌 이상은 없었다. 지능도 놀랄 만큼 높았다. 행동은 또래 아이들보다 침착하고, 쉽게 흥분을 하지 않는 성격이었다. 집중할 일이 생기면 오히려 호흡이나 맥박의 속도가 뚝 떨어졌다. 얌전하거나 유순하거나 참을성이 많아서가 아니라, 흥분의 역치가 보통 사람보다 훨씬 높기 때문에 나타나는 현상이었다. 이는 유진의 심장이 뛰려면 특별한 것이 필요하다는 의미였다.

혜원은 그것이 무엇일지 몰라 겁이 난다고 했다. 처음에는 소아형 품행장애로 추측하고 검사를 시작했는데 전혀 아니었다는 것이다. 토론 결과에 따르면, 유진은 뇌 편도체에 불이 들어오지 않는 아이였다. 먹이사슬로 치자면 포식자.

나는 바보 천치처럼 눈만 깜박거렸다. 포식자라니.

혜원은 선언하듯 말해버렸다.

"유진이는 포식자야. 사이코패스 중에서도 최고 레벨에 속하는 프레데터."

포식자, 라고……? 이 실없는 단어가 지난 16년을 설명하는 명분이라고……? 이 황당한 진단명이 내 인생을 쥐고 흔들어왔다고……?
 어제 새벽부터 과속으로 질주하던 머리가 급브레이크를 잡는 느낌이었다. 냉탕과 온탕을 격발하듯 오가던 감정들이 돌연 움직임을 멈췄다. 홍수처럼 쏟아지던 온갖 생각들은 일시에 흐름을 정지했다. 나는 일기인지 메모인지에서 눈을 뗐다. 기록이 아랫줄로 이어지고 있었지만 더 읽고 싶지 않았다. 태양이 세 개로 보이는 기상 현상이 지구 멸망의 전조라 믿는 휴거파 광신도와 만난 기분이었다. 휴거는 그들에게나 중대한 문제였다. 나와는 아무 상관이 없었다.
 '정말 그럴까.'
 등 뒤에서 어머니의 목소리가 들렸다. 나는 의자에서 몸을 일으키고 테라스 유리문 앞에 섰다. 흐리고 어둑한 대기 속에서 어머니가 깐닥깐닥 그네를 타고 있었다. 잿빛 하늘은 퍼걸러 지붕 위까지 내려와 있었다.
 '마저 읽지 그러니.'
 나는 고개를 저었다. 재미없어요.
 '"그날 일"이 뭔지 궁금할 텐데.'
 궁금하지 않았다. 궁금한 건 따로 있었다. 왜 나를 키웠는지, 그것도 절연했던 이모를 찾아가 사정하면서까지. 내가 그토록 무서웠다면, 차라리 목에 줄을 묶어서 지하실에 가두는 편이 서로 좋지 않았겠는가. 나는 살인자가 되지 않아 좋고, 어머니는 죽지 않아 좋고.
 "유진아."
 이번엔 어머니가 아니었다. 방문 밖에서 들려오는 소리였다. 나는 뒤를 돌아봤다.

"안에 있니?"

누군가 내 방문을 두들기고 있었다.

\#

방문 손잡이가 스르르 돌아갔다. 나는 탁상시계를 봤다. 1시 48분.

어제 아침 해진이 방문을 두들길 때와 상황이 비슷했다. 책상에는 일기인지 메모인지가 펼쳐져 있었다. 당연히 방문은 잠그지 않았다. 혼자 있으면서 문을 잠글 이유가 없지 않은가. 다만 내가 알몸이라는 것과 방문까지 날아갈 틈이 없다는 게 어제와 달랐다. 문은 이미 열리는 중이었다. 곧 줄무늬 양말을 신은 발이 방안으로 쑥 들어섰다. 동시에 발의 주인도 얼굴을 내밀었다. 구렁이 한 마리쯤 우습게 꿀꺽할 만한 큰 입에 친밀한 미소를 내걸고.

"뭐하니?"

이모였다. 예상치 못한 시점이었다. 언제든 올 거라 예상은 했지만, 언제가 지금일 줄은 몰랐다. 곧장 내 방으로 들이닥칠 거라고는 더욱 상상하지 못했다. 밀어붙이기의 일인자인 어머니도 이런 식으로는 돌진해오지 않는다. 급습해서 확인하고 싶을 만큼, 내가 뭘 하는지 궁금했을까.

눈을 내려 내 알몸을 살폈다. 배꼽 아래가 총 발기하는 모양새였다. 뱃가죽이 등 쪽으로 들러붙고, 사타구니 털이 곤두서고, 허벅지 근육이 긴 고랑을 그리며 단단해졌다. 신경회로는 전투력을 최전방으로 집결시켰다. 네 천적이 왔다.

"웬일이세요."

나는 책상 앞으로 한 발짝 움직였다. 허벅지를 책상 가장자리로 바짝 밀어붙이고 다리를 벌리며 섰다. 일기인지 메모인지 위에 흥분한 발칸포가 요격 자세로 올라앉았다. 내가 아닌 내 책상 위를 넘겨다보며 다가오던 이모의 얼굴에서 미소가 싹 가셨다. 웅인지, 잉인지 분명치 않은 비음을 토하며 몸을 빙그르 돌렸다. 마사이족 주술사처럼 겹겹으로 걸고 있던 목걸이들도 다르르 소리를 내며 함께 돌았다.

"너, 왜 그러고 있니?"

당황한 목소리는 아니었다. 황홀해하는 목소리도 아닌 것 같았다. 막 전성기에 돌입한 남성성을 과시하는 이유가 궁금하다는 목소리였다. 그 저변엔 같잖아 하는 기분이 분명하게 깔려 있었다. 아가야, 난 네 이모야. 네 고추가 수도꼭지만 할 때부터 너를 만지고 봐온 사람. 그깟 게 좀 자라서 샤워 꼭지가 됐다고 뭐 그리 무섭겠니.

나는 청바지 위로 도드라진 이모의 엉덩이를 바라보았다. 장작개비 같은 몸뚱이에서 유일하게 부드럽고 둥근 곡선을 그리는 부위였다. 볼 때마다 공터 한가운데에 놓인 축구공을 연상시키는, 그리하여 본능적으로 걸어차고 싶어지는 물건이기도 했다. 대체 저 물건이 여기까지 어떻게 굴러들어왔을까. 동 출입문과 현관문은 어떻게 통과했을까.

길게 생각할 것도 없이 정답이 떠올랐다. 해진이었다. 어제 집에서 나간 후, 병원에 들러 출입문 카드와 도어 록 키까지 넘겨주고 갔겠지.

"그건 제가 묻고 싶은 말인데요. 거기서 왜 그러고 계세요?"

이모는 돌아선 채로 팔짱을 꼈다. 팔짱을 끼면서 어깨에 들어갔던 힘이 자연스레 빠졌다.

"옷부터 입어라. 눈 뜨고 봐줄 수가 없잖니."

옷을 다 입을 때까지, 천년이고 만년이고 기다려주겠다는 느긋한 자세였다. 하마터면 혀를 끌끌 찰 뻔했다. 결혼도 안 한 처녀가 이렇게 부끄러움이 없어서야.

"좀 어렵겠는데요. 이모가 제 옷장 앞에 서 계시잖아요."

이모는 턱만 틀어 뒤를 봤다. 흘끔 뻗어온 시선이 한순간에 내 몸을 훑고 갔다. 재점검을 해본 결과, 현재 상황이 자신에게 불리하다는 판단이 선 것 같았다. 팔짱을 풀고 방문 쪽으로 고개를 돌리며 물었다.

"네가 1층으로 내려올래?"

"그럴게요."

이모는 방문 쪽으로 발을 뗐다. 서너 발짝에 불과한 거리였다. 그 짧은 구간을 움직이는 사이에 자신이 주눅 들지 않았다는 것과 이모로서의 위엄을 보여주고 싶은 모양이었다. 서두르는 기색 없이, 턱을 치켜들고 등허리를 꼿꼿하게 세운 채 방을 나갔다. 곧 눈앞에서 문이 쾅, 소리를 내며 닫혔다.

유진이는 포식자야. 사이코패스 중에서도 최고 레벨에 속하는 프레데터.

이모의 목소리가 여운처럼 맴돌았다. 나는 어머니 쪽으로 다시 돌아섰다. 한말씀 여쭤봤다.

"엄마, 이모가 나를 잡아먹으러 왔어요. 어찌 할까요? 먹혀줄까요, 먹어버릴까요?"

어머니는 대답이 없었다. 네 맘대로 해라, 하듯. 새빨간 조커 입술을 늘여 히죽 웃었을 뿐.

몸을 돌리고 몇 장 남지 않은 일기인지 메모인지를 덮었다. 설령 '그날 일'이 미치도록 궁금하다 하더라도 지금은 독서를 하기에 적절한 때가 아니었다. 서랍에 일기를 집어넣고 검은 팬티, 검은 트레이닝 바지, 검은 티셔츠를 꺼내 입었다. 블라인드를 치고 맨발로 소리 없이 2층 계단을 내려갔다.

이모는 거실에 없었다. 베란다에도, 주방에도. 안방 문은 잠긴 상태였고, 해진의 방에는 들어갈 까닭이 없었다. 현관 쪽 욕실에 있나 싶어 귀를 기울였지만 아무 기척도 느낄 수 없었다. 연회색 패딩 코트와 파란 가방만 보조 식탁 위에 놓여 있었다. 가죽으로 만든 배달 가방을 보는 것 같았다. 짜장면 네댓 그릇은 안전하게 운반하겠다, 싶을 만큼 크고 단단해 보였다.

어디선가 스치듯 봤던 문장 한 줄이 떠올랐다. 여자의 가방을 들여다보는 건 그녀의 영혼을 들여다보는 것이라고 했던가. 문득 가방을 열어보고 싶은 유혹이 일었다. 내 생에 이모의 영혼이 지금처럼 궁금했던 적은 없었다. 어떤 눈을 가진 영혼이기에, 일곱 살짜리가 그린 그림을 '모친 살해'의 암시로 읽을 수 있었는지. 어떤 입을 가진 영혼이기에 열 살짜리 조카에게 포식자라는 선고를 내릴 수 있었는지. 어떤 낯짝을 가진 영혼이기에 한 인간의 삶을 '치료'라는 명분으로 조져놓을 수 있었는지. 어떤 심장을 가진 영혼이기에 '포식자'의 홈그라운드로 혈혈단신 쳐들어올 수 있는지.

이모의 영혼 옆엔 케이크 상자가 놓여 있었다. 투명 비닐 창으로 들여다보이는 내용물이 딱 햄버거만 했다. 나는 식탁 옆을 지나서, 주방을 통과한 후, 세탁기가 있는 뒤쪽 베란다로 다가갔다. 소리 없이 숨까지 죽이고 움직였다. 주변에서 가장 시끄러운 건 내 머릿속이었다. 청군과 백군이 모처럼 한편이 돼서 한목소리로 떠들고 있었다. 이모를 걷어차지 마. 좋은 말로 잘 얼러서 곱게 내보내라고.

이모는 세탁기 앞에 서 있었다. 고개를 앞으로 쭉 빼고, 턱을 갸우뚱하게 틀어 세탁기 유리문 안을 들여다보는 중이었다. 세탁기 작동 단추의 녹색 불들은 모두 꺼져 있었다. 아마도 오래전에 세탁이 끝났을 것이다. 나는 열중쉬어 자세로 이모 등 뒤에 멈춰 섰다. 안개가 없고 장소가 집 안이라는 게 다를 뿐, 익숙한 구도가 이루어졌다. 때문에 세탁기 문을 열고, 이불을 이리저리 뒤적거리는 이모를 잠자코 지켜보기가 괴로웠다. 이불 자락 한 귀퉁이를 잡아서 세탁기 밖으로 홱 끌어당겼을 땐, 발뒤꿈치가 근질거렸다. 엉덩이를 걷어차 세탁기에 처박고 문을 닫아버리고 싶어서.

"뭐하세요?"

이모의 손이 딱 멈췄다. 어깻죽지가 보일 듯 말 듯 움칫거렸다. 어머니라면 눈을 동그랗게 뜨고 버럭 소리를 질렀겠지. 기척 좀 내고 다녀라.

"웬 이불 빨래니?"

이모는 이불에서 손을 떼고 서서히 뒤를 돌아봤다. 등 뒤에 내가 있다는 걸 처음부터 알고 있었다는 듯 멀쩡한 표정이었다. 끌려나왔던 이불 자락은 죽은 자의 팔처럼 세탁기 아래로 축 늘어졌다.

"혹시 자다가 쉬라도 한 거 아니니?"

이모의 얼굴에 배시시 웃음이 번졌다. 자기 농담이 마음에 든 모양이었다. 나도 따라 웃었다.

"엄마 대신 살림해주러 오셨어요?"

"그냥 세탁기 알람이 울려서 와본 거야."

이모의 시선은 세탁기로 돌아갔다가 내게로 돌아왔다.

"빨래 다 끝난 거 아니니?"

"놔두세요. 내가 알아서 할 테니까."

나는 몸을 반 바퀴 돌려 베란다 문 옆으로 비켜섰다. 빨리 나와, 망할

년아.

"그럼 그러든가."

이모는 세탁실에서 나왔다. 우리는 베란다 문 앞에서 친밀한 미소를 띠고 얼굴을 맞댔다. 이모는 온통 시커먼 내 옷차림을 훑어봤고, 나는 코끼리 코처럼 쪼글쪼글한 이모의 목을 내려다봤다. 불쑥 일본 쿠사츠 온천에서 보낸 작년 설 연휴가 기억났다.

어머니와 나, 해진, 이모와 외할아버지가 함께 떠난 가족 여행이었다. 공교롭게도 그곳에서 이모에게 치료받는 아이의 엄마와 만났다. 조금 눈치 없어 보이는 여자였다. 성가셔하는 이모의 표정에 아랑곳하지 않고 한참을 붙들고 늘어졌다. 자기네도 가족 여행을 왔다느니, 선생님 덕에 아이가 차분해졌다느니, 이제 공부만 잘하면 되겠다느니. 거기까지만 했으면 좋았을 것을. 여자는 흘끔 어머니를 보더니 호들갑스러운 목소리로 비행기를 태우기 시작했다. 원장님 동생 엄청 미인이시다, 젊은 시절의 조디 포스터 같네……. 어머니가 당황해서 언니라고 정정하자, 그녀는 프랑스 여자처럼 '울랄라'를 연발했다. 이게 웬일이래, 한참 터울이 지는 동생인 줄 알았어요. 관리를 어떻게 하세요? 그때 미간에 깊은 주름을 잡으며 일그러지던 이모의 표정이 아직도 선하다. 여자가 멀어진 후 내뱉던 교양 있는 혼잣말도. 미친년, 누구더러 언니래.

"해진이는 언제 온다던?"

이모가 질문으로 침묵을 깼다. 나는 질문으로 답을 대신했다.

"어제 만났을 때 안 물어보셨어요?"

이모의 머리가 갸우뚱하게 기울어졌다.

"왜 내가 해진이를 만났다고 생각하니?"

"아니면 집에 어떻게 들어오셨는데요? 열려라 참깨, 하셨어요?"

"현관문 비번이야 원래 알지. 동 출입문은 들어오는 사람이 있어서 같이 들어왔고. 뭐가 문제니?"

이모는 갑자기 이와 살빛 잇몸을 드러내며 웃었다. 아아, 하듯.

"내가 네 방에 들어가서 기분 상했구나?"

새삼 느끼는바, 어설픈 신사도는 인생에 보탬이 되지 않는다. 기회가 있었을 때, 이모의 영혼을 뒤져봤어야 했다. 그랬다면 저 밥맛없는 잇몸에다 증거를 들이댈 수 있었을 텐데.

"난 합격 축하 파티 해주려고 케이크까지 사왔는데."

이모는 몸을 돌려 보조 식탁 앞으로 가더니 케이크 상자를 들어 보였다.

"축하는 무슨……. 사법고시를 한 것도 아니고."

나도 주방으로 나왔다. 이모는 웬 겸손이냐는 듯, 눈썹을 쓱 들어올렸다.

"로스쿨도 대단한 거야. 네 엄마가 알았으면 동네 잔치를 벌였을걸. 안 그러니?"

그랬을까. 어머니는 내가 법대에 가는 것도 좋아하지 않았다. 얼토당토않은 철학 공부를 권했다. 차선으로 미학과 종교학을 들먹이기도 했다. 대학을 졸업하고, 대학원에 가고, 학위를 따고, 학자로서 공부하며 글을 쓰는 인생을 제시했다. 그 야무진 청사진이 어디에서 나온 것이었는지, 이제야 알 것 같았다. 바로 이 여자였다. 내 앞에서 알량하게 생긴 케이크를 흔들며 "안 그러니?"라고 묻는 이 여자.

두 여자는 '포식자'를 평생토록 가둘 무형의 감옥을 구상했을 것이다. 무탈하고 무해한 존재로 살 수 있도록, 사람 속에서 살되 사람과 어울려 살지는 않도록. 그 결과 나는 대학 졸업을 앞둘 때까지 밤 9시면 귀가를 해야 하고, 혼자서는 여행조차 갈 수 없는 어린애로 남게 된 것이었다.

"해진이 오면 할까?"

나는 대답하지 않았다.

"아무래도 개가 있어야 재미있겠지?"

이모는 자문자답한 후, 케이크 상자를 들고 나를 지나서 냉장고 앞으로 갔다. 해진이 올 때까지 여기서 기다리겠다는 말씀이었다.

"엄마한테선 아직 연락 없지?"

냉장고에 케이크를 넣으며 이모가 물었다.

"없어요."

나는 주방에서 나가 거실 쪽에 놓인 보조식탁 의자에 앉았다. 힘들여 고개를 돌리지 않아도 이모의 움직임을 대각선으로 볼 수 있는 지점이었다.

"그래애. 아직이구나."

이모는 냉장고 안을 살피는 척하며 지나가는 말처럼 물었다.

"근데 네 엄마는 뭘 타고 나간 거니?"

퍼뜩 지하 주차장에 주차돼 있을 어머니의 차가 떠올랐다. 이모는 차를 대면서 이미 확인했을 것이다. 나는 선수를 쳤다.

"어제 주차장에 내려가서 확인해봤는데 차 두고 가셨던데요."

"네 엄마가 차를 두고 갔다고?"

그럴 리 없다는 반문이었다. 사실 그럴 리 없긴 했다. 어머니는 엔간해선 차 없이 움직이지 않는 사람이었다. 할 수 있다면, 저승길도 차를 몰고 갈 양반이었다. 그래도 기왕지사 나온 말, 우겨보기로 했다.

"일행이 있었다면, 그 사람 차를 타고 갔을 수도 있고요."

"일행 누구?"

"그걸 알면 그 사람한테 연락을 해봤겠죠."

이모는 냉장고 문을 닫고 내 쪽으로 걸어왔다. 양가죽처럼 반들반들하게 연마된 이모의 고상한 표정이 곧 눈앞에 도달했다. 이 표정을 찢어 보면 그 밑에서 어떤 얼굴이 나타날까? 성난 얼굴? 초조한 얼굴? 겁먹은 얼굴?

"근데 유진아."

이모가 불렀다. 아들을 부르는 것처럼 다정한 어조였다.

"안방 문이 왜 잠겨 있니? 네 엄마, 어디 나갈 때마다 잠가두고 다니니?"

네, 하려다 어제 아침 해진과 안방 문을 사이에 두고 실랑이를 벌인 일이 기억났다. 이모와 해진의 대화가 거기까지 흘러갔을까, 싶기도 했으나 만약을 위해 일관성을 유지할 필요가 있었다.

"제가 잠갔는데요."

"네가?"

이모가 되물었다. 길게 찢어진 눈꺼풀 밑에서 건포도만 한 동공이 나를 응시하고 있었다.

"어제저녁에 경찰이 다녀갔거든요."

"경찰이?"

이모는 입을 오므리고 눈을 동그랗게 떠서 나를 봤다. 사람들이 흔히 상대에게 '앗 깜짝이야'라는 의사를 전달할 때 짓는 전형적이고도 식상한 표정이었다. 표정이라도 참신하게 지으면 그나마 낯짝이 좀 참신해 보일 텐데.

"누가 허위 신고를 했나 봐요. 도둑이 들었다고."

"그래? 누가 그랬다니?"

정작 궁금한 건 경찰과 '어떤 얘기가 오갔느냐'겠지.

"신고자가 인항로 부근 공중전화에서 신고를 했대요. 그쪽 CCTV 조회하면 금방 나올 거라던데요. 나오면 저한테도 알려달라고 했어요."

이모는 뭐라고 대꾸하려다 입을 다물었다.

"누군지, 저도 궁금하니까요."

우리는 눈을 맞대고 상대를 읽었다. 이모는 내가 신고자의 정체를 안다는 걸 읽어냈고, 나는 이모가 읽어냈다는 사실을 읽어냈다. 대화는 그걸로 끝난 셈이었다.

"그래서 안방 문은 왜 잠갔다는 거니?"

"내가 신분증을 가지러 간 사이에 그 사람들이 멋대로 안방까지 들어가 있더라고요. 또 들어갈까 봐 잠갔어요."

이모의 눈이 다시 가늘어졌다. 네 말을 믿지 않는다는 표정이었다.

"방 열쇠 네가 갖고 있니?"

나는 모서리 장식장으로 시선을 던졌다. 이모의 시선도 그곳으로 따라왔다.

"열어줄래?"

"왜요?"

"씻고 싶어서. 급하게 나오느라 세수도 못 하고 왔거든."

세수할 틈은 없으나 목걸이와 귀걸이를 달고 나올 시간은 있었던 모양이었다. 나는 엄지를 젖혀 현관 욕실을 가리켰다.

"세수는 저기서도 가능해요."

"저긴 해진이가 쓰는 욕실이잖아. 근데 내가 너한테 이런 거까지 일일이 허락받아야겠니? 너네 집이라고 유세가 너무 심한 거 아냐?"

농담처럼 말했으나 눈은 웃고 있지 않았다. 물론 나도 웃지 않았다. 우리 집에 손님 이상의 어떤 지분이 있는지 묻고 싶었다. 이모는 가방과 패딩 코트를 집어 들고 다시 나를 봤다. 문을 열라는 무언의 명령이었다.

안방에 뭔가 있으리라 확신하는 기색이었다.

"유진아."

이모가 재촉했다. 나는 의자에서 일어났다. 모서리 장식장 서랍에서 열쇠를 찾아 방문을 열고 이모를 돌아봤다. 들어가시라는 의미에서 고개를 안방 쪽으로 까닥 틀어 보였다.

"고맙다. 들어가게 해줘서."

이모는 안방으로 들어가며 덧붙였다.

"넌 네 일 보고 있어. 난 씻고 해진이 올 때까지 좀 잘 테니까. 어젯밤에 한숨도 못 잤거든."

면전에서 안방 문이 닫혔다. 딸깍, 문 잠그는 소리가 났다. 이모가 움직이는 소리는 들리지 않았다. 문 앞에 선 채 내 기척을 듣는 게 아닌가 싶었다. 나는 모서리 장식장에 열쇠 꾸러미를 던져넣고 거실로 갔다. 1층에 이모 혼자 놔두고 싶지 않았다. 그랬다간 멋대로 돌아다니며 내 눈에는 보이지 않던 무언가를 찾아낼지도 몰랐다.

나는 뒤쪽 베란다로 들어가 세탁기의 건조 버튼을 누르고 거실로 돌아왔다. 시간 보낼 만한 일거리를 찾다가 소파에 벌렁 드러누웠다. 텔레비전 리모컨을 집어 들고 어제 아침에 해진이 그랬던 것처럼, 채널을 돌리기 시작했다. 영화 채널, 낚시 채널, 바둑 채널······. 바뀌는 속도에 맞춰, 머릿속에서 이모가 움직이기 시작했다. 가방을 피아노 책상에 내려놓는다. 코트는 의자에 걸쳐둔다. 그다음에 뭘 할까. 이 집에 온 목적을 수행하겠지.

드레스 룸으로 들어가는 이모가 보이는 것 같았다. 욕실을 먼저 살펴보겠지. 다음으로 서재 문을 열어볼 것이고. 그다음엔 드레스 룸으로 돌아와 옷장을 열어보고, 말끔하게 정리된 화장대와 선반의 물건들을 훑어볼 것이다. 이런저런 화장품들, 향수, 드라이기, 화장 도구, 모자와 핸드백과 여행용 캐리어, 배낭까지. 이상한 점은 찾아내지 못할 것이다. 그 많은 물건 중 어머니가 들고 나갔을 게 뭔지, 이모가 알 턱이 없으므로.

더 볼 것이 없다면 책상 앞으로 돌아오겠지. 당연히 서랍을 열어볼 것이다. 나는 기억을 더듬었다. 안에 무엇 무엇이 들어 있었던가. 일기인지 메모인지의 속지 한 묶음, 볼펜이나 스테이플러 같은 문구용품, 안경집. 빨강 지갑에서 생각을 멈췄다. 이모의 질문이 귀에 들리는 듯했다. 네 엄마는 여행을 떠나면서 지갑도 안 가지고 갔니. 해답으로 어머니의 휴대전화 케이스에 꽂혀 있던 운전면허증과 카드를 떠올렸다. 나쁘지 않았다. 물론 내게 물어야 대답을 할 수 있겠지만.

다음으로 열어볼 곳은 장롱이었다. 거기서도 이상한 점은 찾지 못하겠지. 몇 번에 걸쳐 핏자국을 확인하고 닦았으니. 걸리는 건 하나, 어제 바꿔치기 한 침대 매트리스뿐이었다. 흰 침대보를 깔아두기는 했지만 그것이 완벽한 엄폐를 보장하는 건 아니었다. 마음만 먹으면 얼마든지 들춰볼 수 있었다. 그렇다면 마음먹을 확률은 얼마나 될까.

영화 채널에서 크리스틴 스튜어드가 나오는 액션 영화를 내보내고 있었다. 나는 리모컨을 탁자에 내려놓고 소파에 누웠다. 제 여자 친구와 결혼하는 게 인생 목표인 덜 떨어진 편의점 직원이 알고 보니 CIA에서 길러진 후 기억이 봉쇄된 초인이었다는 이야기를, 아무 생각 없이 따라갔다. 화면에서 눈을 뗀 건, 괘종시계가 네 번 울린 후였다. 오후 4시.

참으로 이상한 일이었다. 어제 새벽 잠을 깬 이래 지금껏 눈 한번 붙이지 않았다. 발 뻗고 쉰 적조차 없었다. 그런데도 피곤하지 않았다. 눈이 좀 따끔거리는 것 말고는 몸도 가뿐한 편이었다. 한 시간이 넘도록 지루하기 짝이 없는 영화를 보고 있는데도 졸리는 느낌조차 없었다. 탈진에 가까웠던 그제 밤을 돌아보면 지금의 각성은 불가사의하기까지 했다. 온몸이 극단적인 비상 상태에 돌입한 느낌이었다. 머릿속에선 맥락 없는 생각과 낙차 큰 감정들이 뒤섞이고 있었다. 이제 정상적인 인간의 삶으로 돌아갈 수 없다는 데 대한 좌절감, 내 어깨에 잠재적 범죄자의 낙인을 찍은 이모와 삶에 대한 선택의 기회마저 주지 않았던 어머니에 대한 분노, 깜부기불처럼 깜박대며 되살아나는 살인의 기억들, 어두운 공사장에서 느낀 충만한 감정과 경이로운 기분을 평생 잊지 못하리라는 불길한 예감.

누가 그랬던가. "인간은 생의 1/3을 몽상하는 데 쓰고, 꿈을 꿀 때에는 깨어 있을 때 감춰두었던 전혀 다른 삶을 살며, 마음의 극장에서는 헛되고 폭력적이고 지저분한 온갖 소망이 실현된다"고.

나는 누구와도, 무엇과도 맞서 싸우지 않는 부류였다. 뒷담에서 홀로 칼을 벼르는 놈이었다. 내 살생부엔 오만 가지 '놈'들이 올라와 목을 빼고 대기 중이었다. 마음에 안 드는 놈, 그놈 편을 드는 놈, 편드는 놈과 친한 놈, 친한 놈 옆을 지나가는 놈……. 심사가 틀어지는 밤이면, 한 놈씩 꿈속으로 불러들여 목을 땄다. 이모식대로 표현하면 '포식포르노'쯤 될까.

꿈속 포르노가 최초로 상영된 건 초등학생 때였다. 상대는 어머니의 일기인지 메모인지에 등장하는 그놈, 0.45초 차이로 내게서 메달을 낚아채간 놈이었다. 어머니 말대로 그날 나는 밤새도록 끙끙 앓았다. 그러던 어느 순간 여틈한 잠이 들었고, 그 틈에 꿈을 꾸었고, 몽정과 함께 깨어났다.

이후 숱한 몽정이 있었다. 죄책감 같은 건 조금도 느끼지 않았다. 그것은 내 안에 감춰진 욕망의 은유적 환상에 불과했다. 꿈속에선 마음먹은 일들이 모두 일어나고, 욕망의 밑바닥에선 상상 이상의 일들이 벌어진다. 그게 보통 인간이며 나 역시 그 범주 안에 있었다. 특별한 별종으로 내 위치를 격상시킬 욕망 같은 건 추호도 없었다. 적어도 지난 8월 '오뎅'을 만나기 전까지는 그랬다.

'오뎅'은 포르노에 지겨워진 나를 거리로 나서게 만든 점화용 불꽃이었다. 나선 지 여섯 번 만에 나는 실제로 저질렀다. 그 대가로 막다른 벽에 몰려 있었다. 선택지는 몇 되지 않았다. 체포되거나 자수하는 경우, 그럴 법한 이야기를 준비해야 할 것이다. 머릿속 포르노를 나도 모르게 현실에서 실현했으며, 어머니가 이를 알아차리고 나를 죽이려 들었고, 제정신이 아닌 채로 방어를 하다가 어머니마저 죽였지만 나는 결코 나쁜 사람이 아니라고 해봐야 아무도 믿어주지 않을 테니까. 만약 도망치기로 마음먹는다면······.

맥박이 똑딱똑딱, 소리를 내며 뛰기 시작했다. 의식 밑바닥에선 직감에 가까운 생각 하나가 불빛처럼 깜박거렸다. 나는 그것을 낚아채지 않았다. 언제든 건져 올릴 수 있는 위치에 놔둔 채 머리 위를 돌아봤다. 전화 거치대에서 무선전화가 울고 있었다. 화면에는 해진의 이름이 떠 있었다. 집어 들고 통화 버튼을 눌렀다. 해진의 숨찬 소리가 튀어나왔다.

"뭐하냐. 바쁘냐?"

거친 숨소리로 봐서 바쁜 건 본인 같았다. 숨소리 뒤편에선 온갖 소음들이 난무하고 있었다. 사람들의 말소리, 밀차 같은 것이 덜컹덜컹 흔들리며 지나가는 소리, 차가 빵빵거리는 소리······.

"영화 보고 있었어. 왜?"

"나 6시 5분 기차 끊었거든. 온 김에 가볼 곳이 있어서."

"그럼 빨라도 9시는 돼야 집에 도착하겠네."

"용산 도착이 8시 반쯤이니까 10시가 넘어야 할걸. 그래서 얘긴데."

해진은 짐짓 미안한 목소리를 냈다.

"지금 바쁜 거 아니지?"

"응."

"부탁 하나 해도 되겠냐."

무슨 부탁이기에 이렇게 뜸을 들일까. 지레 성가신 마음으로 툭 내뱉었다.

"말해."

나는 리모컨을 다시 집어 들고, 채널을 돌리기 시작했다. 약속이라도 했는지, 죄다 먹는 방송만 걸렸다. 홈쇼핑에선 양념갈비를 뜯어먹고, 예능 방송에선 어떤 남자가 소 한 마리를 부위별로 가르고, 드라마에선 군인 둘이 번개탄에 삼겹살을 굽고 있었다. 세상의 모든 생명체들은 태어나는 순간부터 생존하는 법과 더불어 기다리는 법을 배운다. 먹는 법과 먹을 수 있을 때까지 굶는 법을 동시에 터득하는 것이다. 오로지 인간만 굶는 법을 배우지 못한 생물이었다. 오만 가지 것을 먹고, 때와 장소를 가리지 않고 먹으며, 매일 매 순간 먹는 이야기에 열광하는 것을 보면 그렇다. 먹을 것을 향한 저 광기는 포식포르노와 딱히 다를 바가 없었다. 그런 점에서 보자면, 인간은 이 지상의 생명체 중 자기 욕망에 대해 가장 참을성이 없는 종이었다.

"내 방 DVD장에 동유럽 단편영화만 모아놓은 칸이 있거든. 알지?"

해진이 물었다. 나는 "응" 했다.

"그거 한 중간쯤에 〈듀얼〉이라는 영화 있을 거야. 그거 찾아서 용이네 호떡집에다 맡겨줄래? 지금."

하필 이럴 때, '지금'이라니……. 성가신 마음이 앞서는 바람에 대답이 바로 나오지 않았다. 해진은 내 속내를 읽은 것처럼 긴 해명을 덧붙였다.

"〈과외〉 감독이 급하게 그걸 찾는데, 내가 지금 목포에 있잖니. 근데 마침 제작사 사람들이랑 군도 방조제로 지나갈 일이 있다는 거야."

말인즉, 내가 용이 아저씨에게 사정을 말하고 맡겨두면 그쪽에서 알아서 찾아갈 것이라는 얘기였다.

"기왕에 오는 김에 집 쪽으로 들어오라고 하지그래."

나는 안방 쪽을 흘깃 보며 말했다.

"그게 자기 차가 아니고 일행이 많아서 좀 그런가 봐."

"호떡집 문 안 열었으면 내가 들고 서 있어야 해?"

"그런 날 거의 없잖아."

대답하는 목소리가 조금 시무룩해졌다. 난 너를 위해서 영종도까지 다녀왔는데, 넌 그거 하나 못 해줘? 하는 것처럼.

"바쁘면 그냥 놔두고. 할 수 없지 뭐."

그냥 놔둘게, 소리가 튀어나오는 걸 가까스로 막았다. 뛰어서 20분이면 다녀올 수 있는 곳이었다. 어머니의 말에 따르면, 하나를 받으면 하나를 주는 게 가장 안전한 거래 방식이었다. 무엇보다 별것 아닌 부탁을 거절해서 의심을 사고 싶지 않았다.

"아냐. 얼른 달려갔다 올게. 할 일도 없는데."

해진의 목소리는 금세 밝아졌다.

"달려갈 거까진 없고. 30분 안에만 해결하면 돼. 용이 아저씨한테 말 잘해놓고."

전화를 끊고 안방 앞으로 가서 문에 귀를 대봤다. 기척이 전혀 없었다. 적어도 지금까지 방을 뒤지고 다니는 건 아닌 듯했다. 서재에서 책이라도 가져다 보는 걸까. 자기 말대로 씻고 잠들었을까. 그것 말고 몇 시간 동안 안방에서 할 수 있는 일이 뭐가 있을까. 거의 없었다. 잠깐 다녀와도 괜찮을 것 같았다.

나는 티브이를 켜둔 채로 문간방으로 들어갔다. DVD는 금세 찾았다. 해진이 말한 자리에 있었다. 현관 중문을 1/3쯤 열고 지난밤 용이네 호떡집에 갈 때 신었던 러닝화를 집어 들었다. 현관문으로 나가면 도어 록이 삑, 소리를 낼 터였다. 잠들어 있지 않다면, 이모는 파수꾼이 집을 비웠다는 걸 바로 알아차릴 것이고.

러닝화와 DVD를 들고 2층으로 올라갔다. 방문을 잠그고 들어와 패딩 점퍼를 꺼내 걸쳤다. 현관문 키와 출입문 카드와 휴대전화를 챙겨 점퍼 주머니에 담았다. 테라스로 나가면서 유리문을 반 뼘쯤 열어두었다. 옥상 철문을 열고 비상계단에 발을 디디자 헬로가 습관처럼 짖어대기 시작했다. 그 소리에 이모가 밖을 내다볼까 봐, 24층으로 내려가서 엘리베이터를 탔다. 거치는 층 없이 곧장 1층으로 내려갔다.

납빛 구름이 하늘을 뒤덮고 있었다. 암벽처럼 두꺼운 난층운이었다. 대기는 얼음알갱이들이 떠다니는 것처럼 차고 축축했다. 눈이든 비든, 한바탕 쏟아질 기세였다. 나는 샛문을 향해 느릿느릿 걸었다. 무언가 개운치 않았다. 중요한 것을 그냥 지나친 느낌이었다. 알면서 건성으로 넘긴 것도 같고. 샛문을 막 통과했을 때, 머릿속 백군이 중얼거렸다. 이게 이모의 장난이라면…….

걸음을 멈추고 그 자리에 섰다. 주먹처럼 단단하고 드센 바람이 정면에서 불어쳤다. 코끝이 쨍하고 눈물이 핑 돌았다. 백군이 물었다.

이모가 집 안을 다 뒤지는 데 몇 분이나 걸릴까?

나는 흐릿해진 눈으로 뒤를 돌아보았다. 백군에게 대답했다.

10분.

　#

　엘리베이터는 1층에 멈춰 있었다. 나는 24층에서 내렸다. 내려올 때 그랬듯, 남은 한 층은 계단으로 올라갔다. 헬로가 으르렁대기 시작했지만 서두르지 않았다. 짖을까 말까 망설이지 말고 본격적으로, 맹렬하게 짖어주기를 바랐다. 이모가 개 소리에 주의를 기울였으면, 해서. 개 소리의 의미를 알아차렸으면, 싶어서. 헬로의 목청은 점점 심드렁하게 잦아들더니 25층에 다다를 무렵 조용해져버렸다. 청개구리 같은 개새끼.

　도어 록 키를 구멍에 갖다댔다. 잠금장치가 풀리자 현관문 안으로 들어섰다. 1/3쯤 열어두었던 현관 중문을 통과할 때까지 이모의 기척은 느껴지지 않았다. 나는 보조 식탁에 DVD를 내려놓고 안방 문 앞으로 갔다. 손가락 하나로 문손잡이를 슬쩍 내리눌러봤다. 잠겨 있었다. 문짝에 귀를 대고 안쪽 기척을 들어봤다. 아무런 소리도 들리지 않았다. 자는 모양이었다. 잠시 안도가 밀려왔다. 의심 과다야. 과대망상이야. 미치지 않고서야 해진이 어머니도 아닌 이모와 한편을 먹을 리 있을까.

　몸을 돌리자 건넌방 문이 들이닥치듯 눈에 박혔다. 평소라면 시야에서 벽처럼 걸러졌을 문이건만. 어머니는 그런 때를 일러 '사물도 말을 한다'고 표현하곤 했다. 지금 내게 건넌방 문이 걸어오는 말은 '과연 그럴까'였다. '그렇다'는 확신이 필요할 때, 가장 믿을 만한 방법은 보는 것이겠지.

　건넌방 문을 열고 안으로 들어섰다. 곧바로 드레스 룸과 면한 문을 밀고 들어가서 욕실 문을 열었다. 사용한 흔적조차 없었다. 세면기, 욕조, 욕실 벽, 바닥, 어디에도 물 한 방울 튀지 않았다. 변기 뚜껑은 어제 아침 내가 해두었던 대로 반듯하게 세워져 있었다. 슬리퍼가 바닥에 나란히 놓여 있다는 점만 어제와 달랐다. 내가 해둔 대로라면 벽에 세워져 있어야 맞았다. 들어온 적은 있다는 얘기였다. 안을 살펴보려고. 어쩌면 누군가에게 전화를 하려고.

나는 닫혀 있는 안방 쪽 문 앞에서 걸음을 멈췄다. 잠시 숨을 가누었다. 둘 중 하나일 터였다. 있거나 없거나. 후자라면 모를까, 전자라면 반드시 필요한 것이 있었다. 내가 왜 변칙적 방식으로 안방에 들어왔는지에 대한 해명. 어머니 책상에서 뭘 찾으려고 왔는데, 문을 두들기면 이모가 잠을 깰까 봐. 너무 변명 같은 변명이었다. 차라리 '배 째라'가 나을 것 같았다. 내 방에 들어온 이모가 그랬듯이.

손잡이를 누르고 문을 앞으로 밀었다. 한 뼘, 두 뼘, 문틈이 벌어지는 동안 진심을 다해 기원했다. 부디 방 안에 있기를. 잠을 자든, 홀딱 벗고 체조를 하든, 방에서 나가지만 않았기를. 모든 인간의 문제는 방 안에 가만히 앉아 아무것도 하지 않을 수 없다는 데서 비롯된다고, 유명하신 어느 소설가도 말했지 않은가.

나는 방 안으로 발을 내디뎠다. 텅 비어 있었다. 이마 한가운데에서 핏줄이 팔딱거리기 시작했다. 기어코 나가셨단 말이지. 양쪽 귀 뒤에서부터 어른어른, 아지랑이가 피어올랐다. 살갗이 따끔거리고 등과 다리의 근육이 저릿저릿해왔다. 온갖 소리들이 귓속으로 뒤섞여 들어왔다. 먼 도로를 오가는 자동차 소리, 단지 내 어딘가에서 울리는 아이들의 날카로운 웃음소리, 엘리베이터가 오르내리는 소리, 주방에서 돌아가는 냉장고 소리, 맥박이 이마를 치는 소리. 개구멍으로 나가고 싶을 때마다 나타나는 증상이었다. 흥분하는 나와 억누르는 나 사이에서 일어나는 화학작용이었다.

나는 피아노 책상 앞에서 걸음을 멈췄다. 상상했던 대로 코트는 의자 등받이에, 가방은 지퍼가 열린 채로 책상에 놓여 있었다. 이모가 서랍을 뒤졌는지, 아닌지는 확신할 수 없었다. 어머니의 지갑을 비롯해 모든 것이 제 위치에 있는 것 같았다. 다만, 베란다 유리문을 가린 이중 커튼 중, 레이스 커튼이 한 뼘쯤 젖혀진 상태였다. 베란다로 나가 창고를 살펴봤으리란 추측이 가능했다. 침대도 어제 정리해놓은 것과 모양새가 달랐다. 귀를 맞춰 팽팽하게 당겨둔 이불이 보일 듯 말 듯 흐트러져 있었다. 사용한 흔적이 아니라 들춰본 흔적이었다.

침대로 가서 이불을 걷었다. 침대보 고정 벨트가 매트리스에서 빠져나와 있었다. '핏자국을 봤다'로 해석 가능한 풍경이었다. 매트리스를 바꿔치기하면서 아래위를 뒤집어놨기 때문에 우연히 눈에 띄었을 리는 없었다. 침대보를 걷고 매트리스를 들어올려 아래쪽을 살폈을 것이다. 확인한 후, 욕실로 가서 해진에게 전화를 걸었겠지. 뭐라고 했을까. '유진이가 엄마를 죽인 것 같다'고 했을까. '집 안을 뒤져봐야 하니 네가 유진이를 밖으로 유인하라'고 했을까. 그렇다면 이모는 창고를 살피려고 베란다로 나간 게 아니었다. 내가 밖으로 나가는 걸 확인하는 게 목적이었을 것이다.

'뭐하냐. 바쁘냐?'

조금 전 들었던 해진의 목소리를 떠올렸다. 숨찬 듯, 들뜬 듯, 평소보다 반 옥타브가 높았다. 즐거운 기운마저 느껴지는 고음이었다. '엄마 소식'을 전해 듣고도 그런 목소리를 낼 수 있다면 그건 해진이 아니었다. 제 눈으로 확인하지 않고 이모 말을 믿어버릴 만큼 두 사람의 관계가 돈독하지도 않았다. 나 몰래 내통이라도 해온 관계라면 또 모를까.

이모는 다른 핑계거리를 대며 임무를 부여했을 것이다. 해진은 아무것도 모르고, 혹은 악의 없는 장난에 손을 얹는 기분으로 임무를 수행했겠지. 그렇다고 해도 이 일이 이모와 해진의 합작품이라는 사실에는 변함이 없었다.

나는 안방 문을 잠그고 거실로 나갔다. 모서리 장식장 서랍부터 열어봤다. 열쇠 꾸러미가 없었다. 예상에서 한 치도 어긋나지 않았다. 이모는 가지 말았으면 하고 바라는 행로를 빠짐없이 밟아가고 있었다. 그렇다고 당장 2층으로 뛰어올라가 이모의 행보를 차단할 마음 같은 건 생기지 않았다. 그저 마지막 한계선을 내 방 테라스 유리문으로 정해두었다. 모쪼록 그 바깥으로는 나서지 말기를. 당신을 위해서도, 나를 위해서도.

머리 위에서 텅, 소리가 울렸다. 나직하면서도 둔하게 진동하는 소리였다. 짐작이 맞다면, 테라스 유리문이 조심성 없이 닫히는 소리였다. 앞으로 일어날 일을 순식간에 자각시킨 소리였다. 내내 고요하던 가슴에서 화기가 일렁이기 시작했다. 내 인생을 여기까지 끌고 온 것도 모자라, 기어코 외통수로 몰아넣고 선택을 강요하다니.

나는 계단을 올라갔다. 발소리를 죽이고, 한 칸, 한 칸, 천천히. 어머니를 안고 올라갈 때만큼이나 비현실적인 기분으로 복도를 걸었다.

welcome

나는 옥상 출입문 앞에서 걸음을 멈추고, 문에 걸린 문패를 노려봤다. 원목으로 된 출입문을 뚫고 밖을 내다보는 건 불가능했다. 다만 손잡이를 눌러 문이 잠겼는지를 확인하는 것만 가능했다. 잠겨 있었다. 내 방문은 닫혀 있었으나 잠겨 있지 않았다. 짐작대로 이모는 없고 열쇠 꾸러미만 책상 위에 놓여 있었다. 테라스 유리문과 블라인드는 완전히 닫힌 상태였다. 열려 있다면 새어 들어와야 할 텐데 바람이 느껴지지 않았다.

서랍 속 일기인지 메모인지는 표지가 펼쳐져 있었다. 불과 10여 분 새에 부지런히 움직인 셈이었다.

나는 유리문 앞으로 가서 블라인드 자락을 벌리고 눈을 갖다댔다. 이모가 테라스 바로 밑에 서 있었다. 한 손에 휴대전화를 쥐고, 발에는 내 슬리퍼를 꿰고 퍼걸러를 향해 선 채 꼼짝하지 않았다. 붉은 갈색으로 염색한 단발머리가 거친 바람을 타고 마른풀처럼 펄럭거렸다. 추위 때문인지, 긴장 때문인지 좁은 어깨가 와들와들 떨리고 있었다. 빳빳하게 세운 등에선 갈등이 읽혔다. 자신이 어디로 가야 하는지, 어딜 열어봐야 하는지 아는 데서 오는 갈등이었다. 내가 계단을 올라와 방으로 들어올 때까지, 거기에 서 있었다는 게 그 증거다.

퍼걸러에선 어머니가 그네를 타고 있었다. 변함없이 하늘을 보고 앉아 조커 입을 벌리고, 데크를 악기 삼아 발가락 연주를 하는 중이었다. 흰 원피스 자락은 하늘하늘 나비춤을 추었다. 누군가를 홀릴 자태로는 저만한 것도 없겠다, 싶었다. 저 환상이 누군가에게도 보인다면 말이지만.

이모는 펄럭대는 머리칼을 귀 뒤에 꽂고 흘끔 내 방을 돌아봤다. 정확하게 내 눈을 향해 뻗어오는 듯한 시선이었다. 나는 그 눈을 마주봤다. 반은 애원하고 반은 윽박지르는 심정이었다. 지금도 안 늦었어요. 방으로 돌아와요.

이모의 시선은 유리문을 떠나 퍼걸러로 돌아갔다. 마음을 정한 모양이었다. 한쪽 발을 질질 끌 듯 움직여서 퍼걸러로 가는 첫 번째 포석에 올려놓았다. 이어 두 번째. 세 번째 포석 위에서 발을 모으고 또 걸음을 멈췄다. 쥐고 있던 휴대전화를 눈 밑까지 들어올리고 한동안 들여다봤다. 나는 이모의 머릿속에서 충돌하고 있을 두 개의 생각을 추측해봤다. '경찰에 전화를 걸자'와 '눈으로 확인해야 한다', 정도가 아닐까.

내 머릿속에서도 두 개의 생각이 상충하고 있었다. '지금이라도 이모를 안으로 불러들여야 한다'와 '지금 내가 밖으로 나가야 한다'. 어느 쪽을 택하느냐에 따라 여태 미뤄왔던 내 '미래'가 결정될 터였다. 자수할 것인가, 도망칠 것인가. 전자는 이성이, 후자는 본능이 제시한 선택지였다. 어느 쪽이든 정하고 나면 돌이킬 수 없을 터였다. 타협할 여지도 없고 시간도 많지 않았다. 이모가 남아 있는 '포석 다섯 개를 건너가는 사이'에 결정을 내려야 했다.

나는 카운트다운을 하는 심정으로 이모의 움직임을 지켜봤다. 여덟 번째 포석에 다다를 때까지도 거기서 그만 돌아서라고 속삭거리고 있었다. 어쩌면 그것은 나 자신에게 속삭이는 말인지도 몰랐다. 나는 기다릴 만큼 기다렸고, 기회를 줄 만큼 줬어. 내게 잘못이 있다면 딱 하나뿐이야. '솔직한' 해진의 거짓말에 넘어가 잠시 집을 비운 것.

마침내 이모는 퍼걸러로 올라섰다. 내 방 쪽을 등지고 테이블 정면에서 발을 멈췄다. 나는 유리문에서 눈을 뗐다. 패딩 점퍼를 벗어 책상 위에 내려놓고, 서랍에서 면도칼을 꺼냈다. 한결 가벼워진 몸으로 유리문 앞에 다가섰다. 블라인드는 절반쯤 젖혀버렸다. 소리 죽여 유리문을 열고 테라스를 통과해 옥상 바닥에 내려섰다.

차고 단단한 포석에 맨발이 닿았을 때, 기이한 일이 벌어졌다. 어제부터 줄기차게 그네를 타던 어머니가 사라지기 시작했던 것이다. 고무 인형이 불에 타듯, 일그러지고, 무너지고, 지글지글 녹아내렸다. 잠시 후 녹아내린 형체마저 검은 연기로 휘발해버렸다. 퍼걸러 바닥을 긁던 발가락은 기나긴 연주를 끝냈다. 끽끽, 그네가 흔들리던 소리도 멈췄다. 텅 빈 그네엔 어디서 날아왔는지 모를 가랑잎 하나가 오도카니 내려앉아 있었다.

이모 역시 내 머릿속에서 사라졌다. 나를 등진 채 퍼걸러 테이블 앞에 서 있는 건 이모가 아니라 장작개비였다. 어머니를 겁주고, 들쑤시고, 어르고, 뺨을 쳐서 나를 망가뜨리게 만든 요망한 장작개비.

내 몸은 소리를 죽이기 시작했다. 숨 쉬듯 욱신대던 뒤통수가 평온을 되찾았다. 숨소리는 목 밑으로 잦아들고, 갈비뼈 안에선 심장이 느리게 뛰었다. 배 속에서 공처럼 구르던 긴장이 사라졌다. 오감이 날을 세웠다. 몇 미터 거리가 있는데도, 겁먹은 것의 축축하고 거친 숨소리가 선명하게 들려왔다. 세상이 엎드리는 기분이었다. 모든 것들이 길을 열고 대기하는 느낌이었다.

나는 퍼걸러로 가는 두 번째 포석으로 발을 옮겼다. 발소리를 죽이기는 했지만 장작개비가 돌아봐도 상관없다는 마음이었다. 어차피 언제든 나를 봐야 할 테니까. 그런 의미에서 기대 만발이었다. 보는 순간의 표정이 어떨지. 어떤 말을 할지. 어떤 행동을 할지. 덤빌까? 도망칠까? 비명을 지를까?

여덟 번째 포석에서 발을 멈췄다. 퍼걸러까지 딱 한 발짝 거리에 불과했다. 그런데도 장작개비는 돌아볼 기미조차 없었다. 내 기척을 느끼지 못하는 모양이었다. 눈앞의 문제에 정신이 팔려 레이더 작동이 멈춘 것도 같았다. 훈련소 신병처럼, 테이블 앞에 차려 자세로 서서 꼼짝하지 않았다. 그제 밤 강변로에서 진주 귀걸이가 그랬듯, 숨까지 멈췄다.

장작개비가 다시 숨을 쉬는 데는 꽤 긴 시간이 걸렸다. 테이블로 손을 뻗기까지는 더 긴 시간이 걸렸다. 그나마도 상판 가장자리를 만졌다가 이내 뒤로 물러섰다. 뜨거운 냄비라도 만진 양, 화들짝 놀라 손을 털어댔다. 안에 무엇이 있는지 확신하고 있는 것 같았다. 하기는 우리 집 안에서 가장 가방끈이 긴 박사님인데 그만한 상상력도 없을까. 나는 '편히쉬어'에서 '열중쉬어'로 자세를 바꿨다. 지루하긴 했지만 나를 발견할 때까지, 혹은 어머니를 대면할 때까지 기다릴 참이었다.

장작개비는 열심히 힘을 내고 있었다. 휴대전화를 청바지 뒷주머니에 꽂고, 손바닥을 허벅지 앞쪽에 문질러 닦았다. 두어 번에 걸쳐 심호흡을 하고 다시 테이블 앞으로 다가섰다. 이번에는 양손 모두 테이블 가장자리에 붙이고 힘주어 상판을 밀었다. 테이블은 묵직한 소리를 지르면서 한 방에 열렸다. 잠시, 혹은 잠시보다 좀 더 긴 시간, 장작개비의 눈이 테이블 안에 붙박였다.

그녀의 눈에 보일 풍경을 상상하는 건 그리 어렵지 않았다. 우선 잡다한 물건들이 보일 터였다. 투명 비닐, 비료 포대, 호미, 전지가위, 꽃삽, 톱, 빈 화분과 작은 옹기 들, 둥글게 말아 감은 고무호스, 전기톱, 밑에 깔린 푸른 방수포. 어쩌면 한두 군데쯤 핏방울이 떨어져 있을지도 몰랐다. 테이블 상판은 씻어냈지만 안쪽은 신경도 쓰지 않았으니까. 신경 쓸 겨를도 없었고, 안을 보고 싶어 하는 인물이 이토록 빨리 등장할 줄도 몰랐다.

장작개비는 다시 움직이기 시작했다. 테이블 상자 가장자리에 아랫배를 붙이고 양손을 써서 물건들을 꺼냈다. 투명 비닐과 비료 포대, 톱과 고무호스. 이윽고 상자 안으로 허리를 굽히고 한쪽 손을 밀어넣었다. 두꺼운 방수포가 걷히는 '바스락' 소리가 울렸다. 이어 장작개비의 입에서 헉, 소리가 터졌다. 그와 함께 턱을 발길에 차인 것처럼, 고개를 뒤로 젖히며 튕기듯 물러섰다. 귀 뒤에 꽂혀 있던 머리칼이 앞으로 쏟아졌다가 산발이 돼서 흐트러졌다. 움츠러든 어깨가 딸꾹질을 하는 것처럼 들썩거렸다. 숨소리에선 오토바이 엔진 소리가 났다. 가르릉, 가르릉…….

장작개비가 무얼 봤는지, 구체적으로 상상하고도 남음이 있었다. 아마 조커와 대면했을 것이다. 어제 새벽 내가 거실에서 그랬듯, 어머니의 눈과 딱 마주쳤든가. 상자 밖으로 끌려나온 잡동사니는 어머니의 머리 쪽을 눌러둔 물건들이었다. 방수포를 걷기 전에 나를 한 번만 돌아봤더라면 중대한 조언을 해줬을 텐데. 항아리들을 먼저 꺼내세요. 그쪽이 발이거든요.

장작개비는 정신도, 몸도 쉬 수습하지 못했다. 수습은커녕 공황 상태로 낙하하기 직전 같았다. 다리가 풀린 것처럼 비틀거리다 상자 가장자리를 붙들고서야 간신히 몸을 세웠다. 목에서는 신음 같기도 하고 흐느낌 같기도 한 소리가 들끓고 있었다. 와중에도 뭔가를 해보겠다고 청바지 뒷주머니에서 휴대전화를 뽑았다. 아마도 땀에 젖은 탓일 테다. 전화기가 손아귀에서 미끄러져 바닥에 떨어지고, 떨어지는 순간 세 조각으로 분리되면서 세 방향으로 튕겨나갔다. 본체는 그네 쪽으로, 뚜껑은 퍼걸러 계단 밑으로, 배터리는 내 발밑으로.

장작개비는 허둥지둥 그네로 달려가 본체를 주워올렸다. 이어 나머지를 찾아 몸을 돌렸다. 마침내 내가 상대의 시야 안으로 등장하는 순간이었다. 산개하듯 사방천지로 흔들리던 그녀의 시선은 내 눈에 와서 딱 멎었다. 어리둥절한 눈이었다. '너 왜 여기에 있니?'라고 묻는 눈. 애써 주워올린 전화기 본체는 다시 그녀의 손아귀를 빠져나갔다. 나는 등 뒤에 손을 둔 채 면도칼의 날을 열었다.

"여기서 뭐하세요?"

장작개비는 입술을 조그맣게 모으고 고개를 흔들었다. 내 등 뒤에 뭐가 있는지 짐작하는 듯한 표정이었다. 나는 장작개비와 눈을 맞댄 채로 발밑에서 배터리를 집어 올렸다.

"경찰에 전화하려던 참 아니었어요?"

나는 퍼걸러로 사뿐하게 뛰어오르며 물었다. 장작개비는 펄쩍 뛰어 한 발짝 물러섰다. 시선은 내 오른손에 든 면도칼에 와서 붙었다. 목에서는 뼈가 꺾이는 듯한 소리가 났다. 어쩌면 딸꾹질이었는지도 모르겠다. 아니면 비명이거나. 이름이 뭐든 간에 본령은 운명을 직감한 자의 공포였다.

서글픔이 한기처럼 밀려왔다. 16년 전에 지금 같은 두려움을 느꼈다면 얼마나 좋았을까. 한 소년의 인생에 대해 단 1그램의 무게만 느꼈더라도 오늘 같은 날은 오지 않았을 것을. 지금 이 자리에서, 이런 운명으로 대면하지 않았을 것을. 이젠 너무 늦었다. 그땐 너무 빨랐겠지만.

"괜찮아요. 전화해요."

나는 배터리를 내밀고 장작개비 앞으로 한 발짝 다가섰다. 장작개비는 고개를 저으며 한 발짝 물러섰다.

"전화해서 경찰한데 다 말헤요. 16년 전, 열 살짜리 사이코패스의 치료를 맡았고, 그간 뇌전증 환자라 속여 정체불명의 약을 먹여왔고, 제 엄마를 앞세워 일거수일투족을 조종하면서 죽도록 하고 싶어 하는 일을 죽자고 막아냈더니, 어느 날 갑자기, 정말로 헤까닥 돌아서 제 엄마를 죽이고, 이제 나까지 죽일 참이라고……"

나는 사마귀처럼 성큼 다가섰다.

"말하라고, 쌍년아."

장작개비는 뒷걸음질하다 슬리퍼 뒤축이 데크 틈새에 걸렸다. 그 바람에 등이 휘청 기울어졌다. 뭔가를 붙잡아보겠다고 손을 허우적거렸으나 주변엔 아무것도 없었다. 결국 뒤를 향해 무너지는 가속도의 힘을 이기지 못해 퍼걸러 밖으로 나가 떨어져버렸다. 삽시에 우리 사이에 2미터 거리가 생겼다. 이 작은 기회를, 그녀는 놓치지 않았다. 나자빠진 몸을 홱 돌리고, 울음과 비명을 한꺼번에 토하며 옥상 철문으로 기어갔다. 나는 껑충 몸을 날려 장작개비의 등을 무릎으로 찍어 눌렀다. 성글고 가느다란 머리채를 휘어잡아 뒤로 꺾었다. 장작개비 입에서 째지는 소리가 터져 나왔다. 이 지상에서의 마지막 한마디였다.

"유민이……."

내 안의 어두운 숲이 열리고 있었다. 시간은 백분의 1초 단위로 흐르기 시작했다. 장작개비의 머리채를 뒤로 젖혀 내리누르는 내 손의 움직임과, 팽팽하게 당겨진 턱 밑을 한 손질에 내달리는 칼날의 동선과 지퍼처럼 열리는 목과 기관총을 난사하듯 전 방위를 향해 날아가는 핏줄기와 옥상 바닥 곳곳에 형성되는 새빨간 탄착군을 내 안의 내가 빠짐없이 지켜봤다. 뜨뜻한 핏물을 얼굴에 뒤집어쓴 채, 그녀의 마지막 말을 생각했다.

'유민이…….'

나는 쥐고 있던 머리채를 놓았다. 머리통이 옥상 바닥을 들이받듯 떨어져내렸다. 유민이라고…….

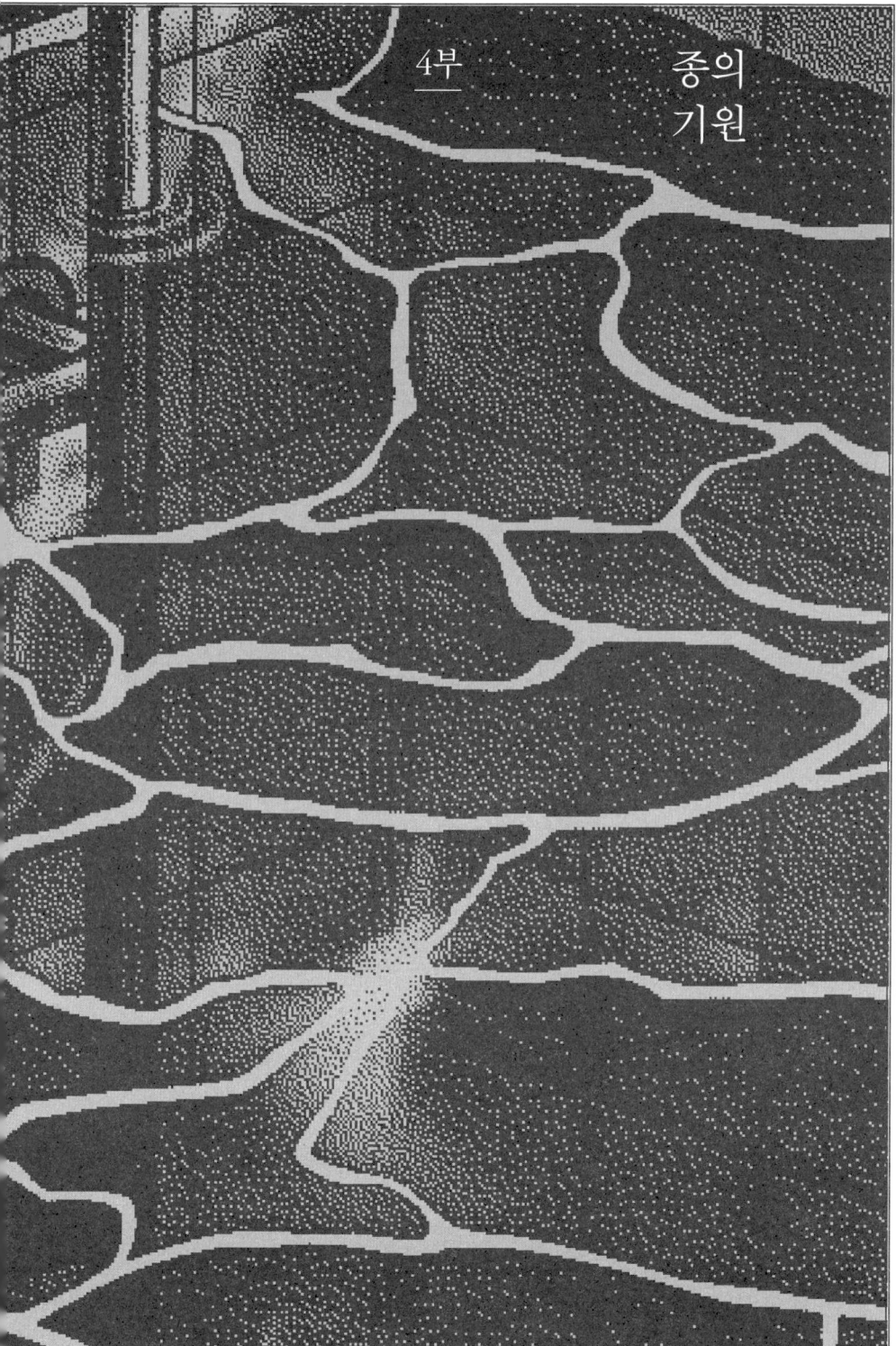

4부 종의 기원

'유민아.'

아버지가 형을 불렀다. 비명이면서 급박한 고함이었다. 나는 송곳에 귀를 찔린 것처럼, 움찔하며 눈을 떴다. 실제로 귀가 아팠고, 한동안 어리둥절했다. 여기가 어디더라. 귀의 통증이 가시고서야 내 방 침대에서 잠을 깼다는 걸 깨달았다. 얼마나 잤는지 모르겠으나 입때 밤은 아닌 게 분명했다. 블라인드로 비치는 바깥 빛이 우중충하기는 해도 자연광이었다.

유민아.

나는 잠을 깨운 아버지의 목소리를 생각했다. 꿈의 내용은 거의 기억나지 않았다. 목소리만 실제처럼 생생했다. 꿈속에서 아버지의 목소리를 들은 건 이번이 처음이었다. 꿈을 꾸기 전까지는 기억조차 하지 못하고 있었다. 떠올려본 적도, 그리워했던 적도 없었던 것 같다. 열 살 이후, 아버지는 내게 존재하지 않는 사람이었다. 기억으로도, 추억으로도, 감정으로도, 그 밖의 어떤 방식으로도. 그런데도 내내 함께 살며 들어온 것처럼, 아버지 목소리라는 걸 금세 알아차렸다.

어찌 알았을까. 왜 '유진아'가 아니라 '유민아'였을까. 왜 어머니가 아니라 아버지였을까. 어머니와 아버지가 임무 교대라도 할 참인가. 아직도 내게 내릴 훈계나 교시가 있는 것인가. 팔꿈치로 침대를 짚고 머리를 들어 탁상시계를 봤다. 1시 41분. 눈을 돌려 테라스 유리문을 봤다. 저렇게 훤한데 설마 새벽은 아니겠지.

잠에 떨어지기 직전, 시계를 본 기억이 났다. 9시 30분이었을 것이다. 내리 열여섯 시간을 자버린 모양이었다. 지난 이틀간 못 잔 잠을 한 번에 몰아서 잔 꼴이었다. 누울 때만 해도 해진이 오기 전까지 잠깐만 눈을 붙여야지, 했는데. 꺼칠한 눈꺼풀을 까막거려 남은 잠기운을 몰아내고 몸을 일으켰다.

침대에서 내려가 블라인드를 젖혔다. 잿빛 하늘이 시야로 담쏙 밀려들었다. 수증기처럼 부연 대기 속에선 재갈매기 한 마리가 낮은 비행을 하고 있었다. 해도 없고 생기도 없는 풍경이었으나 틀림없는 한낮이었다.

벤치그네는 비어 있었다. 어머니는 완전히 떠나버린 듯했다. 나타났던 이유도, 떠난 이유도 알 수 없었으나 나는 이상한 슬픔을 느꼈다. 탯줄을 잘라버린 기분이었다. 불가침의 국경을 넘어선 부랑자가 된 것 같았다. 국경 너머에 두고 온 건 아마도 나일 것이다. 세상 속에서 사람과 함께 살아온 나, 지상에 단단하게 발을 붙이고 있다고 믿었던 나. 넘지 말아야 할 선을 넘고 나면 돌아갈 길이 없다. 할 수 있는 일도 없다. 부옇게 흐린 저 겨울 대기 속으로 계속 걸어가는 것 말고는.

이제는 확신할 수 있다. 두 번의 살인을 저지른 2시간 30분이 감쪽같이 기억에서 지워졌던 이유가 뭔지. 기억해내는 순간, 나고 자란 세상을 떠나야 했기 때문일 것이다. 이전의 삶을 끝내야 했기 때문일 것이다. 떠날 준비도 끝낼 준비도 돼 있지 않았기 때문일 것이다. 준비 없이 저지른 일을 감당할 수 없었기 때문일 것이다. 감당할 수 없는 일을 감당할 길이 망각밖에 더 있을까.

반면 지난밤 일은 대부분 기억하고 있었다. 나는 이모 곁에서 긴 시간을 보냈다. 내 안의 어두운 숲을 오래오래 배회했다. 장밋빛 안개 속을 갓 우화한 나비처럼 날았다. 거미줄을 조심하라고, 안개 바깥에서 적색등이 깜박였지만 무시해버렸다. 달콤하고 격렬한 열기가 나를 더 밝고 더 높은 곳으로 도약시켰다. 도약할 때마다 별들이 가까워졌다.

정신이 들었을 때, 머릿속 백군이 천둥 같은 소리를 지르고 있었다. 날이 어두워졌다, 몸이 얼어붙는 중이다, 곧 해진이 돌아올 거다, 현장을 정리해야 한다, 빨리빨리…….

멍한 기분으로 내가 벌여놓은 판을 둘러본 기억이 난다. 퍼걸러 외등 빛 안에 엎드린 이모. 면도칼을 쥐고 이모 옆에 쪼그려 앉은 나, 옥상 바닥을 뒤덮어버린 핏물. 그 위로 차고 축축한 밤안개가 내려앉고 있었다. 귀 뒤에선 바람이 흐느꼈다. 쏟아지던 별들은 사라지고 너절한 잔광만 발밑에 흩어져 있었다. 그나마도 깜부기불처럼 깜박깜박 꺼져가는 중이었다.

나는 한 손으로 바닥을 짚고 몸을 일으키려다 도로 주저앉았다. 오래도록 쪼그려 앉아 있었던 탓에 오금이 펴지지 않았다. 춥다는 자각이 오고, 온몸에서 통증이 느껴졌다. 피곤이 덤으로 밀려왔다. 급기야 그대로 나자빠져 잠들어버리고 싶은 유혹에 빠졌다. 수돗가 고무 통이 눈에 띈 건 바로 그때였다.

이모를 거기에 안장시켰다. 진주 귀걸이를 그리했듯 가장 실용적인 방식으로 정리한 셈이다. 옥상은 가족 묘지가 됐다. 한복판에 어머니 오른편에 이모. 헛웃음이 실실 샜다. 이제 왼쪽 차례인가.

수도꼭지를 열고 연결된 호스를 끌어다가 옥상 바닥을 청소했다. 침침한 눈을 비벼가며 세 조각으로 분리된 이모의 휴대전화를 수거했다. 피 묻은 옷을 벗어들고 욕실로 들어설 무렵, 내 몸은 샤워기조차 쥘 수 없을 만큼 뻣뻣하게 얼어 있었다. 뜨거운 물 밑에서 10여 분을 보낸 후에야 가까스로 손을 움직여 뭔가를 할 수 있게 됐다.

　샤워를 하고, 면도칼을 씻어 서랍에 넣고, 1층으로 내려가 피 묻은 옷을 세탁기에 돌렸다. 세탁기에 들어 있던 이불은 개켜서 안방 장롱에 넣어버렸다. 다음으로 일회용 비닐장갑을 끼고 이모의 흔적들을 처리했다. 휴대전화에 묻은 내 손자국을 물티슈로 지우고 본래대로 조립해 이모의 가방에 담았다. 가방과 현관에 있던 구두는 패딩 코트에 말아서 드레스룸에 있는 어머니의 소형 캐리어에 넣어두었다. 안방 침대는 시트만 다시 정리했다. 매트리스를 본래대로 바꿀까 하다 이내 생각을 접었다. 이모가 어떤 언질을 주지 않았다면, 해진이 어머니 침대의 매트리스를 확인할 가능성은 없을 것 같았다. 사실은 침대만큼이나 무거운 라텍스 매트리스를 끌고 2층 계단을 오르내려야 한다는 게 끔찍스러웠다.

　그 무렵 나는 정신의 힘으로 움직이고 있었다. 탈진이 극에 달한 나머지 혼수 상태나 마찬가지였다. 그로 인해 마지막 정리 작업에 대한 기억이 가물가물하다. 세탁이 끝난 옷가지를 꺼냈는지, 안방 문을 잠가뒀는지, 집 안 열쇠를 장식장 서랍에 다시 넣어두었는지……. 해진을 기다리는 것은 아예 불가능했다. 2층 계단을 오르면서 이미 자고 있었다.

　해진은 돌아왔을까. 온다고 했으니 왔겠지. 동 출입문을 어떻게 통과했을까. 지난밤에 경황이 없어 이모의 가방을 뒤져보지 못했지만, 출입 카드를 이모에게 줬다면 호출 벨을 눌러야 했을 것이다. 내가 열어준 기억은 없으나 어떻게든 들어왔으리라. 누군가에게 물어서 들어오거나, 22층 헬로 엄마를 호출해 열어달라고 했거나. 열이 뻗친 나머지 2층까지 올라왔을지도 모른다. 잠든 꼴을 보고 그냥 내려갈 수밖에 없었겠지만. 내려가서 그대로 잠들었을까. 문득 허기증이 왔다.

나는 아래층으로 내려갔다. 찜찜한 것들을 확인할 겸, 고픈 배도 채울 겸, 겸사겸사. 계단을 발부리로 디디며 뛰어내렸다. 어제의 몸이 거치적대는 애물단지였다면, 오늘은 몸에 걸친 티셔츠보다 가벼웠다. 하루를 굶었는데도 개병이 나는 것처럼 힘이 뻗쳤다. 기분도 어제보다는 한결 나았다. 무엇 하나 해결된 것도 없고, 어떤 결정도 내리지 못했지만 잘될 것 같은 낙관이 스며들었다. 마음만 먹으면 뭐든 다.

아래층은 조용했다. 해진은 제 방에 있는 것 같았다. 간간이 문밖으로 사람 소리가 흘러나오는 걸로 봐서. 아마 영화를 보고 있을 것이다. 아니면 어제 찍은 사진이나 동영상을 손보고 있든가. 안방 문은 잘 잠겨 있었다. 열쇠는 제자리에 들어 있었고. 주방으로 들어가자 된장찌개 냄새가 솔솔 풍겼다. 해진이 밥을 해둔 모양이었다. 가스레인지에 작은 뚝배기가 놓여 있었다. 나는 뒤쪽 베란다로 들어가 세탁기를 열었다. 안에 있어야 할 옷이 없었다. 주방으로 나오며 기억을 더듬어봤다. 어젯밤에 건조를 시켰던가? 꺼내서 방으로 가져갔던가?

"일어났냐?"

주방 입구에 해진이 서 있었다. 나는 개수대 옆에서 걸음을 멈추고 물었다.

"언제 왔냐?"

"언제는 언제. 어제 왔지. 한 10시 반쯤? 너 벌써 자고 있던데."

해진은 주방 안으로 들어와 가스레인지에 불을 붙였다.

"뭔 잠을 그렇게 짐승처럼 자냐. 사람이 들어와도 모르고, 나가도 모르고."

예상한 대로 2층에 올라왔다 내려간 모양이었다. 나는 잠을 깬 후에 본 내 방 풍경을 떠올렸다. 설마 이상한 물건이 있거나 하진 않았겠지…….

"반찬 꺼내. 점심 먹자. 찌개 끓여놓고 너 깨는 거 기다리다가 배고파 죽는 줄 알았다."

"너 먼저 먹어. 난 나중에 먹을게. 지금은 생각 없어."

해진은 식탁을 행주로 훔치려다 고개를 갸웃했다.

"배고파서 내려온 거 아니었어?"

그랬다. 배가 고팠다. 다만 밥보다 녀석과의 긴 대화를 피하고 싶은 마음이 더 컸다.

"어제 빨래를 돌린 게 생각나서 내려왔어. 근데 없네. 네가 꺼냈냐?"

"앞 베란다에 널었어. 딸랑 몇 갠데 건조시키기 좀 그래서."

아아……. 고개를 끄덕이자 해진은 가장 대답하기 싫은 질문을 던졌다.

"근데 어머니한테서 연락 왔어?"

"아니, 아직."

해진은 고개를 갸웃했다.

"아직도? 혹시 무슨 일 있는 거 아냐? 교통사고라든가…….'

"사고가 났으면 연락이 왔겠지."

나는 주방 쪽으로 움직이며 덧붙였다.

"차도 두고 가셨고."

두고 가셨다고……? 해진의 시선은 내 움직임을 따라왔다.

"그래도 이렇게 오래 연락 안 하신 적은 한 번도 없잖아."

"오늘쯤은 연락하시겠지. 아니면 돌아오시거나."

 주방을 나서는 순간, 녀석의 목소리가 뒤통수를 찔렀다.

"이모님한테도 연락 없었대?"

"몰라. 안 물어봤어."

해진은 계속해서 내 덜미를 붙잡았다.

"근데 이모님은 어제 몇 시에 가셨어?"

나는 계단 앞에서 걸음을 멈추고 녀석을 돌아봤다. 해진이 말을 덧달았다.

"아니……. 이모님하고도 연락이 안 돼서. 오늘 내내 전화기가 꺼져 있어. 집전화도 안 받으시고."

언제부터 이모랑 연락을 주고받는 사이가 됐을까. 심사가 틀어지면서 나도 모르게 뾰족한 언사가 튀어나왔다.

"이모는 왜 찾는데? 카드 키랑 현관문 키 돌려받으려고?"

"그게 무슨 얘기야?"

해진은 주방을 나와 내 앞에 마주 섰다.

"그저께 오후에 이모가 불러서 병원에 갔잖아. 키 건네주러."

"내가? 누가 그래?"

녀석은 이상하다는 표정으로 되물었다.

"이모님이 그렇게 말해?"

나는 대답하지 않았다. 녀석의 눈에 떠올랐던 의아한 표정이 '그럼 그렇지', 하는 표정으로 바뀌었다.

"거 넘겨짚지 좀 마. 알지도 못하면서 꼭 본 것처럼 그러더라. 이모 전화를 받긴 했지만 병원에 간 적은 없어. 이것저것 물어서 통화가 길어진 거뿐이야. 어머니 나가는 거 봤느냐, 어제 집에 있었느냐. 그러다 너 합격했다는 얘기가 나왔고, 집에 와서 깜짝 놀랄 축하 이벤트를 해주고 싶으니까 현관문 비밀번호 알려달라고 해서 알려드렸고, 전화 왔다는 얘기 하지 말라고 해서 그것도 알겠다고 했고,"

이해가 되지 않았다. 동 출입문이야 재주껏 들어왔다 치더라도 현관문은 문제가 다르다. 해진의 말이 거짓말이 아니라면, 이모는 본인 주장대로 도어 록 버튼을 누르고 들어왔다는 얘기가 된다. 나는 버튼 소리를 왜 듣지 못했을까. 잠들어 있었다면 모를까, 깨어 있었는데. 일기인지 메모인지에 정신이 팔린 나머지 귀가 꽉 막혀 있었을까.

"그러니까 어제 나를 밖으로 유인한 게 축하 이벤트 때문이었단 말이지?"

"몰랐어? 이모님이 말씀 안 하셨어?"

되묻는 해진의 얼굴에 당황한 기색이 번졌다. 나는 대답하지 않았다.

"그게 실은 널 속이려고 한 게 아니라……. 네가 거실에서 TV를 보는 바람에 아무것도 못 하겠다고 하시기에, 그럼 내가 잠깐 밖으로 불러내겠다고 한 것뿐이야. 난 그냥 뭔가 재미난 일을 벌이는 줄로 알았어. 내가 제대로 축 못 해준 게 미안하기도 했고. 어머니가 안 계시니까 그래도 이모님이 챙기는구나, 생각한 거야. 어째 좀 오버하신다, 싶은 생각이 들기는 했지만."

나도 그렇게 생각해. 이모가 오버했다고 생각해. 좀이 아니라 미친년처럼 설쳤다고 생각해. 무려 16년 동안, 어머니와 나를 틀어쥐고 널뛰기를 했다고 생각해. 그 이유를 정확히 알아봐야 하니까, 나 좀 놔줄래?

"근데 집에 와서 보니까 냉장고에 케이크가 그대로 들어 있는 거야. 뜯어본 흔적도 없이. 네가 이모님 싫어하는 거 아니까……. 실은 뭔 일인지 좀 걱정이 되더라고. 혹시 싸웠나, 싶은 생각이 드는데 넌 자고 있고. 그래서 이모님한테 전화를 한 건데 연락이 안 되니까 이상한 생각이 들잖아. 어머니도 연락이 안 되는 상황에 이모님까지 이러니까."

옥상 위 가족 묘지가 스르르, 머릿속에 떠올랐다. 갑자기 할 말이 없어졌다. 하나마나한 말이 흘러나왔다.

"난 잘 모르겠어. 엄마도 가끔 우리 모르게 어딜 가고 싶지 않을까?"

"이모님은? 이모님도 우연히 때를 맞춰서 어딜 가고 싶어진 거야?"

"그걸 왜 나한테 물어."

짜증이 치민 나머지, 나도 모르게 버럭 소리를 질렀다.

"나더러 뭘 어쩌라고."

해진은 입을 멍청하게 벌리고 나를 쳐다봤다. 왜 화를 내는지, 영문을 모르겠다는 얼굴이었다.

"지금 너더러 뭘 어쩌라는 게 아니잖아. 마음에 걸리니까 생각을 좀 해보자는 거지."

"지금부터 생각해볼게."

나는 몸을 돌려 계단을 올라갔다. 의도하지 않아도 표정이 싸늘하게 굳어졌다. 해진은 더 말을 붙이지 않았다. 나를 붙잡아 세울 말을 궁리하느라 잠시 가만있는 것도 같았다. 녀석의 시선은 계단참을 돌 때까지 내 뒷덜미에 붙어 있었다. 방문을 쾅, 소리 나게 닫고 들어갔다. 열심히 생각할 테니까, 날 건드리지 말라는 의미에서.

책상 앞에 앉았다. 시간이 많지 않았다. 모든 것이 올 데까지 온 느낌이었다. 무슨 짓을 해도 상황을 호전시킬 수 없고, 어떻게 해도 결말에 도달하는 시간을 늦출 수 없었다. 타율 5할짜리 예측력에 따르면 오늘 밤이 임계점이었다. 그 안에 할 수 있는 일을 하는 수밖에 없었다. 나 자신에 대한 관점을 결정하는 것, 관점에 의거해 다음 행동을 결정하는 것,

결정한 대로 신속하게 행동하는 것.

지옥으로 가는 미끄럼틀 위에 올라앉은 기분이었다. 서랍을 열고 일기인지 메모인지를 다시 꺼냈다. 어제 보다가 덮어버린 곳을 찾았다.

사이코패스라니. 포식자라니. 프레데터라니. 충격으로 머릿속이 새카매지는 와중에 그날 봤던 유진의 '눈'이 시야를 지나갔다. 종탑 앞에서 "유진아" 하고 불렀을 때, 나를 돌아보던 눈. 흥분한 맹수처럼 동공이 새카맣게 벌어져 있던 눈. 불길 같은 광채가 너울거리던 눈.

포식자는 보통 사람과 세상을 읽는 법이 다르다고, 혜원이 말했다. 두려움도 없고, 불안해하지도 않고, 양심의 가책도 없고, 남과 공감하지도 못한다고 했다. 그러면서도 남의 감정은 귀신처럼 읽고 이용하는 종족이라고 했다. 타고나길 그렇게 타고났다고 했다.

나는 귀를 막고 싶었다. 그럴 리가 없다고 소리칠 뻔했다. 하필 왜 내 아이가······.

혜원은 '그날 일'이 우발적으로 일어난 게 아니라고 했다. 유진이가 포식자로서 처음으로 '해치운 짓'이었다. 놔두면 언제든 반복될 행위라고 했다. 그러므로 이제라도 경찰서로 가서 진실을 말하라고 했다. 의학적 방법은 격리와 함께 이뤄져야 한다고.

격리라니. 나도 모르게 무릎 위에 올려둔 손을 꽉 맞잡았다. 의자에서 튀어 일어나려는 몸을 가까스로 주저앉혔다. 3년 전 잘못을 되풀이해선 안 되었다. 진실을 말하는 건 더욱 할 수 없었다. 혜원이가 말하는 유진이 누구건 간에, 유진인 내 아들이었다. 그러므로 내가 책임져야 했다. 내가 보호해야 했다. 어떻게든 길을 찾아 정상적인 삶을 살게 해줘야 했다.

나는 혜원이에게 매달렸다. 뭐든지 하겠다고, 내 인생을 걸어 유진이를 책임지겠다고, 내가 유진이보다 더 오래 살면서 끝까지 책임지겠노라고. 약속에 대한 징표로, 가슴을 갈라 내 심장이라도 꺼내놓고 싶었다. 그렇게 해서 혜원의 마음을 돌릴 수 있다면.

혜원이는 한 가지 조건을 달고 치료를 승낙했다. 유진과 관련된 어떤 일도 숨기지 말 것.

치료가 오래 걸릴 것이라고 했다. 어쩌면 평생일 수도 있다고 했다. 약물 요법, 개인 치료, 최면 요법, 인지 치료, 집단치료, 할 수 있는 건 모두 적용해보겠지만 치료 효과는 장담할 수 없다고 했다. 치료가 잘돼서 문제가 없는 것처럼 보인다고 해도, 최소한 마흔 살은 넘겨야 한다고 했다. 통계적으로 중년이 지나면 조금씩 그런 성향이 수그러든다는 것이었다.

치료의 목적은 도덕 개념을 심어주는 데 있지 않았다. 그런 일은 불가능하다고, 혜원이는 단언했다. 이건 나쁜 짓이야, 라고 해봐야 학습이 되지 않는다는 것이었다. 이익과 손실의 계산서를 뽑아주는 게 핵심이었다. 나 역시 그런 태도를 견지해야 한다고 했다.

신열이 나는 것처럼, 몸이 와들와들 떨리기 시작했다. 약속은 받았지만 눈앞이 캄캄했다. 무섭고 막막하고 암담해서. 나는 혜원의 말대로 할 수 있을까? 그 일을 잊을 수 있을까? 예전처럼 아이를 사랑하는 게 가능할까? 절망보다 더 큰 두려움이 나를 휘감았다.

나는 마지막 문장을 노려봤다. 어머니만 두려운 게 아니었다. 나 역시 다음 장을 넘기기가 두려웠다. 무엇을 두려워하는지도 모르면서 두려웠다. 모든 것을 내려놓고 받아들인 지금에도 두려울 일이 남았나 싶어 신기할 지경이었다. 그렇다 하여 남은 기록을 읽지 않을 도리도 없었다. 멀미를 한다 하여 태평양 한복판에서 배를 떠날 수는 없는 것처럼.

4월 30일. 일.

유진이 잔다, 시름없이, 새근새근 잔다. 나는 여전히 잠을 이루지 못한다. 그날로부터 벌써 보름이 지났는데도. 그사이 나는 출판사를 그만두었다. 하루를 거의 집 안에서만 지냈다. 동네 슈퍼에 다녀오고, 유진에게 밥을 차려주고, 갈아입을 옷을 꺼내주는 일 말고는 아무것도 하지 않았다. 청소도 하지 않고, 씻지도 않고, 전화도 받지 않았다. 사람을 만나지도 않았다.

장례식이 끝난 후, 시부모는 곧장 필리핀으로 돌아갔다. 친정아버지와 혜원이는 장례식에서 헤어진 이후 만나지 않았다. 나는 유민의 방에 들어앉아 우두커니 시간을 보냈다. 무한궤도를 도는 기차처럼, 머릿속 시계는 4월 16일을 반복해서 돌았다. 여행을 떠나지 않았더라면 어땠을까. 그랬더라면 아무 일 없는 삶을 이어갈 수 있었을까.

3년 만의 가족 여행이었다. 열한 번째 결혼기념일을 자축하는 여행이기도 했다. 떠나기 전부터 나는 잔뜩 들떠 있었다. 네 시간을 차로 달려간 끝에 다시 한 시간여 배를 타야 했지만 피곤하지도 않았다. 그때만 해도 모든 것이 잘돼가고 있다고 믿었다. 남편의 사업은 IMF 속에서도 눈부시게 비상 중이었고 나는 유럽 문학 팀장으로 막 승진한 참이었다. 사람들은 연년생 사내 아이 둘을 키우며 직장 생활을 어찌 하느냐고 묻고는 했지만 그들의 예상만큼 험난한 일상은 아니었다. 두 녀석은 각자 제 성격대로 커가고 있었다. 나는 두 아이를 색으로 표현하길 좋아했다. 밝고 따뜻하지만 성미 급하고 덜렁대는 유민은 주황, 침착하고 예의 바르지만 다소 냉정한 유진은 파랑.

유민이 갑판을 나돌아다니며 제 아빠를 긴장시키는 사이, 유진은 흔들리는 페리 객실에 앉아 말없이 바다를 바라봤다. 섬에 도착할 무렵에야 처음으로 입을 열었다. 저 섬 이름이 무엇이냐고.

탄도였다. 우리가 탄 페리의 종착역이자 목적지. 최근 들어 기암괴석과 신비로운 해식애로 명성을 얻고 있는 섬이었다. 펜션과 민박 시설, 청소년수련장 등이 들어서고 있는 신흥 관광지기도 했다. 그렇기는 하나 아직까지는 원시의 시간을 고스란히 품고 있는 고도였다. 황토 빛 바다를 뚫고 송곳니처럼 솟아오른 돌섬들, 섬을 빙 두르는 까마득한 절벽과 절벽을 따라 형성된 자연방풍림, 해풍 속을 나는 바닷새와 눈보라처럼 흩날리는 야광나무의 흰 꽃잎들.

우리가 묵을 곳은 U자형 해식애 첫머리에 지어진 목조 펜션이었다. 비수기라 그런지, 주말인데도 투숙객은 우리 가족뿐이었다. 도로가 끊기는 지점이었고 주변엔 다른 펜션도, 식당도, 마을도 없었다. 보이느니 황토 빛 바다와 해송방풍림이 우거진 절벽뿐이었고, 들리느니 파도 소리와 갈매기 울음소리, 건너편 절벽 위 종탑에서 잘그랑잘그랑 울리는 종소리뿐이었다. 펜션 관리인 말에 의하면, 해풍이 종 줄을 흔들어 종을 때리는 소리였다.

펜션과 종탑은 U자형 해식 절벽의 첫머리와 끝머리에서 마주 보고 있었다. 두 지점의 높이가 엇비슷한 데다 가리는 것도 없어 건너편 풍경이 선명하게 보였다. 마치 길 건너 아파트 단지 거실을 내다보는 기분이었다. 덕택에 절벽 건너편에 앉아서도 종탑이 아주 오래된 건물임을 알아차릴 수 있었다. 종탑 옆에 위치한 교회는 지붕과 외벽이 반쯤 무너져 내린 상태였다. 관리인 말에 의하면, 절벽 안쪽에 지금은 사람이 살지 않는 옛 마을이 있었다.

오후가 되면서 펜션과 종탑 절벽 사이를 채우고 있던 바다가 뒤로 한 발 물러났다. 절벽 밑에는 잿빛 몽돌과 갯바위로 뒤덮인 길고 좁은 백사장이 생겨났다. 우리는 그곳으로 내려가 조개와 소라를 주웠다. 저녁식사거리로 쓸 수 있을 만큼 양이 많았다. 남편은 더 놀고 싶어 하는 두 아이를 끌고 종탑이 있는 절벽에 다녀왔다. 그사이 나는 테라스 식탁에 저녁을 준비했다.

해가 질 무렵, 우리 네 식구는 식탁에 둘러앉았다. 내 곁엔 유민이가, 남편 곁엔 유진이가. 남편과 나는 싸우고 화해하며 버텨온 지난 11년을 자축했다. 앞으로 50년만 더 버텨보자고 하이파이브를 나누었다. 떠들썩한 밤이었다. 떠들어도 좋은 곳이었다. 바다가 다 우리 차지였다. 붉은 반달이 떠오른 밤하늘은 처녀 뺨처럼 상기돼 있었다. 온화한 서풍이 불어오고, 야광나무 꽃잎들은 바람을 타고 흰나비 떼처럼 날았다. 꽃바람 속에 앉은 내 아이들이 눈부셨다. 남편은 한없이 다정했다. 나는 엉망으로 취했다. 그 힘으로 오랜만에 깊은 잠에 빠졌다.

잠을 깨운 건 종소리였다. 바람에 잘그랑대는 소리가 아니라 누군가 온 힘을 다해 쳐대는 소리였다. 흥분했을 때의 유민이 발소리처럼 성급하고 조심성 없는 소리였다. 그래서였을지도 모른다. 비몽사몽간에 나는 유진을 불렀다. 네 형 좀 어떻게 해봐.

유진은 대답하지 않았다. 종소리는 더 크고 더 빠르게 울렸다. 땡땡땡…….

번뜩 눈을 떴다. 종소리가 아니라 직감이 잠기운을 몰아냈다. 테라스로 뛰어나가자 종탑에 서서 종을 쳐대는 누군가가 눈에 들어왔다. 바다는 절벽 배꼽까지 차오른 상태였다. 바다 쪽으로 기울어진 종탑은 어제보다 더 위험해 보였다. 누군가는 위태로운 난간에 기대선 채 종을 치며 무어라 고함을 질러댔다. 더 의심할 여지가 없었다. 유민의 목소리였다.

일순간에 머리가 아뜩해왔다. 눈이 툭 튀어나오는 것 같았다. 풀어 늘어뜨린 머리채가 하늘로 곤두서는 느낌이었다. 왜 올라갔을까, 왜 저리 성마르게 종을 쳐대는 걸까. 알 길이 없었지만 한 가지 사실만은 분명하게 알고 있었다. 제 행동이 얼마나 위험한지 아이가 모른다는 것. 나는 발을 구르기 시작했다. 유민아 내려와, 내려와. 기이하게도 목 안에서 터져 나온 말은 "유진아"였다.

내 비명에 놀란 남편이 팬티 바람으로 방에서 튀어나왔다. 동시에 종탑에는 유진이 나타났다. 내 부름을 듣기라도 한 것처럼, 보이지 않는 곳에서 솟구치듯, 제 형 옆으로 튀어올라왔다. 기적과 만난 기분이었다. 섣부른 안도가 밀려왔다. 유진이가 말릴 거야.

다음 순간, 믿을 수 없는 일이 벌어졌다. 유진이 유민을 향해 주먹을 날리고 있었다. 이어 불시에 얻어맞고 비틀대는 제 형의 가슴팍을, 다리를 들어 찍어버렸다. 단 한 번이면 충분했다. 유민은 비명을 내지르며 종탑에서 튕겨나갔다. 가느다란 몸이 포물선을 그으며 절벽 아래로 사라졌다. 나는 삽시에 얼어붙었다. 시퍼런 칼날에 목을 베인 것처럼 숨을 쉴 수가 없었다.

남편은 유민이를 부르며 속옷 차림 그대로 펜션을 뛰쳐나갔다. 그제야 나는 허둥지둥 뒤따라 뛰어나갔다. 관리실에서 펜션 관리인도 튀어나왔다. 무슨 일이냐고 물었으나 물음에 답할 겨를조차 없었다.

나는 맨발로 숲길을 달리기 시작했다. 발목을 접질리고도, 발부리가 나무뿌리에 걸려 다이빙하듯 넘어지고도 아픈 줄을 몰랐다. 날카로운 것에 찔린 발이 피투성이가 된 것도 몰랐다. 거친 숨을 몰아쉬고, 미친 여자처럼 중얼대며 남편을 쫓아갔다. 유민인 괜찮을 거야. 괜찮지 않다고 해도 어떻게든 남편이 괜찮도록 해볼 거야. 내가 도착했을 때, 세 사람은 종탑 앞에 나란히 서서 기다리고 있을 거야……

절벽을 따라 우거진 방풍림은 끝도 없이 길었다. 종탑은 가도 가도 닿지 않는 상상의 장소 같았다. 가까스로 그곳에 이르렀을 때, 유진 혼자 종탑에 남아 있었다. 난간에 버티고 서서 바다를 내려다보며 꼼짝도 하지 않았다. 나는 종탑 앞에서 달리기를 멈췄다. 남편은 왜 보이지 않는 걸까. 왜 이리도 조용한 걸까. 무슨 일이 일어난 걸까. 덜덜 떨리는 턱 안에서 흐느낌 같은 소리가 흘러나왔다. 유진아······.

유진이 고개를 돌려 나를 봤다. 얼굴이 피투성이였다. 흥분한 맹수처럼, 동공이 새카맣게 벌어져 있었다. 그 안에서 불길 같은 광채가 너울거렸다.

번뜩 정신이 돌아왔다. 나는 설마 하며 절벽 끝으로 달려갔다. 바다는 절벽 한중간까지 차오른 상태였다. 유민은 이미 보이지 않았고, 활강하고 솟구치는 파도 속에서 남편 홀로 버둥거리고 있었다.

귀에서 윙윙 소리가 울렸다. 흔들리는 시야에선 '그 순간'이 스쳐갔다. 유진이 제 형을 향해 주먹을 뻗던 순간, 발로 걷어차서 바다로 떨어뜨려버리던 바로 그 순간이. 도와줄 누군가를 불러야 하건만 입이 열리지 않았다. 목소리는 목 안에서만 들끓었다. 덮쳐온 파도가 남편의 몸을 꼭대기까지 들어올렸다가 수백 미터 밖으로 단숨에 멀어지는 것을, 바다가 남편을 입에 물고 수평선 저편으로 훌쩍 물러서는 것을 꼿꼿하게 선 채로 지켜만 봤다.

'누군가'를 부른 이는 뒤따라온 펜션 관리인이었다. 휴대전화로 해경을 부르고 마을 사람들을 동원해 고깃배들을 띄웠다. 악몽 속 세상처럼 모든 것이 비현실적이었다. 엔진 소리를 내지르며 U자형 절벽 사이를 오가는 고깃배도, 뱃사람들의 고함 소리도, 펜션으로 내려가 기다리자는 관리인의 권유도. 나는 절벽 끝에서 움직이지 않았다. 금방이라도 남편이 유민을 허리에 끼고 물을 뚝뚝 흘리며 절벽 위로 올라설 것만 같았다. 조금만 생각이 있었다면, 물때가 시작된 바다에서 유민은커녕 스스로 살아남는 일조차 어렵다는 것을 알아차렸을 텐데. 설령 그가 국가대표 수영 선수였다 할지라도.

그날 오후, 남편과 유민은 두 시간 차이를 두고 시신으로 돌아왔다. 남편은 마을 사람들이, 유민은 목포 해경이 발견했다고 했다. 펜션 관리인은 나를 대신해 친정에 연락을 해주었다. 허둥지둥 달려온 친정아버지가 목포 시내에 장례식장을 잡고 조문객을 맞았다. 세부에서 뒤늦게 날아온 시아버지가 장례 절차를 책임졌다. 시어머니는 외아들의 영정 앞에서 울부짖고 까무러치고 깨어나기를 거듭하다 끝내 병원으로 실려 갔다.

나로 말하면, 넋 놓고 앉아 있는 것 말고는 아무 일도 하지 않았다. 경찰과 기자가 찾아와 이것저것 물어댔으나 대꾸하지 않았다. 유진 역시 아무것도 하지 않았다. 사건이 일어난 이후부터 스물네 시간 동안 내리 자고 있었다. 혼수에 가까운 깊은 잠이었다. 화장실도 가지 않고, 밥도 먹지 않았다. 흔들어 깨워도 눈뜨지 않았다.

소식을 듣고 뒤늦게 내려온 혜원은 스트레스 반응이라고 진단했다. 형과 아빠가 눈앞에서 죽었으니 큰 충격을 받았을 것이라고. 스스로 깰 때까지 놔두라는 처방을 내렸다. 무방비 상태인 의식을 강제로 깨우려 들다가 오히려 위험할 수도 있다는 것이었다.

속 편한 진단이었다. 받아들일 수 없는 처방이었다. 순진한 표정으로 편안하게 자는 꼴을 더 지켜봐줄 마음이 없었다. 어떻게든 깨워 일으켜 묻고 싶었다. 왜 그랬니. 대체 왜 그랬니?

혜원이 떠난 후 아이를 깨웠다. 멱살을 잡듯, 셔츠 깃을 쥐고 흔들어서. 고백건대, 나는 아이를 끌고 나가 바다로 떠밀어버리고 싶은 충동에 시달리고 있었다. 그것을 알아차리기라도 한 것처럼, 아이는 스르르 눈을 떴다. 크고 까만 눈동자가 머뭇대며 내 눈을 찾아 들어왔다. 시선이 맞닿자 꽃잎처럼 붉은 입술을 열어 속삭여왔다.

"엄마, 사랑해요."

작고 나직한 소리였다. 둥지에 홀로 남은 새끼 새의 울음처럼 분명한 의도가 읽혔다. '엄마, 사랑해요'가 아니라 '엄마, 나를 버리지 마세요'로 들렸다. 나는 숨을 멈췄다. 가슴이 쿵 내려앉았다. 분노가 와르르 무너졌다. 나를 지배하던 충동이 일순간에 가라앉았다. 핏줄의 저주에 걸려든 순간이었다. 내가 얼마나 아이를 사랑하는지 새삼스레 깨달은 순간이었다. 그럼에도 결코 용서하지 못하리라는 걸 예감한 순간이었다. 평생토록 죄책감과 두려움 속에서 살아가리라고 생각하던 순간이며, 내가 누구인지 자각하던 순간이기도 했다. 나는 유진의 엄마였다. 유진은 내 아이였다. 그것은 세상 무엇으로도 어찌 할 수 없는 사실이었다.

유진은 발인 날 아침에 스스로 깨어났다. 늘 그렇듯, 눈에 띄지 않게 조용조용 움직였다. 차려주는 밥을 먹고, 건네준 상복을 저 알아서 갈아입었다. 상주로서 제 아빠의 영정을 들고 화장터로 가는 버스에 말없이 올랐다. 슬퍼하는 기색은 아니었다. 후회하는 빛도 없었다. 영정에 턱을 괴고 앉아 물끄러미 창밖만 바라보았다.

내 시선은 시종일관 유진을 따라다녔다. 물어야 할 것이 있었다. 내가 본 것이 사실인지. 왜 그런 짓을 했는지. 화장터에 도착하기 전까지는 좀처럼 기회가 나지 않았다. 주변에 사람이 너무 많았다. 유민과 남편이 화장구로 들어간 후에야 공원 벤치에 단둘이 있게 됐지만 그땐 말을 꺼낼 수가 없었다. 무서웠다. 진실을 듣는 게 무서웠다. 내 자신이 무서웠다. 내가 본 것이 사실임을 확인하는 순간, 기어코 유진을 죽여버리고야 말 것 같아서.

경찰이 다시 나타난 건 바로 그때였다. 나와 아이에게 물어볼 게 있어 찾아왔다고 했다. 나는 떨기 시작했다. 그걸 들키지 않기 위해 두 손으로 무릎을 꾹 누르고 있어야 했다. 반면 유진은 태연하게 경찰을 마주 봤다. 감정을 읽을 수 없는 눈이었다. 두려움도, 불안감도, 죄책감도 없는 눈이었다. 무표정이 너무도 완강해서, 보는 내 머릿속이 다 아연해질 지경이었다. 원래 이랬던가. 원래 이렇게 무신경하고 뻔뻔한 아이였던가. 나는 왜 몰랐던가. 모르지 않았다. 저 섬뜩한 무감함을 타고난 침착성으로 해석했을 뿐. 내 편리대로, 혹은 기대대로.

경찰은 유진에게 먼저 종탑까지 가게 된 이유를 물었다. 유진은 일목요연하게 설명했다. '엄마와 아빠가 자는 틈에 형과 서바이벌 게임을 했고, 형이 먼저 종탑에 도착해 종을 쳤으며, 종을 치다 줄이 끊어지는 바람에 바다로 떨어졌고, 형을 붙잡으려고 손을 뻗었지만 벌써 늦었다', 라고.

말하는 내내 아이는 침착했다. 경찰의 눈 한번 피하지 않았다. 말 한 번 더듬지 않았다. 두어 번 정도, 뭔가를 생각하는 표정이 나타난 게 저부였다. 나는 혼란에 빠졌다. 내가 잘못 본 것이 아닐까, 유진이 말대로라면, 유민에게 주먹질을 한 게 아니라 손을 뻗은 것이었다. 발로 찬 게 아니라 붙잡으려고 한 발짝 다가선 것이고. 수백 번도 더 복기했던 그 장면을 다시 떠올렸다. 복기하면 할수록 장면은 단순한 진실을 보여주었다. 유진은 거짓말을 하고 있었다. 겨우 열 살짜리 아이가, 경찰 앞에서 태연자약하게.

아이의 어미인 나도 별다르지 않았다. 사건을 맨 먼저 목격한 사람이 누구냐고 물었을 때 반사적으로 거짓말이 튀어나왔다. 남편이라고. 사고 당시 뭘 하고 있었느냐는 질문에는 자고 있었노라고 대답했다. 마지막으로 경찰은 사고 상황을 직접 봤느냐고 물었다.

나는 곁에 앉아 있는 유진을 돌아봤다. '그 눈'과 딱 마주쳤다. 종탑 앞에서 봤던 눈, 동공이 새까맣게 열리고 이상한 광채가 너울거리던 눈. 나는 비명이라도 지르고 싶은 심정이 되었다. 그토록 짧은 시간에, 그토록 많은 생각이 인간의 머릿속에서 뒤섞일 수도 있다는 것을 처음으로 알았다. 내 곁에 남은 건 유진이뿐이라는 자각, 무차별로 쏟아질 세상의 비난, 채 피어나기도 전에 파멸해버릴 유진이의 미래, 내가 잘못 봤는지도 모른다는 의심. 내가 본 것을 평생토록 숨기고 살아갈 수 있을까, 하는 회의. 새끼 새처럼 속삭여오는 유진의 목소리. 엄마 사랑해요. 사랑해요. 사랑해요…….

나는 못 봤다고 대답했다. 그로써 나와 유진은 한패가 되었다. 머릿속에서 비겁한 목소리가 들려오고 있었다. 나는 지금 막 남편과 아들을 잃은 참이고, 남은 아이마저 경찰에게 넘겨줄 수는 없으며, 세상의 비난과 손가락질을 견딜 자신도 없다고. 무엇보다 아이를 사랑한다고. 아이가 믿을 사람은 세상에 나밖에 없다고.

나중에 들은 얘기지만, 펜션 관리인의 진술도 똑같았다고 한다. 나는 그가 정말로 보지 못했으리라고 짐작한다. 펜션에는 우리밖에 없었고, 관리인은 내가 뛰쳐나갔을 때 나타났으므로. 사건은 단순 추락 사고로 결론이 났다. 남편이 거액의 생명보험을 세 개씩 들어두었다는 사실이 경찰의 촉수를 건드렸겠지만 그들의 상상을 뒷받침할 근거가 없었다.

서울로 돌아온 후, 자주 혜원이를 생각했다. 아니, 3년 전 혜원이에게 들었던 '유진의 문제'가 무엇일지 생각했다. 유진이는 여전히 내 아들이었으나 이제는 내가 알던 그 아이가 아니었다. 우주에서 날아든 운석처럼, 낯설고 정체 모를 존재였다.

\#

 어머니가 틀렸다. 자명하다고 모두 사실은 아니다. 본인이 고백한 대로, 어머니는 사건 당시, 현장에 있지 않았다. 사건의 전말을 제대로 알지도 못한다. 명확하게 봤다고 주장하고 있으나 명확하게 잘못 본 경우였다. 어쩌면 믿고 싶은 대로 믿었는지도 모른다. 그래야 상황을 받아들일 수 있을 테니까. 술에 취해 잠이 들었고, 모든 비극이 그로부터 출발했다는 원죄의 무게를 덜 수 있을 테니까.

 나를 희생양으로 삼았다는 점에서 비열한 행동이고, 그 결과로 목숨을 잃었다는 점에서 어리석은 판단이고, 내 인생까지 파멸로 몰아넣었다는 점에서 용서할 수 없는 죄였다. 어머니가 내 해명을 믿었더라면, 아니 한 번 더 해명할 기회만 줬더라도 '사건'은 '사고'로 수정될 수 있었을 것을. 어머니만큼, 어쩌면 그보다 더 깊은 상처를 받았던 열 살짜리 소년이 '사람에게서 격리돼야 할 포식자'로 선고받는 일도 없었을 것을. 긴 세월이 지난 오늘에 와서 '포식자' 손에 숙는 비극이 빌이지지도 않았을 것을.

 지난 16년 동안, 어머니는 그 일을 언급한 적이 없었다. 형의 이야기조차 꺼내지 않았다. 모든 기회를 차단해버린 채 형을 살해한 살인범이라고 완강하게 믿어온 셈이었다. 물론 내 기억에 약점이 아주 없는 건 아니다. 그때 겨우 열 살이었고, 그토록 많은 시간이 흘러갔으니 사실성의 순도가 문제일 것이다. 그렇기는 해도 내가 옳다 주장할 근거가 있다. 나는 사고 당사자였다. 저주라도 받은 것처럼, 수도 없이 같은 꿈을 꾸었다. 그때부터 지금까지, '자라지 않는 소년'으로 '그날'을 반복해서 살았다.

 꿈과 사실이 엇갈리는 부분은 딱 하나뿐이다. 꿈의 시점이 늘 밤이라면, 실제 사고 시점은 아침이었다는 것. 나머지는 간절하게 잊기를 원할 만큼 세세하고 명백하다. 매 순간이 실시간처럼 생생하다. 형의 목소리,

눈빛, 표정, 행동, 내가 무엇을 봤고, 무슨 생각을 했는지, 어떤 기분이었으며, 뭘 느꼈는지 모두 기억한다. 우리 사이에 암류처럼 흐르던 긴장과 감정의 미묘한 변화까지도. 그날 아침, 우리가 묵었던 애시울 펜션의 테라스 또한 낱낱하게 재현해낼 수 있다.

넓고 긴 테라스, 초록빛 철제 난간, 벤치가 한 몸으로 붙어 있는 큼직한 야외 식탁. 식탁 양편에 늘어 세워둔 빈 맥주 캔 십 수 개, 주둥이가 깨진 채 나자빠진 샴페인 병, 반쯤 물이 남은 생수병에 처박힌 담배꽁초, 패총처럼 쌓인 굴 껍데기와 조개 껍데기, 까맣게 탄 고기 조각과 소시지, 흰 숯 재가 들어찬 바비큐 그릴, 4등분 해놓고 손도 대지 않은 웨딩케이크, 그 주변을 까맣게 뒤덮어버린 개미 떼, 해풍에 붉은 꽃잎들이 폴싹거리는 장미 다발, 데크 바닥에 흩어진 폭죽 심지와 종이 테이프…….

거나하게 취해서 끌어안고 낄낄대며 방으로 들어간 어머니와 아버지는 9시가 넘도록 눈을 뜨지 않았다. 반대로 일찌감치 잠을 깬 두 주정꾼의 두 아들은 테라스에 나와 앉아 있었다. 방에 있자니 답답하고, 나와 있어도 딱히 할 일이 없었다. 할 일 없는 시간을 죽이는 일만큼 재미없는 게 세상에 또 있겠는가. 특히 형은 따분해서 죽기 직전으로 보였다. 테라스 벽에 기대앉아 비비탄 총을 딸각거리며 1분 간격으로 내게 시선을 던지고 있었다. 신호에 가까운 시선이었다. 우리 살짝 나가서 놀다 올까?

그즈음 내가 수영에 미쳐 있었다면, 형은 서바이벌 게임에 미쳐 있었다. 날이면 날마다 어머니의 눈을 피해 맹렬한 전투를 벌이고 돌아다녔다. 학교에서든, 학원에서든, 동네 공원에서든 장소 가리지 않고. 비비탄 총이든, 새총이든, 물총이든 무기 가리지 않고. 친구든, 아는 형이든, 상대 가리지 않고. 전날 아버지가 "너희들끼리 숲에 가면 안 된다"라고 엄명을 내리지만 않았다면, 눈뜨자마자 나를 끌고 튀어나갔을 것이다.

나는 테라스 난간 밖으로 다리를 내려뜨리고 앉아 있었다. 시시각각으로 변하는 바다를 바라보는 게 좋았다. 어머니가 보면 기겁할 짓이었다. 절벽 밑으로 곤두박질치기 딱 좋은 자세였으므로. 나로서는 그 점이 마음에 들었다. 발목을 감아 당기는 바람의 간질간질한 느낌, 순간순간 균형을 잡는 몸의 긴장이 낯설면서도 재미있었다. 발꿈치 밑까지 밀려왔다 빠지는 파도의 어지러운 움직임이 즐거웠다. 바다로 뛰어내리고 싶은 충동마저 일었다. 형은 못 할 테지만 나라면, 수평선까지라도 거뜬히 헤엄쳐갈 수 있을 것 같았다.

건너편 절벽 종탑에서는 종소리가 들려오고 있었다. 잘그랑잘그랑. 수평선에선 먹구름이 넓게 피어오르고, 구름 뒤편에선 천둥이 그르렁거리고, 새들은 축축한 안개 속을 낮게 날았다. 주변은 한적하기 이를 데 없었다. 펜션은 물론, 펜션으로 오는 비포장도로에는 행인 한 명 보이지 않았다. 해안절벽 위에 자리 잡은 펜션은 섬사람들이 사는 마을과 멀리 떨어져 있었다. 규모도 작아서 개집만 한 오두막 네 동이 전부였다. 그나마 투숙객은 우리 가족뿐이었다.

"유진아. 나가 놀까?"

마침내 형이 속내를 꺼냈다. 나는 못 들은 척했다. 앉은 자세를 바꾸지도, 발밑에서 시선을 떼지도 않았다. 전날 오후만 해도 발밑에는 바다가 아닌 백사장이 있었다. 모래 대신 갯바위와 구슬만 한 몽돌들로 뒤덮인 그곳을 펜션 관리인은 '애시울'이라 불렀다. '절벽 끝머리'를 뜻한다는 섬 사투리였다. 나는 이름이 마음에 들었으나 형은 까맣고 반질반질한 몽돌이 마음에 든 것 같았다. 어머니 눈을 피해 바지 주머니에 한 줌 욱여넣었다. 집으로 돌아가는 날부터 동네 아줌마들이 떼 지어 몰려오겠구나, 생각했다. 형의 비밀 병기인 새총과 몽돌이 만나면 남아날 머리통이 없을 테니까.

"야. 나가자고."

이번엔 좀 더 큰소리로 속삭여왔다. 다갈색 눈동자는 다람쥐처럼 크게 벌어져 반짝거리고 있었다. 형의 머릿속에 신나는, 형의 표현을 그대로 빌리면, 죽이는 생각이 있다는 신호였다. 형에게 죽이는 일이 내게도 죽이는 일이라는 보장은 없었다. 나는 또 못 들은 척했다. 어머니와 아버지의 방은 여전히 고요했다.

두 사람은 자주 싸웠으나 '번식하라', 는 유전자적 명령에는 충실한 부부였다. 그 결과, 12개월 차이가 나는 아들 둘을 낳았다. 우리는 같은 학교, 같은 학년, 같은 반이 되었다. 자연스레, 매 순간순간, 모든 면에서 비교되며 자랐다.

어머니의 증언대로, 체구도, 용모도, 머리도 형이 훨씬 뛰어났다. 당시 우리 학교는 성적순으로 점심 배식을 하는 전통이 있었는데 형은 늘 첫 순서로 밥을 먹었다. 4학년이 될 때까지 내리 줄반장이었다. 추종과 숭배의 무리가 후광처럼 형 뒤를 따라다녔다.

반대로 나는 외톨이였다. 내겐 놀이 상대가 필요치 않았다. 혼자 노는 데 도가 터 있었다. 함께 어울리는 놀이엔 명시적 규칙과 암묵적 약속이 따르기 마련이었다. 그걸 지키거나 파악하려 애쓰느니 혼자인 게 마음 편하고 좋았다. 그 바람에 반 아이들이나 수영부에선 '이상한 놈'으로 낙인찍혀 있었다. 심지어 대놓고 정신병자라고 불렀던 놈도 있었다. 전학 온 지 얼마 되지 않아 아무것도 모르고 까분 짓이었다. 녀석은 자신의 무지로 인해 내 앞에서 무릎 꿇고 사과해야 하는 참사를 겪었다. 막후에 형이 있었다. 형은 조용히, 표 안 나게, 전문적인 솜씨로 녀석을 손봤다. 한유민은 한유진의 언덕이자 넘을 수 없는 벽이었다.

"아, 새끼 진짜……. 확 밀어버릴라."

형이 확, 덮칠 것처럼 발로 바닥을 차며 일어났다. 이 공갈 협박에 대한 내 의견은 이랬다. 나라면 저렇게 시끄럽게 굴지 않을 거야. 기척 없이 다가와 확 밀어버리지. 당연한 얘기지만, 의견을 피력하지는 않았다. 그저 계산을 해봤다. 나중에 어머니나 아버지에게 들켰을 때 당할 불이익과 당장 형의 제의를 거부함으로써 닥쳐올 손해 중 어느 것이 더 클지.

보나마나 형은 서바이벌을 하자고 할 터였다. 나로서는 그리 내키지 않았다. 내가 형보다 유일하게 잘하는 것이 수영이었다면, 형과 유일하게 자웅을 겨룰 수 있는 일은 서바이벌이었다. 물론 형은 나를 적수로 인정하지 않았지만 승패 전적이 모든 걸 말해준다. 수십 번의 승부에서 승률은 팽팽하게 반반을 이뤘다. 서로 기를 쓰고 이기려 든다면, 그건 호적수의 관계이지 고수와 하수의 관계가 아닌 것이다.

바로 그것이 문제였다. 나를 향한 형의 관용은 자신의 위치가 위협받지 않는 한도 내에서만 작동되는 것이었다. 관용이 사라진 형은 어디로 튈지 모르는 열한 살짜리에 불과했다. 그렇다고 일부러 져줄 마음 같은 건 없었다. 승부가 시작되면 반드시 이겨야 하는 게 내 원칙이었다.

"나가서 뭐하게."

테라스 난간 안으로 내려서며 나는 형에게 물었다. 하지 않았으면 좋았을 질문이었다. 그 짧은 질문이 형과 나의 인생을 완전히 뒤집어버릴 줄은 꿈에도 몰랐다. 하기는 무슨 수로 알았겠는가. 인생의 중대한 기점에 도착했다는 것과 어떤 선택을 해야 옳은지 알고 있다면, 나는 인간이 아니라 신의 아들이었을 테지.

"서바이벌 하자. 저기까지."

예상한 답이 나왔다. 형의 손가락이 가리키는 곳은 맞은편 절벽이었다. 예상한 장소였다. 붉게 녹이 슨 종탑에서 잘그랑잘그랑, 종이 우는 곳. 전날 아버지와 함께 갔던 곳이었다. 관리인이 섬 전망대로 그곳을 추천했다. 섬을 빙 두르는 만장단애와 기암괴석으로 이뤄진 인근 돌섬들을 한 시야로 볼 수 있다고 했다. 해 지기 전에 출발하면 바다가 부리는 '재주'를 보게 될 거라고도 했다. 그의 호들갑에 홀린 아버지는 나와 형을 끌고 선걸음에 길을 나섰다.

정확한 거리는 모르겠지만 아주 먼 길은 아니었다. 애시울 펜션과 종탑을 잇는 U자형 절벽은 해송방풍림과 야광나무 군락지, 목초지 등이 채우고 있었다. 사이사이에 벌통을 모아둔 봉장, 땅속까지 까맣게 타들어간 화전밭과 사람이 살지 않는 폐가들이 드문드문 흩어져 있었다.

절벽 끝에 도착했을 때, 붉은 해가 수평선 아래로 반쯤 침몰해 있었다. 하늘은 짙은 핏빛이었고, 너울이 이는 바다에는 붉은빛의 길이 깔렸다. 빛을 받은 절벽 종탑도, 무너진 교회 터를 뒤덮은 담쟁이덩굴도 온통 불길이 이는 듯 붉었다. 우주로 가는 통로 앞에 다다른 기분이었다. 저 붉은빛의 길에 가만히 서기만 하면 바다가 발을 밀어 또 다른 세상에 데려다줄 것 같았다. 비록 오래 살지는 않았지만, 태어나 눈으로 본 것 중 가장 아름답다고 생각했다.

아버지는 절벽 끝에서 스르르 걸음을 멈췄다. 수염이 푸르스름하게 뒤덮인 뺨에 자잘한 소름이 돋쳐 있었다. 멍한 시선은 바다와 돌섬과 하늘을 정처 없이 오갔다. 어쩌면 나처럼, '바다가 부리는 재주'에 매혹당했는지도 모르겠다. 아버지와 달리 형은 종탑에 홀린 것 같았다. 애시울에서 어머니 몰래 몽돌을 훔쳤듯, 아버지가 한눈을 파는 새에 10여 미터 전방에 있는 종탑으로 냅다 내달았다. 뒤늦게 놀라 쫓아간 아버지는 형이 종탑으로 뛰어오르기 직전에 덜미를 붙들었다.

"거기 올라가면 안 돼."

"왜요?"

형은 영문을 모르겠다는 표정으로 물었다.

"한 번만 종을 쳐보면 안 돼요?"

답을 빤히 알면서 묻는 게 내 눈에도 보이는데, 어른들은 그 순진한 표정에 곧잘 속곤 했다. 아버지는 세 살배기도 알 수 있는 '안 되는 이유'를 차근차근 설명했다. 첫째, 절벽 가장자리에 위치해 자칫하면 바다로 곧장 떨어질 수 있다. 둘째, 종탑 자체가 낡고 녹이 슨 데다 다리 한쪽이 우그러져서 바다 쪽으로 기우뚱하게 기울어져 있고, 난간이 무너져 다칠 수도 있다.

"너희들끼리 여기 오면 안 돼. 숲에서 서바이벌을 해서도 안 되고. 알겠지?"

형은 알았다고 손도장까지 찍어놓고, 도장 자국이 사라지기도 전에 그 짓을 하고 싶다는 것이었다. 그것도 자기 생각에 만만한 호구를 상대로.

"종을 먼저 치는 사람이 이기는 거야. 지는 쪽이 이기는 쪽 숙제까지 하기."

나는 형의 눈을 마주 봤다.

"얼마 동안?"

"한 달."

내가 방으로 들어가 종이 두 장과 연필을 들고 나왔다. 우리는 각자가 쓴 노예계약서를 교환했다.

"총알은 몇 발로 할 건데? 3백? 5백?"

내가 묻고 형이 대답했다.

"2백."

우리는 상대가 보는 데서 비비탄 40발을 세어 장전하고 160발은 총알 통에 담았다. 고글과 총을 각자 챙기고 발소리를 죽여 펜션 뒤편으로 나갔다. 해송방풍림과 야광나무가 길게 늘어선 구릉 사이에 좁고 구불구불한 샛길이 나 있었다. 종탑으로 가는 길이자, 게임의 출발점이었다.
　형은 가위바위보로 작전 지역 지명권을 따냈다. 선택지는 해송방풍림. 당연한 선택이었다. 키 큰 해송들이 우거진 방풍림은 자신을 노출시키지 않고 공격하기에 좋을 터였다. 야광나무들이 성글성글 늘어선 구릉지는 자동으로 내 작전 지역이 됐다. 동선 노출이 심한 데다 형보다 먼 거리를 가야 한다는 부담까지 있었다. U자형 트랙의 바깥쪽, 그것도 지표면이 일정하지 않은 구릉지를 시종일관, 전속력으로 뛰어야 할 터였다. 형은 총알을 백 개쯤 더 가지고 시작하는 거나 다름없었다.
　우리는 샛길에 나란히 섰다. 형은 방풍림이 있는 오른쪽에, 야광나무 군락지가 있는 왼편에는 내가. 나는 전날 갔던 길을 복기하기 시작했다. 어디에 무엇이 있었는지, 한달음에 뛸 수 있는 거리에 엄폐물로 쓸 만한 게 있었는지, 해송방풍림이 정확히 어디쯤에서 끝나는지, 끝나는 지점의 주변 지형이 어땠는지. 잘하면 그 지점을 승부처로 이용할 수도 있을 것 같았다.
　"준비."
　형이 소리쳤다. 나는 머리에 올려둔 고글을 내려썼다. 파란 화면이 시야에 덮이자 갈비뼈 밑으로 숨이 잦아들었다. 세상이 의식 뒤편으로 하나하나 사라졌다. 흐린 하늘과 바람이 배회하는 숲, 폐곡선을 그리며 나는 새 떼, 파도 소리……. 이어 생각이, 마지막으로 나에 대한 자각마저 사라졌다. 남은 건, 거칠게 울리는 형 숨소리와 나직하고 규칙적으로 뛰는 내 심장 소리뿐이었다. 눈앞에는 종탑에 이르는 지도가 펼쳐져 있었다. 그 위로 중간 기착지와 엄폐물들이 순차로 정렬했다. 이번엔 내가 소리쳤다.

"출발."

형은 출발하는 대신 나를 향해 총을 내갈겼다. 기습적인 만큼 유효한 선공이었다. 내가 곧잘 써먹는 수법이었다. 그날은 작전상 써먹지 않기로 한 수법이기도 했다. 네 번째 기착지에 도착할 때까지 총을 쏘지 않을 작정이었으므로. 나는 길 왼편으로 허둥지둥 몸을 날렸다. 구릉 기슭을 따라 조성된 야광나무 군락지를 한달음에 주파한 후, 선돌처럼 긴 바위 뒤에서 달리기를 멈췄다.

피해가 적지 않았다. 고글 한쪽 렌즈에 금이 가고, 입술이 터지고, 코가 멍멍하고, 이앓이를 하듯 턱이 욱신거렸다. 피 냄새가 삽시에 몸 안에 들어찼다. 무엇보다 화가 났다. 온갖 것을 예측했으면서, '내 흉내를 내는 형'만 예상 못 하다니. 애먼 고글을 벗어 쥐고 바위에다 후려쳐버렸다. 멍멍한 콧방울을 엄지로 쓱쓱 문질렀다. 봄바람은 선득한 손으로 목덜미를 쓰다듬고 갔다. 열 내지 말라고 다독거리는 것처럼.

나는 모든 승부가 반드시 정정당당해야 한다고 믿는 편은 아니었다. 수단과 방법에 구애받는 쪽도 아니었다. 중요한 건 이기는 것이니까. 다만 상대가 나한테 그렇게 하는 건 용납할 수 없었다. 그렇게 한 대가를 치러야 마땅했다. 설령 그게 형이라 해도 예외가 아니었다.

셔츠를 벗어 허리춤에 묶자 몸에 기어가 걸렸다. 첫 기착지를 떠올리며 마른 옥수숫대가 쌓인 밭두렁으로 뛰어들었다. 건너편 숲에서는 사격을 재개했다. 나는 응사하지 않았다. 노란 물탱크와 거름집을 지나 키 작은 잡목들이 우거진 곳에 도달할 때까지, 달리는 데만 집중했다. 도착하자마자 머리를 낮추고 나무 뒤에 바짝 엎드렸다. 건너편의 총소리도 딱

그쳤다. 찰칵, 하는 희미한 소리가 이어졌다. 40발을 다 쏴버리고 탄창을 다시 채우는 소리였다. −40

다음 기착지는 봉장이었다. 꽤 긴 거리인 데다 숨을 곳도 없는 초지였다. 믿는 바가 있다면, 치타처럼 빠른 내 다리와 집중력뿐이었다. 나는 허리를 굽히고 머리를 수그린 채로, 앞쪽에서 무차별로 쏟아지는 총알을 뚫고 뛰었다. 몇 개는 정수리 위를 지나가고, 몇 개는 뺨을 스쳐 가고 몇 개는 몸통을 때렸으나 결정타를 입지는 않았다. 그사이 형은 탄창을 두 번 더 바꿨다. −120

네 번째 목표점은 '창설리'라는 표지석이 세워진 마을이었다. 그곳까지 길게 이어지는 벌통들을 엄폐물 삼아 형에 뒤처진 거리를 벌 수 있었다. 어느 순간부턴 총알이 귀 옆에서 날아들기 시작했고, 마을의 맨 끄트머리 양철지붕 집에 도착했을 땐 마침내 형을 앞질렀다. 불과 몇 초 후, 형도 맞은편에 도착하긴 했지만. 나는 녹슬어 너덜거리는 벽에 몸을 붙이고 형이 다섯 번째로 탄창을 갈아 끼우는 소리를 들었다. −160

나는 벽에 붙어선 채 길 쪽으로 고개를 길게 내밀었다. 남은 총알을 써버리게 만들 요량이었다. 형은 내 기대를 배신하지 않았다. 총알 40발이 양철지붕 집 벽모서리로 순식간에 난사됐다. 이윽고 딸깍 소리가 울리더니 고요가 찾아왔다. −200

배시시 웃음이 나왔다. 얼굴을 찡그린 채 탄창을 들여다볼 형의 모습이 떠올랐다. 귓불부터 이마까지 벌겋게 달아올라 있을 터였다. 짐작건대, 양철지붕 앞에서 방풍림이 끝난다는 걸 몰랐던 것 같았다. 길이 절벽 쪽으로 꺾인다는 것도, 종탑으로 가려면 방풍림에서 나와야 한다는 것도. 알았다면 총알을 그런 식으로 써버리지 않았을 텐데.

종탑까지는 아직 거리가 꽤 남아 있었다. 더하여 내 총은 아직 개시도

하지 않았다. 나는 벽널에서 등을 뗐다. 총을 앞으로 겨누고 길 복판으로 서서히 걸어나갔다. 이제 내 차례야.

작은 물줄기가 졸졸 흘러가는 방풍림 앞 도랑가에 도착했을 때 정면에서 휙, 소리가 울렸다. 뭔 소리인지 확인할 틈도 없이 이마 정중앙에서 폭탄이 터졌다. 머리가 뒤로 넘어가고 무릎이 한 방에 꺾였다. 나는 이마를 감싸 쥐고 도랑가에 고꾸라졌다. 손가락 사이로 뜨뜻한 것이 흘러내렸다. 머리 뒤편에선 땅을 박차고 뛰는 경쾌한 발소리가 울렸다. 키득키득 웃는 소리도 들려왔다. 잠시 후, 나를 들여다보는 한 쌍의 눈과 마주쳤다. 천진난만하게 즐거워하는 눈이었다. 이렇게 묻는 눈이었다. 너 아직도 안 죽은 거야?

"먼저 간다."

형은 손을 흔들어주고 떠났다. 흔들리는 형의 손아귀에서 '무언가'도 함께 흔들리고 있었다. 새총이야, 생각하는 순간, 눈앞이 어둑해졌다. 이마에서 흘러내린 핏물이 눈두덩을 덮덮고 있었다. 나는 가까스로 몸을 일으키고 앉았다. 허리춤에 묶어둔 셔츠를 풀어 눈꺼풀과 얼굴을 닦았다.

눈 대신 손으로 앞을 더듬어서 도랑으로 기어 내려갔다. 얼음처럼 차가운 물속에 무릎을 담그고 앉아 눈과 이마의 상처를 씻었다. 그사이 상황을 되짚어봤다. 나가자고 꼬드기던 순간부터 몽돌이 날아든 순간까지. 형은 양철지붕 집 앞에서 방풍림이 끝난다는 걸 모르지 않았을 것이다. 내가 아는 만큼, 어쩌면 그 이상으로 이곳 지형을 잘 기억하고 있었을 테다. 동네에서 알아주는 서바이벌의 일인자가 아니던가. 총알을 미리 다 써버린 것도, 나를 방심시켜 끌어내기 위한 의도였으리라는 결론이 나왔다. 자신에겐 바지 주머니에 숨겨둔 새총과 몽돌이 있었으니까. 나무 뒤에서 새총을 겨누고, 내가 나오기만 기다렸을 테고.

대앵, 댕, 댕, 댕댕댕댕……. 절벽 쪽에서 종소리가 들려왔다. 바람이 아니라 사람이 치는 종소리였다. 게임이 끝났다고 선포하는 소리였다. '내가 이겼다'는 형의 선언이었다.

나는 도랑에서 기어나왔다. 셔츠를 다시 허리에 묶고 도랑가에 내던져진 총을 집어 든 후, 절벽을 향해 뛰기 시작했다. 불길 위를 달리는 것처럼 발바닥이 뜨거웠다. 몸에 땀이 마르고 혀 밑으로 신 침이 돌았다. 통증 같은 건 느끼지 않았다. 얼마 안 가 부상을 당했다는 사실마저 잊어버렸다. 마음 깊은 곳에선 어떤 결의가 차오르고 있었다. 잘못된 결과를 바로잡아야 했다. 아니, 잘못을 바로잡아야 했다.

종소리는 내가 종탑 앞에 다다른 후에야 그쳤다. 형의 목소리가 나를 맞았다.

"거기 서."

나는 거기에 서지 않았다. 달리기도 멈추지 않았다. 가쁜 숨을 꾸역꾸역 삼키면서, 곧장 종탑을 향해 달려갔다.

"서라고 인마."

핏줄기가 눈두덩을 덮는 바람에 시야는 점점 나빠졌다. 하늘과 바다와 절벽의 경계가 사라지고 있었다. 종탑은 붉고 기다란 사다리처럼 보였다. 그 한중간에 그림자처럼 보이는 형이 있었다.

"서란 말이야."

무언가 귀 옆을 획, 지나갔다. 보이지 않았으나 몽돌이라고 확신했다. 확신하는 순간, 두 번째 몽돌이 목젖을 스치고 날아갔다. 이어 정수리 위로 세 번째가.

나는 도움닫기를 하듯 성큼성큼 내달았다. 한 발짝, 두 발짝 만에 종탑 난간을 붙잡고 몸을 솟구쳤다. 형 앞으로 올라서면서 길게 손을 뻗었다.

새총이라고 짐작되는 것을 낚아챘다. 헉, 하는 소리가 귓가에서 튀었다. 형의 몸은 바다 쪽으로 기우뚱하게 기울어졌다. 무슨 일이 일어나는지 알았을 땐, 이미 모든 게 끝나 있었다. 형은 내 앞에 없었다. 추락 직전 형이 내질렀던 외마디 비명이 귀를 두들기고 있을 뿐.

"유진아……."

비명이 사라졌다. 비명이 남긴 여운마저 사라졌다. 끔찍하고 무시무시한 고요가 찾아들었다. 숨이 막혔다. 귓속에서 피가 윙윙 울었다. 머리가 뜨거웠다. 들불이 번지는 황무지에 갇혀버린 기분이었다. 불길 바깥에선 어머니가 부르고 있었다.

"유진아."

나는 새총을 움켜쥔 채, 잿빛 바다를 노려봤다. 내가 아냐. 난 아무 짓도 하지 않았어. 형한테 손끝 하나 대지 않았다고. 다시 어머니가 불렀다. 이번엔 등 뒤였다.

"유진아……."

#

바다에 빠진 아들 구하려다 아버지도 목숨을 잃어……
바다에 빠진 아들을 구하려다 아버지까지 목숨을 잃는 사고가 발생했다. 휴일이었던 지난 16일 오전 10시경, 전남 신안군 탄도에서 한 모 씨(40세, 서울)와 아들(10세)이 바다에 빠져 숨졌다. 이들은 전날 오후 해안절벽에 위치한 E펜션에 투숙했다가 이 같은 변을 당했다. 한씨는 폐쇄된 교회 종탑에 올라가 놀다 15미터 절벽 아래로 추락한 아들을 구하기 위해 바다로 뛰어들었으나 거친 파도에 휘말리면서 둘 다 빠져나오지 못한 것으로 알려졌다. 한편 경찰은 종탑에서 함께 놀던 둘째 아들(9세)과 부인 김씨(37세),

펜션 관리인 등을 상대로 정확한 사고 경위를 조사 중이라고 밝혔다.

나는 퍼걸러 테이블 앞에 서서 16년 전 신문 기사를 몇 번이나 반복해 읽었다. 일기인지 메모인지의 마지막 장에 꽂혀 있던 것으로 신문지 조각이라기보다 바짝 마른 가랑잎에 가까웠다. 사고 당시 어머니가 스크랩 해둔 기사일 터였다. 어떤 심정으로 이 기사를 간직해왔는지, 그 속내가 새삼스레 궁금했다. 되새김질용 기념품이었을까. 이건 거짓말이야, 사실은 유진이가 죽였어, 라고.

쓸모없고 때늦은 질문이 심장을 죄어왔다. 어머니가 내 말을 믿어줬다면, 이 기사를 쓴 기자처럼 그 일이 사고라고 믿었더라면, 우리의 운명이 조금쯤 달라졌을까. 어머니의 소망대로 나는 무해하고 평범한 사람이 되었을까. 그리하여 오래오래 오순도순 살 수 있었을까.

라이터를 켜서 기사에 불을 붙이고 바비큐 그릴에 던져넣었다. 일기인지 메모인지의 속지를 그 위로 밀어넣었다. 한 장이 다 타면 다시 한 장을 밀어넣는 방식으로 시간을 들여 기록을 모두 태웠다. 어머니의 기록이 아니라 나 자신을 산 채로 화장시킨 기분이었다. 잿불 위에서 돌아갈 길 없는 이전의 삶들이 너울거렸다. 머릿속에서는 분노와 절망과 자기연민이 격류가 되어 휘돌았다. 배 속 깊숙이 억눌려 있던 슬픔이 위액처럼 역류해 올라왔다. 몸은 매가리 없이 축 늘어졌다. 최악이었다. 기분도, 상황도.

잿불마저 꺼지고 나자 현실이 열렸다. 외면할 길도, 미룰 길도 없는 순간이 내 앞에 도착해 있었다. 알 것을 모두 알고, 얻을 답을 모두 얻었으므로 결정을 해야 했다. 이제 어떻게 할 것인가. 으스스, 등이 떨려왔다. 나는 바비큐 그릴의 뚜껑을 닫고 퍼걸러에서 내려왔다. 고개를 숙인 채 바닥에 시선을 박고 포석을 건너갔다. 몇 초나마 결정의 순간을 미루려고 느릿느릿 움직였다. 해진이라면 뭘 하면서 이 끔찍한 순간을 건너갈까.

테라스 앞에서 걸음을 멈췄다. 고개를 뒤로 젖히고, 실눈을 떠서 하늘을 올려다봤다. 회색 하늘 아래로 눈발이 희끗대며 날고 있었다. 창백한 겨울 해는 먹구름 밑으로 가라앉고 있었다. 숨을 한번 들이마시고 입술을 오므려서 길게 내뱉었다. 목 안에서 데워진 입김이 공기 속으로 하얗게 피어올랐다. 다시 등이 떨려왔다. 추위가 잇속까지 파고들었다. 다윈의 가르침이 떠오른 순간이었다. 죽거나, 적응하거나.

죽는 길을 생각해봤다. 가장 쉬웠다. 목을 매든가, 옥상에서 뛰어내리든가, 아버지의 면도칼로 내 목을 베든가. 가장 완벽한 해결법이기도 했다. 쪽팔리게 수갑을 찰 일도 없고, 세상의 비난과 대면할 필요도 없었다. 무엇보다 가장 싫은 일, 내게 실망한 혹은 나를 두려워하는 해진과 맞닥뜨리지 않아도 될 터였다. 사소한 문제가 하나 있다면, 아직 죽기 싫다는 것이었다. 적어도 어머니 곁에서는 죽고 싶지 않았다. 상황에 떠밀려 죽음을 택하고 싶지도 않았다. 시기도, 장소도, 방식도 모두 내 결정이라야 했다.

자수는 더 내키지 않았다. 경찰과 마주 앉아 설명하기 싫은 이야기를 설명하려 애쓰는 상황은, 생각만 해도 기분이 지랄 맞았다. 경찰과 취재기자에 둘러싸여 현장 검증에 나선 나를 상상하자 그냥 지금 죽는 게 낫겠다는 생각이 들었다. 애초부터 염두에도 두지 않았던 것처럼, 나는 망설이지 않고 두 번째 길을 지워버렸다. 남은 길은 하나, 최대한 빨리 이곳에서 사라지는 것이었다. 기회는 지금이거나 영원히 없거나, 둘 중 하나였다. 뒷일이야 사라진 다음에 궁리해도 늦지 않을 터였다.

방으로 들어와 책상 앞에 앉았다. 매년 여름, 어머니와 함께 세부의 친가에 갔던 기억을 떠올렸다. 갈 때마다 나를 끌어안고 눈물 바람을 하던 할머니가 생각났다. 마음 놓고 뺨을 기대게 해주던 폭신하고 보드랍고 마른 풀냄새가 나는 젖가슴도. 뒷머리를 쓰다듬으며 한숨처럼 내뱉던 혼잣말도.

"아이고, 불쌍한 내 새끼. 클수록 영락없이 제 애비네."

서랍에서 여권을 꺼냈다. 만기일이 아직 1년 이상 남아 있었다. 나는 입국 도장들이 찍힌 사증란을 물끄러미 들여다봤다. 이번에도 그렇게 나를 안아줄까. 내가 저질러놓은 일을 알고도, 건초 더미 같은 젖가슴에다 나를 숨겨줄까. 어쩌면……. 희망이 희미한 날갯짓을 하는 것 같았다. 아니, 희망이라는 우상 밑에 오체투지하고 싶었다. 거미줄 위를 걸어서라도 그곳으로 건너가고 싶었다.

나는 서랍에서 어머니의 휴대전화를 꺼냈다. 케이스에 꽂힌 현금카드를 빼내고, 컴퓨터를 켰다. 윈도우 가동음이 울리는 순간, 머릿속 백군이 촉새처럼 초를 쳤다. 과연 그럴까. 나를 낳은 어머니가 내게 무슨 짓을 했는지, 벌써 잊은 거야? 그런데 할머니? 내 손에 장을 지지는데, 내가 저지른 일이 세상에 드러나자마자 전화기를 들어 경찰을 부를걸. 만에 하나 숨겨준다 한들 얼마나 버틸 수 있겠어. 차라리 아무도 모르는 곳을 찾아봐. 신분을 속이고 체류할 수 있을 곳. 지구상 어딘가에 그런 곳 하나 없겠어.

항공사 홈페이지로 들어갔다. 항공편이 있는 나라와 도시들을 무작위로 클릭해봤다. 카트만두, 자카르타, 마닐라, LA, 두바이, 리우데자네이루. 나는 클릭을 멈췄다. 불현듯, 8년 전 해진과 단둘이 보낸 하루가 생각났다. 일요일이었고, 내 생일이었던 날. 그러거나 말거나 아침 9시까지 학교로 가서 밤 11시에 돌아와야 하는 고등학교 3학년이었던 봄 어느 날이.

새벽녘 눈을 뜨고 보니 해진에게서 문자가 와 있었다.

10시에 용산역에서 만나자

무슨 이야기인지 한숨에 이해했다. 며칠 전, 녀석이 내게 생일날 뭘 하고 싶으냐고 물은 적이 있었다. 내게 뭔가를 해주기 위해 꽤 오래 용돈을 모은 눈치였다. 뭐든 다 해주마, 큰소리 친 걸로 봐서. 내 대답은 "엄마 몰래, 당일치기로 다녀올 수 있는 곳 중에서 가장 먼 데로 가고 싶다"였다. 기대 없이 내뱉은 푸념에 가까운 소망이었다. 해진이 그걸 이뤄줄 모양이었다.

나도 모르게 웃음이 번졌다. 용산역이란 말이지. 평소와 달리 활기차게 가방을 꾸렸다. 행여 어머니의 의심을 받을까, 평소와 똑같은 내용물로 채웠다. 책, 노트, 참고서……. 방에서 나갔을 때, 헤진도 카메라를 들고 방에서 튀어나왔다. 어머니는 주방에서 아침을 차리고 있었다. 식탁에는 미역국과 내가 좋아하는 고등어구이와 해진이 좋아하는 잡채가 놓여 있었다. 나와 해진은 식탁에 마주 앉았다. 해진이 눈으로 물었다. 문자 봤지? 나도 눈으로 대답했다. 응.

"너희들 오늘 일찍 올 수 있니? 저녁에 진짜 파티하자."

어머니가 내 앞에 밥을 놓아주며 말했다. 나는 젓가락을 들면서 고개를 저었다.

"자율학습에 못 빠져요."

해진도 국에 숟가락을 꽂으며 고개를 저었다.

"오늘 동아리에서 대부도 가기로 했어요. 졸업 작품 찍을 장소 물색하려고요. 죄송해요."

수그린 녀석의 목이 발그레했다. 어머니가 그걸 볼까 봐 조바심이 났다.

"나한테 미안할 건 없지. 내 생일도 아닌데."

어머니는 입술을 조그맣게 오므리고 우리 둘을 번갈아 쳐다보고 있었다. 눈에 서운한 기색이 역력했다. 아직 '거부 의사'를 번복할 기회가 있다고 알리는 눈이기도 했다. 나는 젓가락 끝에 당면을 돌돌 말았다. 해진은 뜨거운 국을 허겁지겁 입으로 퍼 넣었다. 20분 후, 어머니는 해진을 790번 버스가 오는 곳에 내려주었다. 30분 후엔 우리 학교 교문에 차를 댔다. 차 문을 열자, 어머니가 만 원짜리 한 장을 건넸다. 그날치 용돈이었다.

"11시에 데리러 오면 되니?"

"네."

차 문을 닫자 어머니는 쌩하니 차를 돌렸다. 멀어지는 차 꽁무니가 어머니를 대신해 샐쭉한 낯짝을 하고 있었다. 나는 손을 번쩍 들어 다가오는 빈 택시를 잡았다. 최고로 빨리 전철역으로 가달라고 말했다. 용산으로 가는 전철에 오르자 심장이 콩닥거리기 시작했다. 해진의 계획이 무엇인지, 어디로 가는지 따위는 중요하지 않았다. 어디든 무슨 상관이겠는가. 어딘가를 간다는 게 중요하지.

해진은 호남선 매표소 앞에서 기다리고 있었다. 내 손에는 기차표 두 장이 쥐여졌다. 10시 37분에 출발하는 목포행 KTX. 6시 57분에 목포를 출발하는 용산행 KTX. 원하던 대로 오늘 안에 다녀올 수 있는 곳 중에서 가장 먼 데였다.

"좋아?"

해진이 물었다. 나는 고개를 끄덕였다. 좋기도 하고 바보 천치가 된 느낌이기도 했다. 이토록 간단한 일을 왜 시도할 생각조차 하지 못했을까. 어머니 규칙에 주눅이 든 탓도 있겠고, 용돈을 받는 방식의 차이 때문이기도 했다. 비교적 행동이 자유로운 해진은 용돈도 주급 단위로 받았다. 내겐 매일 아침, 학교 앞에서 만 원짜리 한 장씩이 주어졌다. 돈을 규모 없이 헤프게 쓴다는 이유를 들어 정한 규칙이었다. 만 원으로 할 수 있는 일은 거의 없었다. 매점에 가서 간식 두어 개도 고르기 빠듯했다. 그날 받은 돈은 그날로 없어지게 마련이었다. 그러니 뭘 시도해볼 생각이 났을까. 어쩌면 어머니는 그 점을 노렸는지도 몰랐다. 돈이 없으면 딴 짓도 못 하겠지.

"먹을 거 사자."

해진이 말했다. 우리는 롯데리아로 들어가 간식거리를 주워 담았다. 나는 새우버거와 감자튀김과 커피, 녀석은 불고기버거와 얼음이 든 콜라. 기차에 탄 후 우리는 거의 입을 열지 않았다. 굳이 말하지 않아도 좋았다. 마주 앉아 창밖을 내다보는 것만으로 편안하고 자유로웠다. 기차는 벚꽃이 흐드러진 산자락과 바람에 파랗게 드러눕는 보리밭과 큰 도시와 작은 마을 들을 지나 목포에 도착했다.

돌아가는 기차를 탈 때까지 우리에게 주어진 시간은 네 시간여. 가진 돈은 2만 원 남짓. 그 돈과 시간으로 할 수 있는 건 세 가지 정도였다. 식당으로 들어가 늦은 점심을 먹고 공원에서 한잠 잔다. 택시를 타고 바닷가로 가서 두어 시간 노닐다가 역으로 돌아온다. 극장을 찾아서 영화를 본다.

길게 의논할 것도 없었다. 우리는 3번으로 의견 일치를 봤다. 근처 메가박스에서 〈버킷 리스트〉라는 영화를 하고 있었다. 미성년자도 볼 수 있는 영화였고, 해진이 좋아하는 두 배우인 모건 프리먼과 잭 니컬슨이 주인공인 데다, 15분만 기다리면 처음부터 영화를 볼 수 있었다. 남은 돈으로 팝콘도 한 봉지 먹을 수 있었다.

자동차 정비사 카터와 억만장자인 에드워드가 폐암 환자로 한 병실에서 만난 후, '나는 누구인가를 정리할 필요가 있다'는 공통점을 발견하고, 각자의 '버킷 리스트'를 실행하기 위해 여행길에 오른다는 이야기였다. 그들의 버킷 리스트, 죽기 전에 하고 싶은 일은 다양하기도 했다. 세렝게티에서 사냥하기, 문신하기, 카레이싱, 스카이다이빙, 눈물 날 때까지 웃어보기, 화장한 재를 깡통에 담아 경관 좋은 곳에 두기……

재미있는 영화였다. 죽음을 주제로 삼았는데도 시종 즐겁고, 유쾌했다. 뒤에서 등받이를 툭툭 차대던 거지발싸개 같은 인간만 아니었다면 완벽했을 것이다. 그에 반해 해진은 영화를 보는 내내 뚱해 있었다. 〈시티 오브 갓〉을 볼 때처럼, 나만 눈치 없이 키득거린 셈이었다.

"나는 죽음에 대해 그런 식으로 낭만적인 치장을 하는 게 싫어."

돌아오는 기차 안에서 해진이 불쑥 말을 꺼냈다. 아마 광명역을 막 통과한 후였을 것이다. 나는 껌껌한 차창에 시선을 대고 있다가 멍하니 물었다.

"왜?"

"수류탄에 초콜릿을 바르는 꼴이니까."

"수류탄을 쥐고 있다고 꼭 진지해야 할 필요는 없잖아."

창밖을 보는 녀석의 눈이 아주 잠깐, 휑하니 비었다. 할아버지 생각을 할 때 주로 나타나는 눈이었다.

"어떤 책에서 본 얘긴데, 죽음에 대한 두려움에서 자신을 지키며 살아가는 데는 세 가지 방식이 있대. 하나는 억압이야. 죽음이 다가온다는 걸 잊어버리고 죽음이 존재하지 않는 양 행동하는 거. 우리는 대부분 이렇게 살아. 두 번째는 항상 죽음을 마음에 새겨놓고 잊지 않는 거야. 오늘을 생의 마지막 날이라고 생각할 때 삶은 가장 큰 축복이라는 거지. 세 번째는 수용이래. 죽음을 진정으로 받아들이는 사람은 아무것도 두려워하지 않는대. 모든 것을 잃을 처지에 놓여도 초월적인 평정을 얻는다는 거야. 이 세 가지 전략의 공통점이 뭔 줄 알아?"

나는 고개를 저었다. 대답은커녕 생각하는 시늉조차 하기 싫었다. 그런 이상한 문제로 고민하는 것보다 그냥 죽어버리는 게 쉽고 편할 것 같았다. 해진은 스스로 대답했다.

"모두 거짓말이라는 거야. 셋 다 치장된 두려움에 지나지 않아."

"그럼 뭐가 진실인데?"

"두려움이겠지. 그게 가장 정직한 감정이니까."

정직을 중시하지 않는 나는 그 문제를 더 이상 생각하지 않았다. 그래서 뭐가 어떻다는 거냐고 시비를 걸지도 않았다. 해진의 말에 동의한 것도 아니었다. 배는 고팠지만 해진의 선물인 이 짧은 여행이 눈물 나게 좋았다. 영화는 더 좋았다. 무엇보다 에드워드의 독백이 좋았다.

'한마디로 말해……. 그를 사랑했습니다. 그리고 그립습니다.'

어느 날, 운명의 신이 해진을 먼저 불러들인다면 나도 똑같은 생각을 할 것 같았다. 확인할 것도 없이, 해진 역시 그럴 것이라 믿었다. 나는 해진에게 제안했다.

"우리도 그거 한번 해보자."

"뭘 해?"

창밖에 박혀 있던 해진의 시선이 내게로 돌아왔다.

"죽기 전에 하고 싶은 거 딱 한 가지씩만 써서 바꿔 보기."

해진은 내키지 않는 기색이었다. 뭘 그런 걸 해, 애도 아니고. 아 새끼,

낯간지럽게…… 따위의 말을 내뱉더니, 내가 가방에서 포스트잇과 볼펜을 꺼내자 태도를 싹 바꿨다. 내가 커닝이라도 할까 봐 그러는지, 한 손으로 내 시야를 가려가며 제 소망을 꾹꾹 눌러썼다.

"바꿔."

나는 네 번 접은 포스트잇을 해진에게 건넸다. 녀석도 네 번 접어 건넸다.

"하나, 둘, 셋."

우리는 동시에 쪽지를 펴서 나란히 놓았다.

요트를 타고 1년 동안 바다를 떠도는 것.
리우데자네이루 파벨라에서 크리스마스를 맞는 것.

요트는 내 소망이고, 리우는 해진의 소망이었다. 우리는 시선을 마주치고 눈꼬리로 웃었다. 자기 소망에 대한 브리핑을 구구절절 할 필요도 없었다. 해진은 요트가 무엇을 뜻하는지, 너무도 잘 알고 있었다. 나 역시 해진의 마음을 알 것도 같았다. 〈시티 오브 갓〉의 배경이었던 무법 천지 빈민촌에 직접 가보고 싶은 모양이었다.

'행복한 이야기는 대부분 진실이 아니에요.'

그날 영화를 보고 나오던 길에 해진이 했던 말이 떠올랐다. 거기에 가서 어떤 진실과 만나기를 원하는지 묻고 싶었으나 꿀꺽 삼켜버렸다. 기차가 벌써 한강을 건너고 있었다. 내릴 준비를 해야 했다.

우리는 동인천에서 헤어졌다. 녀석은 버스를 타고 집에 돌아왔고, 나는 학교 앞에서 어머니를 만나 함께 돌아왔다. 어머니는 우리의 '비밀스러운 하루'를 끝까지 몰랐을 것이다. 자기 소망에 골몰하느라 내 소망이 무엇인지도 몰랐을 것이다. 해진의 소망을 당신의 현금카드로 이뤄주게 되리라는 것도.

서랍에서 USB를 찾아 하드에 꽂았다. 매년 세부에 갈 때마다 항공권 예약을 내가 맡았던 덕에 필요한 것들이 그 안에 모두 들어 있었다. 공인인증서, 해진과 어머니와 내 여권 사본……. 나는 두바이를 경유하는 리우행 왕복 항공권을 6개월 오픈티켓으로 예약했다. 녀석에게 보내는 크리스마스 선물이었다.

리우로 갈 때쯤이면, 해진은 어느 정도 충격에서 벗어나 있을 것이다. 강인한 성격이니까. 이 집 안에서 벌어진 일의 진실과 내 행적은 영원히 수수께끼로 남을 테지. 그러면 된 것 아닐까. 전자항공권을 메일로 받고 놀랄 해진의 표정을 떠올리자 내 처지를 잠깐 잊고 기분이 좋아졌다. 까맣게 탄 얼굴로 카메라를 메고 파벨라 골목골목을 누비는 해진을 상상하자 슬그머니 미소까지 나왔다.

방문 두들기는 소리가 난 긴 비로 그때였다. 벌써 메일을 확인했나 싶어 당황스러웠다. 내 계획에 따르면, 내가 떠난 후에 열어봐야 했다. 서둘러 어머니의 카드를 서랍에 넣고 인터넷 창을 끄면서 대답했다.

"잠깐만."

해진은 방문에서 두어 발짝 떨어져 서 있었다. 표정은 놀랐거나 기뻐하는 것과는 거리가 있었다. 창백하게 질린 낯빛, 혼란스럽게 흔들리는 시선, 꾹 다문 입술. 굳이 이름을 붙이자면 당혹에 가까웠다.

"얘기 좀 하자."

쇠막대라도 삼킨 것처럼 해진의 목소리는 차고 뻣뻣했다. 나는 입가에서 미소가 빠져나가는 걸 느꼈다.

"금방 내려갈게."

"아니 지금."

'여기에서 얘기하자'는 듯, 해진은 문으로 바짝 다가섰다. 단호한 몸짓이었다. 내키지 않았지만 나는 옆으로 비켜섰다.

"들어와."

해진은 방으로 들어온 후, 책상 앞에 서서 안을 휘둘러봤다. 목적이 있는 눈길이 아니었다. 번지수를 못 찾고 이리저리 헤매는 시선이었다.

"의자 줄까?"

"아니. 그냥 여기 앉을게."

녀석은 침대 끝 모서리로 가서 앉았다. 앉은 다음엔 뭘 할지 몰라 우왕좌왕했다. 허벅지에 손을 올려놓고 어깻숨을 한 번 쉬는가 싶더니, 곧 무릎에 양 팔꿈치를 괴고 허리를 굽혔다. 이어 두 손을 얽어 쥐었다 펴고, 어깨를 앞뒤로 흔들다 멈추고, 눈을 내리떠서 제 발끝을 내려다보다 돌연 고개를 들어 나를 봤다. 드디어 말머리를 찾은 모양이었다. 나도 책상 모서리에 엉덩이를 걸치고 섰다.

"저기······. 물어볼 게 있어."

목소리가 오토바이에 올라탄 것처럼 불안하게 울렁거렸다. 바르르, 떨리는 느낌까지 감지됐다. 목 안에서 말과 감정이 한 덩어리로 뒤엉킨 게 아닌가 싶었다. 나는 간절히 바랐다. 내가 예감하는 그 말만은 묻지 않기를. 모쪼록 항공권에 관한 질문이기를. 그러면 녀석이 기꺼이 받아들일 수 있도록 최선의 답을 할 생각이었다. 기차 여행을 떠났던 그때, 우리가 썼던 소망을 기억하느냐고. 너에게 주는 내 마지막 선물이라고. 나는 아마도 긴 여행을 떠나야 할 것 같다고. 사람 없는 곳에 가서 1년만 살겠노라고.

"왜 그랬는지 모르겠는데, 아까 네가 했던 말이 자꾸 마음에 걸렸어.

어머니가 차를 두고 갔다는 말. 내가 알기로, 어머니는 웬만해선 차 없이 나가시지 않아. 장거리를 가실 땐 더더욱."

나는 바지 주머니에 손을 찔러넣고 내 발끝을 내려다봤다. 그래서 어쨌다는 말인가.

"그래서 내려가봤어. 차 안에 혹시 뭐가 있을까 싶어서 들여다보려고."

갈비뼈 언저리로 한기가 흘러들었다. 겨울 저녁, 북쪽 창가에 내리는 땅거미처럼 차고 어둡고 쓸쓸한 기운이었다. 잃도록 돼 있는 것을 잃을 때가 왔다는 예감이었다.

"그런데 어머니 차 옆에 이모 차가 주차돼 있었어."

나는 해진의 시선이 내 이마에 와 닿는 것을 느꼈다. 녀석이 숨을 길게 들이마시고 내뱉는 소리를 들었다. 언제 내려갔다 왔을까. 현관문 열리는 소리를 못 들었는데. 퍼걸러에서 일기인지 메모인지를 태우고 있을 때였을까. 입술 안쪽을 잘근잘근 씹어대며 다음 말을 기다렸다.

"이상하다 싶었어. 두 분 다 지하에 차를 둔 채 어딜 갔다는 걸, 우연으로 넘기기는 좀 그렇잖아. 그렇다고 해도 꽤 오래 망설였어. 이상하게 확인하고 싶지 않았거든. 동영상 작업 하다가, 영화를 틀었다가, 내 방 청소를 하다가, 혼자 별짓 다하면서 시간을 보냈는데 두 시간을 못 버티겠더라. 그래서 안방에 들어가본 거야."

생각이 분주하게 돌아갔다. 거기까지라면 어떻게든 해명거리를 만들 수 있을 것 같았다. 이모가 누군가를 만나러 나갔고, 술자리일 가능성이 있어 차는 두고 갔고, 밤늦게 돌아온다고 해놓고 돌아오지 않았으며, 간밤에 누구와 무슨 짓을 했든 그게 내가 상관할 바는 아니지 않느냐, 라고.

"드레스 룸에 어머니의 캐리어가 다 있더라. 큰 거, 작은 거. 작은 거 안에는 이모님 옷과 가방, 구두가 들어 있고. 처음엔 이해가 안 됐어. 어제 오후에 갔다는 이모님의 소지품이 왜 그 안에 들어 있는지."

해진은 깍지를 풀고 손바닥을 허벅지에 문질러 닦았다.

"그래도 어떻게든 내 생각을 맞춰볼 참이었어. 어머니가 지갑이나 가방 없이, 차도 없이 여행을 떠날 수 있고, 이모님이 자기 옷과 소지품을 두고 맨발로 갈 수도 있고, 네가 전에 없이 안방 문을 잠글 수도 있는 거라고. 주인이 없으니까."

해진은 침대에서 일어나더니 내 정면에 와서 섰다. 땀을 문질러 닦고, 폈다 쥐었다 하던 두 손은 바지 주머니에 찔러넣었다. 평소 편안하게 풀려 있는 갈색 동공은 팥알처럼 단단하게 수축된 채 나를 내려다봤다. 복잡한 감정이 뒤엉긴 눈이었다. 조급한 것도 같고, 의심이 어린 것도 같고, 분노한 것도 같고, 도리질하는 것도 같고, 무언가를 간절히 바라는 것도 같았다.

"그런데 말이지, 아무리 애를 써도, 몹쓸 상상을 멈출 수가 없었어."

나는 다음에 무슨 말이 나올지 직감했으나 아무런 대꾸도 할 수 없었다. 머릿속에선 절망적이고 무용한 비명이 울리고 있었다. 그만해. 거기서 멈춰. 입을 닥치라고.

"어머니 침대에서 무슨 일인가 벌어졌다는 상상. 어제 이모가 나한테 전화했을 때, 피곤해서 안방 침대에 누워 있다고 했거든."

나는 질끈 눈을 감고 싶은 심정이 됐다. 줄타기하던 줄에서 뚝 떨어진 기분이었다. 조금만 기다리지 그랬어. 내가 사라질 동안만 참지 그랬어. 가방 싸들고 옥상 철문으로 나가는 데 10분이면 차고 남았을 텐데. 그랬더라면, 너도 좋고 나도 좋았을 텐데. 너는 이토록 힘든 이야기를 꺼내지 않아도 됐을 것이고, 나는 너를 잃지 않았다고 믿으며 떠날 수 있을 테고.

"그래서 나는……. 침대보를 젖혀봤어. 나머지는……."

마침내 해진은 본론을 끄집어냈다.

"네가 설명해."

우리는 시선을 맞댄 채 한동안 입을 열지 않았다. 둘 다 눈 한번 깜박이지 않고 서로를 읽었다. 샅바 싸움이라도 하고 있는 기분이었다. 녀석은 물러서지 않으려고, 온 힘을 다해 나를 밀어붙였다. 방 안 공기는 손톱 끝으로 툭, 치기만 해도 와르르, 부서져 내릴 것처럼 위태롭게 팽창돼 있었다.

머리가 어지러웠다. 어떻게 이야기를 시작할지, 무슨 말을 할 것인지 생각해보려 애썼으나 잘되지 않았다. 해진 앞에서 뉴스 브리핑을 하듯 이성적이고 논리적으로 해명할 수가 없었다. 아니 솔직하게 말하자면, 내 태도를 정할 수가 없었다. 누군가를 잃는 게 누군가를 죽이는 것보다 어렵다는 걸, 난생처음 경험하는 순간이었다.

해진은 마른침을 넘겼다. 날카롭게 뛰어나온 목젓이 아래위로 떨듯이 깐닥거렸다. 흔들리는 동공에는 두려운 표정이 덮여 있었다. '내가 뭘 잘못 이해한 거지?'라고 묻는 것도 같았다. '그래, 네가 잘못 봤어'라고 답하기를 원하는 눈이었다. 행여 그렇게 답해버릴까 봐, 나는 어금니를 악물었다. 녀석을 잃을지언정 경멸받고 싶지는 않았다.

"어디든 앉아. 얘기가 길어."

내 목소리는 생각보다 흔들림 없고 냉정하게 들렸다. 해진은 고개를 저었다. 그대로 서서 듣겠다는 듯, 팔짱을 끼고 반듯하게 섰다.

"그제 새벽……."

해진의 눈이 연속 촬영이라도 하듯 내 눈을 서서히 가로질렀다. 시선의 움직임이 너무 더뎌서, 내 동공이 태양계만큼이나 넓은 듯한 착각에 빠졌다.

"피 냄새에 잠을 깼어."

#

해진은 퍼걸러 테이블 앞에 서 있었다. 달리는 트럭 지붕에 서 있는 것처럼 온몸이 위태롭게 흔들렸다. 아마도 어머니의 얼굴과 곧장 맞대면했을 터였다. 녀석의 발밑에 늘어진 물건들이 그렇다고 말했다. 투명 비닐, 비료 포대, 고무호스, 톱. 나와 거리가 꽤 있는 데다 나를 등지고 있는데도 망연한 심정이 고스란히 읽혔다.

나 역시 책상에 엉덩이를 걸치고 선 채 움직이지 않았다. 기다리는 것 말고는 할 수 있는 일이 없었다. 기다리는 자리가 숨통 막히게 답답했다. 허둥지둥 허우적거리며 별짓을 다한 끝에 마침내 지옥에 떨어져버린 기분이었다. 지옥의 밑바닥에선 무조건 이해받기를 바라는 어린애가 속절없이 칭얼대고 있었다. 그래도 넌 내 편이지? 그렇지?

해진은 내 얘기를 듣는 두 시간 동안 한마디도 하지 않았다. 심지어 숨도 쉬지 않는 것 같았다. 석상처럼 우뚝 서서 내 눈만 응시하고 있었다. 거짓이나 합리화 뒤로 내빼지 못하도록 수갑을 채우는 시선이었다. 맹세하지만 나는 그럴 의사가 없었다. 상황을 축소할 생각도, 기만할 의도도, 연민을 유도할 마음도, 그 밖의 어떤 계산도 없었다. 그저 지난 이틀하고도 한나절을 정연하게 설명하려 최선을 다했다. 말하고 싶은 것보다 말해야 할 것들을 말하려 애썼다. 우기고, 발뺌하고, 부정하고 싶은 유혹을 억누르고자 안간힘을 썼다. 전적으로 솔직했다고는 못하지만 그만하면 충분히 솔직했다고 생각했다. 나는 기나긴 이야기를 끝냈다.

"고약한 꿈을 꾸는 기분이야, 아직도."

해진의 눈은 시시각각으로 표정을 바꾸고 있었다. 활활 타는 것도 같았다가, 온몸이 바짝 날을 세운 것 같았다가, 쇳덩어리처럼 무정해 보였다가, 끝내는 문을 닫은 지하실처럼 까맣게 암전돼버렸다. 나도 입을 다물었다. 더 해명하거나, 우정을 들먹이며 이해를 구하기에는 부적절한 시점이었다.

침묵은 오래도록 계속됐다. 거대한 물벽 같은 침묵이었다. 덮쳐누르는 압박에 몸이 짜부라드는 듯한 침묵, 냉엄하고, 가차 없고, 무시무시한 침묵, 지나가기를 기다릴 수밖에 없는 침묵. 슬금슬금 좌절감이 스며들었다. 누가 뭐라고 하든, 내가 무슨 짓을 했든, 이놈만은 내 편에 서주리라는 기대가 조금씩 꺾이기 시작했다. 그래도 기다려봤다. 어쨌든 한마디는 하겠지. 알겠다든가, 개자식이라든가, 나가 죽으라든가. 그러면 곧장 내 방을 나가 내 갈 길로 가버릴 수 있으리라.

해진은 끝까지 입을 열지 않았다. 내게서 시선을 거두고 뻣뻣한 걸음으로 내 앞을 지나친 후, 테라스 유리문 앞에 멈춰 섰다. 뒷모습이 침묵만큼이나 무겁고 강고했다. 부탁해봐야 소용없으리라는 걸 느끼면서도 나는 손을 뻗어 녀석의 팔꿈치를 잡았다.

"나중에 보면 안 되겠냐. 내가 나간 후……."

해진은 내 팔을 홱 뿌리쳤다. 아니 몸서리를 쳤다는 게 더 정확하다. 힐끗 돌아보는 눈엔 혐오가 드러나 있었다. 너무도 강렬하고 분명해서 다른 무엇으로도 해석해볼 여지가 없는 표정이었다. 냉기가 심장 언저리를 감싸 쥐었다. 온몸의 잔털들이 얼어붙은 것처럼 빳빳해졌다. 해진이 유리문을 열자 종아리가 움찔거렸다. 밖으로 한 발을 디디자 방에서 뛰쳐나가고 싶은 충동이 솟구쳤다. 뭘 더 기다리는데. 그냥 떠나.

"거기 가만있어."

해진이 유리문을 빠져나가며 말했다. 감정을 억누르려 애쓰는 어조였다. 나는 엉덩이를 일으켰으나 더 움직이지 않았다. 밖에는 땅거미가 내려앉아 있었다. 녀석은 어둑한 옥상 바닥을 성큼성큼 걸어서 고무 통 앞으로 다가섰다. 아내의 외도 현장을 덮친 남편처럼, 성난 동작으로 뚜껑을 홱 열어젖혔다. 다음 순간, 헉, 하는 소리가 내 귀에까지 들려왔다. 뚜껑은 녀석의 손아귀를 빠져나가 옥상 바닥에 나뒹굴었다.

나는 통 안에 앉아 있을 이모를 떠올렸다. 무릎에 한쪽 뺨을 대고, 잠든 것처럼 눈을 감고 있을 것이다. 평가를 일삼는 그 눈으로 다시는, 누구도 쳐다볼 수 없도록 눈꺼풀을 꽉 눌러 감겼으니까.

해진은 이모로부터 등을 돌렸다. 보지 말아야 할 것을 본 사람답게 낯빛이 파랗게 질려 있었다. 머뭇대며 발을 떼지 못하는 걸로 미루어 다음을 확인하는 게 겁나는 게 아닌가 싶었다. 그만하라, 소리 지르고 싶은 순간이기도 했다. 녀석이 몸을 날리듯 퍼걸러로 뛰어오르지 않았다면 실제로 튀어나가 앞을 막아섰을지도 모른다. 꼭 이래야겠냐?

해진은 나를 등지고 서서 테이블 상판을 밀었다. 나는 녀석의 뒤통수에 눈을 붙박은 채 그제 아침을 생각했다. 설마 하며 내려온 거실에서 어머니의 시신과 대면하던 순간, 발이 쭉 미끄러지는 것 같았던 충격의 순간, 시야가 어둑해지고 가위에 눌린 것처럼 몸을 움직일 수가 없었던 순간, 어머니 곁에 꿇어앉은 채로 컴컴한 머릿속에 불이 들어오기를 그리하여 뭔가를 해볼 수 있기를 기다리던 순간들을 차례로 떠올렸다. 해진도 같은 순간을 비슷한 순서대로 맞고 있는 듯했다. 어쩌면 나처럼, 머릿속에서 폭발하는 제 비명 소리를 듣고 있을지도 몰랐다. 이건 꿈이야.

기다림은 길고도 길었다. 마침내 해진이 내 쪽으로 돌아섰을 때, 혀가 바싹 말라 입천장에 들러붙어 있었다. 스스로 이해가 되지 않았다. 무엇 때문에 이리 초조해하나. 애면글면하며 매달리듯 바라보는 이유가 뭘까. 구체적으로 무엇을 기다리고 있는 것일까.

해진은 방으로 들어섰다. 앞이 보이지 않는 사람처럼 뒷손질로 문을 더듬어 닫고 나를 지나갔다. 시선은 허공을 배회하고 있었다. 멍한 눈도 아니었고, 성난 눈도 아니었다. 슬퍼하는 눈은 더더욱 아니었다. 물에 빠져 허우적거리는 눈이었다. 그래, 경황없겠지. 어이가 없겠지. 믿기지도 않겠지. 그렇기는 하나 가만있으라고 말했으면, 가만있었던 사람에게 한마디 정도는 하고 가야 하지 않겠는가. 결국은 내 쪽에서 한마디를 던지지 않을 수 없었다.

"나 지금 떠날 거야."

해진은 나를 한 발짝 지나친 지점에서 움직임을 멈췄다. 내 쪽으로 고개를 돌리고 되물었다.

"떠난다고?"

머리에 털 나고 이처럼 해괴한 말은 처음 들어봤다는 표정이었다. 삐딱하게 기울어진 턱이 이렇게 덧붙이는 것도 같았다. 어딜. 누구 맘대로?

"잘 지내."

나는 한 손을 내밀고 작별 인사를 건넸다. 해진의 시선은 내 손으로 내려왔다가 다시 내 눈으로 올라왔다. 녀석의 미간에서 핏대가 펄떡거리고 있었다. 감쳐 문 입술 새에선 거친 숨이 샜다. 완고하게 닫혀 있던 동공은 수축과 이완을 거듭하며 활짝 열리는 중이었다. 푸른빛이 도는 흰자위에는 거미줄 같은 혈관들이 툭툭 불거지고, 눈자위가 새빨갛게 달아오르고, 주변에 웅크리고 있던 속눈썹이 가시를 세운 것처럼 일제히 일어섰다. 한 번 본 적이 있는 눈이었다. 해진이 아니라 그제 밤, 어머니에게서. 머릿속에선 어머니의 목소리가 울리는 것 같았다.

너는…… 유진이 너는…… 이 세상에 살아서는 안 될 놈이야.

 나는 내밀었던 손을 거둬들였다. 네 심정을 이해한다는 의미에서 고개를 끄덕였다. 녀석에게 어머니는 은인일 터였다. 고아가 된 자신을 10년 동안 거두고 아껴준 사람, 제 마음속에선 친어머니와 같았을 존재를 단 이틀 만에 시신의 형상으로 만난 셈이었다. 당연히 충격이 컸겠지. 나까지 이해할 형편이 아니겠지.

 "그래. 관두자. 난 그냥……."

 귀뺨으로 주먹이 날아들었다. 체중이 모두 실린 주먹이었다. 귀 안에서 폭음이 울리고, 턱이 옆으로 휙 돌아갔다. 같은 방향으로 몸이 휘청 기울어졌다.

 "잘 지내?"

 되묻는 말과 함께 두 번째 주먹이 명치로 들어왔다. 갈비뼈가 푹 꺼지는 느낌이었다. 목 안에서 신음이 튀고 삽시에 숨이 막혔다. 나도 모르게 가슴을 끌어안고 어깨를 움츠렸다. 날카로우면서도 묵직한 통증이 양쪽 흉곽을 타고 등으로 번져갔다.

 "잘 지내라고?"

 다시 묻는 해진의 목소리에서 분노가 이글대고 있었다. 나는 사력을 다해 고개를 들었다. 그래, 라고 말하려 했으나 소리를 낼 수 없었다. 정면에서 뻗어온 세 번째 주먹이 목젖을 후려쳐버렸다. 목구멍 위로 신물이 치솟았다. 세상이 발밑에서 빙글 돌았다. 나는 더 버티지 못하고 방바닥으로 고꾸라졌다. 해진은 성큼 다가와 내 몸통을 깔고 앉았다.

 "그 말이 나와, 이 새끼야?"

 융단폭격이 시작됐다. 왼뺨, 오른뺨, 눈두덩, 코, 입술, 턱 가리지 않고 주먹이 날아들었다. 누군가를 때려주고 싶을 때 때마침 내가 걸린 것처림, 격앙되고 거침없는 주먹질이었다. 눈두덩이 순식간에 부어올랐다. 시야는 좁아지고, 뜨뜻한 핏물이 온 얼굴을 뒤덮었다. 으깨진 입안에서 이가 와르르 쏟아져 내리는 느낌이었다.

나는 힘을 빼고 반듯하게 누워버렸다. 저항 같은 건 하지 않았다. 방어하지도 않았다. 무방비 상태로 나를 온전히 내어줬다. 때리는 대로 얻어맞았고, 맞을수록 정신은 점점 냉정해졌다. 초조하던 심사가 거짓말처럼 차분해졌다. 상황이 지랄 같기는 해도 기분은 후련했다. 세차게 고동치던 맥박은 본래의 속도를 되찾았다. 어렵게 치른 고해성사에서 마침내 보속을 받고 있는 기분이었다.

"그 말이 나오냐고, 이 개자식아."

해진은 내 멱살을 틀어쥐고 미친놈처럼 흔들어댔다. 귀가 윙윙 울고, 시야가 어지럽게 흔들리고, 녀석의 얼굴이 흐릿하게 뭉개졌다. 그런데도 나는 알아차렸다. 녀석은 울고 있었다. 어린애처럼 입술을 일그러뜨리고, 새빨개진 눈을 끔벅거리며 배 속에서 끓어오르는 나직한 울음을 토하고 있었다.

"왜 그랬어, 왜 그랬어. 어쩌려고 이 등신 새끼야······."

나는 이를 악물었다. 돌연하게 튀어올라, 삽시에 목을 막아버린 흐느낌이 밖으로 터져 나오지 않도록. 해진의 목소리는 이제 울부짖음에 가까워져 있었다.

"네 인생을······. 새끼야, 너를······."

해진은 내 멱살을 집어던지듯 놔버리고 옆으로 쓰러졌다. 맞은 건 난데, 제 놈이 지쳐 큰대자로 뻗어버렸다. 나는 눈을 감았다. 거칠게 울리는 녀석의 흐느낌을 들으며 마지막 말을 몇 번이나 생각했다. '네 인생을'과 '너를' 뒤에 생략된 말은 '어떻게 할래?'라는 물음이리라고 추측했다. 제 할아버지를 잃었을 때보다 더 격렬한 저 울음은 온전히 나를 위한 것이리라, 믿고 싶었다.

나는 입안에 꽉 찬 핏물을 목 밑으로 욱여넘겼다. 뜨뜻미지근한 덩어리가 목구멍을 달팽이처럼 기어내려갔다. 비릿한 냄새가 위장까지 닿았다. 암울한 가슴속에서는 똑딱똑딱, 시곗바늘이 돌았다. 밖은 어두워졌고, 테라스 유리문엔 손톱만 한 눈발들이 날아와 하나둘 들러붙고 있었다. 주변은 어찌나 고요한지 눈이 날아오는 소리까지 들릴 것 같았다. 해진의 흐느낌은 들썩이는 가슴 밑으로 잦아들었다. 얼마 후, 숨소리까지 조용해졌다. 저 자신을 방바닥에 내팽개친 채 미동조차 하지 않았다. 녀석도 나처럼 눈 내리는 소리를 듣고 있는 것 같았다.

긴 침묵을 깬 건 거실 괘종시계였다. 한 번, 두 번…… 여섯 번. 종소리가 그치자 해진이 몸을 일으키고 앉는 기척이 났다.

"일어나. 할 말이 있어."

해진이 말했다. 나는 몸을 일으키고 앉았다. 핏방울이 바닥으로 주르르 떨어졌다. 해진은 몸을 일으켜 티슈를 몇 장 뽑더니 내게 내밀었다. 녀석의 머리칼이 수영장에서 막 튀어나온 사람처럼 흠뻑 젖어 있었다. 한쪽은 패느라고 땀에 젖고, 한쪽은 맞느라고 피에 젖은 셈이었다. 공평하지 않았으나 나쁘지도 않았다. 이만하면 괜찮은 거라고 생각했다. 나는 순순하게 티슈를 받아들고 핏물이 줄줄 새는 콧구멍을 틀어막았다.

"두 시간, 줄게."

해진이 말했다. 나는 부어오른 눈꺼풀을 우격다짐으로 들어올려서 녀석을 봤다.

"씻고, 마음 정리하고 8시까지 아래로 내려와."

나는 등을 세우고 해진과 정면으로 마주 앉았다. 씻으라는 말은 알아들었으나 정리 운운은 이해 밖이었다. 녀석의 표정으로도 의중을 알아차릴 수가 없었다.

"자수해."

일순 머리가 띵해왔다. 불시에 날아든 돌멩이에 이마 한복판을 얻어맞은 기분이었다. 16년 전 새총에 맞던 그 순간처럼 머리 위쪽이 박살 나는 느낌이었다.

"그게 최선이야."

해진은 무릎을 세우고 일어났다. 나도 따라 일어섰다. 아직도 눈물 자국이 선명한 녀석의 눈을 마주 봤다. 나를 위한 눈물이 아니었던가. 나 때문에 울부짖은 게 아니었던가. 살인범으로 전락한 나한테 속이 터진 나머지, 주먹질을 한 게 아니었던가. 온전한 나의 착각이었던가.

"그래야 내가 뭐라도 해볼 수 있어."

뭘 해볼 참인지, 묻고 싶었다. 이미 일어나버린 일에 대해 무엇을 할 수 있는지 궁금했다. 변호사를 선임하는 거? 자수를 빌미로 감형을 구걸하는 거? 감옥에서 늙어 죽을 때까지 사식을 넣어주는 거? 다른 일은 내가 도맡아 해줄 테니 넌 아무 걱정 말고 감옥에 들어가라고 격려하는 거?

"도망쳐봐야 얼마 못 가서 붙잡힐 거야."

안다. 잘 안다. 그렇든 어떻든 내 길은 스스로 결정할 터였다. 나는 진심으로 부탁하고 싶었다. 제발 이러지 마.

"너만 가만있으면 돼. 하루만 모르는 척해주면……."

"내가 경찰을 부를 거야. 네가 나가는 즉시."

해진의 눈이 냉정한 빛을 띠며 가늘어졌다. 나는 하려던 말들이 한숨에 수그러드는 걸 느꼈다. 호흡이 급발진을 하듯 빨라졌다. 체온이 단숨에 두 배로 올라갔다.

"몰래 나갈 수도 없을 거야. 현관문은 내가 지키고 있고 옥상은 헬로가 알려줄 테니까."

해진은 내게 손을 내밀었다.

"면도칼 내놔."

신경질적인 웃음이 배 속에서 끓었다. 그건 또 왜 달라고 하는데. 내가 제 목을 딸까 봐 두려운가. 면도칼이 아니라도 목 딸 도구는 이 집 안에 쌔고 쌨는데. 옥상에는 톱이 있고, 연필꽂이에는 커터 칼이 꽂혀 있고, 부엌에는 어머니가 사랑하던 독일제 식칼이 걸려 있는데. 마음만 먹는다면 맨손으로도 제 목뼈 정도는 부서뜨릴 수 있는데. 몇 대 얻어맞아줬다고 나를 등신으로 보는 건가.

나는 콧구멍에서 티슈를 잡아 뽑았다. 지르르 흐르는 핏줄기를 손등으로 훔치고 서랍을 열었다. 칼을 내미는 순간, 해진의 눈이 잠깐 흔들리는 느낌을 받았다.

"두 시간이야. 더 안 기다려."

해진의 눈은 냉정하게 가라앉아 있었다. 나직하게 울리는 목소리엔 강철 같은 차가움이 깃들어 있었다. 낯설면서도 익숙한 느낌이었다. 해진이 아닌, 해진에게 빙의한 어머니와 마주 서 있는 것 같았다. 나는 하릴없이 확인해봤다.

"진심이야?"

"진심이야."

의심의 여지없는 진심이 뼛속까지 와 닿았다. 해진은 면도칼을 바지 주머니에 담고 방에서 나가버렸다. 마음이 변하기를 기대하지 말라는 듯 단호한 걸음이었다. 발소리가 계단 아래로 사라지자 다리에서 힘이 빠져나갔다. 나는 무너지듯 주저앉았다. 책상 다리에 등을 기대고 자수에 대해 다시 생각했다. 다시 생각해도 생각조차 하기 싫었다. 해외 도피도 포기해버렸다. 공항은커녕 동네를 벗어나기 힘들 터였다. 해진이 언행일치의 미덕을 실현한다면, 내가 사라지는 즉시 신고해버릴 테니까.

해진이 이렇게 나오리라는 걸 전혀 예상치 못한 건 아니었다. 그런데도 막상 이렇게 나오자 어리둥절했다. 자수를 한다 하여 사는 게 좀 나아진다면 고려해보기라도 하겠다. 자수하거나 잡히거나 거기서 거기라면 고려할 가치가 없는 일이었다. 고려할 게 있다면 죄책감의 무게겠지. 내가 아니라 해진 저 자신의 죄책감, 일이 이렇게 되도록 까맣게 몰랐다는 것에 대한 죄책감, 어머니의 죽음에 대한 죄책감. 그 무게를 나를 자수시킴으로써 상쇄하려 든다는 의심을 털어버릴 수가 없었다. 아니면 제가 알게 된 일에 대해 도덕적 책임을 져야 한다는 터무니없는 의무감에 사로잡혀 있던가. 어쩌면 어머니의 죽음, 혹은 내가 저지른 짓에 대한 분노가 너무 커서 나를 그냥 둘 수 없는 것인지도 몰랐다. 나를 향한 연민은 울음이라는 형태로 가볍게 소진돼버렸을 것이고.

결국 결정해야 할 사람은 나였다. 해진이냐, 나냐. 답은 자명했으나 선택이 쉽지는 않았다. 내게 '감정'이 존재하는 한 그럴 수밖에 없었다. 감정을 없애면 선택의 무게는 신발을 사는 일만큼 가벼워진다. 목적과 비용의 상관관계만 따지면 될 테니까. 문제는 상대가 신발이 아니라는 데 있었다. 해진은 내게 순전하고도 온전하게 감정적인 존재였다. 어느 쪽을 택하든, 죽을 때까지 후회할 터였다. 협살에 걸린 기분이었다.

야금야금, 시간이 줄어들었다. 시곗바늘은 6시 반을 지나 7시를 향해 갔다. 머릿속에선 솜씨 좋은 낚시꾼이 낚시질을 하고 있었다. 어제부터 내 의식의 표면 밑을 잠영하는 것, 애써 건져올리지 않고 있던 생각을 거리낌 없이 낚아올렸다. 이제 나가서 신발을 사라고.

나는 몸을 일으켰다. 일어난 순간부터는 뭘 해야 할지 더 망설이지 않았다. 오래전부터 무의식이 그 일을 계획해왔던 것처럼, 머릿속에 완성된 그림이 떠올라 있었다. 대비해야 할 변수는 수시로 동네를 도는 경찰 순찰차뿐이었다.

먼저 서랍에서 버릴 물건들을 골라냈다. 어머니의 휴대전화, 현금카드, 진주 귀걸이, 옥상 열쇠. 라텍스 장갑을 꺼내 끼고 물건들에 묻은 지문을 티슈로 지웠다. 다음으로 장롱에서 '과외' 재킷을 꺼내 주머니에 그것들을 밀어넣고 옥상으로 들고 나가 퍼걸러 테이블 안에 처박았다. 수돗가에 걸린 마른걸레로 고무 통과 수도꼭지에 남아 있을 지문을 문질러 닦았다. 라텍스 장갑은 바비큐 그릴에 넣어 태웠다.

방으로 돌아왔을 때, 시계는 7시 47분을 가리키고 있었다. 나는 서둘렀다. 커터 칼에서 날만 분리해 손가락 한마디 길이로 쪼갰다. 책장에서 비상금으로 감춰둔 5만 원권 두 장을 꺼냈다. 두 가지를 비닐봉지에 넣어 밀봉한 후 공업용 접착 테이프로 허벅지에 감아 고정시켰다. 그 위에 통이 헐렁한 운동복 바지를 입고 체크무늬 남방셔츠를 걸쳤다. 소맷부리는 잠그지 않고 그대로 풀어 내렸다. 아래층에서 초인종 소리가 울린 건 바로 그때였다.

나는 동작을 멈추고 귀를 기울였다. 현관문으로 나가는 발소리가 희미하게 들려왔다. 잠시 후엔 삐, 하고 현관문이 열리는 소리가 났다. 그로부터 1분쯤 후, 책상 위에서 내 휴대전화가 울리기 시작했다. 통화 버튼을 누르자 해진이 나직하게 속삭였다.

"아래층으로 내려와."

\#

　해진이 안방 문 앞에 서 있었다. 문짝에 등을 기대고 팔짱을 낀 채, 계단으로 내려오는 나를 지켜봤다. 마지막 계단에 내려선 후에야, 나는 집 안에 두 사람이 더 있다는 것을 알아차렸다. 염소 눈을 한 남자와 검은 코트를 입은 중년 남자. 그들은 거실 소파에 나란히 앉아 있었다. 좀 전 해진이 현관문을 열고 맞아들인 방문객일 터였다.

　낯설지 않은 남자들이었다. 그들이 누군지 기억해내는 데는 1초도 걸리지 않았다. 용이네 호떡집에서 만난 진주 귀걸이 사건 담당 형사들이었다. 나는 한 발을 거실 바닥에 내려놓고 한 발은 마지막 계단에 올려놓은 어정쩡한 자세로 굳어져버렸다. 뒤통수 레이더는 가장 동선이 짧은 퇴로를 찾고 있었다. 계단을 다시 뛰어올라가 옥상 출입문으로 빠져나간 후, 철문을 열고 비상계단으로 내려가면……. 사복 둘이 집 안에서 대기 중이라면, 바깥엔 두 배쯤 되는 인원이 길목을 차단하고 있을 터였다. 어쩌면 아파트 단지를 아예 포위하고 있을지도 모르지, 사건이 사건인 만큼.

　낭패감이 복통처럼 배 속으로 번졌다. 허탈한 나머지 눈앞이 아뜩해왔다. 상상도 못 해본 상황이었다. 해진이 이런 식으로 내 머리를 칠 줄은 꿈에도 몰랐다. 아무것도 해보지 못하고, 동네 사람들이 보는 가운데 수갑 차고 끌려 나가는 내가 눈에 훤히 보이는 것 같았다. 나는 퉁퉁 부어오른 눈을 들고 해진을 마주 봤다. 나한테 이래도 되나. 기다려준다고 약속해놓고? 도망치지도 않았고, 아직 8시도 되지 않았는데.

　해진은 보조 식탁 쪽으로 시선을 던졌다. 거기로 가라는 말 같았다. 두 형사의 눈은 나와 해진 사이를 퍼뜩퍼뜩 오가고 있었다. 지극히 당연한 반응이었다. 내 몰골이 죽기 직전까지 얻어맞은 놈처럼 보일 테니까. 핏자국을 씻지 않아 더 처절해 보이겠지. '팬 놈'이 누구일지는 동네 개도 알 만한 일이고. 미치지 않고서야 내가 나를 피 떡이 되도록 팰 리는 없지 않겠는가. 낭패감에다, 배신감에다, 쪽팔리기까지 했다. 돌아서서 도망치면 얻어맞은 놈에 쪼다 같은 놈이 될 것 같았다. 도망치다 잡히면, 얻어맞은 놈에 쪼다 같은 놈에 도망도 제대로 못 치는 칠뜨기가 될 테고.

나는 한쪽 발을 마저 거실로 내렸다. 몸을 돌리고, 등을 빳빳하게 세우고, 보조 식탁 쪽으로 향했다. 네 발짝을 떼는 동안, 침착하게 호흡하려고 노력했다. 표정을 드러내지 않으려고 애썼다. 보람이 있어, 보조 식탁 앞에 섰을 땐 머리가 서늘하게 식어 있었다. 그사이 해진도 안방 문 앞에서 주방과 계단 사이 차단벽 앞으로 위치를 바꿨다. 내 쪽은 쳐다보지도 않고 두 남자를 소개했다.

"경찰서에서 나오셨대."

나오셨대, 라니. 이 간접화법은 뭘 의미하나. 나는 식탁에 엉덩이를 반만 걸치고 앉았다. 팔짱을 끼고, 내 앞의 남자들이 표정을 읽지 못하도록 눈에 셔터를 내렸다. 모서리 장식장 위에선 괘종시계가 울기 시작했다. 한 번, 두 번…… 여덟 번. 종소리가 그치자 해진이 두 남자를 내려다보며 말했다.

"이제 찾아오신 용건을 말씀하시죠."

검은 코트가 소파에서 일어났다. 큰 체구에 비해 움직임이 빠른 남자였다. 일어났나, 하는 순간 우리 앞에 와 서 있었다. 그는 주머니에서 경찰공무원증을 꺼내 보였다. 잽을 휘두르듯 휙, 지나갔기 때문에 세부 사항은 보지 못했다. 이름이 최이한이라는 것과 직급이 경위라는 것 말고는. 그는 신분증을 주머니에 집어넣으며 해진에게 물었다.

"어머니가 김지원 씨 맞나?"

"맞습니다."

해진이 대답했다. 좀 의아했다. 형사는 왜 내가 아닌 어머니를 입에 담나. 그러고 보니 좀 전 해진의 말도 좀 이상했다. 내가 알기로 '용건을 말하라'는 자기 집으로 초대한 사람에게 쓰는 말이 아니었다. 예고 없이 쳐들어온 자에게 대응하는 말이었다. 그렇다면 이 사람들은 나를 잡으러 온 것이 아니었던가.

"자네 이름이 뭔가."

최 경위가 해진에게 물었다. 이름을 말하자 이번엔 나를 봤다. 최 경위도 염소 눈도 나를 알아보지 못하는 눈치였다. 하기는 호떡집에서 일별한 동네 학생과 호떡처럼 납죽해진 살인범을 동일한 인간으로 일치시키기가 쉽지는 않을 것이다. 나는 통통 부어 벌어지지도 않는 입을 열고 어눌한 목소리로 대꾸했다.

"한유진인데요."

"그럼 그저께 김지원 씨의 절도 신고를 받고 출동했을 때 집에 있었던 사람이 자네겠구먼."

해진이 의아한 눈으로 나를 봤다. 나는 눈을 반만 뜨고 "네" 대답했다. 이제 확신할 수 있었다. 이들이 해진의 신고를 받고 온 게 아니라는 걸. 그럼 그렇지, 제아무리 충격이 컸다 해도 해진이 그 정도로 미쳐버리지는 않았겠지. 가슴 밑으로 안도가 지나갔다가 잠시 후 서늘한 기운이 되어 돌아왔다. 그래봐야 처지는 달라지지 않았다. 결말이 유보됐을 뿐, 나는 여전히 해진의 손아귀에 목숨이 매달린 매미였다.

"김혜원 씨는 어디 있나?"

등뼈가 움찔했다. 전혀 예상치 못한 질문이었다. 하마터면, 놀란 목소리가 튀어나갈 뻔했다. 이모요? 실제로 물은 사람은 해진이었다.

"이모님이요?"

"어제 여기 왔다고 하던데? 지금 안 계신가?"

해진이 고개를 돌려 나를 봤다. 자기는 말 못 하니 알아서 대답하라는 눈이었다.

"어제 2시쯤 오셨다가 5시쯤 가셨는데요."

"5시라. 그때 집 안에 누구누구 있었나. 두 사람 다 있었나?"

"저 혼자 있었습니다."

"이모가 자주 오는 편인가?"

나는 "아니요" 했다.

"그럼, 용건이 있어 왔겠는데. 왜 왔는지 물어도 될까?"

슬쩍 해진을 봤다. 녀석은 차단벽에 등을 기대고 팔짱을 끼더니 제 발끝을 내려다봤다. 이 역시 네가 대답하라는 동작으로 읽혔다. 나는 아픈 목으로 침을 한 번 넘기고 입을 열었다. 가급적 말을 짧게 하려고 애썼다. 여차저차해서 왔다가 축하 이벤트를 해주고 떠났다.

"갈 때 별다른 말은 없었고?"

"네."

"혹시 옷차림 기억하나?"

곰곰이 생각해봤다. 뭘 입었더라. 회색 패딩 코트, 청바지, 검은 스웨터, 치렁치렁한 목걸이.

"청바지에 스웨터 차림이었던 것 같기도 하고. 신경 써서 보질 않아서요."

최 경위는 해진에게 눈을 돌렸다.

"자네는 어제 어디 있었나?"

"저는 일 때문에 목포에 있었습니다. 그런데 무슨 일로 그러십니까?"

해진은 제 발끝에서 시선을 들었고, 최 경위는 거푸 질문을 던졌다.

"출장인가?"

"비슷합니다."

"집엔 몇 시에 돌아왔나?"

"10시 좀 넘어서요. 그런데 무슨 일입니까?"

해진의 목소리가 조금 커졌다. 최 경위는 아랑곳없이 질문을 이어 갔다.

"자넨 무슨 일을 하나. 회사원인가?"

해진은 입을 꾹 다물었다. 용건을 말하기 전에는 아무 말도 하지 않겠다는 듯. 우리 둘의 주의를 최 경위가 붙잡고 있는 사이, 염소 눈은 소파에서 일어나 모서리 장식장 앞으로 슬금슬금 다가가고 있었다.

"근데 이 집에선 뭔 냄새가 이렇게 독하게 나는 거야? 락스 냄새에다 비린내에다……."

그는 모서리 장식장 앞에서 걸음을 멈추고 중얼거렸다. 혼잣말치고는 목소리가 컸다. 우리 쪽을 등신 채 올려다보고 있는 건 벽에 붙은 가족사진이었다. 좌 해진, 우 유진이 형제가 된 날에 찍은 사진. 나는 흘끔 남자를 봤다가 다시 최 경위에게 시선을 돌렸다. 핏자국은 없을 테지. 보이는 대로 다 지웠으니까. 내 눈에 안 보이는 자국이라면 염소 눈에도 안 보이리라 믿고 싶었다.

"우리가 온 건 김혜원 씨와 연락이 되지 않아서야."

결국 최 경위가 한 발짝 물러섰다.

"김지원 씨 실종 신고 건으로 물어볼 게 있어서 연락을 했더니 휴대전화가 꺼져 있더구먼. 집에 전화했더니 도우미 아주머니가 받아서 언니 집에 갔다고 하고. 그래서 직접 만나볼 요량으로 찾아온 걸세. 같은 집에서 절도 신고와 실종 신고가 연달아 들어오는 건 흔한 일이 아니지 않나."

"금방 실종 신고라고 하셨습니까?"

해진이 자세를 바로 세우고 물었다. 얼굴에는 놀란 기색이 숨김없이 드러나 있었다.

"어제 정오쯤에 접수됐네. 김혜원 씨가 신고했고. 자네들 말대로라면 신고를 한 후에 여기 온 게 되는데. 혹시 이모한테 무슨 말 들은 거 있나?"

해진은 또 나를 쳐다봤다. 나는 표정 없이 녀석을 마주 봤다. 어찌 된 일인지, 이제 분명하게 알 것 같았다. 이모가 어머니의 행방을 확인하기 위해 할 수 있는 조처는 실종 신고 정도였다. 문제는 어린애도 아닌, 성인의 행방이 하루이틀 묘연하다고 경찰들이 출동하지 않는다는 데 있었다. 빨리 움직이게 하려면 밑간이 필요했다. 말하자면 허위 신고는 사전 정지 작업이었던 셈이었다. '살인 사건이 난 동네에 사는 여자가 허위 신고를 했고, 다음 날 그 여자가 실종됐다는 신고가 들어왔다' 정도면 경찰의 촉을 건드릴 수 있으리라 셈했겠지. 어쩌면 곧바로 출동할 거라 믿었을지도 모른다. 나 혼자 있는 집에 용감하게 쳐들어온 것은 나름 믿는 구석이 있었기 때문이었다. 경찰은 이모의 믿음보다 하루 늦게 출동한 셈이었다.

"자네 일 때문에 목포에 있었다고 했지? 무슨 일을 하나?"

최 경위가 잊어버리지도 않고 해진에게 재차 물었다. 영화 일을 한다고 대답하자 잡담에 가까운 질문들이 이어졌다. 구체적으로 어떤 일을 하느냐. 지금까지 참여한 영화가 무엇무엇이냐. 개봉은 했느냐. 목포에 간 것도 영화 때문이냐. 해진은 차근차근 대답했다. 언제, 왜, 무슨 일로 목포에 갔는지, 몇 시 기차를 타고 돌아왔는지, 집엔 몇 시에 도착했는지.

"그러니까 일은 2시에 끝났고, 이후로 영산강 하구언에 있었다는 얘기구먼."

최 경위가 물었다.

"누구랑 같이 있었나?"

"저 혼자 있었습니다."

"돌아오는 기차도 혼자 탔겠네."

해진이 "네" 하자 최 경위는 고개를 끄덕였다.

"그럼 이제부터 김지원 씨 얘기를 해볼까?"

이제 시작이라니. 대체 언제 끝내려고. 내가 늙어서 죽을 때나 끝낼 셈인가. 나는 갑갑해져서 괘종시계를 봤다. 그 앞에 서 있던 염소 눈이 보이지 않았다. 설마 안방으로 들어간 건가. 상식적으로 그럴 수 없다는 걸 알면서도, 다급했던 나머지 고함이 튀어나왔다.

"어딜 돌아다니세요?"

아아. 소리와 함께 염소 눈이 계단에서 길쭉한 턱주가리를 내밀었다.

"복층 아파트는 처음이라 신기해서 좀 둘러봤을 뿐이야."

그는 나와 눈이 마주치자 느물느물한 표정으로 계단에서 내려왔다.

"내가 촌놈이라서. 근데 집 안에 뭔 냄새가 이렇게 지독해. 당최 눈을 못 뜨겠네."

염소 눈은 해진 앞을 지나서 주방 입구에서 걸음을 멈췄다. 기웃기웃 주방 안쪽을 넘겨다보며 모두에게 들릴 만큼 큰 소리로 혼잣말을 해댔다.

"집 안에서 시체라도 썩는 거야, 뭐야."

나는 최 경위를 봤다. 당신 부하 좀 당신 곁으로 불러들이라고. 최 경위는 그럴 생각이 없는 것 같았다. 이제부터 하겠다던 김지원 씨 이야기로 들어갔다.

"어머니가 집에서 나간 게 정확히 몇 월 며칠, 몇 시경인가?"

"12월 9일 아침인데 정확한 시간은 모르겠습니다. 일어나보니 안 계셨으니까요."

해진의 시선이 내 관자놀이에 와 닿았다. 나는 녀석에게 했던 레퍼토리를 고스란히 되풀이했다. 어차피 진실을 말할 수 없다면 부끄러워할 필요가 없었다. 그런다 해서 거짓말에 도덕성이 부여되는 것은 아니니까. 최 경위는 고개를 끄덕이거나 눈을 맞추면서 내 얘기를 들었다. 간간이 통상적인 질문들을 던졌다. 행동이나 말투에 이상한 점은 없었느냐. 피정을 자주 가느냐. 늘 혼자 가느냐. 연락을 취해봤느냐. 마지막으로 전화가 안 되는데 이상하다는 생각은 안 해봤느냐고 물었다.

"아뇨. 피정 가시면 대개 전화를 꺼놓으니까요."

"그 참 이상하네. 함께 사는 아들은 그러려니 하는데 따로 사는 여동생이 왜 실종 신고를 했을까. 그것도 아들한텐 의논도 없이."

할 말이 없다는 의미에서 나는 잠자코 있었다.

"자네 생각엔 어머니가 어딜 가셨을 것 같나. 평소 가고 싶어 하던 곳이라든가."

"잘 모르겠습니다."

"친하게 지내는 친구는 없나?"

"성당분들과 가끔 어울리시긴 하지만 이번에도 같이 가셨는지는 잘 모르겠습니다."

"혹시 그 사람들 연락처 있나? 어머니가 쓰는 전화번호부 수첩이라든가."

"없습니다. 있다면 어머니 휴대전화에나 저장돼 있겠죠."

"자네도 아는 데가 없고?"

"네" 하자 그는 물끄러미 나를 쳐다봤다. 어머니 친구의 연락처 하나 모르느냐고 묻는 눈이었다. 나는 되묻고 싶었다. 당신은 당신 어머니 친구의 연락처까지 알고 사느냐고.

"자네도 어머니가 나가는 걸 못 봤나?"

최 경위는 해진으로 배를 갈아탔다. 내내 입을 다물고 있던 해진이 "네"라고 대답했다.

"자넨 왜 못 봤나?"

녀석의 귀밑에서 붉은 기운이 어른거리기 시작했다. 내 시선이 불편한 듯했으나 나는 눈을 비키지 않았다. 딴 마음 품지 않도록, 그리하여 딴소리가 나오지 않도록, 온 힘을 다해 녀석의 눈을 붙들었다.

"일 때문에 그 전날 상암동 선배 작업실에서 잤습니다."

"그럼 선배랑 둘이 잤겠구먼."

"아뇨. 거긴 선배가 기거하는 곳이 아니라서 저 혼자 잤습니다."

"그러니까 이모나 어머니가 이 집에서 사라질 때마나 자넨 늘 밖에 혼자 있었다는 얘기네?"

해진은 뭐라 대꾸하려다 입을 다물어버렸다. 얼굴은 물론이고, 순식간에 귀까지 빨개졌다. 잠시 침묵이 흘렀다. 그사이 최 경위는 녀석의 상기된 얼굴과 어쩔 줄 몰라 하는 눈이 무얼 의미하는지 읽어들이고 있었다. 염소 눈은 어느새 거실 장식장 앞으로 가서 안에 놓인 도자기 인형들을 들여다보는 척하고 있었다.

"그럼 정리해볼까?"

최 경위가 침묵을 깼다.

"김지원 씨가 나가는 걸 직접 본 사람은 없다. 형은 외박을 하고, 동생은 제 방에서 자느라고. 그날 오후에 자칭 김지원 씨가 집에 도둑이 들었다고 허위 신고를 했다. 다음 날엔 여동생인 김혜원 씨가 김지원 씨의 행방이 묘연하다고 실종 신고를 했다. 그리고 이 집에 왔다 간 이후로 김혜원 씨마저 연락이 두절됐다. 그때에도 형은 밖에 있고 동생은 집에 있었다. 맞나?"

내가 "네" 하자 해진이 물었다.

"그러니까 지금 두 분이 오신 건 어머니와 이모님의 행방이 묘연해서라는 말씀입니까?"

"엊그제 이 동네에서 살인 사건이 난 건, 자네들도 알겠지?"

염소 눈이 최 경위 옆에 와서 서며 물었다. 나와 해진은 잠자코 있었다.

"그런데 비슷한 시기에 같은 동네에서 여자 둘, 그것도 자매가 차례로 사라졌단 말이지. 두 사람 다 집에서 나간 지 얼마 안 돼 연락이 끊겼고. 그렇다면 사건과 관련됐을 경우를 생각해봐야 하지 않겠어? 그런 의미에서 부탁하나 할까."

염소 눈은 해진을 먼저, 다음으로 나를 쳐다봤다.

"어머니 방을 잠깐 봤으면 하는데. 물론 자네들 입회하에."

나는 엉덩이를 슬쩍 들어 자세를 고쳐 앉았다. 넥타이를 꽉 졸라맨 것처럼 목젖 아래가 답답해왔다. 가장 최근에 안방에 들어간 사람은 해진이었다. 녀석이 내 방으로 뛰어올라오면서 제가 봤던 것을 정리해두었을 리 만무했다. 이모의 물건들은 캐리어에서 끌려나와 있을 것이고, 침대보는 걷혀 있을 테고, 피 묻은 매트리스가 맨 얼굴을 내밀고 있을 터였다.

"어머니 방은 왜 보자는 겁니까?"

해진이 물었다. 최 경위가 대답했다.

"그 사람 사는 공간이 곧 그 사람 아니겠나. 상황을 판단하는 데 도움이 될 수 있지. 무슨 일이 있는지, 자네들 말대로 피정을 가셨는지."

해진은 최 경위와 눈을 맞댄 채 입을 꾹 다물었다. 발갛게 달아오른 얼굴이 점점 더 벌게지고 있었다. 반대로 나는 점점 퍼렇게 질식돼가고 있었다. 목에 밧줄을 감고 나뭇가지에 걸린 채 대롱대롱 흔들리고 있는 기분이었다. 상황을 결정할 권리는 해진이 쥐고 있었다. 내가 저들의 요구를 거부해도 해진이 그러시라, 하면 저들은 그러마, 할 터였다.

"나중에 어머니가 아시면 좋아하지 않을 겁니다."

마침내 해진이 침묵을 깼다. 기대를 하고 있었던 듯, 최 경위의 얼굴에 실망이 어렸다. 염소 눈이 옆에서 나섰다.

"만약 자네 어머니 신상에 문제가 있다면……."

해진은 그의 말을 칼로 치듯 잘라버렸다.

"정식으로 수색영장 받아 오세요."

#

"겉옷 입고 내려와."

해진이 말했다. 녀석은 보조 식탁 앞에 앉아 물이 2/3쯤 찬 컵을 멍하니 들여다보는 중이었다. 나는 주방에서 나가려다 녀석을 돌아봤다.

"자수하러 가야지."

잘못 들었나 싶었다. 형사들이 떠난 지 5분도 되지 않았다. 그런데 자수하러 가자니. 경찰과 나 사이에서 나를 선택한 게 아니었나. 그건 내 편이 돼주겠다는 말과는 다른 것인가? 아니면 마음이 다시 바뀐 것인가?

"그 말 진심이야?"

묻고 나자 부어오른 뺨이 경련하듯, 제멋대로 꿈틀거렸다.

"난 네가 체포되는 게 싫었을 뿐이야."

해진은 온갖 표정들이 어른대는 눈으로 나를 마주 봤다. 참담해하는 것도 같고, 한심해하는 것도 같고, 고통스러워하는 것도 같고, 긴장하는 것도 같았다. 나는 한 번 더 물어봤다.

"진심이야?"

"옷 따뜻하게 입어. 당분간 추울 테니까."

그렇단 말이지. 추울 거란 말이지. 고개를 끄덕거리며 개구리처럼 뼈마디가 둥글게 불거진 내 발가락들을 내려다봤다. 불현듯 그 섬 절벽이 떠올랐다. 꿈에서 깨어날 때마다 그때로 돌아간다면 절대로 새총에 맞지 않을 텐데, 생각했던 것도. 이제야 알 것도 같았다. 비슷한 일을 반복적으로 변주하며 살아가는 게 인간의 삶이라는 걸. 나의 변주 테마는 나도 새총을 만들어야지, 정도가 될까.

"알았어. 네 말대로 할게."

고개를 틀어 해진을 마주 보며 대답했다. 녀석은 무어라 대꾸하려다 입을 꾹 다물어버렸다. 손가락으로 세게 쥐었다 놓은 것처럼 코끝이 빨개지고 있었다. 짐작건대, 다시 나를 패주고 싶은 모양이었다. 물론 실제로 그러지는 않겠지. 녀석도 일사부재리의 원칙 정도는 알고 있을 것이므로.

"가긴 가는데, 가기 전에 뭐 좀 먹자. 배고파."

나는 다시 주방으로 들어갔다. 냉장고에서 이모가 사온 케이크를 꺼냈다. 포크를 찾아 들고, 개수대에 엉덩이를 걸치고 선 채로 손바닥만 한 것 하나를 꾸역꾸역 다 먹었다. 할머니가 마른오징어를 씹듯, 오래오래, 오물오물. 그사이 마음이 차분하게 가라앉았다. 지금 내게 필요한 건 용기도 아니고 결단력도 아니었다. 탄수화물이었다. 덤으로 필요한 게 있다면, 행운이겠고. 나를 보는 해진의 눈엔 질문이 오락가락하고 있었다.

지금 그게 목구멍으로 넘어가냐.

어디서 주워들은 말을 녀석에게 들려주고 싶었다. 인류가 받은 저주 중의 하나가, 어떤 상황에도 적응한다는 거래. 나 봐라. 네 뒤통수치기에도 끝내주게 적응하고 있잖아. 나는 케이크 받침을 휴지통에 던지고 보조 식탁으로 다가가 어머니의 자동차 키를 내려놓았다.

"이게 뭐냐?"

해진은 시선만 움직여서 키를 내려다봤다. 어머니 차의 키라는 걸 모를 리 없었다. 어머니 대신 혹은 어머니와 교대로 운전한 것만도 수십 번은 될 테니까. 부연 설명을 요구하는 질문이었다.

"네가 운전해."

해진은 키를 집어 들고 일어났다. 무뚝뚝하고 무표정한 얼굴이었다. 얼굴이 곧 화면이었던 해진은 이제 내 앞에 없었다. 친구이자 형제로 살아온 10여 년도 존재하지 않는 것 같았다. 지층처럼 단단하게 쌓였다고 믿어온 것 역시. 믿음, 배려, 이해, 연민……. '사랑'이라는 이름 안에 수렴되는 수많은 감정들. 어쩌면 사랑이라는 감정 자체가 신의 의도가 아닌지도 몰랐다. 만약 그것이 신의 뜻이었다면, 세상을 창조할 때 만물이 만물을 사랑하는 관계로 설계했어야 한다. 서로 잡아먹으면서 살아남는 사슬로 엮는 게 아니라.

"밖에 눈 와. 올라가서 파카 걸치고 와."

해진이 청바지 앞주머니에 키를 넣으며 말했다. 다른 쪽 주머니에는 무언가가 길쭉하게 불거져 있었다. 빼앗아간 면도칼이 들어 있는 게 아닌가 싶었다.

"어차피 차 탈 건데 뭐."

몸을 돌리고 현관으로 걸어가 중문을 열었다. 해진은 내 어깨 뒤에 바짝 붙어 따라 나왔다. 녀석 역시 겉옷을 입지 않았다. 스웨터에 청바지, 맨발 그대로 나와 신발을 찾아 신었다. 너를 도망치게 해주지는 못하나, 너와 함께 추위에 떨 수는 있다고 말하는 것처럼. 나는 신발장을 열고 그제 밤에 신었던 운동화를 꺼냈다. 아직도 축축한 데다 신발 전체에 흙탕물 자국이 고스란히 남아 있었다. 뒤축을 구부려 신자 발꿈치 밑에서 찔꺽, 개구리 울음소리가 났다.

현관문을 나서자 헬로의 소리가 우리를 맞았다. 음의 반향으로 미루어 집 안이 아니라 집 밖에서 짖는 소리였다. 제 엄마와 외출을 하는 모양이었다. 나는 엘리베이터 단추를 누른 후 열중쉬어 자세로 섰다. 풀어놓은 소맷부리 안으로 오른손을 밀어넣어 양 손목을 겹쳐 잡고 슬쩍 뒤를 봤다. 해진은 허리를 굽힌 채 끌고 나온 운동화의 뒤축을 당겨 신고 있었다. 녀석이 허리를 펴자 엘리베이터가 도착했다.

나는 손을 등 뒤로 겹쳐 잡은 채 먼저 안으로 들어갔다. 폐쇄회로에 뒷모습이 자세하게 잡히지 않도록 등을 돌려 왼쪽 벽에 기대섰다. 등 뒤로 손이 묶인 사람처럼 최대한 불편하고 어정쩡한 동작으로 움직였다. 곧 해진이 뒤따라 들어와 지하 1층을 누르고 곁에 나란히 섰다. 엘리베이터는 22층에서 멈췄다. 문이 열리고 두 모자가 탔다. 쉴 틈 없이 깽깽거리는 헬로와 금방 앵무새 한 마리를 잡아먹고 나온 고양이처럼 입술을 새빨갛게 칠한 헬로 엄마.

미소를 띠고 우리를 보던 헬로 엄마의 얼굴이 삽시에 굳어졌다. 새우젓 눈이 왕새우처럼 커지고, 콧구멍이 쥐구멍만 하게 벌어졌다. 와중에도 깨알만 한 눈알을 굴려 내 몰골을 쓱 훑어내렸다. 퉁퉁 부어오른 데다, 피범벅이 된 얼굴, 팔을 뒤로 돌리고 불편하게 서 있는 모습까지. 이윽고 시선은 멀쩡한 얼굴로 곁에 서 있는 해진에게 옮겨갔다. 녀석의 표정이 흠칫 굳어지는 걸 보지 않아도 느낄 수 있었다. 난처해하는 기분도 분명하게 전해졌다. '제가 때린 게 아니에요' 하려다, 반 박자 늦게 제가 때렸다는 걸 깨달은 느낌이랄까.

헬로 엄마는 눈을 내리뜨고 문을 향해 돌아섰다. 두툼한 패딩 파카를 입고 있는데도 온몸이 꼿꼿해져 있다는 걸 알아차릴 수 있었다. 긴장이라기보다, 들어오지 말아야 할 장면 속으로 들어왔다는 불편함에 가까워 보였다. 헬로 역시 비슷한 심정 같았다. 제 엄마의 어깨에 앞다리를 걸친 채, 금방이라도 튀어오를 것처럼 머리통을 내밀며 짖어대기 시작했다. 달래거나 제지하는 사람이 없자 점점 더 맹렬해졌다. 지하 1층에 도착할 무렵엔 골이 다 뒤흔들릴 지경으로 시끄러웠다. 문이 열리자 헬로 엄마는 총알처럼 튕겨나가 비상구 밖으로 사라졌다.

"가자."

내가 가만히 서 있자, 해진이 팔꿈치를 잡아끌었다. 나는 마지못한 척, 팔에 끌려 엘리베이터에서 내렸다. 비상구 문 앞에서 너석이 팔을 놓자 다시 걸음을 멈췄다. 가기 싫어하는 기색이 역력하게 느껴지도록, 다리를 버티고 서서 움직이지 않았다.

"뭐해."

해진은 비상구 문을 열고 내 팔꿈치를 끌어당겼다. 나는 또 마지못한 동작으로 끌려 나갔다. 여전히 손은 등 뒤에 둔 채로. 잡아끌면 몇 발짝 끌려가고, 손을 놓으면 그대로 멈춰 서는 상황극은 어머니의 차에 도착할 때까지 되풀이됐다. 녀석은 내가 변덕을 일으켰다고 확신한 모양이었다. 내 팔꿈치를 붙든 채 차 키의 시동 버튼을 누른 후, 조수석 문을 열고 나를 안으로 밀어넣었다. 잠시 버티다 안으로 몸을 구겨넣자 곧장 문을 닫았다. 녀석이 보닛 앞을 돌아서 운전석에 올라타는 데는 10초도 걸리지 않았을 것이다. 긴 시간은 아니었으나 블랙박스의 전원 잭을 뽑아버리는 데는 충분한 시간이었다.

"안전벨트 매."

해진은 안전벨트를 매면서 말했다. 나는 그렇게 했다. 엉덩이는 의자 등받이 깊숙이 밀어넣고, 뒤축을 접어 신은 신발은 발을 털어서 벗어버렸다. 글러브 박스에 맨발을 올리고 나자 해진이 차를 출발시켰다. 블랙박스에는 눈길 한 번 주지 않았다. 아마 의식의 그물에 걸리지도 않았을 것이다. 내가 보여준 변덕의 징후가 신경 쓰이고, 마음이 변하기 전에 경찰에게 데려가야 한다는 조급증이 앞섰을 것이므로. 헬로 엄마와는 주차장 진출입로 앞에서 다시 만났다. 양쪽 끝에서 나온 두 차는 얼굴을 맞대기 직전에 멈춰 섰다. 해진이 불을 깜박여 먼저 나가라는 신호를 보냈다. 헬로 엄마는 상향등을 내리고 움직이지 않았다.

"군도지구대로 갈 거야."

진출입로를 빠져나온 후 해진이 말했다. 군도지구대는 신시1지구에 있었고, 교차로를 지나 동진1교를 넘어가면 5분 안에 닿는 곳이었다. 도착하면 아마도 조금 전에 떠난 두 형사들과 만날 터였다. 그곳에 수사본부를 차렸을 테니까.

"좋을 대로 해."

나는 앞 차창을 내다보며 대답했다. 눈이 내리고 있었다. 올해 들어 처음 오는 눈이었다. 첫눈치고는 기세가 꽤 드셌다. 내린다기보다 쏟아붓는 수준이었다. 하느작하느작 떨어지는 걸로 봐서 바람은 불지 않는 것 같았다. 그나마 다행이었다. 해진은 와이퍼를 작동시켰다. 시계는 8시 36분을 가리켰다. 용이 아저씨를 생각하지 않을 수 없었다. 오늘 일찍 문을 닫을까. 첫눈이 조기 폐점 사유에 들어 있었던가. 첫눈이 아니라도,

동네가 뒤숭숭해서 일찍 들어갈지도 모르지. 살인 사건이 났던 그저께도 그랬으니까.

해진은 후문 쪽으로 차를 몰았다. 나는 사이드미러로 뒤를 봤다. 까만 거울 표면에, 진출입로를 빠져나오는 헬로네 차의 전조등이 번쩍거리고 있었다. 후문 차단기를 통과해 교차로 쪽으로 우회전한 후 다시 봤을 때도 그 집 차는 여전히 우리 뒤에 있었다. 방조제로 나갈 모양새였다.

"힘 내."

해진이 곁눈질을 던지며 한말씀 하셨다.

"이렇게 하는 게 옳은 거야. 최선이고."

스스로 고개라도 끄덕일 것 같은 녀석의 표정에서 나는 여러 가지를 읽었다. 나에 대한 죄책감, 내가 주눅 들고 겁먹은 나머지 무슨 일을 저지를지도 모른다는 불안감, 어떻게든 무사히 지구대로 데려가야 한다는 책임감. 나름대론, 용기를 돋워보겠다고 던진 말일 테지. 내가 아니라 저 자신에게. 내 생각을 말하자면 옳은 게 모두 최선은 아니었다. 옳다와 당연하다가 같은 의미도 아니었다. 지금 상황에서 당연한 건, 내 인생을 내게 맡겨두는 것이었다. 그게 저한테도 나한테도 최선이었다.

"난 괜찮아."

대답하며 나는 앞 차창을 노려봤다. 교차로 신호등에 빨간불이 들어와 있었다.

"어제 엘리베이터에서 내릴 때만 해도, 이런 일이 일어날 줄은 상상조차 못 했어."

해진이 말했다. 차는 신호 대기선에 멈춰 섰다. 헬로 엄마는 옆 차선을 두고 우리 뒤에 와서 붙어 섰다.

"아니, 오늘 아침까지도 그랬지. 그때까지도, 너랑 나랑 이런 식으로 어머니 차를 타게 될 줄은 상상조차 못 했어. 뭔가 이상하다는 느낌은 있었지만."

해진의 목소리는 고해성사라도 하듯 점점 나직해졌다.

"아래층에서 너를 기다리는 내내 그랬어. 혹시 이게 꿈이 아닐까. 내 눈으로 시신을 봤으면서도 실감이 나지 않았어."

나는 송곳니 끝으로 입안을 잘근잘근 물어뜯었다. 어머니의 일기인지 메모인지와 하등 다를 게 없는 고백이었다. 너를 사랑하지만 이렇게 할 수밖에 없으며, 이래야 하는 나는 당하는 너보다 더 힘들고 고통스럽다. 그걸 네가 알았으면 좋겠다.

"너를 자수시키러 가는 지금까지도 그래. 악몽을 꾸는 기분이야. 눈만 번쩍 뜨면 예전으로 돌아갈 수 있을 것 같은 기분이고."

신호등이 파란불로 바뀌었다. 해진은 차를 출발시켰다. 나는 입을 열었다.

"부탁이 하나 있어."

"뭐?"

녀석은 룸미러로 뒤를 보며 물었다. 헬로 엄마는 여전히 뒤를 따라오고 있었다.

"20분만 늦추자."

해진의 시선이 룸미러에서 내게로 옮겨왔다. 무슨 말이냐는 눈이었다.

"전망대에 잠깐 들렀다 가고 싶어서."

"은하수전망대?"

고개를 끄덕였다. 이 동네에서 전망대가 거기밖에 더 있어?

"걱정할 거 없어. 도망치지 않을 테니까. 운전도 네가 하고 있잖아."

"걱정하는 게 아니라……."

"그냥 한번 들렀다 가고 싶을 뿐이야."

두통과 이명에 시달리던 숱한 밤들이 기억났다. 날이 밝자마자 미친 놈처럼 전망대로 달려가던 수많은 새벽이 생각났다. 용이네 호떡집 불빛이 건너다보이던 절벽 난간이 떠올랐다. 그곳에 아무것도 모르던 시절의 내가 있었다. 어머니에게 독립을 선언하는 때를 꿈꾸는 내가 있었다. 20여 미터 앞에선, 눈보라에 휩싸인 동진1교가 희미하게 모습을 드러냈다.

"마지막으로 한 번만. 다시는 이곳으로 돌아올 수 없을 테니까."

해진을 안심시키기 위해 덧붙였다.

"차에서 내릴 생각은 없어. 그냥 돌아보는 걸로 충분해."

해진은 동진1교를 그대로 지나쳤다. 그렇게 해주기로 마음먹은 것 같았다. 헬로 엄마와는 방조제로 들어가는 신호등 앞에서 헤어졌다. 그녀의 차는 우회전해서 인천 쪽으로 멀어졌고, 우리는 해상공원 쪽으로 좌회전했다. 눈보라 탓인지, 방조제 도로는 그제보다 더 어둡고 한산했다. 아직 이른 시간인데도 통행 차량조차 거의 없었다. 버스 승강장 역시 텅 비어 있었다.

눈을 돌려 해진을 봤다. 지금 여기서 나를 놓아주면 버스를 타고 사라져줄 수 있는데. 내 시선을 느낄 텐데도 녀석은 앞 차창에만 눈을 붙박고 있었다. 나는 다시 옆으로 시선을 돌렸다. 용이네 호떡집은 아직 불이 켜져 있었으나 입구 포장은 닫혀 있었다. 안에서는 용이 아저씨가 출장에서 돌아온 신사로 변신 중일 것이다. 나루터 입구에 주차돼 있던 경찰차들은 보이지 않았다.

10분 후, 우리는 연륙교로 들어섰다. 귀환 불능 지점으로 들어선 셈이었다. 경찰차와 만난 건 연륙교를 절반쯤 통과했을 무렵이었다. 해상공원을 돌아 나오는 길인 듯했다. 부디 우리를 눈여겨보지 말고 가던 길을 갔으면, 했다. 경광등 빛이 시야에서 멀어지자 그러는가 싶었다. 착각이었다. 공원으로 들어선 후, 멀어졌던 경광등 빛이 다시 나타났다. 뿐만이 아니라 우리를 향해 상향등을 깜박거리기 시작했다. 의미가 분명한 신호였다.

"서라는데."

해진이 흘끔 뒤를 보며 말했다. 낭패감이 쓴맛처럼 입안으로 번졌다. 유일하게 염려했던 변수가 결정적인 변수가 될 모양이었다. 고달파지겠다, 싶긴 했지만 포기할 마음은 들지 않았다. 금방 지나친 공원 도로표지판에 의하면 전망대가 있는 절벽까지는 500미터도 남지 않았다. 더하여 활주로처럼 쭉 뻗은 직진 구간이었다. 신발을 사야 할 때였다.

"그냥 달려."

"뭐?"

해진이 곁눈질을 하며 되물었다. 나는 버튼을 눌러 창문을 내리면서 다시 말해주었다.

"달리라고. 새끼야."

창문으로 휘몰아친 바람이 내 목소리를 지웠다. 들이치는 눈보라는 시야를 가렸다. 순찰차는 웽, 하는 사이렌을 불기 시작했다. 나는 글러브 박스에서 다리를 내렸고, 해진은 창문 버튼에 손을 올리면서 버럭 소리를 질렀다.

"멈추라고 하잖……."

왼쪽 팔꿈치를 휘둘러 녀석의 눈두덩을 들이받아버렸다. 헉, 소리가 튀고 녀석의 손에서 핸들이 빠졌다. 머리와 몸통은 뒤로 젖혀지고, 다리가 들리면서 액셀에서 발이 떨어졌다. 나는 그 틈을 타서 한쪽 다리를 운전석으로 밀어넣고 온 힘을 다해 액셀을 내리눌렀다. 왼쪽 어깨로는 녀석의 얼굴과 상체를 짓뭉갰고, 오른손으론 핸들을 잡았다. 그런 다음 온 힘을 다해 버티기 시작했다. 하나, 둘, 셋…….

배기량 크고 성능 좋은 어머니의 차는 묵직한 소리를 내지르면서 가속을 시작했다. 어깨 밑에서 해진이 몸부림을 쳤지만 꿈쩍하지 않았다. 차 역시 흔들림 없이 절벽을 향해 돌진했다. 다음 순간, 샛노란 철제 난간이 눈앞에 들이닥쳤다. 나는 운전석에서 발을 빼고 해진에게서 떨어져 나왔다. 차는 활주로를 이륙하는 비행기처럼 난간을 박살 내면서 눈보라가 휘도는 새하얀 허공으로 튀어나갔다.

몸이 붕 뜨는 느낌이 왔다. 어젯밤, 이모를 죽이던 순간처럼, 시간이 다시 백분의 1초 단위로 흘러가기 시작했다. 온몸의 신경들은 제각각 눈이 되어 찰나의 상황들을 모두 읽어들였다. 앞으로 튀어나가려는 몸통을 안전벨트가 붙드는 순간, 머리가 뒤로 홱 젖혀지면서 목뼈가 꺾이는 느낌이 왔다. 엄청난 충돌음과 요동이 차체를 뒤흔들었다. 앞과 옆에서는 에어백이 동시에 터졌다. 산 채로 매장을 당하는 것처럼 나는 충격의 한복판에 갇혔다. 에어백이 쪼그라들고, 열린 창문으로 급류가 덮치듯 물이 쏟아져 들어올 때까지, 손끝 하나 꼼짝할 수 없었다.

차체의 요동이 멈췄다. 어둠과 고요가 한꺼번에 찾아왔다. 차체는 금방이라도 뒤집힐 것처럼 앞으로 기울어지고 있었다. 열린 창문으로 파도가 쉴 새 없이 들이쳤고, 바닷물은 내 목까지 차올랐고, 냉기는 뼛속까지 스며들었다. 머리 위에선 경찰차의 사이렌 소리가 요란하게 울리고 있었다. 몇 분 후면, 호출을 받은 차들이 착착 집결할 터였다. 그들이 절벽 아래 바다로 내려오거나, 해경이 출동하는 데에는 시간이 좀 걸릴 터였다. 차는 그전에 가라앉을 것이고.

나는 의자 옆을 더듬어 안전벨트를 풀고 열려 있는 창문을 통해 차에서 빠져나왔다. 기울어진 차 지붕을 붙들고 차체에 몸을 기댄 후, 셔츠와 바지를 벗어던졌다. 순간, 전망대의 서치라이트 빛이 해수면 위를 베고 지나갔다. 덕택에 어디를 향해 가야 할지 방향을 잡을 수 있었다. 경찰이 나타나지 않았다면 사정이 훨씬 나았을 것이다. 절벽 위로 다시 올라가기만 하면 됐을 테니까. 최소한 눈보라치는 바다를 헤엄쳐 가야 하는 일은 없었겠지. 그나마 다행인 건, 지금이 물이 들어오는 시기라는 점이었다.

  두어 번 심호흡을 하는 동안, 눈을 감고 상상했다. 이곳은 바다가 아닌 수영장이며, 이제부터 내 주 종목인 1500미터 경기를 시작해야 한다고. 이것이 생애 마지막 시합이 될 것이라고. 열여섯 살 이래로 수중 훈련을 해본 적이 없다는 사실은 고의적으로 잊어버렸다. 작년 여름 세부에 다녀온 이래, 물에 들어간 적이 없다는 점 역시 무시해버렸다. 대신 머릿속 낙관주의자가 속삭여오는 달착지근한 말을 믿었다. 할 수 있어. 잘해봐야 2킬로미터 남짓이잖아. 서두르지만 않으면 그 정도는 껌을 씹으면서도 갈 수 있어.

  가슴이 고요하게 가라앉았다. 심장은 평소처럼 규칙적으로 뛰었다. 나는 어둠 속에서 서서히 솟구쳐 오르는 바다를 바라보았다. 밀물의 속도는 늦으면 7킬로, 빠르면 15킬로미터 정도일 것이다. 내 보속의 두 세배 속도였다. 바다를 떠도는 부유물처럼, 밀물을 타고 갈 수만 있다면 넉넉 잡아 30분 안에 도착할 텐데.

  출발 직전, 뒤를 돌아봤다. 해진의 모습은 이미 보이지 않았다. 차는 해수면 아래로 가라앉는 중이고, 전조등은 꺼진 데다, 차 안은 어두웠으며, 주변은 짙은 안개와 함박눈에 휩싸여 있었다. 방조제 쪽으로 돌아간 서치라이트 빛이 돌아오기를 기다릴 만한 여유도 없었다. 차가운 대기가 도끼처럼 등을 찍어대고 겨드랑이 밑에는 살얼음이 끼는 기분이었다. 그나마 바람이 얌전하다는 게 행운이라면 행운이었다.

나는 차체를 박차면서 파도 속으로 나를 던졌다. 내 몸은 솟구치는 파도를 끌어안고 높이 올라갔다가 깊은 파곡으로 내려앉았다. 잠시 후, 몸이 물결 위로 부드럽게 떠오르자 팔을 저어 앞으로 나아가기 시작했다. 가야 할 길이 멀었으나 여유를 잃지 않으려고 애를 썼다. 온몸이 얼음덩어리가 된 듯 했으나 조급증을 떨쳐버리려 안간힘을 썼다. 뱃가죽과 옆구리에서 딸꾹질과 비슷한 경련이 감지됐지만 정상적인 호흡을 하고자 노력했다. 이 상황에서의 긴장은 죽음의 다른 이름이었다. 계산보다 약간만 더 무리를 해도 절반도 못 가 침몰하는 난파선이 될 터였다. 두려워하지 않고, 서두르지 않고, 물을 타고 나아가는 게 최선이었다.

어느 순간, 서치라이트 빛이 서서히 다가와 나를 통과해갔다. 빛이 지나고 나자 시야는 더욱 어두워졌다. 어둠이 너무 짙어서 손을 넣으면 검은 덩어리라도 푹 퍼낼 수 있을 것 같았다. 안개는 더욱 짙어지고, 함박눈은 눈보라에 가까워지고, 시계 거리는 빠른 속도로 짧아졌다. 묵직하게 출렁이는 바다의 무게가 몸을 짓눌렀다. 나는 점점 힘이 빠지는 걸 느꼈다. 자주 물 밑으로 가라앉았고, 숨이 턱끝으로 차올랐다. 입을 벌리면 짜고 차가운 물이 가차 없이 들이쳤다. 사지는 뻣뻣해져서 헤엄을 치는 게 아니라 말뚝 네 개로 노를 젓는 기분이었다. 의식은 쇄빙선처럼 시간과 공간을 뚫고 과거로 돌진했다.

나는 유민 형과 서바이벌을 하던 그 섬 절벽으로 돌아갔다. 새총에 얻어맞고 고꾸라진 내 안으로 들어갔다. 이마를 감싸 쥔 채 머리 뒤편에서 울리는 형의 웃음소리를 들었다. 너 아직도 안 죽은 거야?

내 안의 목소리가 대답했다. 기다려, 곧 죽을 것 같으니까. 아득한 곳에선 종소리가 들려오고 있었다. 댕. 대앵. 댕…….

'거기 서.'

형이 소리를 질러댔다.

'서라고 인마.'

몽돌이 목 옆을 스쳐 갔다. 시야가 흐릿해왔다. 귓속에선 종소리가 폭발하고 있었다.

'새끼야, 서란 말이야.'

내 몸은 솟구쳐 오른 검은 파도를 끌어안듯 타고 넘었다. 머리가 수면 아래로 가라앉았다가 가까스로 다시 떠올랐다. 그사이 형의 목소리가 사라졌다. 절벽도, 해송 숲도, 종소리도. 안개 속에선 불빛들이 빠르게 움직이고 있었다. 그러고 보니 모터 소리가 희미하게 울리는 것도 같았다. 어쩌면 신고를 받고 구조에 나선 해경의 보트일지도 몰랐다.

머릿속으로 어둠이 몰밀어왔다. 몸 안으로 바다가 들이닥쳤다. 폐 밑바닥에 깔려 있던 마지막 공기가 빠져나갔다. 아등바등 이어보려던 육신의 생애가 갑자기 툭, 끊겨버리는 느낌이었다. 나는 의지가 꺾이는 것을 느꼈다. 그날, 그 바다에서 형과 아버지도 이랬을까. 이런 식으로 허무하게 삶을 놓아버렸을까.

파도가 몸을 뒤집었다. 나는 사지를 풀어놓고 흔들리는 물결 위에 드러누웠다. 눈보라가 걷히고 하늘이 열렸다. 별들이 가까이 내려왔다. 빛이 이마에 닿는 순간 어떤 목소리가 은밀하게 속삭여왔다.

어머니가 옳았어.

에필로그

 그날 밤이 어제처럼 생생하다. 기억은 기록영화만큼 세세하고 사실적이다. 죽음의 시계가 째깍거리던 어느 한순간만 흐릿할 뿐. 그때 내가 의식을 잃었는지 아닌지도 분명하지 않다. 기억하는 건, 무언가에 머리를 쿵, 부딪히며 제정신으로 돌아왔다는 것 정도다. 눈을 뜨고 보니 나루터 계류삭에 몸을 걸치고 엎드려 있었다. 그 자리에서 발견됐던 어떤 여자의 시신처럼.
 바다는 백색 어둠에 휩싸여 있었다. 천지를 분간할 수 없을 만큼 안개가 짙었다. 함박눈은 폭설에 가까워져 있었다. 해상공원 쪽에서는 경찰차의 사이렌 소리가 요란하게 울리고, 먼 해상에는 해경의 보트들이 오가고 있었다. 머리 위 방조제에도 경광등 불빛들이 쉴 새 없이 오갔다. 나루터만 텅 비어 있었다. 나는 죽음을 등에 업은 채, 적막하고 춥고 어두운 삶의 기슭으로 돌아온 셈이었다.
 생환을 자축할 여유 같은 건 없었다. 몸뚱이가 무쇠로 된 갑옷처럼 무거웠다. 그걸 물에서 건져 올리는 일이 결코 쉽지가 않았다. 시야는 부옇게 흔들려 백색맹이나 다름없고, 사지는 감각이 없었다. 입안에선 이가 부딪히고, 몸 안에선 꽁꽁 얼어붙은 관절들이 덜걱거렸다. 숨을 마실 때마다 칼날 같은 공기가 목구멍을 벴다. 귓속에선 같은 말이 맴돌고 있었다. 어머니가 옳았어.

부연 시야에 수십 개로 나뉜 시간의 조각들이 느릿느릿 흘러갔다. 입술을 감쳐물고, 종탑을 향해 성큼성큼 뛰는 나, 거기 서라고 소리 지르며 종을 쳐대는 형, 난간 위로 뛰어오르면서 형을 향해 주먹을 날리는 나, 종 줄을 틀어쥔 채 비틀거리는 형, 비틀거리는 형을 발로 걷어차버리는 나. 나는 포물선을 그리며 절벽 아래로 추락하는 형과 형의 손아귀에서 흔들리는 종 줄과 턱을 벌려 형을 집어삼키는 바다와 파도를 타고 떠올랐다가 시야 밖으로 멀어지는 형의 마지막 모습을 꼼짝하지 않고 지켜보았다. 그때 무슨 생각을 했는지도 또렷하게 기억났다.

웃기지 마. 살아남는 쪽이 이기는 거야.

나루터 가로등 빛이 휴게소로 올라가는 계단 난간을 노랗게 비추고 있었다. 나는 감각 없는 손으로 철제 난간을 움켜쥐고, 쪼그라든 폐로 거친 숨을 몰아쉬며, 얼어붙은 발을 움직여 계단을 올라갔다. 고산병에 걸린 채 히말라야를 오르는 것처럼 고통스러웠다. 머리 위에 있는 용이네 호떡집은 명왕성만큼이나 멀었다. 그래도 쉬지 않고 올라갔다. 나를 움직인 건 기적의 힘도, 의지의 힘도 아니었다. 온전히 다음 한 발짝에만 집중하는 단순성의 힘이었다.

마지막 계단을 디디고, 방조제 위로 올라서자 불 꺼진 호떡집이 나를 맞았다. 그사이 퇴근해준 용이 아저씨가 고마웠다. 그 순간 도로에 차량이나 인적이 없었던 자그마한 행운에 감동받았다. 나는 허벅지의 테이프를 풀고 커터 칼을 꺼내 포장 뒤편 벽을 갈랐다. 안으로 들어서자 단숨에 숨쉬기가 편안해졌다. 안도가 밀려들었다. 신의 뜻에 따라, 끝까지 살아남을 모양이라고.

나는 수레의 천장을 이룬 나무틀을 더듬어서 총 모양의 기다란 가스라이터를 찾았다. 방아쇠를 당기자 딸깍 소리와 함께 불이 올라왔다. 희미하나마 시야가 트였고, 몸을 닦을 만한 것이 눈에 들어왔다. 용이 아저씨가 평소 손을 닦을 때 쓰는 걸레인지 수건인지가 나무틀 한쪽에 걸려 있었다. 호떡 장수 유니폼도 늘 걸어두는 기둥에 걸려 있었다.

서둘러 머리와 몸의 물기를 닦고, 유니폼을 주워 입었다. 누비바지와 누비점퍼, 귀를 덮는 털모자, 마스크, 목이 짧은 고무장화, 장화 안에 들어 있던 두툼한 등산용 양말까지. 옷은 전체적으로 짧았으나 스타일을 고려할 처지가 아니었다. 몸이 들어가는 것만으로도 감지덕지한 심정이었다.

나는 정신없이 떨리는 몸을 질질 끌고 안산행 광역버스를 탔다. 그날 밤을 안산의 한 찜질방에서 보냈다. 따뜻한 물에 소금기를 씻고, 사우나에서 땀을 빼고, 뜨끈뜨끈한 온돌 바닥에서 짧지만 깊은 잠을 잤다. 이튿날 새벽엔 광명역에서 목포행 기차를 탔다. 열두 시간 후엔, 새우잡이 배의 견습 선원이 되어 바다로 나갔다. 이후 1년, 바다를 떠돌았다. 배 밑바닥에서 자고, 밥을 하거나 청소를 하거나, 새우잡이를 거들면서 이른바 '노예 생활'을 계속했다. 자의 반 타의 반이었다.

해진의 소식은 기차 안에서 YTN 뉴스로 접한 게 전부였다. 시신과 차가 해경에 의해 인양됐다고 했다. 안전벨트에 몸이 묶인 채 마지막까지 탈출하려 했던 흔적이 있었다고 했다. 내가 뒤를 돌아보던 마지막 순간까지, 해진은 어둠 속에서 홀로 몸부림치고 있었던 셈이다.

나는 내 예상보다 차분한 심정으로 뉴스를 들었다. 냉정한 정신으로 그 모습을 상상했다. 다만 목 깊은 곳에 걸려 있던 뜨거운 덩어리까지 사라지지는 않았다. 끈질기게 나를 괴롭혀온 두통처럼 오래오래 남아 울컥거렸다. 우리는 어떤 관계였을까. 우리 사이엔 무엇이 있었을까. 나로서는 아직도 알 길이 없다. 분명한 것은 하나뿐이었다. 나와 해진, 우리의 관계는 검증되지 말았어야 했다는 것. 내가 좀 더 빨리 떠났거나, 해진이 좀 더 늦게 알았다면 그럴 수 있었을 텐데.

이후 해진의 소식도, 수사 상황에 대해서도 듣지 못했다. 배에도 물론 라디오가 있었으나 뉴스를 챙겨 들을 처지가 아니었다. 태어나 처음으로 살기 위해 바빴다. 사는 일에 모든 에너지를 쏟았다. 덕택에 살아서 다시 뭍에 발을 디뎠다. 오늘 아침 7시경이었다. 주머니엔 그간의 노예 생활로 받은 돈 몇 푼이 들어 있었다.

가장 먼저 목욕탕을 찾아갔다. 딱 1년 만이었다. 몸을 씻은 것도, 수염을 깎은 것도, 거울을 본 것도, 얼굴에 뭔가를 발라본 것도, 새 옷과 새 모자와 새 운동화를 산 것도, 육지의 밥을 먹은 것도, 해진이 좋아하던 드립 커피를 마신 것도. 그다음으로 찾아든 곳이 근처 PC방이었다. 게임에 몰두한 한량들 사이에 앉아 나는 1년 전 뉴스를 빠짐없이 찾아봤다.

세간에서 그 일은 '면도칼 살인 사건'으로 회자됐다. 범인으로 지목당한 해진은 이름 대신 '칼잡이'로 불렸다. 경찰은 '자신을 입양한 어머니와 어머니의 여동생, 길 가던 여자를 죽인 후 남동생까지 죽이고 해외로 도피하려다 실패해 스스로 목숨을 끊었다'고 결론 내렸다. 이 같은 결론을 내린 데는 몇 가지 근거가 있었다. 해진의 청바지에 들어 있던 면도칼, 옥상 퍼걸러 테이블에서 발견된 '과외' 재킷, 어머니의 카드로 예약된 리우데자네이루행 항공권. 더하여 나를 곤죽이 되도록 두들겨 패서 손을 묶고, 차에 태운 후, 해상공원으로 끌고 가는 걸 봤다는 이웃 주민이 있었다. 죽은 자는 말이 없고, 증거들은 모조리 해진을 가리켰던 셈이다.

  차에 함께 타고 있던 동생, 'H군'은 실종자로 분류됐다. 사흘 동안 수색 작업을 벌였으나 옷가지 말고는 찾아낸 것이 없었다. 수영 선수 출신이라는 점을 들어 생존 가능성도 제기됐으나 이를 증명할 단서나 목격자가 끝내 나타나지 않았다.

  당시의 충격을 반영하듯, 불과 며칠 동안 올라온 뉴스 꼭지가 수백 개도 넘었다. 뉴스마다 수천에서 수백 개의 댓글들이 달렸다. 표현은 달랐으나 요지는 대체로 '머리 검은 짐승은 거두지 말아야 한다'였다. 나는 뉴스 창들을 닫았다. 그렇든 어떻든 내가 바다를 떠도는 사이, 사건의 충격은 사람들 머리에서 사라졌겠지. H군의 생사에 대한 궁금증 역시 자연스레 잊혔을 것이고.

  컴퓨터를 끄려다 다시 포털로 들어갔다. 해진의 메일 아이디와 비밀번호를 기억해내는 건 그리 어렵지 않았다. 메일 박스로 들어가자 보지 않은 메일들이 수백 통 쌓여 있었다. 대부분 보험회사나 쇼핑몰, 영화제작사에서 날아온 광고 메일들이었다. 나는 20여 페이지를 뒤로 넘긴 끝에 1년 전 이맘때 A항공사가 보낸 메일을 찾아냈다. 리우데자네이루행 전자항공권이 첨부된 메일이었다.

Passenger Name: KIM HAE JIN
Booking Reference 1967-3589
Ticket Number 1809703202793

해진은 메일을 열어보지 않았다. 하기는 집을 나서기 전까지 열어볼 여유가 없었을 것이다. 집을 나선 후에는 열어볼 수가 없게 되었고. 그때 해진의 마지막 모습을 볼 수 있었더라면, 그리하여 작별 인사를 할 수 있었다면, 나 역시 메일을 열어보지 않았을 것이다. 녀석에게 영원히 도착하지 못한 이 크리스마스 선물은 지난 1년, 의식 깊은 곳에 대못처럼 박혀 있었다. 바다를 떠돌던 숱한 밤, 나는 나와 해진의 소망에 대해 생각했다. 만약 그날, 해진이 나를 보내주었다면 어땠을까. 해진은 리우에서 크리스마스를 맞을 수 있었을까.

 보내주지 않은 덕택에 나 홀로 소망을 이뤘다. 비록 요트가 아닌 새우잡이 어선이었지만, 하루하루가 죽을 만큼 고달팠지만 마음만은 편했다. 오늘 아침 항구에 내리기 직전까지 머리 없는 짐승처럼 살았으므로. 세상으로 돌아오긴 했으나 다시 사람으로 살아갈 수 있을지는 잘 모르겠다. 사람들 속에서 살아갈 수 있을지도.

 메일을 닫고 PC방을 나왔다. 잘 곳을 찾아 무작정 걷기 시작했다. 도로는 한적하고, 12월의 밤은 스산하고, 바다는 부옇게 젖어 있었다. 저 앞 흐릿한 안개 속에선 누군가 걸어가고 있었다. 자박자박 발소리가 들려왔다. 짠 바람을 타고 피 냄새가 훅, 밀려왔다.

작가의 말

"인간은 살인으로 진화했다"

진화심리학자인 데이비드 버스는 그의 저서 《이웃집 살인마(원제:The Murderer Next Door)》에서 다음과 같은 요지의 주장을 펼쳤다. 인간은 악하게 태어난 것도, 선하게 태어난 것도 아니다. 인간은 생존하도록 태어났다. 생존과 번식을 위해서는 진화과정에 적응해야 했고, 선이나 악만으로는 살아남을 수 없었기에 선과 악이 공진화했으며, 그들에게 살인은 진화적 성공(유전자 번식의 성공), 즉 경쟁자를 제거하고 문제를 해결하는 가장 효율적인 방법이었다. 이 무자비한 '적응구조' 속에서 살아남은 생존자들이 우리의 조상이다.

그에 따르면, 악은 우리 유전자에 내재된 어두운 본성이다. 그리고 악인은 특별한 '누군가'가 아니라, 나를 포함한 '누구나'일 수 있다.

독자들은 종종 내게 묻는다. 왜 그토록 인간의 '악'에 집착하는지. 이에 대한 답을 하려면 오래 전, 어느 '악인'의 '악행'에 관심을 갖기 시작했던 때로 거슬러 올라가야 한다. 그해 봄, 멀쩡하게 생긴 스물세 살의 청년이 부모를 살해해 세상을 경악시킨 사건이 있었다. 미국유학을 떠났다가 거액의 도박 빚을 진 채 한국에 돌아온 그는 "너는 아무 일도 할 수 없는 놈"이라는 아버지의 질책에 격분해 범행을 결심하고 실행에 옮긴다. 그것도 아버지를 50여 차례, 어머니를 40차례나 칼로 찔러 죽였다. 더하여 잠든 조카가 있는 집에 불을 질러 증거를 인멸해버렸다.

나는 이 청년의 정체가 궁금했다. 어떤 사람이기에 이런 일을 저지를 수 있을까.

아직 '사이코패스'라는 용어가 보편화되지 않은 시절이었다. 지금처럼 인터넷이 구축되기 이전의 세상이었다. 그에 대해 알 수 있는 건, 언론과 방송이 매일같이 쏟아내는 뉴스가 전부였다. 100억이 넘는 부모의 재산을 노린 범죄라느니, 사건 이후 태연하게 금고를 옮기고 마당을 청소했다느니, 장례식장에서 여자친구와 웃으면서 놀고 있었다느니, 체포된 후로도 거짓진술로 일관한다느니, 범행을 반성하는 대신 부모 탓을 한다느니, 어릴 때부터 정신병리적 징후가 있었다느니……

그때만 해도 나는 아직 젊었다. 그런 만큼 인간을 바라보는 시각도, 사고도 미성숙했다. 그러므로 이 특별한 악인의 특별한 악행을 이해할 수 없었다. 그의 내면이나 진짜 동기를 추측해보는 것은 더욱 불가능했다. 당시 심취해 있던 프로이트에게서 미약한 실마리 하나를 얻었을 뿐이다.

"도덕적이고 고결한 사람이라도 자신의 깊은 무의식 속에서는 금지된 행위에 대한 환상, 잔인한 욕망과 원초적 폭력성에 대한 환상이 숨어 있다. 사악한 인간과 보통 인간의 차이는 음침한 욕망을 행동에 옮기는지, 아닌지의 여부에 달려 있다."

실마리는 얻었으나 궁금증은 해결되지 않았다. 오히려 인간 본성의 정체에 대한 근본적인 의문만 얻었다. 내 관심사는 오랜 기간에 걸쳐, 프로이트에서 정신병리학으로, 뇌과학에서 범죄심리학으로, 진화생물학에서 진화심리학으로 범위가 확장되었다. 이 과정에서 나는 이해할 수 없었던 그때의 '특별한 악인'을 종종 떠올리곤 했다. 이 소설의 주인공, '유진'이 수정란의 형태로 내 안에 착상된 셈이다.

그렇기는 하나, 나는 여전히 인간으로서도, 작가로서도 미성숙했다. 그를 온전히 이해하고 키워서 존재로 탄생시킬 능력이 없었다. 이 무지막지한 존재를 책임질 용기도 없었다. 가진 것이라고는 쓰겠다는 '욕망'뿐이었다. '유진'을 여러 형태로 그려낸 이유다. 등단작인 《내 인생의 스프링캠프》에선 정아의 아버지로, 《내 심장을 쏴라》에선 점박이로, 《7년의 밤》에서는 오영제로, 《28》에서는 박동해로. 매번 다른 악인을 등장시키고 형상화시켰으나 만족스럽지 않았다. 오히려 점점 더 목이 마르고 답답했다. 그들이 늘 '그'였기 때문이다. 외부자의 눈으로 그려 보이는 데 한계가 있었던 탓이다. 결국 '나'여야 했다. 객체가 아닌 주체여야 했다. 우리의 본성 어딘가에 자리 잡고 있을 '어두운 숲'을 안으로부터 뒤집어 보여줄 수 있으려면. 내 안의 악이 어떤 형태로 자리 잡고 있다가, 어떤 계기로 점화되고, 어떤 방식으로 진화해 가는지 그려 보이려면.

히말라야에 다녀온 후 이 일을 해보겠다는 결심이 섰다. 안전거리를 확보하지 않아도 '나'가 될 수 있겠다고 생각했다. 소설의 '나'는 작가인 '나'와 함께 진화해가리라고 내다봤다. 피식자에서 포식자로 변화해 가는 과정을 의미 있게, 나아가 그럴 법하게 형상화할 수 있으리라 믿었다. 나는 새 노트를 장만하고, 기억나지 않는 누군가의 말을 인용해 이렇게 썼다.

"나는 마침내 내 인생 최고의 적을 만났다. 그런데 그가 바로 나인 것이다."

나는 정말로 내 인생 최대의 적을 만났다. 이제는 마음먹은 대로 쓸 수 있겠다, 생각한 건 내 오만이었다. 세 번을 다시 썼다. 외지에서 공부하는 아들과 함께 지내며 한 번, 남해 바닷가에서 한 번, 집으로 돌아와 한 번. 플롯이나 문장, 묘사에 대한 수정이야 수도 없이 하는 일이지만, 이야기 자체를 세 번씩 부순 건 《내 심장을 쏴라》 이후 처음이었다. 이유는 하나, '유진'이 존재로서 만져지지 않았기 때문이다. 이 교활한 아이는 나를 어두운 미로에 가둬두고 머리칼 끝만 거뭇거뭇 보여주는 숨바꼭질을 계속했다.

당황스러웠다. 습작을 막 시작하던 시절처럼 막막하고 혼란스러웠다. 아니, 나 자신에게 실망스러웠다. 처음 소설을 시작할 때, 나는 내가 작가로서 충분히 자유롭게 사고한다고 믿었다. 두 번째 다시 쓸 때까지도 그렇다고 우겼다. 세 번째로 다시 쓸 때에야 비로소 인정하지 않을 수 없었다. 작가인 '나'가 어린 시절부터 학습돼온 도덕과 교육, 윤리적 세계관을 깨버리지 못했다는 걸. 주인공인 '나'는 그런 것에 전혀 구애받지 않는 '맹수'인데. 더 나쁜 건, 그 틀이 깨지는 걸 두려워하고 있었다는 점이다. 선대의 작가들, 스승으로 삼았던 작가들을 통해, 작가는 자기 이름을 걸고 글을 쓰는 한 두려움과 타협하지 않아야 한다는 걸 배웠으면서도.

알려진 바에 의하면, 인류의 2~3퍼센트 가량이 사이코패스라고 한다. 소설의 주인공 유진은 그중에서도 상위 1퍼센트에 속하는, 정신의학자들 사이에선 '프레데터'라 부른다는 '순수 악인'이다. 비둘기의 세상에 태어난 매이자 피식자로 살아가도록 학습받고 억압받으며 성장한 포식자이기도 하다. 그러므로 《종의 기원》은 평범했던 한 청년이 살인자로 태어나는 과정을 그린 '악인의 탄생기'라고 할 수 있을 것이다.

  이제 내가 왜 인간의 '악'에 관심을 갖는지에 대해 대답할 차례다. 평범한 비둘기라 믿는 우리의 본성 안에도 매의 '어두운 숲'이 있기 때문이다. 이를 똑바로 응시하고 이해해야 한다고 여기기 때문이다. 그러지 못한다면 우리 내면의 악, 타인의 악, 나아가 삶을 위협하는 포식자의 악에 제대로 대처할 수 없다. 그런 의미에서 '나'의 분신 유진이 미미하나마 어떤 역할을 해주리라 믿고 싶다.

  늘 그래왔듯 소설에 등장하는 군도신도시는 가상의 공간이다. 유진의 인생을 제어했던 약물, '리모트' 역시 실재하지 않는 약이다. 실재하는 게 있다면 소설을 쓸 수 있도록 도와준 분들일 것이다. 의학 감수를 맡아주시고 추천사를 써주신 정신의학자 이나미 박사님께, 안승환 작가에게 마음 깊이 감사드린다. 취재과정에서 큰 도움을 주신 인하대학교 의과대학 황건 교수님, 이정섭 교수님, 프로파일러 권일용 경감님, 동아일보 신광영 기자님께도 머리 숙여 인사드린다. 소설을 쓰는 내내 피드백을 해주고, "할 수 있다"고 응원해준 후배 지영에게 특별한 고마움을 전한다.

  태양은 만인의 것, 바다는 즐기는 자의 것.
  역시나 제목이 기억나지 않는 영화인지 책인지에서 나온 문장이다. 책을 편 독자들에게 마냥 즐겁지만은 않은 여정이 될지도 모르겠다. 그렇기는 하나 이야기 자체로서, 혹은 예방주사를 맞는다는 기분으로 부디 즐겨주었으면 감사하겠다.

광주에서 정유정

종의 기원

1판 1쇄 발행 2016년 5월 14일
1판 78쇄 발행 2025년 12월 15일

지은이 · 정유정
감수 · 이나미 안승환
펴낸이 · 주연선

책임편집 · 이진희
편집 · 심하은 백다흠 강건모 이경란 윤이든 강승현
디자인 · 이승욱 김서영 권예진
마케팅 · 장병수 김한밀 정재은 김진영
관리 · 김두만 유효정 신민영

(주)은행나무
04035 서울특별시 마포구 양화로11길 54
전화 · 02)3143-0651~3 | 팩스 · 02)3143-0654
신고번호 · 제 1997-000168호(1997. 12. 12)
www.ehbook.co.kr
ehbook@ehbook.co.kr

ISBN 978-89-5660-995-9 03810

• 이 책의 판권은 지은이와 은행나무에 있습니다. 이 책 내용의 일부 또는 전부를 재사용하려면 반드시 양측의 서면 동의를 받아야 합니다.

• 잘못된 책은 구입처에서 바꿔드립니다.